I0784731

Amigos del alma

PATRICIA SUTHERLAND

Serie Sintonías, 3

1ª edición : septiembre 2012.
© 2008, 2012 Patricia Sutherland
© 2012 Ediciones Jera, Colección Jera Romance
www.jeraromance.com
Este libro se publicó por primera vez a través de
una plataforma de impresión bajo demanda, sin
isbn, en septiembre de 2008.

ISBN: 84-939730-7-0
ISBN-13: 978-84-939730-7-0

Diseño de cubierta: Laura Sánchez

JR03 – Amigos del alma
Serie Sintonías, 3
Novela romántica contemporánea
Nivel de erotismo: ♥♥ (Sensual)

A mis padres.
Siempre serán la luz que alumbra mi camino.

A mis lectoras.
Por su "pasión contagiosa",
por su fidelidad y
por su inestimable apoyo.

ANTES DE COMENZAR...

Amigos del alma incluye el relato de unos sucesos inmediatamente anteriores al prólogo de la novela. Originariamente, se enviaba por correo electrónico como obsequio al adquirirla. En la presente edición, aparece en el propio libro, sin modificar el concepto inicial: estos sucesos hacen a la historia que narra la serie, pero no forman parte de la novela en sí misma.

Como de alguna forma tenía que llamarlo, lo he denominado capítulo 0, y dice así...

CAPÍTULO 0

– I –

Viernes 23 de diciembre de 2005.
Rancho Brady.
Camden, Arkansas.

Todo estaba listo desde hacía una semana; el pino natural completamente decorado dominando el salón, los adornos navideños, las luces que convertían la enorme casa victoriana en una gran marquesina al mejor estilo Hollywood... Este año parecía que hasta el clima sería favorable; los partes meteorológicos anticipaban grandes cantidades de nieve para la mañana del veinticinco para que los niños pudieran construir su propio *Papá Noel* en el jardín.

La Navidad era el momento más esperado del año para los Brady porque era el único que todos, sin excepción, marcaban en su agenda como "de vacaciones en casa". Podía variar dónde estuvieran el día anterior, dónde estarían veinticuatro y veinticinco, no.

Para Gillian, además, era una época especialmente entrañable. Otra Navidad, de hacía muchos años, la vida le había hecho el mejor regalo del mundo; aquella familia.

Mandy y Jordan ya estaban en casa. Solo quedaba Jason que estaría a punto de llegar. Desde que se había levantado, a las siete de la mañana impaciente porque el día empezara, Gillian tenía una sonrisa que no se le quitaba con nada.

Volvió a echar un vistazo a la hora. Seis y cinco. Bueno, eso quería decir que Jason le había hecho caso y cogido un avión. El tiempo no estaba para hacer tantos kilómetros en moto.

Aprovechando que le quedaba de camino, entró en la espaciosa leñera que había cerca de la casa y acomodó unos troncos en una pila pequeña y ordenada. Fue cuando se agachó para cogerlos que oyó una voz familiar que le decía una frase también familiar.

—Con semejante visión podría despedirme del mundo ahora mismo. Moriría feliz.

No caería esa breva, pensó Gillian, su destino era seguir siendo la razón de los desvelos de aquel trovador con sombrero y botas de cowboy. Por lo menos, de boquilla.

—¿Todavía aquí a estas horas?

Jeffrey se acercó a Gillian dispuesto a tomar partido de la rarísima ocasión que se le ofrecía de conversar, a solas y fuera de horas de trabajo, con una mujer que todos los empleados del rancho tenían en el punto de mira.

—Por suerte para ti —dijo con una sonrisa cautivadora mientras cargaba la leña.

—En ese caso... —iba a darle al trovador otra razón para desvelarse, algo más dolorosa. Añadió unos leños más a la pila que Jeffrey cargaba. Él meneó la cabeza pero aguantó la sobrecarga en silencio—, me aprovecharé de un chico tan galante y tan fuerte para ahorrarme un viaje.

Gillian guió el camino hacia la casa y también la conversación.

—Me dijo Mark que hoy te han tirado tres veces...

—¿También te dijo que a él lo han tirado dos?

Gillian lo miró sonriendo. Mark y él llevaban compitiendo por todo desde el primer verano de Jeffrey en el rancho, hacía años. *Furia*, un alazán fiero que otro ranchero de la región les había dejado hacía un par de días a ver si lo adiestraban, no había respetado ninguna jerarquía; había hecho dar con los huesos en el suelo al mismísimo John Brady.

—Bueno, habrá que ver quién consigue montarlo, ¿no?

—Si no quieres perder te aconsejo que apuestes por mí. Soy especialista en caballos salvajes y las ingenieras agrónomas también se me dan bien...

Jeffrey continuó hablando, pero la atención de Gillian que casi nunca estaba en él, ahora, definitivamente, estaba en otra parte.

Aquella figura tamaño doble XXL enfundada en cuero negro que se bajaba de una Harley Davidson azul metalizado era el insensato de Jason que había pasado olímpicamente de hacerle caso.

La tromba de pies a la carrera y gritos eran Matt y Timmy atravesando el porche como una exhalación para dar la bienvenida a su tío.

Y el Mustang rosa que aparcaba detrás, junto a la farola... ¿De quién era?

Alta, rubia, con más curvas que una carretera de montaña...

Y una minifalda tan mini que hasta a Gillian se le helaron las piernas solo con verla.

Estaban a cero grados, por amor de Dios.

Las caras del resto de la familia, que ya estaba en el porche, decían lo mismo.

Aunque no era lo único que decían.

Pero Jason parecía más interesado en el moreno que no perdía la sonrisa tonta ni aunque el peso de la leña lo estuviera doblando.

—Trae —dijo el *quarterback* cogiendo sin esfuerzo la carga antes de que Jeffrey tuviera tiempo de decirle nada—. No vaya a ser que te lesiones...

—Eso ni lo mentes —intervino Mark por decir algo—. Tengo a media plantilla con gripe...

Nadie rió el comentario del hermano de Jason, apenas unas muecas que no llegaban a sonrisa.

La de su padre, era indetectable cuando habló.

—Jason, ¿por qué no nos presentas a tu invitada?

—Claro, sí... —la miró sonriendo—. Es Victoria, una amiga.

Los sapos y las culebras que amenazaban con saltar de los ojos de la mujer comunicaron que aquella presentación no le parecía adecuada. Gillian saltó al ruedo con una sonrisa a salvarle la cara a su mejor amigo por millonésima vez.

—¡Al fin te conocemos! —le dio un beso en la mejilla, y se apartó antes de que el perfume dulzón la noqueara—. Yo soy Gillian.

Victoria la miró como si fuera un ser inferior. A simple vista la única característica que le dio a entender que se trataba de un ejemplar de hembra humana (y no un mutante intergaláctico) era aquella cabellera tan poblada como pasada de moda. Le parecía increíble que hoy en día una mujer soltera de menos de treinta pudiera ir de zapatillas y a cara lavada en un lugar donde estaba rodeada de sementales.

—Así que tú eres la famosa Gillian...

¡Au! El tono fue el equivalente auditivo a un perro mordiéndole sus partes nobles.

—¿Famosa, yo? —replicó, risueña—. La famosa de la familia es esta señorita —tiró de Mandy para que ella se acercara a saludar—. Y no solamente porque canta como los dioses, su novio está "de toma pan y moja".

Jason soltó la leña a un costado y se apoyó contra la farola sonriendo.

Conociendo a Gillian, las presentaciones durarían un buen rato.

◆ ◆ ◆ ◆ ◆

Pero no tanto como la bendita sobremesa...

Gillian entró en la cocina y cerró la puerta. Soltó un suspiro de alivio. Estaba acostumbrada a caerle fatal a todas las chicas de Jason, pero lo de Victoria era exagerado. Se había pasado toda la cena soltándole misiles con sus ojos cargados de pintura. Y ella, intentando evitar que hiciera diana.

Y no llevaba ahí más de dos horas... ¿hasta cuándo se quedaría?

Jason entró prácticamente detrás de Gillian. También cerró la puerta, y se quedó apoyado mirando a su amiga con cara de "¿qué te traes entre manos?".

—A tu chica no le va a gustar nada, campeón. Así que vuelve al salón y ocúpate de ese toro que es *tooodo* tuyo.

—No es mi chica y hablando de toros en el salón, ¿qué hace Jeffrey ahí?

Ella le regaló una sonrisa socarrona por encima del hombro. No es que le gustara la idea, precisamente, pero Eileen la había puesto contra las cuerdas con su comentario de "hace frío aquí fuera, Gillian ¿por qué no invitas a Jeffrey y pasamos todos dentro?".

—¿Y tú que crees?

Estaba clarísimo lo que hacía; pringarla de babas. Entre los misiles de Victoria y los piropos de Jeffrey le estaban dando el día.

Jason se cruzó de brazos, se quedó mirándola preparar una bandeja con café y tarta. Estaba siendo escueta a propósito.

—No puedo creer que hayas invitado a cenar en casa a un empleado del rancho...

Ni ella que Jason hubiera estropeado unos días tan especiales trayéndose a casa a alguien que encajaba tanto allí como una princesa árabe en un McDonald's.

—Bueno —dijo sonriendo con segundas—, es Navidad, ya sabes. Se ve que a los dos se nos dio por compartir nuestro panes con los más necesitados.

Él soltó una carcajada.

—Ese no quiere pan.

—Tu chica tampoco.

Jason asintió con la cabeza varias veces. Gillian continuaba siendo escueta.

—No es mi chica.

Ya, ¿y entonces qué hacía en el salón? Gillian se apartó el cabello de los hombros y cogió la pesada bandeja, dispuesta a volver a ponerse bajo fuego enemigo, qué remedio. Él no se movió de la puerta, pero le sacó la bandeja de las manos y se quedó con ella.

—¿Estás saliendo con él?

Gillian lo miró divertida. Tenía a toda la familia preguntándose qué había cambiado tanto en su vida para presentarse en casa, nada menos que en Navidad, con una señorita del brazo, pero él estaba ahí como si todo fuera tan normal.

Haciendo preguntas la mar de tontas.

—No es mi chico —se limitó a contestar con una sonrisa radiante, y cogió el pomo de la puerta instándolo a apartarse.

Victoria tampoco la suya pero se acostaban, pensó Jason. Lo cual le cuadraba porque la nena era un cañonazo. No pasaba igual con Jeffrey que no estaba lo bastante cachas para interesar a Gillian. Ni en físico ni en cerebro.

Para su desgracia, además era un empleado del rancho.

Y no era rubio.

Demasiadas pegas...

—Ya me parecía —dijo él con una sonrisa que no le entraba en la cara. Y abrió la puerta para dejarla pasar.

Ella sonrió resignada. Lo de Jason no tenía arreglo así que usó los escasos segundos que le quedaban para reunir coraje y volver al campo de tiro que había en el salón, en el que ella hacía de blanco móvil.

CAPÍTULO 0

– II –

Sábado, 24 de diciembre de 2005.
Cocina de la casa familiar.

—**B**ueno, yo me voy. Antes de mediodía estoy de vuelta —dijo Gillian apurando su café.

John levantó la vista del periódico.

—¿No esperas a Jason?

Ella sonrió socarrona.

—Si no se ha levantado a estas horas, es que está como un tronco. —Recuperándose de una noche agitada.

—Jason está aquí —dijo el aludido, repartiendo besos a su padre y a su madre con actitud desenfadada...

Y unas sospechosas ojeras.

—Tarde —apuntó Gillian. Él le guiñó un ojo y se acercó a besarle la mejilla—. Así que mejor quédate y desayuna bien, no vaya a ser que te desmayes.

Eileen miró a su hijo con cariño. Todos los años acompañaba a Gillian a ver a su madre y ninguna Victoria del mundo iba a impedir que este año también lo hiciera. Y Gillian, aunque bromeara al respecto, lo sabía.

—Mujer de poca fe. ¿Creías que te iba a dejar colgada?

No exactamente. Más bien pensaba que Victoria lo tendría atado de pies y manos a la cama para azotarlo a gusto. Tenía toda la pinta de ser de las que disfrutaban del sexo duro, pero como no podía pensar en voz alta, hizo adiós con la mano y enfiló para la salida, seguida de un Jason que acostumbrado a leerle el pensamiento, se desternillaba.

—La que te va a colgar va a ser Victoria cuando se entere, campeón, y mejor no te digo de dónde —le contestó mientras se ponía el abrigo, cuando ya estaban en el porche—. Además, ¿no te vendría mejor descansar? Estás hecho polvo...

Jason se cerró la cazadora hasta arriba. Se limitó a quitarle las llaves del Jeep y encaminarse hacia el garaje con su sonrisa de ganador. Gillian lo siguió con resignación.

Él se montó del lado del conductor; ella, por descarte, a su lado.

—Tu chica se va a cabrear. Lo sabes, ¿no?

Lo vio completar la maniobra y ponerse en marcha como si tal cosa. Lo cual, por un lado le gustaba y por otro no.

Ir a ver a su madre a la residencia para ex-alcohólicos donde estaba internada era un mal trago. Muchas veces, dudaba de que fuera capaz de pasar por eso sin él. Pero este año no era como otros. Estaba Victoria.

—¿Jay...? —insistió ella.

—Jason Brady no tiene "chica". En todo caso, *chicas* —enfatizó el plural, la miró vanidoso—. Y esta en particular está más hecha polvo que yo... Seguro que cuando volvamos todavía sigue durmiendo a pata suelta.

O cargando la bomba atómica, pensó Gillian. Porque ni el mejor sexo del mundo compensaría la rabia evidente que verlos juntos le provocaba a aquella mujer. Con lo cual cambiaría los misiles *anti-Gillian* por fusión nuclear estropeando aún más, si es que eso era posible, unos días que ella esperaba como agua de mayo todo el año.

◆ ◆ ◆ ◆ ◆

Este año, el mal trago tampoco había sido como los otros. Esta vez había sido mucho más amargo.

Cada día que pasaba, Gillian tenía más claro que el universo compensaba siempre. Para lo bueno, y también para lo malo.

Mientras había habido elección, su madre biológica se había decantado siempre por una mala vida, y ahora ya no podía elegir; su muerte iba a ser igual de mala. Ni el trasplante de hígado había logrado devolverla a una existencia más o menos normal. Para completar el cuadro, sus riñones habían colgado las botas y necesitaba diálisis.

Y Gillian, ganar la lotería. ¿De dónde iba a sacar más dinero? Solo la estancia en la clínica se llevaba la mitad de su sueldo y aún le quedaban un par de años para terminar de pagar el crédito con que había costeado la intervención quirúrgica del hígado nuevo... Bueno, ya pensaría en eso después de las fiestas. Ahora, no.

—¿Qué tal por la Luna? —preguntó Jason revolviendo su café.

Desde que habían entrado en la cafetería, aparte de para pedir, ella había dicho poco. Estaba como ausente, lo que no le extrañaba nada teniendo en cuenta la noticia que acababan de darle.

Gillian le obsequió una sonrisa socarrona.

—No te preocupes. No pensaba en Jeffrey.

—No pensarás en él, pero anoche lo invitaste a cenar.

Ella lo miró con una mezcla de incredulidad y burla. Poco menos que la había metido a la fuerza en la cafetería, sabiendo que Victoria ya estaría levantada y atacada de los nervios. Pero allí estaba él, hablándole del último hombre con el que Gillian se plantearía tener algo. Cosa que también sabía perfectamente.

—¿Por qué no me lo dices de una vez?

Jason sonrió, y después de unos instantes asintió.

—Déjame ocuparme de lo que cueste la diálisis.

Ni lo sueñes, papá oso. Iba a decirlo, pero él se le adelantó.

—Entre tú y yo no hacen falta explicaciones, así que no digas nada. Acéptalo y en paz —ella lo miró con cariño, pidiéndole con los ojos que no la pusiera en esa situación; él negó con la cabeza—. Esta vez no cuela, esta vez quiero oírte decir "vale, Jay" y no vamos a irnos hasta que lo oiga —sonrió—, así que tu verás...

Para ella era un regalo tenerlo en su vida y se lo decía a menudo. Pero por lo visto, para él no era bastante. No se conformaba con ser el mejor amigo, también quería ser su ángel guardián. Y como era perseverante y tenaz, nadie podría impedirle que se saliera con la suya.

Ni siquiera ella.

—Te voy a devolver hasta el último centavo.

Él la miró con una sonrisa vanidosa.

—Dilo.

Gillian sonrió, meneó la cabeza.

—Vale, Jay.

—*¡Guay!* —exclamó, y soltó un puñetazo triunfal.

—Venga, chaval —Gillian le palmeó el hombro y se puso de pie—, vamos a casa que a ti la tormenta que te espera también es "guay".

Él dejó un billete sobre la mesa y la siguió hacia la salida satisfecho de que por primera vez ella hubiera aceptado ayuda económica de su parte.

Al contrario que a Gillian, no le preocupaba en lo más mínimo lo que le esperara en casa. Llevaba capeando esa clase de tormentas toda la vida.

Estaba acostumbrado.

♦ ♦ ♦ ♦ ♦

Eléctrica y de las buenas, la tormenta se desató en la cocina justamente cuando el Jeep de Gillian doblaba el recodo del camino.

—¿Jason no está?

John miró a Victoria contrariado. Todos los veinticuatro por la mañana su hijo acompañaba a Gillian a visitar a su madre. ¿Cómo era tan descortés de traer una invitada, saber que no estaría cuando ella despertara, y ni siquiera advertírselo?

—No me lo digas —se quejó John, incapaz de creer la desconsideración extrema de Jason—. No te ha comentado nada, ¿no?

Shannon se concentró en su café. Que la perdonaran, pero a ella la situación le causaba una gracia tremenda. John lo pasaba mal con las actitudes de su hijo mediano hacia las mujeres, hasta el punto de sentirse abochornado. Era como si siempre lo tomaran por sorpresa, algo que no dejaba de parecerle irónico porque aunque Shannon solamente lo conocía desde hacía un año, el *quarterback*, tan pronto verlo, le había dado la impresión de ser, como bien decía su marido, un desastre con piernas.

Y lo de Victoria era de chiste. Como mujer sabía que lo que a ella la enervaba no era que Jason no estuviera en casa (seguro que estaba habituada a su ir y venir), sino intuir que estaría con Gillian. Su frase "así que tú eres la famosa Gillian" había sido una indicación bastante clara de que mucho antes de conocerla en persona, ya estaba harta de oír su nombre.

—¿Qué tenía que comentarme?

—En estas fechas Gillian tiene que hacer unas cosas en la ciudad y Jason suele acompañarla. —No "solía", la acompañaba siempre.

Truenos, rayos y centellas salían de los ojos de la rubia escultural cuando volvió a hablar.

—¿Ah, sí? Y... ¿tardan mucho en hacer esas cosas?

John miró el reloj y con alivio estaba a punto de decir que ya no podían tardar, cuando una bola de nieve se estampó contra la ventana de la cocina.

A continuación empezaron a oírse las carcajadas de Jason y Gillian provenientes del jardín.

John y Shannon salieron al porche a ver a dos adultos disfrutando como niños en medio de la nieve que se había adelantado veinticuatro horas a las previsiones meteorológicas.

Victoria se limitó a acercarse a la ventana y mirarlos desde allí.

Justo a tiempo para ver como el hombre con el que había pasado la noche, resbalaba y caía al suelo de espaldas.

Con su amiga del alma encima.

CAPÍTULO 0

– III –

Sábado, 24 de diciembre de 2005.
Casa familiar, Rancho Brady.
Camden, Arkansas.

Volver a ponerse de pie no resultó nada fácil, especialmente porque no podían parar de reír. Cuando Jordan se cogió a la farola preparado para tirar de Jason, los dos juerguistas yacían boca arriba, sobre el suelo congelado del jardín, reuniendo fuerzas para volver a intentarlo.

—¡El S.W.A.T.! ¡Gracias, Dios! —dijo Jason riendo—. Se me estaba helando el culo. Si esperábamos a que esos dos vinieran a echarnos una mano, nos íbamos a quedar *pingüino...*

"Esos dos" eran Shannon y John que observaban risueños desde el seguro cobijo del porche sin intenciones de bajar, entre otras cosas, porque ambos calzaban pantuflas.

Dentro de casa, en cambio, la cosa estaba que ardía. Cuando los tres hombres y las dos mujeres entraron en la cocina, los ojos de Victoria se desplazaron de Gillian a Jason y se quedaron ahí.

Todos encontraron alguna razón para desaparecer de inmediato, menos Jason, que con toda la naturalidad del mundo abrió la nevera, sacó un bote de Aquarius y se dedicó a beber sediento bajo la mirada eléctrica de Victoria.

—Me has dejado sola.

Él bajó el bote, la miró con el ceño fruncido. Aquel era su tono telegráfico de mujer ofendida. Pero no era ni medianoche cuando había perdido ya la cuenta de sus orgasmos, ¿de qué coño se quejaba?

—Te dejé de cama —sonrió, usando su *sex-appeal* para quitar hierro al asunto—. Estabas dormida, me dio no sé qué despertarte.

Pero no fue suficiente *sex-appeal*.

—O preferías ir solo y no querías tener que decírmelo —su tono de voz pasó de ofendida a enojada—. No invitas a alguien a tu casa y luego te largas y la dejas sola en medio de desconocidos. Fue una grosería.

Y ahora iba a haber mucho más hierro que quitar porque Jason bebió lo que quedaba, tiró el bote a la basura y habló mientras se dirigía tranquilamente hacia la puerta de la cocina.

—Estás en un paraíso, ¿por qué no te relajas y disfrutas?

En el pasillo, unos pies se movieron precipitadamente. John y Jordan se metieron en el salón. Desde allí no se oía tan bien, pero al menos Jason, que estaba a punto de salir de la cocina, no los veía.

—Te juro que no me explico cómo tiene tanto éxito tratándolas como las trata... —comentó John en voz baja.

Jordan soltó una carcajada que a punto estuvo de delatarlos. No lo dijo con palabras, pero lo miró de una forma tan gráfica que John apartó la vista.

—Hace cuarenta años a un hombre así no se le habrían acercado ni las moscas —añadió molesto.

"Ya", pensó Jordan, "pues ahora, hasta las moscas se pegan con las mujeres por acercarse primero".

A Victoria no le parecía un paraíso y por descontado, no estaba disfrutando.

Odiaba tener tanta gente alrededor todo el tiempo, que se le hundieran los tacones de sus carísimos zapatos en el barro cada vez que intentaba asomar la nariz fuera del porche y, desde luego, no estaba acostumbrada a que sus novios mostraran más interés por acompañar a sus amigos a "hacer cosas", que por estar con ella.

Lo detuvo por el brazo sin ninguna delicadeza. Jason miró la mano que intentaba retenerlo y meneó la cabeza.

—No me des la brasa —replicó y se volvió con brusquedad, obligándola a quitarle la mano de encima. La miró desde su envergadura de gigante con actitud desafiante—. Me paso el año deseando que llegue Navidad para venir a mi casa y estar con mi gente. Que esta vez tú también estés no va a cambiar las cosas, ¿vale?

Mi casa. Mi gente. Mi, mi, mi... Cerdo egoísta.

Y mentiroso, porque entre lo que él llamaba genéricamente "mi gente", había quién era algo diferente.

Bien diferente.

—¿Ella es "tu gente"? Creí que era huérfana.

Vio la expresión de él seria como nunca antes. Y por un instante pensó que le daría la excusa que necesitaba para decirle con todas las palabras lo que pensaba de él, de sus presentaciones y de su "querida Gillian".

Pero no ocurrió así.

—Fin de la conversación —dijo Jason definitivo, y abandonó la estancia.

Desde el salón, John y Jordan oyeron la puerta principal que se cerraba de un golpe seco. Y a continuación, el ruido de unos tacones taladrando los peldaños de madera que llevaban a la planta alta.

Jason sacó el móvil y marcó una memoria mientras le guiñaba un ojo a su madre que, a su lado, miraba cómo el hermoso caballo color canela hacía besar el polvo por turno a tres de los mejores adiestradores del estado. Un poco más allá, Mandy, Patty y los dos más pequeños de la familia subidos a la cerca de madera festejaban los esfuerzos del capataz por no rodar entre sus patas.

—¿Dónde andas? Rick acaba de salir volando y me parece que el siguiente es mi hermano... ¡Joder con el caballito de las narices!

Sí, a Gillian ya le habían contado las hazañas del alazán de malas pulgas al que muy convenientemente su dueño había bautizado *Furia*.

"Me imagino. Lleva tres días sacudiendo a todo el que intenta montarlo", escuchó que ella contestaba sin la menor alusión a dónde estaba.

Jason decidió re-formular la pregunta.

—¿Qué estás haciendo?

—*¡Y a ti que te importa, cotilla!*

Jason bajó la vista. Mantuvo la sonrisa.

—Si no fuera porque tu *profe* de chino mandarín está aquí, ya sabría la respuesta...

Las carcajadas que le llegaron del otro lado de la onda fueron muchas y auténticas. Así apodaba Jason al zalamero de Jeffrey a raíz de una conversación muy tonta que habían tenido hacía meses. El apodo le resultaba gracioso, pero la repetida insinuación de que ella pudiera tener algo con aquel moreno *mira-culos*, directamente la hacía desternillar.

Jason miró al pasar a la robusta mujer de negro que estaba a su lado. La *pashmina* roja que llevaba sobre la cabeza y anudada alrededor del cuello, al estilo de las estrellas de cine de los años cincuenta, realzaba la lozanía de un rostro de facciones casi perfectas. Notó que ella no se perdía detalle, pero continuó hablando.

Notaba bien.

Durante años, Eileen había presenciado en vivo y en directo las interacciones de su hijo y aquel ángel de pelo largo con quien hablaba. No habían sido tantas, Jason llevaba años fuera del rancho. Sin embargo, todas habían sido cara a cara. El teléfono añadía complicidad a una conversación, en principio, privada.

Pero en realidad, solo era *parcialmente* privada; Eileen estaba allí, a un metro escaso. No participaba de ella, pero oía a su hijo, y lo más importante, podía verlo. Veía el brillo de sus ojos, los pequeños matices de su sonrisa...

Las palabras le eran familiares, el ánimo general de la conversación también. El lenguaje corporal, no. Este era el hombre, no el amigo. Aunque ni Jason ni Gillian se dieran cuenta.

O jugaran a no darse cuenta.

—Está en la granja, ya viene —comentó él tras acabar de hablar con su amiga. Volvió a guardar el móvil en el bolsillo de atrás de sus tejanos mientras miraba a Jeffrey refregarse el trasero con gesto de dolor—. Ese caballo va a dejar a todo el mundo sin poder sentarse una semana...

Eileen estaba de acuerdo. Aunque no era el único recién llegado que se mostraba deseoso de patear traseros.

—Pues tú ten cuidado —dijo mirándolo traviesa—. Victoria da la impresión de tener tan malas pulgas como *Furia*.

Jason volvió la cara con una sonrisa. Su madre, la inocencia personificada, le estaba soltando indirectas de doble lectura y ahora hacía que miraba lo que pasaba en el ruedo.

—Es una amiga.

—Por favor, Jason.

¿Por favor, qué? Él se dio la vuelta de espaldas al ruedo y se acercó un poco a su madre. Ella sonreía con las mejillas coloreadas.

—Oye...

—No creo que ella piense que para ti "solo es una amiga", pero lo que sí está claro es que para ti no es ni siquiera eso —Jason frunció el ceño, lo que a Eileen le pareció una prueba más de su estado de memez profundo, aunque esperaba que no irreversible—. Como sigas ignorándola, te la va a organizar, y con razón. ¿Crees que podrías ahorrarnos a todos el mal momento, por favor?

—Yo no la ignoro —replicó el jugador riendo incrédulo—, soy el de siempre...

Precisamente. Era el de siempre, haciendo lo de siempre; pegarse a Gillian, o ella a él, y dedicarse a su interminable "lista de cosas divertidas que hacer en familia", que al final acababan haciendo solos porque a mitad de lista, a nadie le quedaba energía para seguirlos.

—¿Entonces, por qué no la llevas contigo esta tarde, cuando os vayáis a "patear monte" con los niños?

Se refería a los paseos de medio día por los alrededores con que Gillian y él hacían que los más pequeños se airearan durante el tiempo frío cuando las actividades al aire libre se reducían drásticamente.

La risotada socarrona de su hijo respondió antes que sus palabras.

—Victoria lo único que *patea* es *Sunset Boulevard*, mamá.

"Hasta ahora", pensó Eileen, y en su lugar, no se fiaría.

—Pues entonces cambia el plan. Haz algo en lo que ella pueda participar —preferentemente, distinto de lo que habían compartido la noche anterior—. Después de todo, es tu invitada.

Una imagen del único plan que le apetecía con Victoria, atravesó la mente de Jason. Por suerte, recordó a tiempo que no hablaba con Gillian sino con su madre y rectificó el rumbo de sus pensamientos.

—Ya encontrará algo divertido en qué ocupar el tiempo.

Qué diferente a su hermano era Jason... Y a su padre. Era un hombre atractivo e inteligente, y no era amor de madre, estaba siendo completamente objetiva. Como persona era un buen prototipo Brady, aunque todavía en pruebas. Como hombre, muy a su pesar, Eileen le daba un suspenso. No podía ser tan ciego como para no darse cuenta de que Victoria estaba tomando su presencia entre los Brady como un gesto de formalidad por parte de él, pero sus intenciones reales no tenían nada que ver con eso. ¿Le daba igual hacerle daño? Se negaba a creer que su egoísmo pudiera ser tal, pero...

—Dime Jason —empezó a decir Eileen, pero al volver la cara para mirar a su hijo comprendió que tendría que averiguarlo en otro momento. Él sonreía a Gillian que acababa de aparecer por una de las puertas del circuito cerrado de prácticas, y trotaba hacia donde se encontraban ellos.

Y por otra, al otro extremo, también aparecían John y Jordan.

Andando, uno a cada lado de Victoria.

Los niños vieron a Gillian casi al mismo tiempo y corrieron a recibirla. Fue cuando alzaba en brazos al más pequeño que ella vio a la modelo de vaqueros, zapatillas y luciendo una sonrisa que dejaba bien claro que ya se había percatado de que *montando numeritos* no iba a recuperar la atención del *quarterback*.

Un instante después de que Victoria se abriera la cazadora, Gillian disimuladamente, espió a Jason por el costado de la cabeza de Timmy.

Pero con aquel escote de vértigo, sin ninguna duda, acababa de hacerlo.

♦ ♦ ♦ ♦ ♦

Domingo, 25 de diciembre de 2005.
Cuadra del Rancho Brady.
Camden, Arkansas.

Mark y Shannon acababan de llegar al establo donde la mayoría de los jinetes estaban ya preparando sus caballos, dispuestos para la segunda tradición navideña de los Brady; el paseo matinal a caballo por la orilla del Ouachita.

Aunque al paso que iban, típico de una pareja enamorada más preocupada por hacerse carantoñas que por lo que ocurría alrededor, aún tardarían en recorrer la distancia que los separaba de los demás.

Gillian miró a Jason sonriendo y le habló bajito.

—Los tortolitos acaban de hacer su aparición triunfal.

Jason ajustó la cincha de su caballo mientras les echaba un vistazo rápido.

—Mark tiene cara de querer hacer otra cosa —movió las cejas sensualmente—, distinta de pasear a caballo.

Mark, no obstante, detectó la mirada e imaginó los comentarios.

—¿Qué? —dijo sacando su caballo y el de Shannon de sus cubiles—. ¿No estarás demasiado cansado para montar a caballo, *machote*?

"Agotado más bien", pensó Gillian. Seguro que *Curvas Peligrosas* lo habría tenido en vela media noche.

No lo dijo. En cambio, se dedicó a observar a los dos hermanos.

Jason miró a Mark, desafiante.

—Para nada. ¿Y tú?

—Fresco como una rosa, tío —contestó Mark sonriendo—. ¿Dónde la has dejado? ¿No le gusta montar... —hizo una pausa deliberada, y cuando vio a Shannon darle la espalda, desternillándose, añadió— a caballo?

Jason asintió con una sonrisa desafiante; Gillian enterró la cabeza en el cuello de su caballo, llorando de la risa. "Lo que a Victoria le gustaba montar no eran caballos", pensó, y como siempre, calló.

—No sé ni voy a averiguarlo —replicó Jason—. La naturaleza salvaje no es lo suyo, no sé si me entiendes…

El comentario que siguió arrancó carcajadas, especialmente porque no vino de Mark.

—Pues tiene pinta de ser bastante salvaje —dijo Shannon—, ya sabes, de forma natural.

—Mírala —replicó Jason todavía riendo—, y parecía tan *modosita* ella…

—¡Menos cháchara y vámonos ya! —intervino el más pequeño de los dos hermanitos—. ¡Va a ser primavera cuando lleguemos al río!

—Faltan Mandy y Jordan, chaval —dijo Patty, con actitud de persona mayor, mientras acariciaba el regalo de Navidad *superespecial* que le había hecho su padre de acogida; un cachorrillo de Husky de apenas unas pocas semanas–. Así que tómalo con calma…

Mark decidió tentar al demonio.

—Lo que me parece que no le va es que te pires con Gillian y no la lleves. —Le guiñó un ojo a Shannon que lo miraba meneando la cabeza incrédula. Los dos hermanos vivían picándose mitad en broma, mitad en serio—. Yo que tú, le preguntaría si le apetece venir. Por si las moscas.

Jason miró de reojo a Gillian. Ella continuaba ocupada con la montura de su caballo, tan normal.

No eran celos. ¿Cómo iba a tener celos de otras semejante pedazo de mujer? Y además, en cualquier caso, le daba igual. Su único punto en común era la cama, Victoria lo sabía y nunca le había importado.

Jason acabó de preparar su caballo y lo montó. Miró a su hermano sonriente.

—Yo que yo, no.

♦ ♦ ♦ ♦ ♦

Pero en un ejemplo más de que entre lo que los hombres piensan que a las mujeres les importa, y lo que a ellas les importa realmente suele haber millas siderales, Jason se equivocaba.

Por partida doble.

Ni Victoria creía que el sexo fuera el único punto en común entre ellos, ni le daba igual. Había aceptado aquella gran parcela de su vida que Jason se negaba a compartir con ella, porque creía que era la típica rebeldía masculina a ceder terreno y que al final, conseguiría "domesticarlo".

Craso error.

Victoria escuchó con la mayor calma que pudo, la explicación de John y Eileen Brady de por qué aquella casa que siempre estaba llena de gente, lucía tan desértica cuando ella bajó a desayunar la mañana de Navidad. Luego, dio media vuelta y regresó a su habitación a hacer las maletas.

Jason no tenía ningún problema con ceder terreno porque alguien ya se había tomado el trabajo de "domesticarlo", aunque, evidentemente, él no se había dado cuenta.

El problema era que "ese alguien" no era ella.

Pero antes de largarse de aquella casa de locos, Victoria iba a darle dos buenas estocadas a su gran vanidad.

Uno, convertirse en la primera mujer que cortaba con Jason Brady.

Y dos, quitarle las telarañas de los ojos.

~~~~*~~*~~*~~*~~*~~*

AHORA SÍ, COMIENZA...

AMIGOS DEL ALMA,
una historia de almas gemelas.

PRÓLOGO

Domingo, 25 de diciembre de 2005.
Casa familiar, Rancho Brady.
Camden, Arkansas.

Cuando Jason volvió de dar su paseo a caballo con Gillian y sus hermanos, Victoria no solamente se había levantado; también había hecho el equipaje.

Él se recostó contra el marco de la puerta, que estaba abierta, y miró los bolsos y luego a la modelo, con el ceño fruncido.

—¿Pasa algo? —preguntó con tono preocupado.

—Pasa que me voy.

—Eso ya lo veo —Jason se cruzó de brazos. La preocupación había cedido terreno a la molestia—. ¿Crees que podrás decirme por qué a la primera o esperas que, como siempre, lo adivine?

Victoria empezó a ponerse el abrigo intentando no perder los nervios. Realmente, muchas veces, y esta sin duda era una de ellas, le parecía que él no hacía ningún honor a su coeficiente intelectual.

—No sé qué juego te traes entre manos Jason, pero conmigo te has equivocado de medio a medio. Creí que después de cinco meses juntos empezabas a pensar en cosas serias. Ya veo que me equivoqué. Las cosas serias que te traes, no te las traes conmigo.

—¿Se puede saber de qué coño hablas?

—Hablo de Gillian —le soltó a quemarropa y vio que él sonreía incrédulo—. Esto no es amistad y creo que lo sabes. Así que alguien tendrá que explicarme para qué me has traído. ¿Para qué, Jason? ¿Para darle celos?

Las sonrisas ahora eran carcajadas. Aquella mujer era increíble.

—¿Te estás quedando conmigo? Joder, Victoria... No me digas que estás celosa de Gillian, *por favor*, nena...

—*Babeas* por ella, Jason. Y ella por ti.

La risa cesó de golpe mientras Victoria, cada vez más enojada, siguió hablando.

—Yo fui la única imbécil que te aguantó cinco meses de "Gillian esto, Gillian aquello". "No, nena, este fin de semana voy a casa, Gillian quiere ir de acampada con los críos", ¿no?

—Te estás pasando. Somos amigos desde hace años. Muy amigos, nada más.

—¿Amigos? Jason, *vives* hablando de ella... Y ¿sabes qué? Es tan genial, divertida y espontánea como dices. Gillian es *tooodo* lo que tú dices que es. Y es algo más; la única mujer que tiene tu total atención cada minuto que estáis juntos. Cuando está ella, para ti no hay nada más.

—Chorradas —dijo él—. Joder, Victoria, las mujeres sois la leche...

Ella meneó la cabeza rabiosa y, dispuesta a acabar con aquella historia de una vez, cogió los bolsos.

—*Las mujeres* sabemos al minuto cosas que los hombres tardáis semanas en saber... ¿A ti cuánto te está tomando? ¿Quince años? —se detuvo al pasar a su lado—. Pues mira, tú con tu gran cerebrito de genio todavía no te has dado cuenta de que llevas colgado de esa mujer desde antes de que te saliera el bigote...

Jason la retuvo por un brazo.

—Gillian no es eso para mí. Ni yo para ella.

—¿En serio? ¿Y por qué? ¿Porque nunca la has tocado? —lo miró desafiante—. Suponiendo que sea cierto, debe ser lo único en lo que todavía no "os lo pasáis de miedo juntos"... En todo lo demás, sí. Para ti, Jason, nadie se compara a Gillian.

—¿*Suponiendo?* —replicó él, ofendido por la insinuación que le parecía lisa y llanamente un insulto—. Por descontado que es cierto. Ella no es como tú ¿sabes? Distingue perfectamente con quien se lo pasa bien y con quien se enrolla. Y conmigo, solamente se lo pasa bien.

—Exacto. ¿Nunca te has preguntado por qué hemos sido miles en tu cama y ninguna en tu vida? —él la miró con furia contenida—. Por eso. Porque no somos ella.

Eileen volvió a cerrar la puerta del baño de la planta alta procurando no hacer ruido. Esperó dentro, a oscuras, hasta que oyó los pasos de su hijo bajando la escalera varios segundos después de que lo hiciera su "solamente amiga".

Victoria salió de la casa con los dos bolsos al hombro y subió a su Mustang. No se despidió de nadie.

Jason, con las manos apoyadas sobre la barandilla del porche, la miró alejarse mientras sus palabras continuaban resonando en sus oídos cual vinilo rayado.

◆ ◆ ◆ ◆ ◆

Gillian vio por la ventana de la cocina cómo Victoria se subía a su coche y se marchaba. Ni una mirada o gesto cariñoso a Jason que estaba en el porche, a pocos metros.

Sabía por experiencia que él podía resultar bastante irritante; había visto escenas parecidas montones de veces. Pero considerando que la mujer en cuestión había logrado sobrevivir cinco meses a la media y tenía el gran privilegio de ser la primera que Jason se dignaba a traer a casa...

Tan pronto el coche desapareció de la vista, Gillian se puso un abrigo y salió al porche.

—¿Qué ha sucedido? —preguntó con cautela.

Jason la miró brevemente con los ojos brillantes.

—Es una mujer. Hacéis cosas que seguramente tendrán algún sentido para vosotras. Como no soy mujer, no tengo ni idea...

—Ya —comentó Gillian. Había ardido Troya—. Sabes que te quiero, pero escenas como estas he visto muchas... ¿Siempre son ellas? Quiero decir, ¿nunca eres tú?

Jason se apoyó contra la barandilla y se cruzó de brazos. Su mirada se había vuelto mucho más brillante, desafiante.

—No lo sé. ¿Tú qué opinas?

—¿Qué opino de qué?

—De mí, como hombre. ¿Crees que soy un buen hombre?

—Claro, ya lo sabes...

—Me refiero como hombre, Gillian. ¿Crees que soy bueno como hombre, como pareja?

29

—¿Quieres la verdad? —le preguntó con picardía. Lo vio asentir repetidas veces sin dejar de mirarla—. Eres desastroso.

—Pero me quieres y conmigo estás bien, ¿no?

Gillian lo miró con cara de no entender.

—Claro, pero yo no soy Victoria o Terry o Myriam o como se llame… —se apoyó en la barandilla a su lado y lo miró con cariño. Odiaba lo que estaba a punto de decir, pero se lo debía—. Si te das prisa, seguro que la alcanzas… Y ya conoces el código secreto que a las chicas nos desbloquea el mecanismo…

Jason respiró hondo y volvió la cara para mirarla.

—¿Quieres que vaya a por ella y le diga "lo que tú quieras, preciosa"? ¿De verdad, quieres que haga eso?

Notó que él la miraba a los ojos con expresión seria y concentrada, como intentando ver más allá de sus palabras. Gillian se encogió de hombros.

—¿No quieres?

—No. Me importa una mierda lo que quiera Victoria.

Ella asintió y se cruzó de brazos en un gesto de frío.

—Me estoy helando… ¿te apetece un café?

—Ve tú, yo ahora voy —dijo él.

Gillian le acarició el brazo al pasar, y volvió a entrar en la casa.

Y Jason, a ser consciente de las implicaciones de las palabras de Victoria.

¿Eran ciertas? ¿Era verdad que la única mujer que siempre había tenido toda su atención era aquella chica menuda de cabello largo que bien podría haber sido su hermana?

No lo creía posible.

Pero se sentía muy raro.

Y con la sensación intranquilizadora de que Victoria acababa de abrir la caja de los truenos.

Porque algo sí que estaba claro; aunque ella se equivocara, las cosas entre Gillian y él, nunca volverían a ser igual que antes.

De hecho, ya no lo eran.

CAPÍTULO 1

Sábado, 11 de marzo 2006.
Festival Floral Paraíso del Narciso.
Camden, Arkansas.

Era primavera en Camden, la época en que el aire empezaba a llenarse de aromas y la vida explotaba en infinidad de formas llenas de luz y color.

El blanco, rosa y amarillo rabioso de los cornejos, cersis y junquillos propios de esta época del año, pronto cederían su lugar a las más de seiscientas variedades de flores silvestres que dominaban el paisaje del estado en una auténtica procesión en flor a través del verano, cuando los chorlitos y demás aves costeras hubieran acabado su migración anual hacia el norte, a través de Arkansas.

Para Gillian McNeil era, además, un momento que llevaba esperando diez años; que Jason volviera a Camden, a la vida en familia, al Rancho Brady.

Sin embargo, no había sucedido exactamente como ella hubiera querido. Aquel accidente de moto que Jason había tenido hacía varias semanas, no solo había dejado fuera de combate la Harley Davidson azul que él mimaba con tanto esmero, también su hombro derecho y, aunque aún no lo había dicho oficialmente, seguramente también sus posibilidades de seguir jugando fútbol profesional.

Si Gillian hubiera podido elegir, ese momento habría sido completamente distinto. Pero lo tenía otra vez en casa y era feliz.

A Jason le estaba costando asumir aquel giro inesperado en su vida, a cuenta de una mancha de aceite en el asfalto que había puesto su mundo patas arriba; no era el mismo de siempre. Se lo notaba tenso, demasiado callado y de un parco subido en sus contestaciones, que a Gillian que lo conocía como a la palma de su mano, le sonaba a un "estoy que muerdo" *clarísimo*.

Él caminaba junto a su padre echando un vistazo casi de compromiso a las atracciones y puestos callejeros, atestados de lugareños y turistas con narcisos en alguna parte de su humanidad, que como cada año, llenaban la ciudad en marzo cuando se celebraba el Festival Floral Paraíso del Narciso.

Gillian iba pocos metros detrás, con las mujeres; Patty, la adolescente que Mark había tomado en acogimiento hacía nueve meses; la madre de Jason, Eileen; su hermana Mandy y la flamante nueva señora Brady de la familia: Shannon, la esposa de Mark. Ellas charlaban sobre temas de mujeres. Gillian seguía con los oídos la conversación femenina que se desarrollaba a su lado, y con los ojos al gigante que, por más que miraba y volvía a mirar, no acababa de creer que estuviera allí, otra vez en Camden, con ella.

Un vendaje especial y una férula fijaban la articulación del hombro y el brazo derecho así que Jason, fan incondicional de las camisas y dueño de la colección más grande que Gillian le conociera a un humano del sexo masculino, añadía un punto más a su frustración luciendo desde el accidente camisetas, que le resultaban más fáciles de poner, y un abrigo sobre los hombros. Hoy la cazadora colgaba de un dedo sobre su espalda y la camiseta era negra, sin mangas, dejando a la vista sus potentes bíceps.

Su amigo del alma era uno de esos ejemplares que hasta los hombres se volvían a mirar. Pero hoy, él no estaba de humor ni para algo que hacía fenomenalmente bien desde los dieciséis; disfrutar de la admiración que despertaba su impresionante anatomía XXL. Y aunque todavía no habían empezado a dejarse ver en su cuerpo los efectos de la falta de entrenamiento que ya duraba más de un mes, en su humor, Gillian lo sabía muy bien, pesaban como una lápida.

—Si ni tú consigues que hilvane más de diez palabras juntas, la cosa está mal de verdad.

Gillian se volvió hacia la voz. Mandy miraba a su hermano con una media sonrisa preocupada.

Eileen se fijó en Gillian. La vio encogerse de hombros en aquel gesto característico suyo, dispuesta a restarle importancia al tema.

—Ni juega, ni entrena y seguro que el hombro le duele un montón. Yo, en su lugar, mordería.

Para Eileen, seguramente todo eso contaba, pero sabía que a su hijo le pasaban más cosas que no tenían que ver con entrenamientos ni analgésicos.

—Qué raro que Victoria no haya venido a verlo, ¿no? —comentó Shannon.

—¡Ni Dios permita! —dijo Patty poniendo dos dedos en cruz como si la sola mención del nombre fuera suficiente para invocar a Satanás.

Gillian le guiñó un ojo. Definitivamente, la acompañaba en el sentimiento.

Sin embargo, a ella no le parecía raro que la modelo siguiera desaparecida. Jason era especialista en enojar a sus chicas y el enfado de esta en particular había sido todo un espectáculo.

—Por la forma en que se fue no me dio la impresión de que pensara volver, la verdad —dijo Gillian sonriendo.

Eileen continuó observándola atentamente.

—Pues reapareció —apuntó Shannon—. La semana pasada cogí el móvil de Jason pensando que era el mío y la que llamaba era ella.

—¿Ah, sí? —preguntó Gillian en tono casual. Qué suerte. Solo con pensar en volver a tenerla a dos metros y aguantar sus dardos envenenados...

Eileen sonrió para sus adentros. A Gillian, aquella mujer le daba urticaria y aunque mantenía las apariencias extraordinariamente bien, a la madre de Jason no le pasaba desapercibido. Y eso, por sí mismo, constituía toda una novedad; era la única de las decenas de chicas de Jason que a Gillian le producía algo, y la única que él había traído a casa la última Navidad.

—¡Mala suerte! —dijo Shannon, dándole una palmada en el brazo a Gillian—. Igual te toca volver a recibir esas miradas fulminantes que te echa... Me parece que no le caes bien.

—Normal —intervino Mandy con picardía—. Jason y Gillian son carne y uña, y las mujeres somos muy posesivas.

—Lo de esa es imbecilidad —puntualizó Patty—. Porque si espera echarle el lazo...

—Patty —gruñó Eileen, y no fue más allá porque sabía que las demás pensaban lo mismo que la niña aunque no lo dijeran.

—¿Solamente posesiva? —dijo Gillian con un punto prácticamente indetectable de ironía—. ¿A quién se le ocurre irse de una casa en la que se es un invitado sin despedirse de nadie? Jason estaba negro.

Rojo, no negro, pensó Eileen. Y la razón no era la falta de modales de Victoria, sino su exceso de franqueza. Aunque teniendo en cuenta las malísimas pulgas de la mujer, a Eileen no le habría extrañado nada que en vez de encararse con Jason, lo hubiera hecho con Gillian. Y cuanto más lo pensaba, más curioso le resultaba. La rubia no había escatimado al mostrar su disgusto por Gillian, pero a la hora de dar el tiro de gracia, había elegido otro blanco. ¿Le preocuparía la reacción de Gillian? ¿O la de Jason cuando se enterara?

Shannon miró de reojo a Mandy pensando lo rarísimo que le parecía que Gillian hiciera uso de la ironía, aunque fuera tan leve que pudiera medirse en microgramos.

Su sonrisa le confirmó que pensaban lo mismo.

◆◆◆◆◆

Matt y Tim habían "secuestrado" a su padre de acogida y los tres, como si tuvieran la misma edad, jugaban al martillo en una de las atracciones. Los Brady habían vuelto al mundo del acogimiento de niños a instancias de Mark, el mayor de los tres hermanos Brady, y se habían estrenado hacía año y medio con dos hermanitos de 9 y 11 años, a los que un tiempo después se había unido Patty, de 16.

—Bueno, ya ha caído un Brady —dijo John mirando divertido cómo Mark se lo pasaba en grande jugando con los niños—. ¡Lo suyo sí que fue fulminante!

Jason asintió con el mismo sucedáneo de sonrisa que llevaba puesta desde el accidente.

Sí, desde luego. Mark esperaba a la señora Rutherford, una regordeta de sonrisa amable, y lo que se presentó en el rancho un mes después de la llegada de los hermanitos White, a hacer la primera visita de control, fue una dulzura pelirroja que lo dejó *grogui* desde el primer minuto. Hasta el punto de casarse con ella después de un noviazgo relámpago de cuatro meses. Ahora, seis después, se preparaba para recibir a su primer hijo biológico que nacería en septiembre.

—Con Mandy acercándose peligrosamente al precipicio —continuó John—, me parece que estás a punto de quedarte solo.

—¿Tú crees que se va a dejar?

El padre de Jason asintió con una sonrisa pícara.

—Si Jordan se lo pide se lanza en plancha. Está *loquita* por ese vikingo —se acercó a su hijo para hablarle en tono de confidencia—. Y se lo va a pedir, me lo dijo en Navidad.

Jason miró a su padre con incredulidad.

—¿A ti? ¿Te pidió permiso o qué?

—Es una conversación que teníamos pendiente... Aunque cuando te vi presentarte en casa con esa chica, pensé que igual te adelantabas a Mandy... —añadió mirando a su hijo de reojo con picardía. Vio que él estiraba las piernas y las cruzaba en un gesto cansino.

34

—¿Tú también con eso? —dijo de mala gana. Entonces, Victoria era "solamente una amiga"; ahora ni siquiera eso.

John negó con la cabeza.

—Te doy conversación, nada más. Es muy guapa y parece lista y todo eso, pero no tiene ninguna posibilidad contigo.

Jason continuaba mirando al frente, donde Mark y los críos hacían de las suyas. Su mente, sin embargo, había vuelto a la última Navidad y a las cosas que Victoria le había dicho y que él seguía sin digerir.

—Estaba como una cabra. Menudo genio.

—Ya. Dejó claro que había dos cosas de tu vida que no le gustaban nada: tus viajes y Gillian.

Jason no contestó de inmediato. Qué el recordara la única vez que Victoria había aclarado algo al respecto, estaban solos. ¿O acaso también se había dedicado a decir tonterías cuando él no estaba presente?

—Sí, aunque en eso no innovó nada; todas cojean del mismo pie.

—No me extraña. Todavía no conozco a ninguna mujer que vea con buenos ojos que el hombre que le interesa pase más tiempo por ahí que en casa. No hablemos de que, además, congenie tan bien con otra mujer —John espió la reacción de su hijo, sonrió para sus adentros y lo soltó—. Especialmente, si es alguien como Gillian.

Bingo.

Su hijo había dejado de hacer que prestaba atención al juego de los niños y ahora sus grandes ojos celestes, idénticos a los de su madre, lo miraban a él lanzando una advertencia: "cuidado con lo que dices que el horno no está para bollos".

—¿Qué quieres decir?

—Tan parecida a ti y tan diferente a ellas.

Jason resopló, sardónico.

—Esa enana no se parece a mí en nada.

Acto seguido, John lo vio ponerse de pie en lo que le pareció la evasión más descarada, para luego decirle como si tal cosa:

—¿No te apetece beber algo? Estoy muerto de sed.

Muy bien.

Podía buscar cuantas evasiones le diera la gana; había regresado a Camden.

Ya no era el adolescente de diecinueve años que se marchara poniendo tiempo y distancia entre los dos. Ni ella, la niña menuda del pelo largo y la sonrisa tierna.

Tarde o temprano, tendría que enfrentarse a la cuestión.

John asintió y se puso de pie con una sonrisa premonitoria que su hijo, que volvía a hacer que prestaba atención a los críos, no vio.

CAPÍTULO 2

Jueves, 6 de abril de 2006.
Rosaleda de Gillian.
Rancho Brady.

—**C**on un sombrero de paja serías igualita a las granjeras de las películas —dijo Jason mirando a Gillian, tan primorosa de camisa roja a cuadros arremangada hasta el codo, peto vaquero y bambas.

Ella se volvió sonriendo. Levi's desgastados, zapatillas negras de diseño, buzo de algodón del mismo color al que le había quitado las mangas, no tenía claro si por practicidad o por coquetería... Apenas quedaba rastro de los moratones y demás heridas menores, consecuencia del accidente que había sufrido. El gigante rubio que miraba, a pesar de llevar el pelo un poco más largo que su habitual rapado "estilo soldado", era aproximadamente un cuarenta por ciento del auténtico Jason Brady.

—Y tú con una sonrisa más grande, igualito a mi Jason, ¿sabes cuál digo?

Él se apoyó contra el borde de la pérgola, a su lado, y le dio un bocado a la manzana. Masticó, mirándola burlón, y al final...

—¿*Tu* Jason?

Ella respondió mientras removía la tierra junto a los rosales de Matt y Timmy.

—Mi amigo de alma. Ese que lleva desaparecido como veinte días...

No estaba desaparecido, sino insoportable. Por eso se mantenía a distancia y con la boca cerrada.

—Me dijo que viene de camino —arrojó el corazón de la manzana en la carretilla donde Gillian iba dejando restos de hojas y hierbajos, y cuando volvió a mirarla se esforzó por sonreír—. Aunque puede que tarde un par de días más o así...

Ella asintió, ilusionada. "Ojalá", pensó, pero sabía que no iba a ser tan fácil; lo suyo era más preocupación que frustración, aunque fuera demasiado vanidoso para admitirlo.

—Dile que digo yo que no hay nada que él no pueda conseguir. Si quiere volver a jugar, la próxima temporada estará en la alineación. Y si no quiere volver, será su decisión y bien estará como todas las decisiones que ha tomado en su vida —buscó su mirada con cariño—. ¿Me vas a hacer el favor de decírselo?

Jason meneó la cabeza, apartó la vista. Estar con ella era como mirarse en un espejo: familiarmente cómodo la mayoría de las veces; perturbador otras.

—No creo que vaya a tenerlo en cuenta, pero vale. Se lo digo.

—Lo que tenga que ser, será. Ahora estás aquí... Estás en casa, Jason, ¿te das cuenta? Después de un montón de años, estás aquí. ¿No te parece una maravilla abrir los ojos por la mañana sabiendo que solamente hay dos tramos de escalera entre tú y la gente que quieres? Disfrútalo, Jay, y déjanos disfrutarlo contigo.

Pero esto sí lo tendría en cuenta.

Esta era una de las revelaciones grandiosas marca Gillian que entraban directo a su cerebro y, una vez allí, encendían la luz; llevaba diez años echando de menos todo -su familia, su casa, ella...-, contando como un preso los días que quedaban para estar con los suyos y ahora, al fin, estaba aquí.

—Eres única —le rodeó el cuello con su brazo bueno—. Cuando te hicieron a ti, rompieron el molde.

—Menos rollo, grandullón y piensa qué te apetece hacer.

—Sé lo que quiero hacer, el problema es que no puedo —señaló su brazo en cabestrillo—. No es tanto lo que puedes hacer con un solo brazo.

—Pues, dejarte la cara como un cuadro lo haces de miedo...

El rostro de Jason mostró la primera *sonrisa-sonrisa* en veinte días. La tecnología no acababa de funcionar del todo bien con su barba, y su coquetería masculina no aceptaba menos que una cara perfectamente limpia de sombras y pelos. Las maquinillas de usar y tirar daban un buen servicio y eran seguras.

Excepto en la mano izquierda de un diestro.

—Seguro que se sobreponen al *shock* —replicó él.

Por lo visto, la cosa estaba mejorando a pasos agigantados en el humor de Jason. Si su vanidad, que tenía el mismo tamaño que el cuerpo, empezaba a mostrar las orejas, era que *Superman* estaba a punto de hacer su aparición triunfal.

Gillian no pudo evitar suspirar aliviada.

—Ellas no están aquí ahora, campeón, pero yo sí. Y muerta de aburrimiento, te diré... Así que, ¿por qué no miras a ver si puedes arreglar la moto de cross?

Claro que podía arreglarla, ¿acaso lo dudaba?

—¿Cuál es la conexión entre tu aburrimiento y el motor de esa moto?

—Si la arreglas —dijo ella con una sonrisa radiante mientras se quitaba los guantes de trabajo y los ponía en un bolsillo del peto—, podríamos ir por ahí. Te llevo de paquete.

—¿Tú, llevando ciento quince kilos de paquete? —preguntó él a punto de soltar la risa—. Venga ya...

Gillian se encogió de hombros, elevó la parte trasera de la carretilla y se puso en marcha. Él la siguió.

—He llevado ochenta sin problemas, pero si tienes miedo de caerte...

Jason la adelantó con una sonrisa incrédula en la cara, se volvió de frente a ella y siguió avanzando de espaldas a la verja.

—¿Qué ochenta has llevado, si se puede saber?

—Mira por donde andas. No vaya a ser que te estampes.

—¿Quién te dejó llevarlo de paquete y en qué moto? —insistió él.

—Jay, *mira por donde andas.*

Él se detuvo delante de la carretilla, obligándola a hacer lo mismo. La escrutó unos instantes sin dejar de sonreír.

—Vale —dijo al fin—. Arreglo ese motor y me llevas de paquete. A cambio, quiero detalles, ¿hecho?

Gillian asintió encantada. Los detalles no eran lo que él suponía: el paquete había sido su hermano, Mark; la moto, la misma cuando era nueva, y de eso hacía añares, pero para cuando se enterara, ella ya habría conseguido lo que intentaba desde hacía tres semanas sin mucho éxito.

"Hecho", respondió.

—Me voy a buscar a mi hermano, a ver si me echa una mano —rió—. Bueno, mejor las dos...

—¡*Stop!* —exclamó ella tirando de su camiseta. Era la hora del "eufemismo de café" que Mark disfrutaba todos los días, a media mañana, con su mujer, aprovechando que la pasión entre los dos seguía por las nubes, y a esas horas tenían la casa vacía de niños—. Que la mano te la eche John, las de Mark ahora están ocupadas en otra cosa.

Jason frunció el ceño.

—A esta hora suele tomarse un café con Shannon, ¿recuerdas?

Ahora sí que la carcajada fue de las de verdad. El *quarterback* meneó la cabeza y puso rumbo hacia la casa familiar.

—¡Cómo han cambiado las cosas en este rancho! Casi me da miedo pensar en pedírselo a mi padre. Con tanto amor en el aire, cualquiera sabe lo que estará haciendo...

♦ ♦ ♦ ♦ ♦

Pero el padre de Jason no estaba en casa. Eileen, le dijo que había bajado hasta el sector agrícola y Jason decidió ir a buscarlo y ver qué tal andaban las cosas por ahí. Aunque hacía más de tres semanas que estaba de regreso, lo más lejos que su ánimo le había permitido llegar era la zona de adiestramiento de caballos.

Además, sería divertido ver qué tal se las apañaba conduciendo con el brazo encargado de la caja de cambios, en cabestrillo.

La cara mezcla de sorpresa y satisfacción de su padre al verle aparecer por el barracón de los empleados, le confirmó que Gillian no era la única preocupada por su persistente malhumor.

—¿Has venido solo? —preguntó John, divertido. Jason asintió—. ¡Vaya! ¿Y qué tal fue la experiencia de ir en primera más de veinte segundos? —dijo aludiendo al amor de su hijo por la velocidad y las motos.

"Eterna". Era demasiado corpulento para la cabina del único vehículo que había en el garaje, el primer Chevy Corvette de Jordan -su amigo y según las malas lenguas, futuro cuñado-, una auténtica pieza de museo que para desgracia de Jason no tenía cambio automático. En cien metros se le había calado cinco veces. Al final, se había armado de paciencia para hacer el resto del trayecto en primera.

—No estoy seguro —contestó socarrón—. ¿Bush sigue de Presidente?

John se echó a reír, le palmeó el hombro sano.

—Me parece que no conoces a Keith Van den Akker...

¿Vande qué?

—No —ofreció su mano izquierda al hombre. No lo había visto en la vida, pero tenía un cierto aire lejano a Jordan. Mismo color de pelo y ojos. Veintisiete o veintiocho. No tan alto—. ¿Eres del país de los tulipanes?

El hombre le estrechó la mano sonriendo.

—Solamente el apellido, yo soy de aquí. Y tú eres el "gigante forzudo" de Gillian. Encantado de conocerte.

Era bastante más cosas que eso. El mejor *quarterback* de la liga profesional de fútbol, por ejemplo. Y además, ¿qué hacía aquel tipo hablando de Gillian? ¿Quién era? Jason miró a su padre en busca de respuestas. Él se apresuró a aclararle el panorama.

—Keith es nuevo en la plantilla. Es el segundo capataz.

—¿Capataces de menos de cuarenta en Camden?

Ese tenía más pinta de domar caballos que de dirigir cuadrillas.

—No —dijo Keith con una sonrisa—, yo soy el primero.

Jason asintió. Seguramente sería su ánimo todavía convaleciente, pero aquel individuo le caía *gordísimo*, así que decidió cortar por lo sano. Se volvió hacia su padre.

—Voy a desmontar la moto, ¿me echas una mano?

A John no le gustaba la mecánica, y a diferencia de su hijo, solo se engrasaba las manos cuando no le quedaba otra alternativa, pero que Jason quisiera hacerlo lo tranquilizó. Era un signo de que empezaba a ser el de siempre.

El *sesentón*, tan rubio y corpulento como su hijo, se apresuró a aceptar la oferta de buen grado.

—Claro. Dame unos minutos que acabo con Keith, y nos vamos.

Tuvo que darle un cuarto de hora, pero al menos John hizo de chófer del Corvette dejando que el segundo capataz se encargara de llevar su pickup Ranger devuelta al garaje. Durante el trayecto de regreso, que esta vez le pareció considerablemente más corto, le dio tiempo de enterarse de que el holandés llevaba ya dos meses trabajando en el rancho, que "de momento" lo estaba haciendo bien, y que había sido a instancias de Mark que habían añadido manos al trabajo del rancho. Seguramente, con la intención secreta de que él pudiera liberar las suyas un par de horas cada mañana para tomarse un "eufemismo de café" con su mujer, pensó Jason divertido.

Lo que le confirmó que su ánimo estaba, definitivamente, en vías de recuperación.

Y que aquella enana, que no levantaba dos palmos del suelo, bendita fuera, había vuelto a conseguirlo.

CAPÍTULO 3

Sábado, 8 de abril de 2006.
A bordo de una vieja moto,
por los senderos de un paisaje de postal.

Gillian echó un vistazo al retrovisor. Entre la polvareda que levantaban las ruedas podía distinguirse claramente el morro de la pickup Ranger de John, y aunque el reflejo del sol en el parabrisas le impedía ver quiénes la ocupaban, podía apostar el cuello (y no perderlo) a que los que no hubieran cabido en ella, vendrían detrás, en el monovolumen de Mark.

—Traemos escolta —dijo ella en voz alta.

"¿Por qué no le extrañaba nada?", pensó Jason mirando apenas por encima del hombro. Su padre había sido el primero en decirle "es una locura" al saber por qué se le había dado por reparar el motor de una moto que llevaba arrumbada más de dos años. Después de él, habían venido con la misma música su madre, Mandy y cómo no, Mark.

Y no los criticaba. Gillian era más osada que experta en cuanto a motos.

—Esos cotillas vienen a divertirse a mi costa...

En este caso, realmente, venían a divertirse *con* él. Todos estaban preocupados aunque lo disimularan y no solo por cómo la lesión afectaría su futuro profesional, sino, especialmente, su autoestima y su ánimo. No estaban acostumbrados al Jason huraño de las últimas semanas y ahora que despacio volvía a ser el de siempre, lo disfrutaban doblemente. Después de todo, aunque lo que había acaparado la atención había sido el accidente, la verdadera noticia para todos ellos, era que después de más de una década, el "hijo pródigo" había vuelto a casa.

Poco rato después, habían elegido un pequeño prado soleado junto al camino de tierra que llevaba al río y allí, sentados sobre la hierba, charlaban mientras tomaban un piscolabis que había preparado Eileen. Matt y Timmy jugaban con *Snow*, el perro Husky de Patty mientras su dueña probaba destreza sobre la moto. Los adultos, milagrosamente al completo, hablaban del *jacuzzi* que Mandy estaba haciendo instalar en el baño de la planta baja de su recién acabada casa, a menos de trecientos metros de la gran casa familiar, en el rancho.

Menos Gillian.

Ella no hablaba. Los miraba, los oía, intentando conciliar en su mente las imágenes de otros momentos similares a lo largo de los años. Era increíble cuánto habían cambiado sus vidas, y al mismo tiempo, lo parecida que seguía siendo su forma de comunicación y lo mucho que disfrutaban de esos ratos juntos.

Pero cuando sus ojos se cruzaron con los de Jason, Gillian supo que su momento contemplativo estaba a punto de acabar.

Y así fue.

—Bueno, por las dudas, cierra la puerta con llave, no sea que uno de estos días te encuentres con invitados —dijo Jason a Mandy, mientras miraba a su amiga del alma—. Igual invita a su paquete de ochenta kilos a probar tu *jacuzzi*...

—Gillian sabe que todo lo mío es suyo —dijo Mandy con segundas y al ver la cara de su chico—. Bueno, *casi*. Jordan es solo mío ¿no, *guaperas*?

—Gracias —replicó el aludido con fingido alivio después de darle un beso en los labios—. No creo que pudiera con las dos.

Mandy, Mark y Jason se miraron y respondieron al unísono un "¡Venga ya!" que puso a todo el mundo a reír. Jason volvió a intentarlo cuando las risas cesaron.

—¿Y, enana? ¿Vas a decirlo libremente o habrá que tirarte de la lengua?

—¿Libremente? —contestó ella, haciéndose la interesante—. Las mujeres, *libremente*, no hablamos de nuestras cosas con otro ser humano, a menos que también se depile las piernas y lleve sostén.

—Se depila. Este *mariconazo* se depila —terció Mark socarrón, incapaz de entender que un hombre quisiera eliminar una de sus señas de identidad más características—. Y sostén —miró a Gillian muerto de risa—, con esos pectorales, seguro que si llevara sería más grande que el tuyo... Así que si es por eso, *despáchate libremente*.

Todos reían el comentario de Mark; Gillian *alucinaba*.

¿Lo había llamado "mariconazo"? La expresión de Jason era puro desafío cuando habló.

—Pues los bíceps los tengo más grandes todavía. ¿Quieres probarlos? Tú haces de jabalina.

Mark sonrió travieso. En un segundo estaba frente a él, cacheteándole las mejillas en broma.

—¡Cómo picas, tío!

—Ojo, que también pego —dijo el *quarterback* apartándole las manos. Mark le dio un par de palmadas en la cabeza y volvió a sentarse junto a Shannon—. Y tú, enana, déjate de moñas y suéltalo ya.

—No llevas sostén, lo siento —respondió ella con picardía.

El turno de preguntas y respuestas se extendió durante varios minutos, salpicado de bromas por parte de Mandy y Mark mientras sus padres miraban con ilusión la interacción entre Jason y su amiga del alma.

—Y dices que no es moreno —comentó Jason pensativo. Gillian negó con la cabeza—. Pero es buen jinete.

Ella asintió. Y a continuación Mandy comprendió la dirección que estaban tomando las indagaciones de su hermano, y se echó a reír.

—No me digas que pensabas en Jeffrey...

—Nunca se sabe —dijo Jason mirando a su amiga con segundas—. Igual el chino mandarín se practica bien en moto.

Cuando Gillian vio la cara de sorpresa en John y Eileen, empezó a deternillarse.

—Frío, frío, frío —dijo ella entre risas—. No es Jeffrey, ni Dios permita.

—Pues, estoy perdido porque con esa descripción en este rancho solo hay una persona —sus ojos se desplazaron brevemente a los de su hermano y volvieron a Gillian—, pero no puedo imaginármelo haciendo algo así.

—¿Así cómo? —dijo el aludido—, ¿ir de paquete en una moto conducida por una mujer? Hago cosas más peligrosas para mi pellejo todos los días, tío.

—Por trabajo, no por diversión —apuntó Jason. Gillian bajó la vista hasta la flor de trébol que sostenía en la mano. Ese aspecto de la comunicación entre los dos hermanos tampoco había cambiado nada. Mark era casi tan vanidoso como Jason, y casi tan competitivo—. Lo que no me imagino es divirtiéndote con Gillian.

—Pues nos divertimos —replicó Mark—. Bastante, te diré.

Gillian miró brevemente a Jason. Lo vio asentir con un sucedáneo de sonrisa.

—Vaya, se ve que en estos años me he perdido más cosas de las que pensaba... —comentó el *quarterback*.

Mark, que cuando se trataba de competir con su hermano, no tenía miramientos, se despachó a gusto.

—Bueno, alguien tenía que mantenerla animada mientras tú estabas ocupado ganando trofeos, ¿no?

—Y alguien va a tener que despertarme como sigáis con este duelo de vanidades soporífero —dijo Gillian poniéndose de pie—. Así que con vuestro permiso, voy a dejar que mis sobrinos postizos se encarguen de mantenerme animada.

Mark la siguió con la mirada mientras ella, cabello al viento, se dirigía junto al gran roble donde Matt y Timmy jugaban con *Snow*.

—No nos aguanta cuando nos damos caña —dijo Mark a Jason, riendo.

—No, no le gusta un pelo —confirmó el *quarterback*.

"Ya, menudo farol". John miró de reojo a Mandy. Ninguno dijo nada, pero ambos sonrieron.

♦ ♦ ♦ ♦ ♦

Rápidamente, *Snow* fue sustituida por una pelota que apareció volando desde el monovolumen de Mark y en pocos minutos, humanos y can jugaban una versión adaptada de fútbol. Sin la participación de Jason, quien con el hombro sano apoyado contra un árbol miraba el juego cual niño un postre que no puede tocar.

—Consuélate, ya somos dos los que solo miramos —dijo Shannon, que sentada a su lado, también seguía el juego desde la distancia. Aunque el médico no le hubiera recomendado prudencia al conocer el historial de abortos naturales en su familia, Mark se habría encargado: la trataba como si pensara que podía quebrarse al menor esfuerzo.

¿Consolarse? Se sentía un inútil, y como no quemaba energía, tenía la sensación de que se pasaba el día sentado sobre alfileres. Y además dolía, el hombro lo estaba matando.

Y mejor que dejara de pensar en el tema o además añadiría "cabreado" a la lista.

—Voy a por un Aquarius ¿te traigo algo? —Shannon sonrió, negó con la cabeza—. ¿Y a ti, mamá?

Los hermosos ojos celestes de la mujer se iluminaron cuando sonrió.

—Un beso —dijo Eileen estirándose hacia su hijo y poniéndole la mejilla, esperando que él hiciera los honores.

Shannon soltó la risa al ver al *quarterback* poner los ojos en blanco.

—¿Como cuando tenía ocho años? —comentó él con segundas

después de depositar un beso de ruido sobre la mejilla de su madre.

Eileen le acarició la barbilla.

—Como cuando tengas cincuenta; no hay edad para el cariño.

Jason se limitó a echarle una mirada resignada. Luego, se puso de pie con cierto esfuerzo y se encaminó hacia la furgoneta donde estaban las neveras portátiles.

Enseguida apareció Gillian, sofocada, intentando recogerse el cabello en un moño.

—¡Cómo se nota el *amormamiento* invernal, cinco minutos y quedamos de cama! —exclamó echándose de espaldas sobre la hierba.

—De cinco minutos nada, lleváis media hora haciendo el indio —dijo Shannon riendo.

Gillian extendió los brazos en cruz, suspiró. El frescor de la hierba y la energía del sol eran el mejor revitalizante para ella.

—¡Qué *gustito*! —dijo con una sonrisa haragana en la cara—. Solo me falta una *almohadita* y estoy en el paraíso.

Eileen no demoró ni un segundo en darse por aludida. Se sentó de forma que Gillian pudiera recostar la cabeza sobre sus piernas.

—¿Te sirve esta? —ofreció con cariño. Gillian le plantó un beso agradecido sobre su espesa melena corta plagada de mechas rubio claro, y se puso cómoda.

Jason sonrió al ver el panorama de aquella enana de bermudas y camiseta de tirantes usando a su madre de almohada. Mil veces, la almohada había sido él. Ella lo llamaba "estar cómoda" pero para él eran, simple y llanamente, mimos. Fuera por su infancia carente de todo, o por lo físicamente afectiva que era, no perdía ocasión de servirse ración triple de afectos.

Y definitivamente, había ido a buen puerto por esa leña; Eileen era un auténtico surtidor de cariño.

—¿Ya estás acaparando, enana? Mira que yo también estoy necesitado...

Eileen y Shannon se miraron divertidas. Gillian abrió un solo ojo y lo enfocó en el musculoso de vaqueros y camiseta azul sin mangas que le tapaba el sol.

—¿Está *malito* el nene?

"Malito no, jodido", pensó, pero se limitó a asentir y a beber de su bote de Aquarius.

—*Pobrecito* —se burló Gillian con una sonrisa traviesa—. Pues hala, busca en tu agenda que seguro, seguro que encuentras enfermera a domicilio.

¿Después de la experiencia navideña con Victoria? Ni borracho. El sonido de su móvil interrumpió el pensamiento. Jason lo buscó con la mirada y lo descubrió a un par de metros.

Y a diez centímetros de la mano de Gillian, que no hizo el menor ademán de alcanzárselo siquiera, no hablemos de atenderlo.

Con cierto esfuerzo él se agachó y lo cogió.

—¿Qué? ¿Tienes miedo de que te muerda?

—Igual explota —respondió ella sonriente.

Pensaba en Victoria, claro. ¿Qué habría sido de ella, por cierto? ¿Tendría planeada una visita sorpresa y la llamada que había atendido Shannon era solo para tantear el terreno?

Él le hizo un gesto burlón, le enseñó la pantallita parpadeante y cuando Gillian vio lo que ponía, se echó a reír.

"Cyndie2-Nash". ¿Pero cómo era tan bestia de numerarlas?

Jason atendió aguantando la risa y se apartó un poco para hablar.

Mientras Shannon y Gillian reían a cuenta de la agenda numerada, Eileen seguía atentamente la evolución de su hijo.

Había sonrisas y coqueteo. Alguna broma. Y brevedad; pocos instantes después, la conversación había terminado y él estaba de vuelta, sentándose laboriosamente sobre la hierba.

—¿Y? —preguntó Gillian—. ¿La Cyndie número dos de Nashville se dejó o no?

Él la miró vanidoso.

—El que no se dejó fui yo.

Estaba claro, pensó Eileen. Aquella conversación había sido demasiado breve.

—¿Y eso por qué? —dijo Gillian. Se puso de costado, apoyando la cabeza sobre el codo flexionado. Jason vio cómo una sonrisa muy pícara hacía acto de presencia en la cara de su amiga—, seguro que el hombro se pone contento...

Eileen meneó la cabeza.

Jamás cogerían el móvil del otro ni se meterían en sus cosas, pero bromeaban sin tapujos de cuestiones privadas. Eso era algo que ni siquiera haber estado tantos años lejos había podido cambiar. Más aún, Eileen tenía la impresión de que la brevedad del tiempo que pasaban juntos cuando Jason viajaba a Camden había agravado la situación; antes si alguien aparecía, dejaban el tema. Ahora era como si no se dieran cuenta de que no estaban solos.

—Tendrá que conformarse con una de aquí —respondió él, y bebió otro sorbo.

Gillian le quitó el bote y bebió sedienta maquinando una idea que tan pronto le cruzó la cabeza, le pareció genial.

—Pues creo que tengo la solución perfecta —dijo feliz—. ¿Cómo estás para ir a mover el esqueleto al Gato Negro esta noche?

Una sonrisa radiante contestó por él.

—Cambió de dueño ¿sabías? —continuó ella.

Él frunció el ceño. Ella asintió encantada.

—Ahora es de Beth Folley —movió la cejas sensualmente.

No hacía falta preguntarle si la recordaba. Beth y él habían estudiado juntos y habían compartido algunas otras cosas aparte de apuntes: el *quarterback* era su debilidad. Congeniaban bastante bien y Gillian sabía que alguna que otra vez que él había estado en Camden, se habían visto.

—Tan pronto se enteró de que habías vuelto, me llamó para invitarnos a la inauguración. Dice que "te va encantar el nuevo Gato Negro" —añadió.

—¿Ah, sí? —comentó él, su sonrisa vanidosa a punto de tragársele la cara.

Ella asintió, traviesa.

Lo que a Jason le iba a encantar era un poco de sexo sin complicaciones. De todas las mujeres que habían salido con él, Beth era la única que disfrutaba el momento sin esperar nada más.

Y la única lo bastante inteligente de usar a Gillian para llegar a él, en vez de querer ponerle un ojo negro.

—Aunque tengo que advertirte que tiene un medio socio medio novio detrás de la barra —dijo Gillian—, pero si quieres puedo distraerlo un rato....

—Qué detalle de tu parte.

Ella soltó una carcajada.

—Lo que sea por un amigo, ya sabes.

—¿"Un amigo"? Tu *único* amigo —acotó, desafiante—. Gracias, no me hace falta que lo distraigas.

Gillian le sopló un beso.

Qué genial que él, al fin, estuviera en casa.

¡Cuánto lo había echado de menos!

CAPÍTULO 4

Más tarde aquel mismo día.
El Gato Negro.
Camden, Arkansas.

Beth no había demorado ni un cuarto de hora en invitar a Jason a la trastienda.

Y él, menos de lo que se tarda en pestañear, en aceptar.

Lo cual, evidentemente, no había sido del agrado del resto de las féminas que, desde que había llegado, formaban corrillo alrededor de él compitiendo por atraer su atención, y que esta vez habían tenido que conformarse con que él invitara las bebidas, solamente.

Para Gillian era un alivio verlo recuperar la normalidad. Eso era lo normal en la vida de Jason; ser el centro de atención dondequiera que fuera y en un momento determinado, desaparecer -con alguien- por un rato, a veces por el resto de la noche. Aunque ninguno de la familia hubiera caído en la cuenta, este aspecto de su vida era el mejor indicativo de lo mal que había estado su ánimo desde el accidente.

Y de lo bien que empezaba a estar.

—Se ve que a Jason le gustó "el nuevo Gato Negro" —dijo Shannon, refiriéndose a la conversación que habían tenido por la tarde, cuando estaban en el prado. Gigante y dueña del local acababan de esfumarse detrás de una cortina negra que llevaba al área restringida al personal.

Mark, que no estaba al tanto del tema, miró alrededor con ojos críticos.

—Pues a mí, me gustaba más antes. Ahora, hay demasiado ruido y demasiado metal.

Las dos mujeres se echaron a reír.

Sin duda, a Jason le había gustado el nuevo aire ultra moderno que Beth había dado a uno de los primeros locales marchosos que se habían abierto en la ciudad, en la década de los noventa, y aún seguía en pie. Cuatro mini pistas de baile colgantes rodeaban la barra, una circunferencia perfecta de acrílico completamente transparente, dentro de la cual cinco *gatúbelas* de catálogo repartían refrigerios y sonrisas. La gran terraza-balcón de antaño era ahora un invernadero romántico con plantas exóticas, velas aromáticas y divanes de terciopelo que invitaban a relajarse en compañía. Invitación que Mandy y Jordan habían aceptado de inmediato.

—Más le gustó la idea de estar un rato con la dueña —apuntó Gillian, todavía riendo.

Ah, por eso no veía a su hermano por ningún lado, aunque...

—¿Ella no está saliendo con ese tío? —Mark señaló con la mirada al único hombre que había detrás de la barra.

Sí, pero ese tipo de detalles nunca habían sido un problema para Jason, que Gillian supiera. Ni para Beth.

—No creo que planee casarse con ella.

Estaba claro. Lo único que su hermano planeaba era su vida profesional. La personal consistía, desde hacía años, en una sucesión de encuentros sexuales -ni siquiera cualificaban como "relaciones"- con mujeres de distinto aspecto y procedencia cuyo único punto en común era que a Jason no le interesaban un pimiento. A pesar de la sorpresa de verlo presentarse en el rancho con una a pasar la última Navidad -Dios sabría qué bicho le había picado a Jason para hacer algo así-, a Mark enterarse de que Victoria se había largado sin despedirse de nadie, no le había sorprendido en lo más mínimo. El *quarterback* había calculado mal el nivel de tragaderas de la rubia, que, evidentemente, había rebalsado al enterarse de que él se había ido con su familia y Gillian a pasear a caballo sin siquiera molestarse en invitarla.

—Ya —dijo Mark—. A este paso, con suerte, voy a ser tío a los sesenta.

Gillian sonrió divertida, lo miró con cariño.

—Pero papá, en septiembre.

La felicidad de Mark brotaba como agua de una fuente, cuando con una sonrisa que no le entraba en la cara puso su mano sobre el vientre de Shannon, que empezaba a ser bastante voluminoso para los escasos cuatro meses de embarazo.

—Sí —dijo mirando a su mujer embelesado—. Solamente cinco meses más, ¿no, Shan?

Ella, que nunca se quedaba atrás en embelesamiento, tomó la cara de él entre sus manos y le dio un beso tierno.

—Solamente, corazón.

Gillian carraspeó para tomarles el pelo.

—¿Sabes qué? —dijo Mark hablando a Shannon pero mirando a Gillian con segundas—, creo que nosotros también nos vamos a ir a probar esos sillones de la terraza...

En la trastienda las cosas iban bien, pero no *tan* bien. ¿Quién habría pensado que una actividad para la que raramente empleaba más que la parte inferior de su cuerpo, se volviera tan complicada debido a una lesión en la parte superior?

Pero así había resultado. Muy complicada.

Al final, la solución parcial la había ofrecido un destartalado taburete del almacén de bebidas en el que Jason se había sentado, el hombro sano apoyado contra la pared formando un ángulo obtuso con su cuerpo, mientras Beth hacía gimnasia encima suyo, y él rogaba porque en alguna no le diera accidentalmente en el brazo en cabestrillo y lo hiciera dar un alarido.

Y no de placer, precisamente.

Aquel *pseudopolvo* había tenido el privilegio de ser no solo el más doloroso de su vida, también el más corto.

Como decía Gillian, un "visto y no visto".

Pero la dueña de El Gato Negro, en una prueba más de que la libido en las mujeres iba a su propia bola, se lo había pasado bomba.

Beth siempre lo pasaba bien con Jason. No se habían visto muchas veces desde el instituto porque él ya no vivía en la ciudad. Pero las ocasiones que habían quedado, la experiencia había sido genial.

Principalmente por tres razones.

Primero, porque si Jason tenía algún defecto de fábrica, Beth no había sido capaz de descubrirlo. Era un ejemplar de macho alfa con un físico que cortaba la respiración; siempre se había sentido intensamente atraída por él. Le gustaba a rabiar.

Segundo, porque era práctico en cuestiones sexuales; iba al grano, y aunque no se esforzaba por ser un buen amante, la verdad era que tampoco le hacía falta.

Y era así porque la tercera razón por la que Beth disfrutaba tanto era que Jason estaba excepcionalmente bien dotado.

No, desde luego, defectos no le había encontrado ninguno.

Excepto Gillian, claro.

Entendía por qué ella no se le despegaba ni por casualidad, pero cuando intentaba plantearlo a la inversa, se quedaba en blanco. Con su sonrisa permanente y un peinado que las mujeres habían dejado de usar hacía cincuenta años -si es que sujetarse el pelo en una coleta alta con un lazo de terciopelo había estado de moda alguna vez-, era justo el polo opuesto a las mujeres con las que el *quarterback* salía.

Pero, evidentemente, ejercía sobre él un hechizo definitivo; a lo largo de los años, aquellas mujeres habían pasado, como la moda. Gillian seguía ahí, inamovible.

—¿Por qué un tipo tan *cool* como tú, usa una loción de afeitar de la época de la segunda guerra mundial? —murmuró ella, que sentada a horcajadas, descansaba la cabeza sobre el hombro sano de Jason—. Me parece que mañana tú y yo nos vamos de compras...

No era loción de afeitar, sino colonia para hombres. Y Jason, ni pensaba cambiarla ni ir con ella a ninguna parte.

—Nena, lo siento, pero... —se apartó un poco de ella— necesito cambiar de posición.

Ella le regaló una sonrisa sensual; él se apresuró a aclarar la cuestión.

—Quiero decir, levantarme.

A regañadientes, Beth se puso de pie, dejando así que él pudiera hacer lo mismo. Jason, en cambio, estiró las piernas y suspiró.

Lo bueno se había acabado, estaba claro.

—Gracias por el aperitivo —dijo ella acomodándose el top. Vio que él hacía lo mismo con su ropa después de deshacerse del condón—. Fue... *frugal* pero muy inspirador.

"Y más que cualquier otra cosa, doloroso", pensó Jason. Ella continuó:

—Cierro los lunes. ¿Por qué no nos llamamos y organizamos una cena en condiciones?

Mmm, mejor no.

Una cosa era verla alguna vez cuando se tomaba unas mini vacaciones en el rancho. Otra muy distinta, vivir en Camden y "organizar" algo con ella. Además, si había algo que Jason nunca organizaba era el sexo.

Y no tenía ninguna intención de empezar ahora.

—Comer, solamente en mi casa, ya lo sabes, pero seguro que uno de estos días nos encontramos por ahí...

Ella se retocó el pelo coqueta y escondió detrás de una sonrisa pícara, lo poquísimo que le había gustado aquella respuesta.

—Ya. Hay cosas que nunca cambian, ¿no?

"Ni que lo digas", pensó Jason. La última vez que se habían visto sin ropa, ella estaba a punto de casarse con un bróker de Nueva York. Y a juzgar por el anillo que llevaba en la mano izquierda, ahora iba camino de lo mismo. Solo que en esta ocasión, su prometido no estaba a mil kilómetros, ajeno a sus andadas sino allí mismo, detrás de la barra circular del local.

A escasos diez metros.

♦ ♦ ♦ ♦ ♦

Cuando un buen rato después Jason volvió del área restringida al personal, Gillian no estaba sentada a la barra donde la había dejado. Beth, sí, charlando con dos amigas. Mientras esperaba que le sirvieran, escudriñó el ambiente intentando localizarla. En la terraza no parecía estar, allí solo reconocía a su hermana con Jordan. Estaban en el mismo sitio que los había dejado, sonrió ante el pensamiento: haciendo lo mismo que hacían siempre, en palabras de su hermana "pegados uno al otro y dejando volar la imaginación". Mark, por lo visto, había preferido continuar la fiesta privada con su *mujercita* en casa.

¿Dónde se había metido aquella enana? En las pistas de baile no la veía. Recorrió el fondo del local, poniendo especial atención en las columnas, donde había menos luz. Agudizó la vista... Sonrió. Se veía muy poco, pero divisaba cuatro o cinco siluetas masculinas y la única figura femenina, tenía el pelo largo. Pagó las bebidas y se dirigió hacia allí. A medida que se iba acercando confirmó que, efectivamente, era ella y que de las figuras masculinas, solamente una le era familiar. Y mucha familiaridad había en la forma en que aquel tipo se comportaba con Gillian; era el del nombre raro que su padre le había presentado hacía unos días, y ¿la tomaba de la mano? Jason dejó de andar, prestó atención a lo que veía. Ella recuperaba su mano, decía algo; él volvía a cogérsela, decía algo. La acción se repetía otra vez, al final Gillian negaba con la cabeza y se ponía las manos en los bolsillos. El de los tulipanes, con una sonrisa Profidén decía algo más y se alejaba. En circunstancias normales, diría que aquel tipo insistía demasiado, pero... la sonrisa de Gillian también era Profidén. Reanudó la marcha y no tardó en comprobar que los otros tres que aún seguían con ella, también hacían alarde de sonrisa cautivadora. Jason meneó la cabeza, divertido ante sus propios pensamientos. El poder de seducción de su amiga había crecido considerablemente con los años.

En la barra, Beth siguió a Jason con la mirada mientras él se dirigía hacia una de las columnas. Ya era un bombón cuando iban al instituto; ahora, un espectáculo digno de ver, especialmente desnudo. Un obelisco guapísimo que todo lo tenía a la medida.

—¿Ese no es Jason Brady? —dijo una de sus amigas mirándolo de refilón.

Beth asintió. Con todo su poderío, sí.

—El mismo.

—Vaya, si se hace asiduo, te vas a forrar.

Ya, contaba con eso. Había sido una de las razones de haberlo invitado. Aunque no la más importante, debía admitir.

—¿Está con la del pelo largo? —preguntó la otra mirando al grupo de gente al que el jugador se había unido. Había una sola mujer entre ellos y él acababa de pasarle un brazo alrededor del hombro.

Si solo fuera "estar", tendría fácil arreglo. Esos dos no estaban juntos, eran como sombras uno del otro. Dondequiera que él iba, iba con ella.

—Siempre —dijo Beth, y bebió un sorbo de su cóctel.

Y desde siempre y para siempre.

Jodida Gillian, ¿cómo coño lo hacía?

◆ ◆ ◆ ◆ ◆

Eran más de las tres de la madrugada cuando Gillian y Jason abandonaron El Gato Negro, que estaba sirviendo la última ronda de bebidas antes del cierre.

Dios, hacía añares que no se lo pasaban tan bien, charlando y bailando hasta las tantas.

Aunque, la verdad, Gillian no había contado con volver a casa con él. Más bien, con lo contrario. Y ahora que pensaba en ello, ¿no sería...?

—Por las dudas que en el accidente se te haya movido alguna estantería de la cabeza, te recuerdo las reglas, ¿sí? —dijo ella risueña; él la miró sonriente—. El primero que encuentra plan interesante, le avisa al otro, y se lleva el coche.

Las recordaba, sí. Normalmente era él quien se llevaba el coche, y como Gillian era mujer, siempre tenía a alguien dispuesto a acompañarla a casa.

Solo que entonces eran críos, y ahora no.

—¿Y dejar que te vayas a casa en el coche de uno de esos salidos?

—¿Qué te hace creer que tú ligarías primero, engreído? Además, no puedes conducir, así que el coche en el que volvería a casa, en todo caso, sería el mío.

Él sonrió desafiante. Sí, ya había notado que el batir de alas de los moscardones era bastante más intenso de lo que recordaba.

Especialmente *Keith-como-se-llamara*. ¿Esa enana pensaba dejar que él le mostrara su tulipán, o qué?

—Que ligué primero, ¿tal vez?

Gillian lo miró socarrona.

—Eso no es ligar, campeón; era una cita concertada. Por mí. Y además, ¿cómo sabes lo que yo estaba haciendo mientras tú —empezó a reír— *polinizabas* a la flor reina del local?

Las carcajadas de ambos duraron un buen rato.

Qué fácil era reír con ella, ya casi se había olvidado de cómo se divertían cada vez que se iban de juerga juntos. Se lo pasaban de miedo hasta cuando se usaban mutuamente para atraer o espantar a según qué moscardón o *moscardona*. Ella le decía que aparecerse de su brazo hacía que su cotización subiera como la espuma, lo que aunque Jason no creía que fuera necesario en el caso de esa enana, que se las apañaba *solita* para atraerlos como moscas a la miel, vanidoso como era, le encantaba oírselo decir.

Pero de eso, hacía muchos años. ¿Seguía siendo igual?

Él volvió la cabeza y la miró. Ella esperaba paso para coger la carretera que llevaba al rancho. Aunque atenta a la conducción, su rostro tenía la calidez de una expresión siempre a punto de mostrar una sonrisa.

—¿Te fastidié el plan? —preguntó él.

La sonrisa hizo su aparición triunfal.

—¿Crees que te habría dejado hacerlo? No había ningún plan que fastidiar. No te preocupes.

—Pues sonreías como si lo hubiera...

Gillian meneó la cabeza, lo miró con picardía.

—Yo siempre sonrío, campeón.

Jason asintió.

Era cierto.

Y hacía bien, ya que era dueña de una sonrisa tan cálida que la de *Mona Lisa* a su lado no era más que una mueca sobrevalorada.

◆ ◆ ◆ ◆ ◆

El domingo se habían levantado tarde y cuando, con una diferencia de un cuarto de hora, Jason y Gillian aparecieron en la cocina, la casa estaba vacía. Una nota sujeta por un imán a la puerta de la nevera les informaba que los demás estaban en el río y que la barbacoa "si el viento lo permitía", estaría lista a la una.

—Mejor que solo coma algo de fruta —dijo Gillian poniéndose de puntillas para coger la frutera de encima de la nevera—. Así dejo lugar a las patatitas asadas...

Jason le echó un vistazo rápido. Siempre había sido delgada y fibrosa, pero no tanto. Podía contarle las costillas a través del tejido de la camiseta blanca que llevaba, observó él. Aunque los bíceps que asomaban de las mangas cortas que cubrían apenas la parte superior de sus brazos hasta el nivel de las axilas, parecían más voluminosos de lo que recordaba.

—¿Qué? ¿A dieta para desaparecer? Uno de estos días vas a tener que pasar dos veces para que te vean.

—No es para tanto —Gillian le alcanzó una taza de café y se sentó frente a él con una manzana y un cuchillo—. De marzo a septiembre pierdo unos cuantos kilos, luego los recupero... y los vuelvo a perder, y así... Se trabaja duro en un rancho, campeón, ¿ya no te acuerdas?

—¿Adelgazabas? —preguntó con el ceño fruncido. No lo recordaba. Era la persona más regular que conocía y desde luego, la única mujer sin altibajos ni físicos ni de los otros, lo que para él explicaba perfectamente por qué congeniaban tanto—. Eso es nuevo.

Ella sonrió con ternura.

—Nuevo de hace diez años.

Él asintió. No podía recordarlo porque sencillamente no había estado allí para verlo. Y los pocos días al año que volvía a Camden con los suyos, si a ella le faltaban dos kilos o le sobraban tres, seguramente habría sido la última cosa que habría notado. La alegría de estar en casa lo ocupaba todo.

—¿Qué más cosas me he perdido? —dijo él recuperando la sonrisa de *SuperJason*.

Millones. Los dos se las habían perdido. Pero ahora él estaba ahí y eso era lo que importaba. Gillian se encogió de hombros en un gesto despreocupado y continuó pelando la manzana.

—No mucho... —dijo mientras él, pacientemente, seguía intentando ponerle mantequilla a un trozo de pan con su mano torpe—. Algunas risas, algunos fines de semana de pesca divertidos...

—Algunas juergas —apuntó él.

Gillian lo miró sonriendo. Lo vio seguir luchando con su trozo de pan.

—¿Los bailes de instituto cuentan como "juerga"? —preguntó risueña, y le dio un bocado a la manzana. Jason resopló y soltó el cuchillo. Sonriente, le enseñó un trozo de pan con una capa perfectamente extendida de mantequilla—. ¡Aleluya!

—No, no cuentan —respondió él mirando hambriento el trozo de pan que estaba a punto de zamparse—. Desembucha, enana.

Entonces unos golpes en la ventana interrumpieron la conversación.

Gillian se volvió a mirar, a Jason no le hizo falta.

—¿Te da clases también los domingos? ¡Qué tío! —comentó socarrón mientras su amiga abría la ventana para hablar con Jeffrey.

—¿Qué tal está la princesa esta mañana? —dijo él. Una carcajada de Jason le informó que la princesa no estaba sola—. Ah, veo que tu guardaespaldas también está aquí. Hola, Jason.

—¿La llamas "princesa"? —preguntó el jugador entre incrédulo y desafiante—, ¿o así se dice su nombre en chino?

Jeffrey, interrogante, miró alternativamente a Gillian y luego al *quarterback*. Ella decidió abreviar.

—¿Qué pasa, Jeffrey?

—Dice John que cuando vayáis, llevéis la bandeja que hay en el tercer estante de la nevera —miró a Jason— y la llamo lo que es, ¿o tú no crees que sea una princesa?

—Más bien un ángel —dijo Jason con tal tono desafiante que ella se volvió a mirarlo sorprendida—. Pero sí, para ti igual de inalcanzable.

Gillian los vio sostenerse la mirada, enviándose esos mensajes que solo los de su especie eran capaces de descifrar, y meneó la cabeza.

Ya aguantaba bastante testosterona de lunes a sábado. Los domingos, libraba.

—Caballeros —dijo cogiendo la manzana y dirigiéndose hacia la salida—, la princesa inalcanzable se larga.

Jason fue el primero en relajar la expresión de su cara. Sonrió mientras la miraba hacerles la venia antes de desaparecer en el corredor, luego miró de reojo a Jeffrey que, desde el otro lado de la ventana, miraba el espectáculo con ojos golosos.

—¿Princesa? —preguntó pensativo. Jamás usaba ese tipo de apelativos. ¿Qué querían expresar? ¿Interés? A Jason no le decían nada.

Jeffrey asintió varias veces con una amplia sonrisa.

—Esa mujer es la caña.

Jason se quedó cortado. ¿Gillian, la caña? Volvió a mirarlo y confirmó que su mirada era tan gráfica como lo habían sido sus palabras.

Vaya, esto sí que le decía algo.

Algo que no le gustaba.

—Esa mujer es mi hermana —lo miró a los ojos—. Ten cuidado con lo que dices.

Jeffrey soltó una media risa socarrona.

—No es tu hermana. —No lo era por más miradas fulminantes que le echara. Todos los empleados del rancho sabían que para Jason, Gillian era alguien muy especial, pero no su hermana. Lo que había entre ellos no era fraterno. Y puestos en el plano más básico de competir por la atención de una mujer, para él estaban al mismo nivel—. Y si te molesta que diga en voz alta lo que todos los hombres de este rancho piensan aunque no digan, se siente, tío.

Jason se quedó mirando como Jeffrey se alejaba por el camino de regreso a los establos.

¿En qué momento Gillian había pasado de ser la niña de la sonrisa a "la caña de mujer"?

¿Y cómo era que él no se había dado cuenta?

CAPÍTULO 5

Lunes, 10 de abril de 2006, cerca del mediodía.
Porche de la gran casa victoriana.
Rancho Brady

Decir que Victoria estaba loca como una cabra era quedarse cortísimo. Aquella mujer era la reina de las cabras locas, la que lleva el cencerro. Jason la escuchaba hablarle tan dicharachera y encantadora, tirándole los tejos con su sensualidad natural explosiva, y alucinaba.

Cierto, que por norma era bastante imprevisible y él lo sabía. Pero lo que no se habría imaginado en la vida era que fuera capaz de volver a presentarse el rancho, especialmente teniendo en cuenta que la última vez que había estado como invitada se había largado sin tener el decoro de despedirse al menos de los anfitriones.

Cuando levantó la vista del periódico que hojeaba, sentado al sol en el porche de la casa, y vio su Mustang rosa subiendo el camino, por poco se cae de la silla.

Aunque también tenía que admitir que le había dado gusto verla volver con el rabo entre las piernas. Estaba claro que no había contado con que él no hiciera el menor esfuerzo por volver a verla en cuatro meses. Menos aún, que después de que ella capitulara, hacía un par de semanas, con la excusa de interesarse por su hombro accidentado, él siguiera sin llamarla siquiera. Aquella mujer seguía calculando muy mal sus jugadas. Eso, sin contar con que todavía tenía atravesado a mitad de garganta el *discursito* de despedida que le había soltado en plena cara.

Pero a nadie le amargaba un dulce. Y este era uno de calidad.

El resto de la familia estaba atendiendo sus obligaciones, unos en el colegio, otros en el campo, así que podía alegrarse los ojos un buen rato con aquella cabra escultural que estaba tan buena como loca, antes de darle puerta.

—... Así que pensé en ti —dijo Victoria, encantada—. ¡Y aquí estoy!

Jason asintió mirándola masculino.

Estaba buenísima, no buena. Y él, a dieta desde el accidente. El *pseudopolvo* no contaba.

—¿Quieres que sea tu socio en un gimnasio que vas a abrir en Dallas? —preguntó como intentando centrar el tema, aunque la verdad, estaba más interesado en las tetas de muerte que el top naranja dibujaba con total claridad.

Victoria esperó a que él acabara su recorrido turístico para responder.

—Sí —dijo cuando la mirada de Jason volvió a sus ojos. Entonces, dejó que su mano, la que había puesto sobre el muslo de Jason inadvertidamente, se desplazara a su entrepierna.

Él guió la mano femenina con la suya. Luego, se puso de pie tirando de Victoria.

—¿Qué te parece… —se acercó más a ella, imponiéndose con su cuerpo. Con su única mano útil le acarició primero un pecho y luego la deslizó hacia abajo, entre las piernas— si echamos un *kiki* y después hablamos de negocios? ¿Te apetece?

—Muchísimo —murmuró ella.

♦ ♦ ♦ ♦ ♦

Enfrente, junto a la alambrada, Gillian miraba la escena como quien presencia algo que no acaba de parecerle real.

Pero lo que más fría la estaba dejando era que quería dejar de mirar y no podía. Parecía como si sus ojos estuvieran pegados a la mano de Jason que se colaba en el tanga de Victoria con total descaro. A sus caderas que se restregaban contra las de aquella mujer. A esos besos de lengua que le estaba dando.

En pleno porche.

A la vista de todo el mundo.

Y era él, *su Jason*.

Y ella, esa histérica maleducada.

Los vio dirigirse con pasos inciertos hacia el *Mustang*, sin dejar de tocarse… Como si estuvieran solos, como si estuvieran tan salidos que no pudieran esperar.

Los vio subir al coche y marcharse.

Intentó respirar hondo varias veces, pero, de pronto, se sentía enferma. El dolor en el estómago era tan fuerte que la estaba doblando.

Blanca como un cadáver, apenas atinó a cogerse del alambre de espino antes que el último espasmo la pusiera a vomitar violentamente.

◆ ◆ ◆ ◆ ◆

Cuando Jason regresó al rancho, sus padres cenaban solos en la cocina. Mandy y Jordan estaban en Nueva York, y desde que Mark y Shannon se habían mudado a la antigua casa de los guardeses, la familia en pleno no se reunía para comer más que los fines de semana.

—¿Y Gillian? —preguntó mientras repartía besos.

—No tenía hambre y estaba cansada… Dijo que iba a acostarse a leer un rato, ¿y tú? ¿Dónde has estado? —preguntó Eileen, interesaba. A Gillian le pasaban más cosas e intuía que tenían que ver con su hijo.

—Por ahí. ¿Hace mucho que se ha acostado?

John miró de reojo a su mujer.

—Si tienes que hablar con ella, sube… Quizás siga despierta.

Jason dudó un momento. Luego, colgó su cazadora en el respaldo de la silla.

—Ya vuelvo —dijo, y abandonó la cocina.

Eileen y John intercambiaron miradas con mensaje. Estaba habiendo movimientos sísmicos en el rancho Brady.

Y ambos sabían quienes estaban en el epicentro del seísmo.

◆ ◆ ◆ ◆ ◆

Gillian estaba enferma, no cansada.

Horas después de que Jason se hubiera marchado en el Mustang rosa, seguía viéndolo en el porche, metiéndole mano a aquella mujer.

Tampoco leía.

Se había deslizado debajo de las sábanas sin desvestirse ni encender la luz, y llevaba desde entonces con los brazos cruzados debajo de la cabeza y los ojos clavados en el techo, devanándose el seso. Pensando cómo se las ingeniaría para volver a salir de su habitación al día siguiente y tratarlo como siempre.

Diez años creyendo que había conseguido dominar lo que sentía por él, apaciguarlo hasta el punto de que ya no interfería ni con su propia vida ni con la de Jason…

Diez años deseando que llegara el día que él regresara a Camden, con su familia, y volvieran a estar juntos cada minuto como antes.

Y ahora…

Si pudiera, se encerraría en el último agujero del mundo y no volvería a verlo nunca más. Solo por no tener que enfrentarse a que lo que sentía fuera tan evidente en sus ojos, que todos se dieran cuentan.

Unos golpes en la puerta la devolvieron a la realidad y su corazón casi se detuvo cuando escuchó la voz de Jason.

"¿Gill? Soy yo, ¿puedo pasar?"

En un acto reflejo, ella se volvió de espaldas a la puerta y se tapó hasta arriba. No contestó. Se quedó ahí, echa un ovillo, helada. Rogando que él se fuera.

Pero Jason no se fue.

Gillian oyó que abría la puerta y durante unos instantes eternos, nada más.

La cama se movió cuando él se sentó a su lado. A través de las sábanas vio que él había encendido el velador.

"¿Duermes?" lo oyó susurrar. Gillian apretó los párpados con fuerza y se quedó quieta, casi conteniendo la respiración.

Jason permaneció allí un buen rato, mirándola dormir como había hecho otras veces cuando todavía vivía en el rancho. Eran noches en las que se despertaba de madrugada, sin razón aparente, y no podía volver a dormirse. Entonces, iba a ver si ella tampoco dormía.

Pero siempre dormía, así que se quedaba unos minutos sentado junto a ella. A veces en el suelo, otras en la cama.

Mirándola, sin más.

Solía encontrarla durmiendo de lado, con el cabello sobre la almohada, por encima de la línea de su cabeza. Y siempre se preguntaba cómo sería hundir los dedos en aquella mata de pelo castaño claro.

Ahora también se preguntaba lo mismo.

Y qué puñetas sucedía.

Se había pasado media tarde con Victoria, pero solo su cuerpo había estado en la habitación del hotel. Su mente no dejaba de darle vueltas al discurso navideño de la modelo y cuando no, a lo raro que se sentía. Era su vida sí, pero ahora todo era distinto. En un abrir y cerrar de ojos, su futuro en el fútbol pendía de un hilo, seguía sin plantearse otro alternativo y hasta lo que siempre había sido igual, ahora era diferente: él ya no era un crío ligón, era un hombre; y Gillian, su amiga de siempre, una mujer. "La caña de mujer", según los empleados del rancho.

Y ahora estaba allí, sentado a su lado, consciente de que no habría sido capaz de irse a dormir sin verla, aunque fuera dormida…

Con una empanada mental de cuidado.

Y preguntándose, otra vez, cómo sería hundir los dedos en aquella mata de pelo.

Gillian sintió la mano de Jason deslizarse casi imperceptiblemente sobre su cabello, y contuvo la respiración. El corazón le latía tan fuerte que tenía la impresión de que sacudía hasta la cama.

Dios. ¿Qué haces, Jay?

Fue casi imperceptible el primer segundo, luego fue suave pero evidente. Sus dedos fuertes se enredaron en su pelo, uno le rozó la nuca…

Instantes eternos conteniendo el aliento, solamente consciente de los latidos de su propio corazón y de los dedos que le acariciaban el cabello...

Jason retiró su mano con cuidado de no despertarla.

Ya sabía cómo era.

Alucinante.

Se puso de pie, la miró una vez más antes de apagar la luz y se marchó sin hacer ruido.

Gillian soltó el aire, se llevó la mano al cabello donde aún podía sentir sus dedos.

Y apretó los párpados con fuerza.

CAPÍTULO 6

Martes, 11 de abril de 2006.
Cocina de la gran casa familiar,
por la mañana temprano.
Rancho Brady

Cuando Gillian apareció, Eileen, John, Mark y Jason estaban ya allí, a punto de empezar a desayunar. Los demás, aún dormían.

—¿Malta? —ofreció Jason tan pronto Gillian acabó la ronda de besos de buenos días y ocupó su sitio, en el único espacio vacío que quedaba, frente a él.

Ella sonrió, agradecida.

—*Por favor*. Tengo un hambre voraz. Solamente a mí se me ocurre irme a la cama sin cenar… ¿Qué tal ayer?

Gillian añadía un chorro de leche a su jarra de malta mientras picoteaba unas almendras y charlaba con Jason. Él se dedicaba a ponerle mantequilla a un trozo de pan casero recién horneado, con su única mano disponible mientras charlaba con ella. Eileen miró a los otros dos hombres con quienes compartían mesa. Su marido, que casi se escondía detrás de la taza de café intentando no soltar la risa, y Mark que miraba a su hermano y al ángel de pelo largo con tanta incredulidad como ternura.

—Me llevaron a pasear en un Mustang rosa y me propusieron negocios —dijo sonriendo travieso mientras le pasaba a Gillian el pan con mantequilla—. No me puedo quejar.

—¿Has arreglado las cosas con Victoria? —preguntó ella con ojitos pícaros.

—Es un bombón, pero con mirar su foto de vez en cuando me

alcanza.

Ya, y con algún que otro sobeo en vivo y en directo, pensó ella pero dijo otra cosa.

—*Pobrecita*, se habrá quedado triste.

Jason la miró vanidoso.

—No creas…

—Jason —gruñó Eileen mientras el resto de hombres Brady aguantaban la risa como podían.

—Perdón —dijo el aludido riendo travieso.

—Así que como el plan A no funcionó, puso en marcha el plan B —continuó Gillian mirándolo divertida—, y te propuso un negocio.

Jason se estiró a coger una manzana y se puso a lustrarla contra su camiseta.

—En realidad, fue al revés. La excusa fue el negocio, lo cual —aclaró, mirando a su padre con expresión de "te lo dije"—, me confirma que está como una auténtica cabra… ¿Si no la quiero de amiga, la voy a querer de socia? Es la reina de las cabras locas.

—¿De qué iba el negocio? —preguntó Mark, interesado.

—De abrir un gimnasio en Dallas. Nada menos.

"Qué hábil", pensó Gillian. Había subestimado a aquella mujer, completamente.

—Pues, es buena idea —opinó John—. ¿Lo has valorado bien?

—¿Qué hay que valorar? —Jason le dio un bocado a la manzana mirando a su padre con el ceño fruncido—. De momento, mi negocio es el fútbol y el día que me dedique a otra cosa, lo que haga lo voy a hacer en Camden, no en Dallas.

"Bien dicho, campeón". Con una sonrisa de oreja a oreja, Gillian se dedicó a su malta.

—Por cierto —intervino Mark—, hoy es el gran día ¿no? —Se refería a que era el día en que sabrían qué tal evolucionaba la lesión del hombro —. ¿Cómo lo llevas?

—Bien. Si hay suerte me quitarán este incordio y podré volver a usar dos manos para hacer las cosas.

—¿Cuándo calculas que podrás volver a jugar? —continuó Mark.

—Voy a necesitar cuatro o cinco meses para rehabilitar el movimiento de la articulación y ponerme en forma —respondió Jason, mirándose con ojo crítico—. Doy pena.

¿Pena? Gillian levantó la vista por encima de su jarra y miró. Su cuello grueso, *superviril*. Aquellos hombros de escándalo…

Gillian, ni se te ocurra.

Como si la hubieran pillado en flagrante fuera de juego, volvió los ojos a su malta, y su concentración a lo que se hablaba.

Mark y John reían irónicos. Todos los Brady eran corpulentos y se mantenían en buen estado físico gracias al duro trabajo, habitual en un rancho, pero Jason era el único que cultivaba su "fortaleza" en un gimnasio, y lo hacía desde hacía años con una constancia a prueba de balas. Su estado físico provocaba envidia, aunque él lo calificara como "doy pena".

—¡Estás inmenso! —dijo su hermano con voz quejosa–. Cada vez que te miro me siento un pitufo… Pero bueno, tienes tiempo para ponerte en forma antes de que empiece la pretemporada…

En realidad, Jason se estaba pensando lo de volver a jugar. La lesión del hombro era de las malas. Tenía mil oportunidades en cada partido de volver a lesionarse el mismo hombro y si repetía lesión, no solo se despediría del deporte, también de la función normal de la articulación: se quedaría con el hombro derecho al sesenta por ciento el resto de su vida.

Y también estaba lo de dejarlos y volver a Dallas.

Aunque ese era otro asunto en el que no quería pensar ahora.

Jason asintió por toda respuesta, y siguió a lo que estaba.

—Bueno —dijo Gillian poniéndose de pie—, mis *terneritos* me esperan… ¿Vamos al río al mediodía? —le preguntó a Jason mientras cogía unas almendras y se las guardaba en el bolsillo del vaquero.

—Vale. ¿De qué quieres el *bocata*?

Ella se encogió de hombros sonriendo con cara de *no-tengo-ni-idea*.

—Sorpréndeme.

—¿Con un *bocata*? —soltó una risa socarrona—. Vale, lo intento.

—Esta chica se larga. Os veo luego —dijo haciendo adiós con la mano, y salió por la puerta de la cocina que daba al porche, bajo la mirada de Jason.

Con ella se lo pasaba de miedo, pensó el *quarterback*. No fastidiaría las cosas cometiendo la soberana estupidez de seguir dándole vueltas al discurso navideño de Victoria. Ni permitiendo que las maquinaciones celosas de una mujer que estaba como una cabra, interfirieran y lo estropearan todo.

Ni hablar.

Cuando quitó su atención de Gillian y la volvió al desayuno, se cruzó con la mirada de su padre. Jason se apresuró a dedicarse a su manzana.

♦ ♦ ♦ ♦ ♦

Era un alivio volver a tener dos brazos. Y el hombro recuperándose *espectacularmente*. La revisión había ido sobre ruedas y el médico no había parado de repetir la palabrita a diestro y siniestro: recuperación espectacular, evolución espectacular, resultados de movilidad espectaculares...

Para Jason lo espectacular era poder volver a vestirse como una persona normal y hacer las cosas que hacían las personas normales. como conducir (hacía siglos que no cogía un volante), comer con un cubierto en cada mano, poder volver a afeitarse sin dejarse la cara como un mapa de relieves...

Y volver a montar en moto.

Dios, se moría por un buen paseo en moto. Hoy los caballos se quedaban en el establo; se llevaría a Gillian al río en su vieja moto de cross.

Se le reía el cuerpo entero solo de pensar en volver a sentir el hierro entre las piernas, el viento en la cara...

—¿En qué piensas que te da tanto gusto? —preguntó John al volante de la camioneta.

—En que hoy nos vamos al río en moto —respondió él con una sonrisa tridimensional—. No es mi Harley, pero estoy tan desesperado por volver a montar que seguro que me sabe a gloria igual...

Había dicho "nos vamos" con la misma naturalidad que antes decía "me voy".

Desde que su hijo había regresado al rancho, ya raramente hablaba en singular. Había vuelto a pegarse a Gillian e iban juntos a todos lados, como cuando tenía dieciséis.

Solo que ahora tenía casi treinta, y las chicas que habían poblado su horizonte cuando vivía solo, habían desaparecido de un plumazo tan pronto regresó a Camden. Salía cada noche, pero se llevaba a Gillian con él. No había ni lugar ni oportunidad para nadie más.

—¿Te has dado cuenta de que, desde que has vuelto, no das un paso sin Gillian? —preguntó John, mirándolo brevemente para luego volver a poner atención en el tráfico.

Jason sonrió con picardía. Miró al *sesentón* rubio que apenas peinaba algunas canas en las patillas.

—Ayer hice unas cuantas cosas. Sin Gillian.

—A mí me parece que hiciste solamente una. La única que no puedes hacer con Gillian. —No, no diría verdades a medias—. O que crees que no debes hacer con ella.

La expresión de Jason anunció tormenta y si las miradas pudieran fulminar igual que los rayos, John tuvo claro que sería hombre muerto.

—¿De qué vas, papá? Porque te advierto que me parece muy fuerte lo que estás diciendo.

Y a John le parecía increíble que con treinta años siguiera actuando como si no se diera cuenta de lo que sentía por ella. De lo que sentían los dos, en realidad. En Gillian lo entendía; en su hijo... no dejaba de sorprenderlo día tras día.

—Despierta, Jason, ya no eres un crío... —le dijo mirándolo con cariño.

Jason meneó la cabeza, indignado.

—Fin de la conversación —sentenció, y volvió la vista al frente.

—Que no hables del tema no cambia las cosas, hijo.

Hizo una pausa decidiendo si decirlo o no. Existía la posibilidad de que el tiro le saliera por la culata y que intentando acercar posiciones, consiguiera justamente lo contrario.

—Mamá oyó la discusión entre Victoria y tú, en Navidad —vio a Jason ponerse rojo y volver la cara hacia la ventanilla—. Y aunque no discuto que esa mujer esté loca, lo que te dijo no es ninguna locura. Es lo que pienso yo. Lo que piensa tu madre. Lo que piensa Mark, y Mandy, y Jordan. Y lo pensamos desde hace diez años, Jason... —miró a su hijo con cariño—. ¿Hasta cuándo vas a seguir escondiendo la cabeza bajo el ala?

Jason respiró hondo, exhaló en un suspiro. No podía entender cómo...
No entendía nada.

—Francamente, no sé qué os pasa... ¿Cómo os metéis en un tema tan delicado con tanto... *desparpajo?* —Jason se volvió en el asiento para mirar a su padre de frente—. ¿Es que no te das cuenta del millón de implicaciones que tiene lo que estás diciendo? *Alucino*, de verdad.

—Jason...

—¡Y una mierda, papá! Te aseguro que lo que *no* necesito ni voy a consentir es que os dediquéis a remover el estofado. Suponiendo que hubiera algo que remover, ya nos ocuparemos Gillian y yo en su momento.

John no pudo evitar una sonrisa paternal. Las profundas líneas de expresión de su rostro se suavizaron tanto como su voz cuando dijo:

—Gillian lleva diez años escondiendo la cabeza bajo el ala igual que tú... Cuando queráis daros cuenta vais a tener cincuenta años y seguiréis viviendo una vida a medias. Sin pareja, sin hijos, sin saber cómo es una caricia cuando hay amor... Ella no va a dar el paso adelante. Seguro que piensa, si es que se permite pensar en esto, que no es el tipo de mujer en quien alguien como tú se interesaría, así que tienes que ser tú. Por eso te estoy diciendo esto.

Jason miró fuera de la ventanilla.

—Me da igual lo que penséis.

—¿Y lo que sientes? ¿También te da igual?

Él clavó sus ojos en los de su padre.

—¡¿Y tú qué sabes?! Escúchame bien, no se os ocurra empezar con vuestros juegos paranoicos porque no voy a tragar.

—Tienes miedo y lo entiendo...

—*No-tengo-miedo* —lo interrumpió Jason, cada vez más enfadado.

—Sí lo tienes. A que ella no sienta igual. A que no funcione y te quedes sin nada. A cómo cambiaría tu vida si admitieras lo que sientes por ella desde que eras un crío… El mismo miedo que te alejó de casa. El fútbol fue la excusa no la razón, hijo.

Jason inspiró como si le fuera la vida en ello.

Era demasiado. *Todo* era demasiado.

Demasiada información y demasiadas manos en un asunto que debía ser solo suyo y con el que, por otra parte, definitivamente, no estaba preparado para vérselas.

No ahora.

No todavía.

John miró a su hijo que continuaba con la vista en el tráfico y las mandíbulas tensas, y decidió que era el momento de poner las cartas boca arriba de una vez.

—Lo hemos tenido así de claro siempre. Por eso tu madre y yo no adoptamos a Gillian.

Jason giró la cara y miró a su padre con los ojos ardiendo como antorchas. Tragó saliva.

—¿Lo sabe? —murmuró.

John lo miró con ternura, negó con la cabeza.

Jason volvió la vista al frente. Suspiró en un intento de aflojar la tensión que le oprimía el pecho y no dijo nada más.

CAPÍTULO 7

Domingo, 23 de abril de 2006.
Celebrando el cumpleaños de Jason,
con un día de anticipación.
Bar Beer&Wine.
Camden, Arkansas

Y doce días después, para sorpresa de John, su hijo seguía sin decir nada más.

Jason había vuelto a entrenar en el gimnasio del rancho, con moderación pero con constancia, y aunque los efectos aún no eran evidentes en su físico, en su humor sí. También había retomado su dieta estricta de toda la vida y las cosas con Gillian seguían, en apariencia, igual que habían sido siempre.

Era como si la conversación entre padre e hijo no hubiera existido.

Aquella noche los dos habían empezado a festejar el treinta cumpleaños de Jason, que en realidad era al día siguiente, jugando al billar con Mark y Shannon. Mandy y Jordan andaban por California dando conciertos y no los esperaban de regreso hasta la madrugada.

Típico en fin de semana, el Beer&Wine estaba de bote en bote y la zona de billares parecía una auténtica romería; prácticamente tenían que hablar a gritos.

Gillian había ido a por bebidas mientras Jason, Mark y Shannon continuaban la partida.

—Estoy seco. ¿Dónde ha ido la *pitufa* a buscar las cervezas? ¿A Alaska? —se quejó Mark.

Su hermano, que daba vuelta a la mesa buscando ángulo de tiro, miró de refilón hacia la barra, hasta arriba de gente.

—Le dije que mejor iba... —dejó de hablar y sus ojos retrocedieron una secuencia. Mark siguió la dirección de su mirada y codeó a Shannon.

Aquel tipo otra vez.

Jason prestó atención. Gillian traía cuatro cervezas, dos en cada mano. Keith *como-se-llamara*, el segundo capataz del rancho, le decía algo, hacía el gesto de ofrecerse a llevar las cervezas. Gillian sonreía y le decía que no con la cabeza. Él insistía. Ella volvía a sonreir y a negar con la cabeza. Él volvía a decir algo.

Jason se enderezó, apoyó el taco contra el borde de la mesa y puso rumbo hacia la barra.

—Ya vuelvo —dijo cuando pasó junto a Mark y Shannon.

Cuando el *quarterback* llegó donde estaba Gillian, Keith hacía unos instantes que se había percatado de que él iba directo hacia ellos y lo controlaba por el rabillo del ojo. Gillian no se había dado cuenta. Por eso cuando lo vio junto a ellos sonrió sorprendida.

—¡Eh! ¡Hola! ¡Ya tengo avituallamiento! —dijo mostrándole las cervezas.

—Ya lo veo —Jason cogió las cuatro cervezas con una mano y la mano de Gillian con la otra—. ¿Acabamos la partida?

Hubo un silencio incómodo en el que Gillian miraba a Jason sin entender muy bien lo que estaba sucediendo mientras él miraba a Keith con una de sus expresiones indescifrables.

—Pásate luego por El Gato Negro y charlamos un rato, invito yo —dijo Keith a Gillian.

Ella, que había empezado a moverse hacia la mesa de billar tirando suavemente de Jason, se volvió sonriendo.

—Gracias, pero hemos quedado con unos amigos…

—Pues tráete a tus amigos —dijo Keith con su mejor sonrisa.

Jason paró en seco y se volvió.

—¿Qué pasa? ¿No entiendes las cosas a la primera? —dijo mirándolo a los ojos, plantado delante del segundo capataz—. Ha dicho que no. Y no es no.

Keith llamó a retirada.

—Vale, tío. No pretendía ser pesado.

Jason asintió con la cabeza, se dio la vuelta y enfiló hacia los billares con una Gillian de expresión alucinada, de la mano.

—Joder… —dijo Mark a Shannon en voz baja—, qué miedo me da…

—Más miedo seguro que tiene Keith. Si Jason lo sopla, lo tumba.

—Me parece que está a punto de empezar la fiesta —anunció Mark con disimulo. Jason y Gillian ya casi estaban junto a ellos.

Shannon sonrió, asintió y no dijo nada más.

Gillian y Jason bebieron sus cervezas, acabaron su partida y luego charlaron en el área de sillones. Keith no se fue al Gato Negro y Jason no dejó de controlar cada uno de sus movimientos.

Desde que había vuelto al rancho, había visto escenas parecidas un par de veces. Escenas en las que aquel tipo decía o hacía algo, Gillian decía que no, y él seguía erre que erre. Pero ella sonreía y Jason lo había tomado como indicación de que todo iba bien. No había intervenido, pero aquel tipo no le gustaba. No le gustaba la forma en que la miraba. Daba igual lo que dijera Jeffrey, Gillian no era una mujer a la que mirar de esa manera. Y además, era un empleado y ella, a los efectos del rancho, una Brady. No podía mirarla así, pero lo hacía. Y si lo hacía era porque pensaba que podía.

—¿Qué pasa con ese tío? —Jason se lo soltó sin preámbulos tan pronto Mark y Shannon se fueron a la *minipista* a bailar.

Compartían el mismo sillón de dos plazas. Ella estaba sentada contra el ángulo que formaba el apoyabrazos al unirse al respaldo, con las piernas cruzadas al estilo indio.

Gillian sonrió resignada. Sabía que Jason sacaría el tema. De hecho, le sorprendía que no lo hubiera hecho antes.

—Salimos un tiempo. Antes de que él empezara a trabajar en el rancho.

Jason se removió en su asiento y miró en dirección a la barra donde Keith seguía bebiendo y charlando con otros dos hombres. Sin darse cuenta, se encontró valorándolo más detalladamente.

Era alto aunque a su lado, un enano. Delgado. ¿Tenía músculos en alguna parte? Rubio. Facciones de niña guapa.

Y problemas para entender las negativas a la primera.

—¿Saliste con ese tío?

Gillian movió afirmativamente la cabeza sonriendo con sencillez. A ella le parecía bastante guapo. No era como el titán que estaba junto a ella, ¿pero quién podía compararse con él?

Jason asintió e hizo una pausa.

Se sentía raro. Quería saber y al mismo tiempo no le gustaba lo que aprendía con cada pregunta que hacía. Pero no podía parar, así que continuó.

—¿Hubo fiesta? —le preguntó estudiando su expresión, cada gesto.

Esta vez fue ella la que se removió incómoda, pero no dejó de sonreír, algo violenta.

—Para tener un coeficiente intelectual tan alto, haces preguntas muy tontas, Jay…

Jason volvió a asentir, y apartó la mirada.

Claro, por eso insistía; le había gustado y quería repetir.

Joder, se sentía más que raro.

—¿Vas a volver con él? —preguntó sin mirarla.

La falta de respuesta de Gillian hizo que él volviera la cara. Notó que ella, sonriente, lo miraba como diciéndole "¿estás loco?"

—No te cae bien, ¿eh?

Jason hizo un gesto con las cejas, pero no respondió.

Y no hacía falta.

Para ella era un "no" clarísimo. Hasta en eso se entendían, pero él a la hora de ser sincero, como siempre, le ganaba por siete cuerpos. Gillian meneó la cabeza con una sonrisa resignada.

—A mí, Victoria tampoco.

Jason se quedó mirándola. La sola idea de que aquel tío le hubiera puesto una mano encima… ¿le estaba diciendo que a ella le sucedía lo mismo?

Pero el comentario de Gillian no llevaba doble intención. Le había salido tal cual, sin pensar. Y cuando vio la forma en que él la miraba, se dio cuenta de que había sido una metedura de pata monumental.

Sintiendo que empezaba a faltarle el aire, Gillian apartó la mirada, cogió su cerveza y bebió con los ojos clavados en la pista de baile.

Pero Jason no la apartó.

Al contrario.

Dejó que sus ojos exploraran, lentamente, aquella visión de cabello precioso y pestañas larguísimas…

Y esta vez, por primera vez, no fueron sus ojos de amigo los que miraron.

CAPITULO 8

Al día siguiente...

—¿**E**n serio vas a perderte el acontecimiento del año en el rancho Brady, tío? —preguntó Jordan, riendo entre nervioso y divertido.

Jason dejó el último bolso junto al resto del equipaje en el recibidor y le palmeó el hombro con cariño a su amigo.

—¿Se lo vas a soltar delante de todo el mundo?

Jordan cogió dos cervezas de la nevera y le dio la sin alcohol a Jason.

—No —respondió con picardía—. Tengo pensado algo más… íntimo, ya sabes.

Jason asintió sonriendo.

—Me lo imaginaba. Entonces, no me pierdo nada.

Los dos hombres salieron al porche y se sentaron uno junto al otro en dos sillones de mimbre, con los pies descansando sobre una de las maderas transversales de la barandilla.

En el predio de enfrente, a unos cien metros de donde estaban, Mark y Jeffrey adiestraban un caballo.

—¿Qué te parece? —preguntó Jordan. Jason miró el anillo que sostenía sobre la palma de su mano y silbó.

—¿Tres diamantes? —Jordan asintió satisfecho—. Te habrá costado una auténtica pasta…

Su amigo lo miró con expresión de *no-me-lo-recuerdes*.

—¿Crees que le gustará?

—Seguro, tío. No soy especialista en estos temas, pero a mí me parece una pasada… Y son diamantes, su piedra favorita. Me parece que hoy vas a necesitar un chute de vitamina C porque mi hermana se va a poner muy romántica... Y ya sabes que los Brady somos de sangre caliente.

"¿Vitamina C, *solamente*?", pensó Jordan.

—Vale, Viagra mejor —añadió Jason como si le hubiera leído el pensamiento.

Su amigo soltó la carcajada.

—Tengo que reconocer que me lleve una sorpresa cuando mi padre me dijo que pensabas ponerte formal... —continuó mirando a Jordan de reojo.

—¿Por qué?

Jason se encogió de hombros.

—No sé, Mandy es una mujer bastante independiente. No le van los compromisos a largo plazo... Debe ser la única que queda en todo el planeta —añadió con un *risita* irónica—. Está colada por ti y la tienes ¿por qué quieres ponerle esos tres garbanzos en el dedo? Por lo que sé, cuando se convierten en "la señora de" les crece un sombrero de pico en la cabeza y van en escoba voladora...

Jordan se atragantó con la cerveza. Jason soltó una carcajada.

—Joder —dijo Jordan todavía riendo—, eres un cuñado de lo más raro. ¿No deberías estar diciéndome cosas como "si se la pegas con otra, te parto el cuatro"?

—Si hay algo que Mandy *no necesita* es un hermano que le guarde las espaldas, tío —replicó el *quarterback*—. Si se la pegas con otra y te pilla, a ella la parte en cuatro y a ti, te castra. Sin anestesia. Menuda es.

Y justamente a él se lo iba a contar.

—Necesito algo más —dijo Jordan con sencillez. Jason lo miró atentamente—. Un proyecto común, algo que sea de los dos.

—No necesitas casarte para eso. ¿O sí?

—Sí. Es como empezar una vida nueva, con una hoja en blanco delante, después de haber asumido un compromiso serio y definitivo con alguien.

Jason bajó la vista hasta su botella de cerveza. Se sentía a años luz de un sentimiento así. No estaba a acostumbrado a sentir algo intenso por nadie, y ahora lo que sentía lo había impulsado fuera, lejos...

No a quedarse, precisamente.

—Sé lo que necesito saber sobre Mandy y sobre mí. Lo que quiero hacer en mi vida, lo quiero hacer con ella. Y ya no me apetece ser su chico. Ahora quiero ser el último hombre de su vida, el que se case con ella.

Jason lo miró con cariño. Era un buen final para una historia de amor que duraba ya muchos años.

Y ahora le tocaba el turno de sincerarse a él. Jordan se quedó mirándolo, esperando que él explicara qué hacía su equipaje en el recibidor.

—¿Y Mandy? —preguntó Jason, evitando darse por aludido—, todavía no la he visto…

—Se fueron de compras con Gillian —contestó Jordan y a continuación fue directo al grano—. ¿Qué ha pasado, tío? Porque si esperas que me crea lo de la llamada de la directiva de los Dallas Cowboys a primera hora del día de tu cumpleaños...

Jason exhaló el aire en un bufido. Ni él mismo entendía lo que pasaba, como para explicarlo…

—Me parece que no solamente me fastidié el hombro en el accidente, algún tornillo tuve que perder… Tengo el coco en cortocircuito, y antes de hacer una locura, mejor me voy.

Jordan sonrió. No pudo evitarlo. "Locura" más "me voy" igual "Gillian". Jason no lo estaba mirando así que no se percató de la sonrisa de su amigo. Continuó con los ojos clavados en su botella de cerveza, como si ahí dentro estuviera la razón de todo lo que agitaba su mundo y quisiera desentrañarlo.

—Desde Navidades, voy con el coco a dos mil por hora. Primero fue Victoria y sus celos enfermizos de Gillian… Cortamos. Bueno, más bien cortó. Me soltó en toda la cara que entre Gillian y yo había, ya sabes, más que amistad y se largó. Después fue mi padre…

Jordan se acomodó mejor en su asiento. ¿Así que la rubia explosiva había pinchado la burbuja? ¿Y encima John había hablado con él? La cosa empezaba a ponerse interesante.

Jason miró de reojo a su amigo y continuó.

—Según él, está cantado desde hace diez años —meneó la cabeza incrédulo—. Me dijo tantas cosas… *Flipé*, te lo juro.

—¿Por eso te vas?

El *quarterback* negó con la cabeza.

—Fuimos al bar anoche, con Mark y Shannon. Estaba ese capullo…

—¿Cuál capullo?

—Keith lo que sea —dijo Jason molesto—. El nuevo.

Jordan asintió varias veces. Alguna vez lo había visto charlando con Gillian. O tirándole los tejos… Pero no le extrañó. Todos los empleados del rancho se los tiraban antes o después.

—Le daba palique en la barra y me planté delante, cogí las cervezas y me llevé a Gillian. Pero antes le paré los pies… Es de los que insisten, ¿sabes? Ella dice que no, y él sigue…

Cuando Jason volvió la cara para mirar a Jordan, vio que tenía los ojos como platos. Alucinaba, claro, como él mismo. Sintió que un calor espantoso subía por su cuello y tuvo que apartar la mirada.

—¿Y...? —preguntó Jordan, instándolo a seguir cuando logró recuperarse a medias de la sorpresa.

—Que resulta que el tío insistía porque se conocían de antes de que mi padre lo contratara.

—¿Y...?

—Que salió con él —continuó Jason con la vista clavada en su botellín de cerveza. Se había inclinado hacia delante, con los codos apoyados sobre sus muslos.

—¿Salió o sale?

—Claro que no, tío. ¿Cómo va a salir con alguien de la plantilla? —dijo Jason mirándolo molesto—. Pero solamente de pensar que ese *gilipollas* le haya tocado un pelo...

—Y Gillian se dio cuenta.

Jason asintió, tragó saliva.

—Me dijo que... —meneó la cabeza y continuó— a ella tampoco le caía bien Victoria.

"Joder" fue todo lo que atinó a decir Jordan. Jason lo miró de reojo y se puso rojo bermellón.

—Dejamos el tema. Ella se dio cuenta de que había metido la pata. Se dedicó a mirar a la pista, donde Mark bailaba con Shanon. Y yo...

Jason calló. Miró el predio donde adiestraban caballos.

—¿Tú, qué? —insistió Jordan, alucinado con la historia.

Jason suspiró.

—Yo seguí con los ojos clavados en ella. Joder, no podía dejar de mirarla... Como si nunca la hubiera visto antes de esa manera... Con la mitad del coco diciéndome "joder, ¿qué haces? Es Gillian, tío, *tu Gillian*" y la otra mitad...

Jason meneó la cabeza, y no continuó. No podía ni siquiera pensarlo.

—Lo que tienes que hacer es hablar con ella —dijo Jordan, y le palmeó la rodilla.

Jason se puso de pie de puro nervio. Se apoyó contra la barandilla con las manos en los bolsillos de sus tejanos.

—Tío, me cuesta hasta mirarla ¿y tú me dices que hable con ella? —negó con la cabeza—. Lo que tengo que hacer es volver a mi vida, desfogarme y dejarme de gilipolleces. Gillian es demasiado importante para mí, para todos nosotros. No voy a cagarla así. Ni hablar.

—Por algo dijo lo que dijo, ¿no?

Jason lo miró con los ojos brillantes.

—No. Toda esta historia es de locos. Maldita la hora en que se me ocurrió traer a Victoria a pasar la Navidad aquí. Y tú —dijo mirándolo seriamente—, de esto ni una palabra, ¿está claro? *A nadie.*

Jordan asintió. Sabía muy bien lo que los Brady pensaban del tema, pero él, que lo conocía casi tan bien como Gillian en lo general, y mejor que nadie en lo estrictamente masculino, tenía clarísimo que Jason no iba a dejarse llevar por las emociones así como así.

Y no era por Gillian.

Sus razones eran bastante más elementales y egoístas; con ella sabía que era vulnerable. Y Jason odiaba sentirse vulnerable. Era demasiado vanidoso para aceptar que hubiera una grieta en su imponente humanidad XXL.

No. Iba a plantarle cara a esas emociones.

Iba a trabajar sobre su talón de Aquiles e intentar convertirlo en una fortaleza. Sin resquicios. Sin fracturas.

Jordan no tenía nada claro que fuera a conseguirlo, pero de que lo intentaría, estaba seguro.

De hecho, ya había empezado a intentarlo; se iba.

◆ ◆ ◆ ◆ ◆

A Gillian se le había puesto un dolor brutal en la boca del estómago cuando al regresar con Mandy de hacer compras, vio el equipaje de Jason en el recibidor.

Él no estaba en la casa. Y los diez minutos que pasó con Mandy en el porche hasta que al fin lo vio aparecer, allá a los lejos, con el resto de su familia, le parecieron una eternidad.

Y ahora que Jason se acercaba junto a Jordan y Mark, tan imponente…

Y con los ojos clavados en el camino de laja que pisaba... ¿La estaba evitando?

Ni siquiera la miraba.

—¿Qué pasa, yo vengo y tú te vas? —Era Mandy que le echaba los brazos alrededor del cuello a su hermanos—. Y yo que venía dispuesta a celebrar tu *cumple* a lo grande…

Jason la elevó en el aire en un abrazo, como hacía siempre.

—Cosas que pasan.

—¿En serio te vas? —se quejó Mandy.

Jason asintió con la cabeza y volvió a dejarla en el suelo.

—Se acabó lo bueno, hay que trabajar.

—Pero si la pretemporada no empieza hasta agosto… ¿para qué te quieren ahora? —insistió Mandy haciendo pucheros.

Gillian contemplaba la escena en silencio, recostada contra la barandilla.

—Para asegurarse de que hago la rehabilitación y estoy en forma para Agosto. Les cuesto una pasta, guapa.

Sí, había sido un fichaje caro, pero Gillian no estaba tan segura de que su marcha se debiera a eso. Aunque, desde luego, en el fondo de su corazón, quería creerlo.

John y Mark habían empezado a cargar el equipaje de Jason en la Ranger. John lo iba a llevar al aeropuerto. Jason ya había empezado a repartir besos, despidiéndose.

Cuando llegó a ella, se habían quedado prácticamente solos en el porche. Todos estaban cerca de la camioneta, en el camino.

—Bueno, enana, me voy —dijo, y se inclinó a besarle la coronilla.

—¿Tienes que reincorporarte? —se animó a preguntarle.

—Ya ves... Me sacaron de la cama a las ocho de la mañana para alegrarme el día. No puedo decir que no lo esperara, la verdad, el médico repitió "espectacular" demasiadas veces. Si puso la mitad en el informe oficial, me extraña que no hayan venido a buscarme personalmente la semana pasada...

Él sonreía, y Gillian se esforzó por hacer lo mismo.

—¡Qué pesados! —dijo.

Jason le tocó la cabeza cariñosamente y se puso en marcha.

—Cuando sepa qué plan tienen para mí, te llamo, ¿vale?

Gillian respiró hondo. Se las arregló para mantener la sonrisa y asentir.

Lo vio besar a su madre una vez más, montarse a la Ranger y cerrar la puerta.

Vio cómo la camioneta se hacía más pequeña a medida que se alejaba hasta que, al final, dejó de verla.

—Me lo he cargado —murmuró—. ¿Cómo he podido ser tan idiota?

Entonces, oyó pasos en la madera del porche, acercándose.

Gillian inspiró varias veces, con desesperación. No era el momento de bajar la guardia, tenía que recuperar la compostura.

Solo faltaba que, además, alguno de los Brady se diera cuenta de que acababa de hacer saltar lo mejor de su vida por los aires.

CAPÍTULO 9

Miércoles, 26 de abril de 2006.
Bar Pitwick, próximo al Texas Stadium,
hogar de los Dallas Cowboys.
Irving, Texas

Había un ruido infernal y allí no se enteraría de nada. Jason indicó a sus colegas que enseguida volvía y se dirigió, móvil en mano, hacia la zona de lavabos donde el aire estaba menos cargado y los decibelios eran más bajos.

Hacía tres días que estaba en Texas, recuperando la normalidad de su vida y se sentía otro. Apartarse y mirar las cosas con distancia, por sí solo, había resuelto dudas y dado respuestas.

Dudas, como si lo que Gillian había querido decir con su comentario aquella noche en el bar tenía doble lectura.

No la tenía, ahora lo veía claro. Sus ojos, su sonrisa, toda ella era pura inocencia cuando habló, y lo que dijo tampoco tenía nada de anormal. ¿Cómo iba a caerle bien Victoria si no había parado de meterse con ella todo el tiempo?

Había sido él, que removido por palabras a las que nunca debió haber prestado atención, y cabreado por lo *gordísimo* que le caía el tío de los tulipanes, había sacado las cosas de contexto.

Preguntas, como si era verdad lo que Victoria había dicho y Gillian era la única mujer que realmente le importaba.

Sí, ella era la única que le importaba realmente y en ese sentido, Victoria tenía razón. Pero había un error de concepto fundamental en la pregunta y era que cuando él pensaba en Gillian, sencillamente, no pensaba en ella como mujer.

Salvo aquella noche en el bar, jamás la había mirado de esa forma. Y haberlo hecho no le produjo placer, precisamente.

Lo hizo sentir avergonzado, indigno.

El gran inconveniente de las palabras era que una vez que se pronunciaban, tomaban forma y existían. Creaban turbulencias en la mente, concentraban atención aunque solo fuera para ignorarlas.

Las palabras de Victoria habían introducido variantes nuevas, inesperadas, no solo en la relación que él tenía con Gillian, sino en la forma en que los Brady veían esa relación. La cuestión ahora era de qué manera esas nuevas variantes modificarían las cosas entre ellos.

Y mientras Jason no lo averiguara, continuaría mirándolas con distancia; la que separaba Dallas de Camden.

Pero gracias a Dios y a Graham Bell, no necesitaba ir al rancho para hablar con ella.

Esperó ansioso los seis timbrazos que Gillian demoró en contestar, y habló el primero.

—No me mates, *porfa*, te juro que desde que llegué no he parado...

A kilómetros de él, Gillian se recostó contra el espaldar de su cama y soltó un suspiro de alivio. Era él poniendo fin a tres días de incertidumbre y angustia durante los cuales había sacado el móvil con la intención de llamarlo unas dos mil quinientas veces por hora, para volver a guardarlo dos segundos después, por miedo a hacer otro comentario estúpido y acabar de fastidiar las cosas del todo.

—*Ya, y mejor que no te pregunte qué es lo que no has parado de hacer ¿no?*

Jason sonrió con picardía.

—Malpensada.

Del otro lado de la onda le llegó su risa contagiosa, tiñéndolo todo de una familiaridad que echaba en falta, *tantísimo.*

—*¿Desde cuándo eres tan humilde? Seguro que la cola del comité de bienvenida daba vuelta la esquina.*

Una sonrisa vanidosa apareció en la cara del *quarterback*. Era lo que oía. Y también la visión de la mujer que acababa de ponerle un papel en el bolsillo de la camisa mientras le decía en mímica que la llamara.

—Dos vueltas de caracol completas —dijo guiñándole un ojo a la pelirroja que se despedía con un gesto de la mano y se alejaba por el corredor—. Pero no es con ellas que he estado tan ocupado.

—*Uy, qué raro suena eso, ¿seguro que estás bien?* —"O eso, o se está haciendo mayor", pensó Gillian.

Bien, lo que se dice bien... Dallas no era Camden. Lo cual tenía su lado bueno, dadas las circunstancias, pero también su lado malo.

—¿Y tú? —preguntó él, evitando responder— ¿Estás bien?

Bien fastidiada y muy, muy preocupada, así era como estaba Gillian. Aunque mucho menos de lo que había estado durante los últimos tres interminables días...

Pero no podía decirle eso, ni dejar que algo en su voz lo mostrara.

—*Claro, yo siempre estoy bien* —sonrió—, *y ahora que te escucho, mucho mejor.*

"Gracias a Dios". Antes de que Jason acabara de pensarlo, un suspiro de alivio escapó de su boca, delatándolo.

—*¿Estabas preocupado?* —dijo ella. Normal, ver su equipaje en el recibidor había sido un *shock* y por más que se había esforzado para que él no se diera cuenta, estaba claro, *se había dado cuenta.*

Jason bajó la cabeza, siguió con sus ojos el movimiento de uno de sus pies jugueteando con una colilla que había en el suelo.

Acababan de hacerle la pregunta del millón de dólares. No podía decir la verdad, pero tampoco quería seguir mintiéndole a la única persona con quien siempre había sabido que no necesitaba decir medias verdades.

Joder, esto también había cambiado. ¿Cuándo había empezado a ser tan reflexivo?

—Bueno, supongo —admitió—. Entre mi parada de pies al de los tulipanes en el bar y mi vuelta a Dallas... Seguro que habías planeado festejar mi cumpleaños de otra forma.

Qué entrañable podía llegar a ser aquel gigante.

Gillian sonrió, enternecida.

—*¿El de los tulipanes?* —preguntó, riendo.

Jason sonrió de mala gana.

—Por no decir "capullo" —aclaró, y al escucharla reír, pensó que era una ocasión que ni pintada para curarse en salud—. Joder, qué gordo me cae ese tío desde el mismo momento que mi padre nos presentó... y vale, los tíos pesados me resultan *supercargantes*, pero aunque este batió el récord, porque que yo recuerde nadie ha conseguido caerme tan mal tan pronto, la cosa no va conmigo...

—*No. Envidiarte, seguro que te envidia* —¿qué hombre no envidiaba a Jason Brady?—, *pero no eres su tipo.*

Ya, graciosilla.

—Quiero decir que yo no tengo el millón de razones que tú tienes para que Victoria te caiga fatal. Será un capullo cargante, pero a mí no me ha hecho nada.

Qué entrañable, y qué perspicaz.

—*¿Millón? Si Keith te hubiera dicho un cinco por ciento de las memeces que tu chica me dedicó, hoy sería un tulipán más, plantado cabeza abajo en el centro de Ámsterdam, campeón. "Trillón" se acerca más a la realidad.*

—No era mi chica.

Sí, lo que él dijera. A las once de la noche no estaba en condiciones de discutir sobre semántica.

—*Vale, lo que fuera.*

Jason frunció el ceño.

—*Lo que fuera* es que no era mi chica.

Ya, "Jason Brady no tiene chica, en todo caso *chicas*". Se sabía de memoria el estribillo, pero puestos a elegir, prefería seguir pensando que él no había sido tan egoísta de aguar un momento tan esperado por toda la familia como la vacaciones de Navidad, por alguien que no le importaba en lo más mínimo...

Pero llevaba tres días deseando oírlo, y...

—*Te echo de menos...* —dijo con voz quejosa— *¿Cuándo vas a venir?*

Él también. Pero no quería pensar en eso ahora.

—Antes de la boda, seguro.

—*¿Qué boda?*

Jason se echó a reír.

Así que Jordan había conseguido animarse a decírselo a John en Navidad y a él hacía tres días, pero todavía no se lo había dicho a Mandy.

—¡Joder, esto te va a encantar! —exclamó Jason.

Y se dispuso a compartir con su amiga del alma, lo que Jordan, de forma muy acertada, había llamado "el acontecimiento del año en el rancho Brady".

◆ ◆ ◆ ◆ ◆

Mandy siguió el camino de velas con una sonrisa radiante y el corazón acelerado. Toda la casa olía a jazmín. Había música suave y mucha penumbra.

No pudo evitar pensar que aquel vikingo había conseguido convertirse en un auténtico especialista en ella; le disparaba los sentidos, la imaginación y el corazón de una sentada, sin siquiera estar a la vista.

Cuando asomó la cabeza al corredor vio que el camino acababa frente a la puerta del baño de la planta baja. Él estaba en el *jacuzzi*.

Suspiró, se irguió y se dispuso a completar trayecto.

Jordan, con el corazón tan acelerado como el de Mandy, apuró su copa de champán cuando oyó los pasos de su chica, acercándose por el corredor. Respiró hondo.

Al verlo, ella esbozó una sonrisa que rezumaba sensualidad. A continuación, se recostó contra el marco de la puerta y, como siempre, se tomó su tiempo.

Más velas aquí y allí. Quemadores con esencia de gardenia. Espejos algo empañados por el vapor, pero no lo bastante para impedirle ver que detrás de aquel torso bestial que asomaba del borde del *jacuzzi*, había champán, copas y un gran bol con fresas.

La mirada de Mandy volvió sobre el rubio espectacular que, con los brazos reposando extendidos sobre el borde del *jacuzzi*, la traspasaba con la mirada, mirando como siempre, más allá de su piel.

Mucho más allá.

Él le ofreció su mano.

—¿Vienes?

La sonrisa de Mandy se hizo más grande. Con movimientos deliberadamente lentos, se desnudó prenda a prenda hasta quedar en ropa interior. Luego, entró en la gran bañera de aguas ligeramente borboteantes.

Jordan la rodeó con sus brazos.

—Me encanta que hagas esto —dijo él suavemente. Sus dedos bajaron por los contornos de Mandy llevándose el tanga violeta con ellos.

—¿En serio? —lo miró con picardía— No me había dado cuenta...

Las manos de él volvieron a subir, se detuvieron sobre los pechos de Mandy. Dibujaron sensualmente el contorno del sujetador, escotado, que escasamente lograba contener su busto, y siguieron camino hacia el cierre.

—Precioso —murmuró él, sonriendo masculino. Lo desabrochó. Sus manos subieron por los brazos femeninos hasta el hombro—. Tanto como me gusta todo de ti —sus manos volvieron a bajar, llevándose los tirantes del sujetador—, esto me vuelve loco... Me encanta quitártelos.

Ella se irguió un poco, sus pechos quedaron completamente fuera del agua. Él sonrió divertido y suspiró.

—Preciosas.

Mandy le rodeó el cuello con sus brazos, acortando la distancia entre los dos.

—Gracias —susurró sobre sus labios—. Y dime, *guaperas*... ¿celebramos algo o es un poco de locura espontánea?

Jordan se coló en su cuello. Empezó a recorrer, con los labios entreabiertos, el camino que llevaba desde el mentón de Mandy al canal entre sus pechos. Ella cerró los ojos, echó la cabeza hacia atrás y se olvidó de todo. No necesitaba más que sentir los latidos enloquecidos de su propio corazón y el aliento caliente, húmedo de aquel hombre contra su piel.

La voz suave de Mandy le recordó que le había hecho una pregunta.

—Busco emociones nuevas —respondió, enfatizando la última palabra. Sus besos volvieron a subir el camino. Ella abrió los ojos, vio la cara de Jordan aparecer en su campo visual, con los ojos brillantes y una sonrisa sensual—. Ya sabes, experimentar...

Mandy se disponía a hablar, pero Jordan recorría otro camino con sus labios entreabiertos; dibujaba el contorno de sus labios. A ratos, hurgaba con la punta de la lengua en su boca, anunciándole qué sería lo próximo que exploraría. Pero entonces, Jordan hizo una pausa.

—¿Experimentar... con qué? —susurró ella, buscando que la pausa cesara.

Sus lenguas se enredaron en un beso corto pero apasionado. Mandy sintió que la mano de Jordan empezaba a bajar por el centro de su espalda en una caricia lenta que la hizo estremecer.

—Con esto.

Mandy se apartó apenas un poco y miró lo que él tenía sobre la palma de la mano.

Suspiró. Volvió a buscar sus besos, apasionada.

—Tú no necesitas *pastillitas* azules, guapo. Ni de ningún color —añadió colándose en su boca—. Eres descomunal.

Jordan devolvió sus besos, ávido. Dejó que su mano, la que le acariciaba la espalda y se había detenido en la cintura, reiniciara la marcha a través de las caderas de Mandy, entre sus glúteos, hacia la vagina.

La sintió estremecerse y a continuación, tomar la pastilla de su mano y tirarla hacia atrás. Ésta rebotó varias veces sobre el suelo de gres azul.

Jordan tomó conciencia de que había llegado la hora, y respiró hondo. Sentía los latidos de su corazón martilleando a destajo en las sienes, los besos ardientes de Mandy quemándole el pecho, y una tremenda presión entre las piernas. Su miembro empezaba a pedir alivio a gritos.

—¿Qué tal con esto otro? —susurró, esforzándose porque su voz no temblara como lo hacía cada centímetro de su cuerpo.

Sus miradas se encontraron durante un segundo eterno, luego la de Mandy se posó sobre la palma abierta de Jordan.

Ella tardó varios segundos en reunir el coraje necesario de apartar sus ojos de aquel anillo de oro con tres diamantes, y volver a mirarlo. Cuando lo logró, su corazón bailaba frenético y por la expresión de aquel rostro masculino que adoraba, supo que el de Jordan, también.

Se esforzó por cortar la intensidad con una broma, algo que les apaciguara el corazón, que aflojara la tensión del nudo que le atenazaba la garganta, la profunda emoción que ambos sentían...

—Y para que el experimento funcione... ¿dónde se supone que tenemos que ponerlo? —sonrió nerviosa, y añadió, con picardía—: Es bastante estrecho, te diré...

Fue un intento vano, ya que Jordan no sonrió. El nudo de su garganta se tensó aún más y Mandy se dio cuenta de que sus propios ojos se le estaban llenando de lágrimas y no había nada que ella pudiera hacer para evitarlo.

La mirada de Jordan se volvió tierna.

—No es un experimento. Funcionaría igual aunque no... —hizo una pausa. Tomó conciencia de que al ver aquellos ojos vidriosos, una emoción intensa lo embargó. No había contado con eso. Cuando volvió a mirarla, eran sus ojos los que se habían vuelto vidriosos—. Entre tú y yo va a funcionar todo. Siempre —notó que las lágrimas empezaban a deslizarse, copiosas, por las mejillas femeninas—. Siempre voy a estar aquí para ti —ella se estremeció—, sea como sea. Pero lo que de verdad quiero es que sea así.

Jordan miró el anillo e hizo una pausa. Al igual que Mandy, también tenía un nudo en la garganta. Eran nervios por decir algo que nunca había dicho a nadie, emoción por ser consciente de que un momento que había esperado tantos años, estaba allí. Y también angustia de que tal vez... Volvió a respirar hondo, apartó aquel pensamiento de su mente y fue a por todas.

—Te amo, Mandy. —Ella suspiró, se mordió el labio intentando hacer que dejara de temblar—.Y si me dices que no, lo entenderé. Pero es justo que sepas que voy a volver a pedírtelo. Hasta que digas que sí. Aunque me lleve el resto de mi vida...

Mandy volvió a respirar hondo. Se secó torpemente las mejillas.

—¿Vas a volver a pedirme *qué*? —preguntó suavemente—. ¿Acaso me has pedido algo?

—Que me dejes ponerte este anillo.

Ella miró el anillo, luego a Jordan y le rodeó el cuello con los brazos.

—Tú quieres más cosas que ponérmelo. Pídemelo.

—¿Seguro que no vas a salir corriendo si lo escuchas en vivo y en directo?

—Solamente hay una forma de saberlo...

Sí, solo había una. Jordan respiró hondo y alzó la mirada.

—¿Sabes qué es lo que más deseo en el mundo? —Mandy tragó

saliva, negó suavemente con la cabeza—. Ser el último hombre de tu vida.

La sintió estremecerse al tiempo que vio que sus ojos se humedecían otra vez.

—¿Quieres casarte conmigo, *bombón*? —preguntó, limpiándole las lágrimas con los dedos, suavemente.

Ella exhaló ruidosamente, como si hubiera estado conteniendo la respiración, y apartó la mano de Jordan de su cara.

Luego, se coló en su boca, vehemente, apasionada, y sus dedos rozaron la palma de Jordan que sostenía la pequeña caja de terciopelo rojo.

—*Eres* el último hombre de mi vida —susurró, lamiéndole los labios con tanta emoción como pasión—. Desde hace mucho, mucho, mucho tiempo...

Un escalofrío recorrió a Jordan que buscó sus besos, ávido.

Ella se apartó, juguetona, y le mostró su mano izquierda. Jordan la vio mover los dedos, uno de ellos tenía el anillo a medio poner.

Le gustaba la forma en que ella intentaba sobreponerse a la emoción y seguir siendo la mujer sensual que él conocía. Le parecía el ser más entrañable del mundo.

Lentamente, sin dejar de mirarla, empezó a empujar el anillo por su dedo.

Mandy sonrió con picardía.

—Hasta el fondo, no pares —dijo traviesa, moviendo las cejas sensualmente.

"Media vida esperando este momento", pensó Jordan. No atinaba a decidir cómo se sentía... Era un sueño hecho realidad.

Ella atrajo su barbilla con los dedos. Jordan vio en aquel rostro que amaba, una expresión que nunca había visto antes, y supo que lo que vendría a continuación sería un huracán emocional. Respiró hondo, preparándose.

—¿Sabes qué es lo que *yo* más deseo en el mundo? —murmuró Mandy.

Jugueteaba distraídamente con sus dedos, acariciando el cabello. A veces, sus dedos le rozaban el cuello.

—Si dices que casarte conmigo, es muy posible que me ponga a mil y tengamos que dejar las confesiones para después —respondió él, con un punto de sensualidad. Eran nervios de quinceañero, y también necesidad de tenerla, ahora que sabía que era suya en todo el sentido de la palabra.

Ella lo miró con ternura, le cubrió la boca suavemente con sus dedos, instándolo a callarse.

—No, Jordan —dijo negando con la cabeza—. Sin juegos, ¿vale? —él le besó la punta de la nariz con ternura y asintió—. Lo que más deseo en el mundo es merecerte.

Él impulsivamente la besó, buscándola. Ella se apartó delicadamente, y volvió a negar con la cabeza.

—No, escucha, por favor... Quiero que me mires y veas a una mujer digna, de la cabeza a los pies, alguien de quien te sientas orgulloso... Por eso me di cuenta de que estaba colada por ti —Mandy suspiró, lo miró de reojo brevemente—. *Coladísima*, Dios... Bueno, por eso y por los celos —sonrió incrédula, meneando la cabeza—. Fue aquel día que nos gritamos como energúmenos...

Él frunció el ceño mirándola con picardía.

—De eso hace casi un año.

—Once meses, sí —respondió ella—. ¿Disimulé bien?

—Mejor que bien.

Se miraron sonrientes.

—Mentiroso —dijo ella, al fin. Jordan hizo un pequeño mohín, pero no dijo nada... Lo cual no hizo más que confirmarle a Mandy que *estaba mintiendo*—. Voy a descubrir una carta, guapo, y te voy a dejar que la veas, ¿preparado? —Jordan asintió—. No quería disimular. Quería que lo supieras, pero no sabía cómo decírtelo.

—¿Y ahora sí? —preguntó él, comiéndosela con los ojos.

La vio asentir.

—Estoy profundamente, desesperadamente, apasionadamente enamorada de ti. Es amor —dijo con toda su ternura—, y lo sé sin posibilidad de error porque nunca, jamás, en toda mi vida he sentido algo así por nadie. Solo por ti.

Aquellas tres últimas palabras completaron el mundo de Jordan, que abrazó a Mandy y se metió en su boca, en un beso pleno. Cuando un buen rato después, se retiró despacio...

—*Guaaau, bombón*... Voy a querer un "replay" de esto.

Ella se acurrucó contra su pecho; él la rodeó con sus brazos y se sumergieron más en el *jacuzzi*. El borboteo resultaba placentero y el agua, al calentar zonas del cuerpo que hasta aquel momento se mantenían frescas, les produjo una gran relajación. Ambos suspiraron.

—Los que quieras, amor —murmuró Mandy.

Él volvió a besarla.

—Dilo otra vez —pidió en un susurro apasionado sin abandonar los labios femeninos.

Mandy tomó la cara de Jordan entre sus manos, lo miró enamorada.

—Los que quieras, amor.

—Otra vez —rogó él, lloviendo besos sobre su rostro.

Ella se colocó a horcajadas sobre él.

—Todas las veces que quieras, amor... —volvió a tomar la cara de Jordan entre sus manos—. Vamos, necesito sentirte dentro de mí, por favor...

Jordan le suspiró al oído mientras la penetraba. Era la misma mujer de la que llevaba media vida enamorado, pero al mismo tiempo no lo era. En esta que lo llamaba "amor" ¿cuánto quedaba de la que hacía varios meses, cuando empezaron a salir, le había definido el tipo de afectividad que esperaba de él en la alcoba diciéndole que la ternura no la encendía?

—¿Cómo lo quieres, *bombón*? ¿Con ternura —sus miradas se encontraron—, o sin?

Mandy acarició sus labios suavemente, se inclinó y como si fueran un gran campo de atracción, volvió a colarse en su boca en un beso apasionado.

—Con amor —susurró tras una pausa—. Lo quiero con amor.

CAPÍTULO 10

Viernes, 5 de mayo de 2006.
Gimnasio de Jason.
Rancho Brady

Era un alivio volver a ser el de siempre, pensó Jason. Tal como le había dicho a Jordan, lo que tenía que hacer era volver a su vida, desfogarse y dejar de hacerle el juego a sus emociones.

Y muy especialmente, dejar de prestarle atención a lo que decían los demás. Su padre miraba la vida exclusivamente a través del amor, convencido de que nada que hiciera una persona tenía sentido si no lo hacía por amor. Vivía enamorado de su mujer, de sus hijos, de la vida... Veía amor en todas partes. Era el penúltimo ejemplar de una especie en vías de extinción. Y ocupaba ese lugar porque antes de extinguirse había conseguido dejar un sucesor sobre la tierra; Mark. Vaya dos.

Y en cuanto a Victoria y compañía hablaban por defecto. Las mujeres siempre hablaban demasiado. Y por pura envidia. Eran unos *pelmazos parlanchines* y celosos que a cambio de un poco de sexo siempre esperaban algo de él.

Como Victoria.

"Creía que después de cinco meses juntos empezabas a pensar en cosas serias". Jason puso los ojos en blanco al recordarlo. Empezar una frase con la palabra "creía" era la mejor manera de conseguir que a un hombre dejara de interesarle oír lo que fuera que viniera después. ¿Es que nunca nadie se lo había dicho?

Y encima no paraba de meterse con Gillian. Decía que no entendía lo que había entre ellos, pero no era cierto. *Lo entendía.* Todas ellas lo entendían, pero no lo soportaban: lo que había era amistad, camaradería. Compartían aficiones, ninguno "esperaba" nada del otro ni metía las narices en sus asuntos. Igual que un amigo hombre, excepto que Gillian era una mujer. Pero si hubiera sido un hombre, ellas tampoco lo soportarían.

Ni hablar.

Irse y activar el filtro *anti-memeces* había sido la decisión correcta. Y aunque no le gustaba la idea de engañar a Gillian sobre las razones de su regreso a Dallas, tan solo dos semanas después, su vida había vuelto a la normalidad; era el de siempre. Rehabilitación y gimnasio moderado por la mañana; partida de billar, dardos o cartas por la tarde con los colegas, y desfogue por la noche.

El hombro estaba recuperando la movilidad, con lo que los nubarrones de su futuro profesional empezaban a ser menos preocupantes y ahora, solamente le faltaba una cosa para que su día fuera cien por cien normal.

Jason miró de reojo la espalda de la mujer que yacía a su lado. Verificó que dormía.

Tomó el móvil de la mesita de noche y seleccionó una memoria.

Con una sonrisa en los labios, esperó a que contestaran.

♦ ♦ ♦ ♦ ♦

Gillian dejó de pedalear, se secó el sudor de la cara y se sujetó mejor el cabello en una coleta alta. Miró la barra de estiramiento de bíceps que había al otro lado de la gran sala del gimnasio del rancho, y sonrió. La imagen de un Jason sudoroso, elevándose con los brazos por encima de la barra regresó con nitidez a su mente. Como si estuviera ahí; podía ver los músculos tensados al máximo, la cara empapada, su respiración fuerte entremezclada con expresiones de dolor, que denotaban el gran esfuerzo que estaba realizando…

Y la competición tácita que mantenían entre ambos desde hacía años; él era fuerte y ella, elástica. Para Gillian, la banca de pesas era una tortura, y las elevaciones un paseo. Justo al revés que para Jason.

Pero los dos eran igual de cabezotas, así que entrenaban cada uno su peor aparato al mismo tiempo, con el cronómetro en marcha, compitiendo (sin decirlo) a ver quién fallaba antes una serie.

Del último fallo, hacía años.

El móvil sonó trayendo a Gillian a la realidad con una sonrisa más grande aún; el indicador de llamada mostraba la palabra "Jay" en la pantalla.

Desde que él había regresado a Dallas hablaban casi a diario. Gracias a Dios, las aguas habían vuelto a su cauce. Aliviada, Gillian pensó que al final, era ella que había sobredimensionado el bendito comentario de aquella noche. O quizás, que él había decidido quitarle todo el hierro. Lo cual, era otra forma de confirmar que entre ellos las cosas seguían siendo igual que siempre.

—*¿Qué hacías?* —escuchó que él preguntaba. Sonaba genial, pero en voz mucho más baja.

—¿Por qué susurras? —susurró Gillian, imitándolo. Jason rió.

—*Para no despertar a la morenaza que tengo en el catre.*

—Por lo que veo tu lesión va de perlas...

"Era su Gillian", pensó Jason. La de las observaciones ocurrentes con una pizca de picardía. Se puso un brazo debajo de la nuca a modo de almohada y decidió seguirle el juego.

—*Va de perlas, sí. Pero ya me conoces, en el gimnasio me parto el lomo; en el catre, las dejo a ellas... No todo va a ser esfuerzo en la vida, ¿no?*

No había dudas de que las aguas habían vuelto a su cauce. Ese que susurraba en plan seductor era Jason, él que decía con total desparpajo "si quieren placer, que se esmeren".

—Dios... ¿Cómo puedes ser tan desastroso, Jay? El sexo es cosa de dos —Gillian sonrió con picardía, se corrigió—. Bueno, cómo mínimo, ya me entiendes.

Jason soltó una carcajada, y volvió a controlar a la morena. Seguía durmiendo.

—*Y es de dos* —hizo una pausa y añadió con picardía—. *Mínimo. Yo pongo la herramienta, ellas el resto.*

—Ya conozco como sigue el discurso, así que ahórramelo.

—*No es ningún discurso* —dijo masculino y añadió con un punto de doble sentido—: *Os encanta sentir que controláis la situación, que tenéis el poder en las manos. Y a mí no me cuesta nada, así que...*

—Tú alucinas, chaval —apuntó ella, sonriendo incrédula como cada vez que caía en la cuenta de que quien decía todas esos clichés era un tipo con un coeficiente intelectual de genio.

—*Es la verdad.*

—¿Se los has preguntado? —dijo ella, desafiante. Jason no necesitaba preguntarlo, lo sabía muy bien. Pero no iba explicárselo. No quería entrar en ese terreno con Gillian así que guardó silencio—. No. Como la mayoría de los hombres, lo das por hecho... Eres un *Neandertal* de la cama, chaval, y lo siento, pero estamos en el siglo veintiuno. Algunas cosas han cambiando desde entonces, ¿sabes? Eso de que nos arrastren por el pelo, ya no nos pone… Pero bueno, quizás la *morenaza* sea algún vestigio viviente de la edad de piedra y esté encantada de acostarse con un consolador de carne y hueso.

Jason soltó otra carcajada y al instante, calló abruptamente. La mujer que yacía a su lado se movía. Pero había sido falsa alarma, ya que tras darse la vuelta, continuó durmiendo.

—*¿Me estás llamando consolador, enana?*

—No, exactamente. Te llamé *Neandertal* de la cama. Pero ser un consolador tampoco está tan mal; no habla, es solo tuyo, y tiene una efectividad que ronda el cien por ciento: ni se le moja la pólvora ni se le encasquilla la bala. O sea, un chollo.

Qué raro le resultaba a Jason oír a su amiga del alma hablando de esa manera. Especialmente, cuando vivía rodeada de sementales *supermotivados* con la idea de asegurar el futuro de la especie, que además la creían "la caña de mujer". Bueno, no todos eran sementales. Había algún tulipán capullo.

—*¿Y qué sabes tú de consoladores?*

Otra persona se habría percatado del tono desafiante, hasta cierto punto recriminatorio de su voz, pero Gillian no lo hizo. Se limitó a sonreír.

—A ver cuándo vienes, guapo… Tu hermana está insufrible… *Mmm,* hablando del rey de Roma —dijo en voz bajita al ver a Mandy entrando en el gimnasio con su siniestro cuaderno de tapas negras—. Y trae la libreta. Dios, estoy de la boda hasta el moño…

Tan feliz como harta, desde luego. Si la proposición de Jordan había tomado completamente desprevenida a Mandy, la gran sorpresa para la familia fue que ella pusiera fecha al acontecimiento para apenas veinte días después. Todo el mundo colaboraba frenéticamente para hacerlo posible, quizás porque, secretamente, albergaran algún temor a que ella se lo pensara mejor y cambiara de idea. Y hasta el mismísimo John Brady, deseoso de una boda religiosa "como Dios manda" para la niña de sus ojos, había dado el visto bueno a una ceremonia aconfesional tan pronto se enteró de que las agendas de los párrocos de la región estaban saturadas hasta después del verano, daba igual si la novia se llamaba Amanda Brady o Julia Roberts.

—Al fin te encuentro —dijo Mandy, acercándose con sus gafas de ver puestas de diadema—. ¿Es Jason?

—Buenos días, Mandy —replicó Gillian con tono de "primero dí hola, ¿no?".

Ella sonrió con resignación.

—*Buenos días.* Perdona, es que estoy volviéndome loca con tantas cosas por hacer... ¿Es mi hermano? —volvió a preguntar mirando el móvil que Gillian tenía pegado a la oreja. Ella asintió—. Pregúntale si va a traer acompañante o no. Quiero acabar hoy con el tema del convite.

Gillian le trasladó a Jason la consulta con voz de autómata.

—*Claro, vaya pregunta* —respondió él. Gillian miró a Mandy y lo repitió textualmente.

—¿Cómo que claro? —preguntó Mandy, irónica—. Lo único que está claro aquí es que os pegaréis como siameses todo el día y pasaréis de vuestros respectivos acompañantes. Con lo cual me pregunto, ¿para qué los traéis? Pero bueno... —dijo tomando la correspondiente nota en su cuaderno—. Acompañante para Jason y supongo que para ti también ¿no?

—Está de los nervios —masculló Gilian al teléfono. Escuchó que Jason reía y decía un "ni que lo digas"—. Sí, acompañante para mí también.

—*Bueno, te dejo, enana...* —continuó Jason—. *¿Nos vamos al río este fin de semana?*

—Si tu hermana nos deja en paz un rato, por mí, encantada —respondió feliz solo con pensar que en pocas horas volverían a verse.

—*Hecho, mañana a media mañana estoy por ahí. Un beso.*

—Otro —respondió Gillian antes de cortar la comunicación.

Mandy se apoyó contra la consola de la cinta de correr y miró a su amiga con picardía. Le había cambiado completamente la expresión; después de varios días de melancolía que, a pesar de todos sus esfuerzos, a ella no había conseguido ocultarle, Gillian estaba como unas pascuas.

—¿Qué? —dijo Gillian al detectar la mirada de Mandy. Dejó el móvil en el portaobjetos de la bicicleta estática y volvió a pedalear. Todavía le quedaban cinco minutos para acabar el programa.

—Déjame que lo adivine —Mandy hizo una pausa, sonriendo—, ¿viene mañana?

Gillian asintió feliz de la vida y continuó pedaleando.

Mandy titubeó un instante y luego volvió a mirarla.

—¿Puedo hacerte una pregunta?

—Mientras no me hables de sexo —dijo, riendo—. Yo no tengo a un guaperas que me caliente la cama por las noches como una que conozco...

—Hablo en serio, Gillian —dijo Mandy mirándola con cariño.

—Claro, pregunta lo que quieras.

—¿Qué pasó entre vosotros? —La miró atentamente intentando escudriñar su mente.

Oh-oh.

A pesar de los denodados esfuerzos de Gillian por sobreponerse, el *shock* de ver el equipaje de Jason en el porche no había pasado desapercibido a Mandy. Ni la angustia de los tres días siguientes...

—¿Entre Jason y yo? —preguntó con su mejor cara de póquer. Mandy le echó una mirada burlona. Gillian se encogió de hombros—. Nada, ¿por qué lo dices?

—Oye, si no quieres hablar del asunto, dilo y en paz, pero no me sueltes esta mierda, ¿vale?

Genial, no había como elegir entre algo malo y algo peor para empezar el día con alegría. Si decía que no quería hablar del asunto daría lugar a especulaciones inconvenientes; si hablaba del asunto, quedaría expuesta.

Tenía alrededor de cinco segundos para idear un "plan c" y como necesitaba hacer acopio de toda su energía, instintivamente, dejó de pedalear. Bebió un buen trago de agua.

—Fue una estupidez —admitió con una sonrisa (que esperaba fuera convincente) cuando volvió a mirar a su amiga—. Estamos, no sé, *desentrenados*... Y además, las reglas son de hace diez años. Algunas necesitan revisión urgente.

Mandy continuó mirándola, esperando que ella dijera más, que precisara más. Pero su amiga continuó en silencio, obviamente convencida de que lo dicho era suficiente. Pues no lo era. Para Mandy, no.

—¿Eso es todo, seguro? —Gillian asintió, sonriendo—. Pues él se largó poco menos que corriendo y a juzgar por la cara que se te quedó, no estabas al tanto. Que ya es decir. Ni contabas con eso ni te cayó nada bien.

Ni podía explicárselo, así que...

—Sí, seguro —apoyó la mano en el brazo de Mandy y lo apretó cariñosamente. Luego volvió a pedalear—. No pasa nada, de verdad.

Mandy se cruzó de brazos, apartó la mirada un instante.

—¿Por qué volvió a Dallas? —le preguntó, finalmente.

—Porque lo llamaron y se lo pidieron —respondió Gillian con naturalidad—, ¿no estabas tú cuando lo dijo?

—No me creo lo de la llamada, ¿tú sí?

—Dijo que lo llamaron para que hiciera la rehabilitación en Dallas y en lo que a mí respecta, va a misa. Pero si por alguna razón que no sé ni me interesa saber, tú no le crees, entonces, *pimpollín*, coge ese estupendo móvil *carísimo* que te has comprado, y llámalo —sonrió divertida—. Dudo que consigas que te diga algo distinto de "¿y a ti qué puñetas te importa?", pero con intentarlo no pierdes nada.

No necesitaba llamarlo, ya sabía lo que quería saber.

Cada vez que algo que Jason decía o hacía quedaba en entredicho, la reacción de Gillian era la misma; protegerlo. Minimizaba los asuntos, les quitaba hierro, o directamente, como ahora, los negaba. No solo no se permitía ver que detrás de su apariencia de Hércules había un hombre de carne y hueso, tampoco permitía que nadie lo hiciera.

Y no había peor sordo que el que se negaba a oír.

Mandy asintió, dando el tema por zanjado.

Gillian desmontó de la bicicleta estática.

—Bueno, y dime… ¿Para qué me buscabas? —añadió tomando del brazo a su amiga—, ¿para hablar de tu boda? —ladeó la cabeza y le sonrió con cariño— ¿De esa de la que estoy hasta el moño?

La boda sí, bendita boda.

Mandy se cubrió la cara con las manos.

—Dios… Por cada cosa que hago, salen otras veinte nuevas. Es interminable…

Gillian le pasó el brazo por un hombro y empezó a caminar con ella hacia la puerta.

—Tú piensa en lo poquito que falta para que ese tío bueno lleve un cartel en la frente que ponga "ocupado por Amanda Brady"…

Mandy se echó a reír.

—Ya, eso si sobrevivo a los preparativos y consigo ponérselo.

—¡Claro que sí! Las mujeres estamos programadas para lidiar con bodas… ¡Traemos el chip de nacimiento!

—Si tú lo dices… —comentó Mandy con cara de desesperación.

CAPÍTULO 11

Domingo, 14 de mayo de 2006.
Convite de boda de Mandy y Jordan.
Jardines del Rancho Brady

El Rancho Brady nunca antes había estado tan engalanado. Durante una semana, una plantilla de más de cien operarios habían ajustado cada detalle del complejo compuesto de dos instalaciones montadas al efecto.

La carpa, un cuadrado perfecto, donde se estaba celebrando el convite de boda, estaba situada en la pradera frente a la gran casa familiar. Contaba con cuatro puertas de acceso custodiadas por personal de seguridad y conectaba, a través de una pasarela, con la casa, con el propósito de evitar que novios y familiares fueran objeto de fotos no autorizadas. Solo había cinco periodistas acreditados, pero el único material gráfico disponible sería suministrado por la oficina de prensa de Amanda Brady ya que el acceso al recinto con cámaras, vídeos o teléfonos móviles estaba rigurosamente prohibida para todos los asistentes, sin excepción. A pesar de esto, desde temprano por la mañana, aviones privados y helicópteros sobrevolaban el rancho en busca de una exclusiva.

La logística, precisa y eficiente, había corrido a cargo de Jordan; el diseño era cien por ciento "made in Mandy". En el centro de la cara sur estaba la mesa nupcial, de forma rectangular, que sentaba a los novios y sus respectivos padres y padrinos de boda. A continuación, por ambos extremos, y alineándose contra las otras tres paredes de la instalación, se ubicaban las sesenta mesas circulares, cada una dispuesta para ocho comensales.

Todo estaba en sinfonía piedra y rosa viejo: manteles, vajilla, cortinas, adornos, centros de mesa, lámparas...

Color piedra como el Balenciaga espectacular que lucía Mandy. Sencillo pero explosivo, se ceñía a su cuerpo hasta las rodillas donde se ensanchaba formando una cola de metro y medio. El escote palabra de honor realzaba una delantera que siempre había dado mucho que hablar y que ella se había encargado de dejar bien a la vista sujetándose el cabello en un moño alto. Unos Manolos del mismo color, con tacón de aguja de diez centímetros, y una orquídea rosa a modo de ramo completaban el atuendo. Solo lucía dos joyas aparte del anillo de pedida; una diadema de brillantes y los pendientes a juego, ambos regalos de John y Eileen. No llevaba velo.

Color piedra era también la indumentaria de Jordan, de riguroso chaqué, excepto la corbata y el chaleco que eran color rosa viejo.

La ceremonia, íntima, había tenido lugar a mediodía en el cenador construido al efecto en la rosaleda de Gillian con la única asistencia de familiares de los contrayentes. Para alivio de la novia, todos los Wyatt habían acudido, incluida la madre de Jordan que nunca había visto con buenos ojos la relación que su hijo mantenía con Mandy, y hasta último momento su asistencia había sido una incógnita. Jason y Gillian habían oficiado de padrinos y moderado, con su habitual jovialidad, una ceremonia breve pero intensa cuyo momento cumbre, sin duda, fueron los votos matrimoniales que intercambiaron los novios con la voz quebrada por la emoción.

Y desde el mismo momento que el oficiante los declarara "marido y mujer" y los nervios se tranquilizaran, la pasión había tomado el relevo. Mandy y Jordan no dejaban de besarse a cada rato, completamente sumergidos en su propio mundo de murmullos íntimos y miradas de carga explosiva. Apenas habían hecho una tregua obligada para saludar a los invitados y tomarse las fotos.

En aquel momento, John se puso de pie. Dio unos golpes con un tenedor en el pie de su copa pidiendo atención. Jordan dejó de susurrarle algo a Mandy y miró a su suegro. Mandy, sorprendida, hizo lo mismo.

—Bueno, se supone que el discurso lo dan los padrinos pero los dos, amablemente, me han cedido el micro...

Los aludidos, Jason y Gillian desde sus posiciones de honor junto a los novios, empezaron a animarlo como si estuvieran en un partido de fútbol y no en un convite de boda, arrancando aplausos entre los presentes. Con una sonrisa resignada John esperó a que volviera a haber silencio.

—Llevo esperando este momento desde hace doce años y cinco

meses —Mandy frunció el ceño, miró a su flamante marido extrañada; él se limitó a guiñarle un ojo, consciente de que el nudo que tenía en la garganta le impediría hablar—. Os aseguro que no necesito ánimo, pero gracias por el gesto.

El comentario fue recibido con otra andanada de bromas, especialmente a cargo de la mesa donde estaban los hermanos de la novia. Para los Brady era un acontecimiento, sin duda: la terrible niña bonita de papá John acababa de convertirse en "Señora Wyatt". La alegría, a todos ellos, les salía por los poros.

Después de una pausa, esta vez más larga que la anterior, John continuó.

—Soy un romántico —admitió con tal simpleza que arrancó sonrisas. Él se apresuró a continuar antes de que volvieran a empezar los comentarios—. Y estoy convencido de que en cada historia de amor, lo más romántico es lo que se ignora. Lo que no le decimos, las pequeñas cosas que hacemos por la persona que amamos sin que ella lo sepa —sus ojos sobrevolaron fugazmente a Jordan—. ¿Sabéis? A veces, quisiera ser un pajarito para poder posarme sobre el alféizar y no perderme nada...

—¡Ah, era por eso...! Como no cabes en el alféizar, te metes detrás de las puertas ¡y tampoco te pierdes nada! —exclamó Mark de la mesa cercana que compartía con Shannon, los tres niños de acogida -Matt, Timmy y Patty-, y los acompañantes de Jason y Gillian, Evelyn y Alex, respectivamente.

Las carcajadas atronaron el lugar.

—¡Le dijo el muerto al degollado! —terció Jason, junto a Jordan, y para entonces, hasta el del discurso se desternillaba.

El alboroto duró unos cuantos segundos. Luego, John volvió a tomar la palabra.

—Sí... Y otras veces, estás ahí, comprendes que debes intervenir y en un momento pasas de espectador a protagonista. Y tomas decisiones y cruzas los dedos, rogando no equivocarte —miró a su hija con cariño; ella, más y más nerviosa cada segundo que pasaba, mantenía la mano de su flamante marido entre las suyas—. Sé que confías en Jordan y que seguramente no te hace falta oír esto, pero como digo, soy un romántico —hubo sonrisas y comentarios—. Y un hombre de principios. Después de la honestidad, lo que más respeto en un hombre es que cumpla su palabra.

Jordan respiró hondo; Mandy lo miró interrogante y luego se volvió a su padre que tras una breve pausa, continuó.

—Hace doce años y cinco meses le pedí que me diera su palabra de que nunca te lo diría —extendió la mano y le acarició el cabello a su hija con ternura—, y, evidentemente, no lo ha hecho.

Los dedos helados de Mandy apretaron la mano de Jordan, que con los ojos brillantes y el nudo de la garganta tan prieto que empezaba a ser asfixiante, seguía el discurso de su suegro.

—Te quería —declaró John con simpleza—. Siempre te ha querido. Aquella tarde no volvió a la cabaña con la leña porque yo se lo pedí —Mandy esbozó una sonrisa nerviosa, bajo la cabeza con los ojos sospechosamente brillantes, y suspiró—. Le dije que volviera cuando se hubiera convertido en el hombre que quería para ti, y aquí lo tienes.

John miró a Jordan que como podía se las apañaba para mantener la emoción a raya.

—Es mi niña bonita, la luz de mis ojos. Nada conseguirá jamás hacer que deje de preocuparme por ella, de sentir que solamente está segura cuando está conmigo —Jordan, emocionado, asintió. El silencio era tal que solo se oía, alto y claro, la voz de John—. Es así y el día que tengas una hija mujer, lo entenderás, pero solamente hay un hombre a quien le confiaría su bienestar y eres tú, Jordan —hizo una pausa y decidió cortar la emoción del momento con un poco de picardía—. Ha sido un gustazo saber lo que sentías y ver con cuánto arte remontabas el peor marcador que puede tener un hombre. Y conseguías llevarte el gato al agua... Bueno, *la gata.*

La gata tardó en reaccionar. Su padre tenía razón. No necesitaba saberlo, pero ahora lo sabía. En un segundo retazos de su vida con Jordan -miradas, reacciones, palabras que en su momento no entendió-, pasaron ante los ojos de Mandy.

Ahora todo encajaba, resultaba obvio. Dios, ¿cómo había estado tan ciega?

Cuando al fin reaccionó, la ternura se apoderó de todos los presentes, y el silencio fue total.

Con estrellas en la mirada, Mandy se abrazó a él con todas sus fuerzas, y susurró algo que solo Jordan oyó.

"Te compensaré. Te lo juro, amor".

◆ ◆ ◆ ◆ ◆

Gillian se deslizó hacia abajo en el banco, descansó las piernas estiradas una sobre otra y cerró los ojos.

—Dios, estoy muerta —dijo al tiempo que soltaba el aire y empezaba a relajarse.

El jolgorio de la recepción de boda que se estaba celebrando en la carpa ubicada a pocos metros, llegaba amortiguado hasta el jardín de la gran casa victoriana de la familia. Mientras allí dentro, una lista de más de quinientos invitados, la mayoría rostros famosos de Hollywood y Nashville, hacían relaciones públicas, en los alrededores, ocultos a los prismáticos del equipo de seguridad, un número indeterminado de *paparazzi* buscaba febrilmente la foto millonaria. Mirara en la dirección que mirara, había flashes iluminando la oscuridad de la noche.

—¿Qué trola les has contado a tu ingeniero? —escuchó que decía una voz familiar, y a continuación su dueño se dejaba caer a su lado, hombro con hombro.

Gillian sonrió y abrió los ojos. Jason se aflojaba la pajarita de su esmoquin y suspiraba aliviado.

Él también había aprovechado la primera ocasión para escabullirse en busca de aire fresco y tranquilidad.

—Que tenía que ir al baño, ¿y tú a tu animadora?

—Se le antojó tarta y como "esos zapatos la están matando", no me quedó más remedio. Joder, está parada sobre dos zancos, no me extraña que no se me despegue ni de broma...

Gillian sonrió con picardía y se acomodó mejor, con la cabeza descansando sobre el hombro masculino.

—No se te despega porque eres *mullidito* como un cojín.

—Ya, ¿a ti también te están matando los zapatos o son tus mimos de siempre? —preguntó mirándola de reojo.

—Son mis zapatos —levantó una pierna para que él viera los bonitos y *dolorosísimos* zapatos de raso color rosa pálido con un tacón de aguja de más de ocho centímetros—. Y es culpa tuya, así que aguanta, campeón.

—¿Mía? ¿Por qué?

Gillian continuaba con los ojos cerrados, así que Jason aprovechó para mirar con más detenimiento su indumentaria compuesta de un vestido de seda a juego con los zapatos. El amplio escote, que dejaba prácticamente expuestos sus hombros, acababa en una pequeña manga estilo princesa. Entallado, se ceñía al pecho dándole una forma redondeada y bajaba hasta los pies en un corte recto y tubular. Pero el detalle más llamativo era su pelo, normalmente lacio, que esta vez caía en mechones rizados.

Victoria decía que aquella melena estaba pasada de moda; Evelyn, que la aniñaba. ¿Qué sabrían ellas? Aunque un hombre no se metería en esas cosas de mujeres, donde hubiera un buena melena larga, que se quitara lo demás. Y la de aquella enana eran palabras mayores.

—Por ser un XXL. "Mi hermano es una pared, o te pones tacones o te pones tacones" —dijo imitando la voz de Mandy—. Y vestirme de princesa rosa de la Edad Media es culpa suya —volvió a imitar a la novia

—. "¿Cuántas veces se casa tu mejor amiga? ¡Venga, *porfa*, dame el gusto!"

Jason se echó a reír. Desde luego, de haber podido elegir con libertad, el resultado habría sido bien diferente. Pero en su condición de padrinos, salían en las fotos de los novios y ya conocía la obsesión de su hermana por cuidar los detalles estéticos.

El flash de una cámara más cercana que las demás llamó la atención de los dos.

—Joder —Jason se incorporó un poco para mirar—, ¿de dónde ha venido ese flash?

Las voces imperativas de dos guardias de seguridad les dieron una pista: venía del roble centenario del jardín, a escasos diez metros de donde estaban ellos.

—¿Cobrarán plus de peligrosidad? —comentó Gillian, mirando sorprendida cómo los guardias instaban al individuo de la cámara a que se bajara del árbol.

—Son la leche. Con tal de sacar una foto hacen cualquier cosa... —dijo él, meneando la cabeza disgustado.

Después de que los guardias escoltaran al individuo fuera del recinto, Jason y Gillian permanecieron en silencio durante un buen rato, disfrutando de un momento de paz entre tanto ajetreo.

—Es todo como... *perfecto* hoy, ¿no crees? —dijo ella.

Jason miró a su amiga de reojo. Tenía su expresión de "soy feliz" desde que había abierto los ojos por la mañana.

—No lo sé... ¿sí?

Gillian se incorporó un poco. Miró alrededor y suspiró satisfecha.

—Sí. Es uno de esos días mágicos. Tengo la sensación de que es como si el universo estuviera celebrando... Intuir que estás en sintonía con alguien y mantenerla a pesar de las interferencias, de las idas y venidas de la vida, es casi milagroso en estos tiempos. Jordan y Mandy lo consiguieron —miró a Jason con su sonrisa feliz—. Quien sea que diseñó el plan de la vida, seguro que se está corriendo una juerga de campeonato en algún punto de la galaxia.

Jason se enderezó para verla mejor.

—¿Tú crees? *Mmm*, no sé... Lo consiguieron sí, pero con alguna que otra *ayudita* de sus amigos, ¿no?—dijo con picardía.

—Todo sucede por una razón —respondió ella con sencillez—. Pero si Mandy y Jordan no hubieran decidido, quizás inconscientemente, mantener "la conexión", hiciéramos lo que hiciéramos no habría funcionado. Y tampoco creo que nuestra ayuda fuera casual. Formaba parte del plan, seguro.

—¿Hay una razón para que alguien como tú tuviera que ganarse lo que todos nos merecemos por derecho de nacimiento; un padre, una madre, amor, cuidados, atenciones? —Gillian lo miró con cariño y permaneció en silencio—. ¿Hay alguna razón para que no puedas tener hijos? ¿Quién sería mejor madre que tú?

—La vida no es una ecuación matemática, Jay. Nuestro libre albedrío es el as en la manga que se carga la ecuación. Para ti lo de mis padres es una injusticia. Para mí, la razón de ser quien soy. Si mis padres hubieran... —se encogió de hombros y no completó la frase—. No habría aparecido ese día de Navidad en este rancho... No habría aprendido lo que es el amor cuando es de verdad y —sonrió con cariño— no habría disfrutado de tu compañía y tu cariño todos estos años... Sois un regalo para mí. Y lo de los hijos... No sé, no me veo haciendo *rafting* con una panza de ocho meses... Tiene sus ventajas, ¿sabes? Los puedo encargar al servicio de adopciones como si pidiera a la carta... A ver, "tráigame, por favor, un morenito simpático que ya no moje la cama de noche"...

Jason continuó mirándola en silencio. Gillian se encogió de hombros y esbozó una sonrisa.

—¿Qué? ¿Demasiado loca para tu cerebro de genio?

Jason negó con la cabeza.

—Eres única. Alucinante.

—Ya, "cuando te hicieron a ti, rompieron el molde, enana" —dijo burlona, anticipándose a una de sus frases famosas.

Jason asintió enfáticamente.

Así era él, primero la piropeaba y luego la llamaba "enana".

—Lo tomaré como un cumplido, campeón... y mejor será que volvamos antes de que tu animadora y mi ingeniero empiecen a pensar que nos hemos fugado juntos —se puso de pie y le ofreció su mano para que él hiciera lo mismo.

Anduvieron en silencio hasta una de las entradas del recinto y se dispusieron a volver a ocuparse de sus respectivos acompañantes. Gillian lo vio enfilar hacia la mesa donde seguramente estaría su animadora mientras se acomodaba la pajarita. Sonrió.

—Jason... —lo llamó.

—¿Qué? —replicó él volviendo la cabeza, sin detenerse.

—¿Y la tarta?

—Joder, sí... —cambió de dirección hacia la cocina y le guiñó el ojo al pasar delante suyo—. Me acabas de salvar el culo.

—Como casi siempre, desastre.

Desastre se quedaba corto.

Su desinterés tan total por todo lo que no fuera fútbol, su físico y su familia era más que evidente.

No lo hacía a propósito.

Simplemente, no le interesaba nada más.

CAPÍTULO 12

Más tarde, aquel mismo día...

Era cerca de la medianoche cuando Gillian vio a la animadora de Jason tirar de él hacia la pista de baile. Los novios acababan de escabullirse inadvertidamente para empezar su luna de miel y la mesa nupcial lucía desierta. Media lista de invitados se apiñaba en el espacio habilitado para bailar, y la música seleccionada por Mandy estaba teniendo un éxito total.

Jason le hizo señas a Gillian de que fuera a bailar. Ella le respondió con un gesto que lo haría más tarde. Le apetecía estar tranquila un rato, charlar con el resto de la familia que se había reunido en torno a un par de mesas que habían juntado.

La mirada de John se cruzó con la de Alex, "el ingeniero de Gillian".

Había visto la misma expresión antes, en otros acompañantes. La forma en que su hijo y Gillian se relacionaban, la mutua atención constante que se brindaban, que para ellos era de lo más normal, tenía una lectura diferente en los demás.

—Tu cara me resulta familiar, Alex —dijo John en un intento de hacer que el joven se sintiera más cómodo.

—¡Buena memoria! —replicó él, sonriendo amablemente—. Estuve aquí hace cuatro años, me parece. A traerle unos apuntes a Gill.

—¿Quién es Gill? —dijo ella, divertida. Solo una persona la llamaba así, y desde luego, no era Alex.

—Gillian. Vale. Fuimos compañeros de facultad —añadió.

—¿Y ahora? —preguntó Eileen. Gillian le echó una mirada alucinada.

Alex sonrió masculino, no contestó de inmediato.

—Me llamó y aquí estoy... —respondió al fin, con un punto de picardía.

Sí, claro.

—A otro perro con ese hueso, Alex. ¿Ver en persona al bombón de Amanda Brady, aunque sea el día de su boda, y a un buen número de sus amigos de la *jet*, en un convite lleno del glamour de Hollywood? Claro que estarías aquí. Te hubiera llamado quien te hubiera llamado. Tú, y cualquier tío de esta ciudad.

Él sonrió con cara de "me habéis pillado".

—Bueno, al menos no he sido el único —dijo echando un vistazo rápido a Evelyn, que seguía bailando con Jason en la pista.

A Gillian, la carcajada le salió del alma.

—No vino por el glamour ni por la *jet*, créeme. Bailaría descalza sobre ascuas si Jason se lo pide.

John y Eileen los observaban con curiosidad. Era posible que Alex bromeara sobre sus razones para asistir, pero Gillian le interesaba.

Y era evidente.

Igual de evidente que ella ni se daba por enterada ni parecía especialmente interesada en hacerlo.

—Sí, debo reconocer que es llamativo —admitió Alex con cierta cautela. Gillian lo miró de reojo. ¿Nada más que llamativo?—. Los musculosos tienen un montón de tirón entre las chicas —añadió y sonrió con picardía—. Voy a tener que plantearme seriamente doblar mis horas de gimnasio.

—¿Entenderé algún día por qué a los hombres se os da tan mal reconocer los atributos de otro hombre?

Alex la miró sorprendido.

—Lo que tú llamas "llamativo" entre las chicas se califica de "impresionante" y ese de ahí —señaló con el pulgar hacia la pista— no es un musculoso cualquiera: es una mala bestia que entrena cinco horas diarias, seis días a la semana, desde hace dieciséis años... ¿Tienes idea de la disciplina y el tesón que hacen falta para mantener esa forma física? —Gillian sonrió orgullosa–. Es un hombre impresionante, con el coeficiente intelectual de un genio, que se licenció en Agronomía *Cum Laude*... Y no tiene tirón entre las chicas, *arrasa*.

—Vaya —replicó Alex confuso—. Parece que te he tocado una fibra sensible...

No cabía la menor duda de que lo había hecho. Si había algo que Gillian llevaba peor que la envidia que "ellas" le profesaban por ser amiga de Jason, era justamente la que "ellos" le profesaban a él por su fortaleza e inteligencia extraordinarias.

—No te preocupes —dijo palmeándole el brazo con malicia—. No le voy a contar que lo llamaste "musculoso".

John y Eileen se echaron a reír. Al final, Alex, aunque un poco descolocado por la reacción, también rió.

—¿Bailas conmigo, tía Gillian? —invitó Matt, solemne. Gillian lo miró sonriente: con el pelo repeinado, su traje azul marino y esos ojos de pillo, parecía otro. Y aunque no le apetecía bailar...

—Será un placer —dijo poniéndose de pie y tomando su brazo. Los dos se alejaron en dirección a la pista.

Al cabo de un rato, Jason y Evelyn volvieron a la mesa. Después de los saludos de rigor, ocuparon dos sillas contiguas frente a John y Eileen.

—¿Mucha gente en la pista, no? —comentó John.

Evelyn sonrió.

—Ya lo creo. Y la música... Creo que es la primera vez en mi vida que bailo country.

—Se nota —dijo Jason, socarrón—. Me has matado a pisotones.

—Eso no se le dice a una chica, Jason —replicó Evelyn con las mejillas ligeramente tintadas de rojo.

Jason hizo una mueca irónica y pasó del tema. Dedicó a Alex una de sus miradas escrutadoras que no ocultó lo que estaba pensando: "¿qué hacía ese tío ahí, sentado a la derecha de John y junto a la silla vacía de Gillian?"

Aquel lugar no le pertenecía. Nunca le pertenecería.

—El ingeniero —dijo Jason. Alex asintió, consciente de que el gigante lo estaba estudiando. Podía sentirlo en la forma en que lo miraba. Finalmente extendió la mano—. Soy Jason Brady.

Alex la estrechó.

—Y yo...

—Sé quien eres, Alex —aclaró el *quarterback*, sin dejarlo acabar.

Notó que "el ingeniero" se quedaba mirándolo, pero la llegada de Gillian cambió completamente su foco de atención.

—¿Dónde estabas? —preguntó Jason a su amiga.

—Allí —señaló la pista donde Matt bailaba con Jessie Wyatt, la sobrina pequeña de Jordan. Un poco más allá, Mark hacía lo mismo con Shannon, y Patty bailaba mientras conversaba animadamente con un miembro joven del clan Wyatt—. Estrechando vínculos... ¡Hola, Evelyn!

La animadora sonrió, y devolvió el saludo sin mucho interés.

—Ese dentro de unos años va a ser un ligón... —comentó Jason refiriéndose a Matt.

Gillian rodeó la mesa y volvió a sentarse en su silla, junto a Alex.

—¿Os habéis presentado?

Jason miró de refilón a Alex y asintió.

—Genial —dijo Gillian, y se puso a revisar las botellas que había sobre la mesa en busca de algo que beber—. ¿Vacías? Me muero de sed…

—Ya voy yo —dijo Jason poniéndose de pie ante la mirada sorprendida de Evelyn.

—Vale. Tú a por bebidas, yo a por tarta. Ya vuelvo —le dijo a Alex.

—¿Alguien dijo tarta? —preguntó una voz de niño travieso. Gillian y Jason se volvieron y ahí estaba Timmy, relamiéndose.

—¿Más? —preguntó ella cogiéndole una mano y tirando del niño suavemente—. Vas a reventar, *caballerito*.

—Me parece que me voy a empezar a llevar pinche al gimnasio… Te vas a poner fondón —dijo Jason dando una palmada al estómago del niño—, y a los Brady, los fondones no nos gustan.

—Solamente me comí dos trozos. Palabra —dijo Timmy con picardía.

Jason y Gillian le echaron la misma mirada al mismo tiempo y el niño soltó la risa.

—*Vaaale*, tres trozos. De cada una.

Desde la mesa, sus acompañantes los vieron alejarse charlando con el niño.

Cuando regresaron, solo John y Eileen continuaban allí. Evelyn y Alex, en cambio, habían decidido proporcionarse su propia diversión; charlaban animadamente mientras bailaban en la pista.

Para Gillian, Alex era un buen chico, pero lo recordaba mucho más divertido cuando iban a la universidad. Licenciarse, por lo visto, no le había sentado bien.

Y además, después de dos semanas tan ajetreadas con los preparativos de la boda, y tras horas parada sobre las torturas chinas que llevaba en los pies, agradecía la posibilidad de quedarse quieta y mirar cómo disfrutaban los demás.

A Jason, como era habitual en él, le daba igual lo que hiciera Evelyn.

Aunque nunca hubiera hecho las oportunas aclaraciones a los miembros de su familia, asistía acompañado porque era Jason Brady: nadie esperaba verlo asistir solo. Pero la mayoría de las veces últimamente, de muy buen grado, lo habría hecho. Ellas le parecían cada vez más soporíferas.

—¿Bailas conmigo, tía Gillian?

Era Timmy que se acercaba corriendo donde Jason y Gillian, despatarrados en sendas sillas, aguantaban como podían los últimos coletazos del convite.

—Por su... —empezó a decir ella mientras se ponía de pie, cuando Jason la interrumpió. También se puso de pie.

—*Ná*... Tía Gillian va a bailar con tío Jason. Se siente, colega. Vete a buscar a alguien de tu tamaño.

—*Jooó* —refunfuñó el niño mientras el *quarterback*, ignorándolo por completo, se alejaba hacia la pista de baile con Gillian de la mano.

—Los zapatos me están matando, así que ten piedad, ¿vale? —pidió ella.

Jason la hizo dar una vuelta sobre sí misma como introducción a lo que Gillian sabía que sería un baile sin piedad.

—Esa palabra no existe en mi diccionario —contestó él empezando a bailar—, pero no te preocupes. Soy amigo del pincha y este pop rabioso no va a durar mucho.

Dicho y hecho.

Tres acordes después, la voz de Bobby Valentino cantando su hit del 2005, *Slow Down* (según Jason la mejor balada de rythm & blues de los últimos años), llenó el ambiente.

Y diez acordes después, la pista se había vaciado. Jason y Gillian hacían una exhibición de baile en pareja -mezcla de salsa y bolero- mirándose a los ojos tan compenetrados como si estuvieran en un concurso internacional, mientras el resto de los invitados formaban corrillo alrededor de la pista, disfrutando del espectáculo.

Desde la mesa, Eileen los miraba con una sonrisa en los labios.

—¿Crees que a nuestro hijo se le hará la luz uno de estos días? —preguntó a su marido, sin apartar los ojos de los bailarines.

Lo que ocurría en aquella pista de baile era un buen símil de lo que ocurría en sus vidas: un momento de conexión profunda que hacía que los que lo presenciaban interrumpieran sus quehaceres y se abstrajeran en la contemplación de una visión tan raramente accesible al común de los mortales. Una sincronía excepcional uniendo a dos seres, hasta hacerlos parecer uno. Una energía expansiva, tan poderosa que los hacía resplandecer.

Pero cuando la música cesaba y se apagaban las luces, volvía la inercia. Volvían a ser los mismos, haciendo lo mismo de siempre: incapaces de mantenerse alejados durante mucho tiempo; incapaces de dar el último paso, el que los fundiera para siempre, el que los convirtiera en uno.

Siempre cerca.

Nunca demasiado.

Si tan solo pudieran ver lo que les ocurría cuando estaban juntos, cómo brillaban, qué grandioso era lo que fluía de ellos... Si pudieran verlo a través de otros ojos, distintos de los suyos, comprenderían que se pertenecían. Que lo que los unía era más grande que el amor.

John tomó la mano de Eileen, la besó suavemente.

No entendía por qué su hijo seguía sin reaccionar, y no tenía claro cuándo lo haría. Ni *si* lo haría alguna vez...

Pero era optimista por convicción.

Y las dudas no eran precisamente el mejor alimento para los sueños. Y además, lo último que haría sería estropear un día perfecto preocupando a su mujer.

—Sí, cielo. Pronto ese gigante nos dará una alegría, ya verás.

CAPÍTULO 13

Lunes, 15 de mayo de 2006.
Rancho Brady.
Camden, Arkansas

Horas después de que los novios se hubieran esfumado del mapa con destino "Luna de miel", el recinto continuaba lleno de invitados, de modo que cuando al fin se acabó, todos los Brady se habían desmayado de cansancio en la cama.

Jason se había levantado cerca de las diez. Para entonces, Gillian y Mark estaban ya atendiendo sus faenas del rancho y Eileen había bajado a la ciudad, así que Jason había aprovechado la ocasión para llevarse a su padre, que leía el periódico solo en la cocina, a hacer algo que llevaba tiempo esperando: comprar una Harley a un coleccionista de El Dorado, una localidad cercana, por la que había hecho una oferta jugosa hacía varios meses.

—¿Qué has hecho con Evelyn? —preguntó John, interesado. Recordaba vagamente haberlo visto desparecer de la boda un rato con su animadora de la mano. Cuando volvió a verlo, estaba solo.

Jason siguió conduciendo atento al tráfico.

—Llevarla de vuelta al hotel.

—¿Hotel? —repitió John con incredulidad—. ¿La haces venir y ni siquiera la alojas en casa? ¿La has mandado devuelta a Dallas así, sin más?

Jason miró de reojo a su padre. Después de Victoria, tenía clarísimo que no "alojaría" a ninguna otra mujer.

—Sin más, no. Tuvo su premio; yo. Y se lo cobró por adelantado. Y además, me encargué del hotel y de los billetes de avión. Suficiente.

John miró a otra parte un momento. Jason ya era un hombre hecho y derecho, y era consciente de que las cosas en estos tiempos eran diferentes. Aún así…

—No te entiendo, hijo. Y la verdad, no me parece bien.

Jason sonrió despreocupado.

—Ella no busca casarse conmigo. Bueno, intenta enlazarme como todas, pero yo no me dejo y ella lo sabe. Las cosas están claras para los dos y cada uno tiene lo que le interesa. Es un trato justo. Todo está controlado, papá, no te preocupes.

La expresión de John cambió de seria a muy seria.

—Eres un hombre adulto que no muestra ningún respeto por las mujeres con las que está. Claro que me preocupa: eres un Brady, Jason. No tratamos a la gente así. Por no mencionar, que creo que ya va siendo horas de que dejes de perder el tiempo con mujeres que no te interesan en lo más mínimo, y te ocupes de una buena vez por todas, de la única que te interesa.

Jason le echó una mirada fulminante y ahogó en sus mandíbulas apretadas, las palabras que no pensaba decir.

John continuó mirándolo.

Ojos brillantes, mejillas coloreadas.

Y silencio.

Alguien tendría que explicarle por qué razón su hijo seguía jugando a las escondidas. Ya ni siquiera tenía la posibilidad de no darse por enterado: él mismo se lo había dicho con todas las palabras hacía tiempo. Y que las cosas habían cambiado, aunque Jason se esforzara por esconderlo, era evidente. A menos que esperara...

—Porque de que te interesa ya no creo que te queden dudas ni a ti —John le tocó el hombro para forzarlo a que lo mirara, y se lo soltó—. Lo de la llamada para que volvieras a entrenar, no coló, ¿vale?

Jason volvió su vista al tráfico sin decir ni mu.

No tenía la menor intención de hablar del tema. No quería ni siquiera pensar en eso. Irse le había permitido volver a tomar el control de sus emociones. Y le daba igual por qué se habían descontrolado, o si la excusa había colado o no. Gillian y él habían vuelto a ser los de siempre.

Eso era todo lo que le importaba, y si para conservar lo que tenían, debía seguir en Dallas, lo haría.

Sin pensárselo dos veces.

◆ ◆ ◆ ◆ ◆

Pero tres horas más tarde, su visión del asunto cambió.

De hecho, toda su vida cambió.

Drásticamente.

Acababan de regresar al rancho y Jason estaba aparcando en el camino lateral de la casa cuando lo vio.

En un segundo estaba completamente concentrado en aquel hombre.

Y completamente desconectado de la conversación que mantenía con su padre. Hasta el punto que John salió de la pickup Ranger, detrás de su hijo, para ver qué era lo que sucedía.

A John le pareció que no pasaba nada. Gillian desmontaba su caballo con la ayuda del nuevo capataz, pero cuando vio la expresión de la cara de Jason, supo que, efectivamente, pasaba algo; Keith van den Akker acababa de ganarse un aumento de sueldo.

Porque si había conseguido romper la inercia de la historia Jason-Gillian, que duraba ya diez años, desde luego, se lo merecía.

Unos cuantos segundos después de que el capataz quitara las manos de la cintura de Gillian, Jason seguía como fijado al suelo, con la sangre hirviéndole en las venas. Literalmente; estaba sudando.

Pero Gillian ya estaba allí con su sonrisa de siempre.

—¿Qué? ¿Hay Harley o no?

Jason la miró brevemente y volvió su atención al capataz, que se dirigía al establo llevándose el caballo.

—¡Eh! ¿Hola, hay alguien? —bromeó ella al ver que Jason no respondía.

—Sí —intervino John—. A fin de semana vamos a buscarla, cuando estén listos los papeles.

Keith y el caballo se habían marchado, pero Jason seguía con la vista fija en el mismo lugar, decidiendo su próximo paso.

John tomó a Gillian del brazo.

—¿Qué tal está nuestra parturienta? —preguntó al tiempo que empezaba a caminar junto a ella en dirección a la casa.

—Hoy es el gran día —dijo Gillian, mirando de refilón a Jason con ojos de no entender—. Veremos qué tal va. El ternero está bien colocado así que no debería haber problemas…

—¿Vienes Jason? —preguntó John a la momia de su hijo.

—Ahora voy —respondió él.

◆ ◆ ◆ ◆ ◆

Pero no fue eso lo que Jason hizo.

Cuando sus pies se pusieron en movimiento, no se dirigieron a la casa sino al establo, donde el segundo capataz cepillaba el caballo de Gillian. Iba tan embalado que ni siquiera se molestó en cerciorarse si estaban solos o había alguien más.

Avanzó hasta un metro escaso de donde estaba él, y habló alto y claro ante la mirada atónita de Keith.

—A ver si consigo que lo entiendas con palabras a la primera. No la toques. No le hables. Y no la mires, ¿me copias?

Keith permaneció tal cual estaba, con el cepillo inmóvil sobre el cuello del caballo y una cara de póquer total. Hubo una pausa larga. Keith procesaba. Jason calentaba motores.

—Trabajamos juntos... —atinó a decir el capataz, a modo de explicación.

—Trabajas *para* ella, no con ella. Y como vuelva a verte a menos de un kilómetro de Gillian, no vas a trabajar para nadie en mucho tiempo. ¿Te queda claro, o te lo escribo en la cara a hostias?

Keith respiró hondo, lo miró molesto. Si no fuera por el trabajo, no se conformaría con miradas...

Al final, asintió de mala gana. Jason remató la faena.

—Si tengo que volver, no te va a reconocer ni tu madre.

♦ ♦ ♦ ♦ ♦

Sin embargo, había alguien más en el establo, que alucinaba tanto como Keith. Era Mark que, detrás de uno de los cubículos donde inspeccionaba la herradura de su caballo, meneaba la cabeza sonriendo, sin acabar de creer lo que había oído.

El primer impulso de Jason fue encaminarse a la casa, pero cuando estaba a la altura de la verja del jardín, de pronto, tomó conciencia de lo que acababa de hacer y una sensación rara le recorrió el cuerpo, como de estar completamente desnudo en medio de desconocidos que no dejaban de mirarlo.

Apuró el paso y entró en el primer garaje.

Pocos minutos después, salió a bordo de su vieja moto de cross en dirección al río.

Mark, en cambio, se encaminó hacia la casa. Casi no podía esperar para soltarlo.

—¿Y Gillian? —preguntó en voz baja tan pronto puso un pie en la cocina.

Su padre hojeaba el periódico sentado a la mesa. Su madre lavaba unas verduras.

—Arriba —contestó John. Cuando levantó la vista para mirar a su hijo y vio aquella sonrisa tridimensional no pudo evitar preguntar—.

¿Qué?

Mark se acercó a sus padres mirando de refilón la puerta por si Gillian aparecía.

—Jason acaba de ponerle las pilas a Keith —dijo aguantando la risa.

Eileen dejó las verduras y se secó las manos mirando a Mark con el ceño fruncido.

—¿Qué es eso de ponerle las pilas? ¿Qué quieres decir?

John ya estaba riendo.

—Le dijo que como volviera a verlo a menos de un kilómetro de Gillian no lo iba a reconocer ni su madre... —continuó entre risas y en voz baja— ¿Qué tal? Si no lo hubiera oído con estas dos *orejitas* que Dios me ha dado...

En un segundo, la cocina era una fiesta que Gillian pilló en plena efervescencia.

—¡Eh! ¿Qué pasa? ¿Hemos ganado la lotería o qué?

Mark y John dejaron de hablar, pero no de sonreír. Eileen volvió a sus verduras y tampoco dejó de sonreír. Gillian frunció el ceño.

—Casi —contestó John mirándola con cariño—. Una de nuestras apuestas, ya sabes.

—Ah... —ella asintió con la cabeza. Las apuestas eran a los Brady, como la naturaleza salvaje a Camden; algo inherente. Tomó una manzana del frutero, y sonrió—, ¿y quién perdió esta vez?

John y Mark se miraron un instante y lo tuvieron claro.

Contestaron al unísono:

—Jason.

Gillian soltó una carcajada, y salió de la cocina meneando la cabeza.

Media hora en el río lo había dejado como nuevo. Echado sobre la hierba, Jason había visto pasar diez años de su vida delante de sus ojos. Eran imágenes conocidas pero ahora, de alguna forma, le parecían diferentes. Y uniéndolas, como en una secuencia, tenían un significado distinto.

Su padre estaba equivocado. El fútbol no había sido la excusa para irse de Camden, había sido la razón.

Quería vivir, crecer, conocer otros paisajes y otras gentes. Y saber lo que sentía lejos del abrazo afectivo de los suyos.

Nunca pensó que su aventura duraría diez años. Nunca pensó que un día la aventura se convertiría en rutina.

Y nunca pensó que la echaría tanto de menos...

Era mucho más fácil seguir adelante. Fácil y seguro. Pero pensaba tanto en ella que, sencillamente, estaba presente en cada cosa que hacía. De forma inocente, natural.

Vivía hablando de Gillian porque vivía pensando en ella.

Joder, si tenía fotos suyas por toda la casa...

No, su padre se equivocaba en lo del fútbol, pero había algo en lo que no se equivocaba; llevaba años escondiendo la cabeza debajo del ala.

Todo se había vuelto claro en el instante que las manos de aquel tipo tomaron la cintura de Gillian para ayudarla a bajar del caballo y Jason se dio cuenta de que lo le llenó el cuerpo era agresivo y muy caliente, unas ganas casi irreprimibles de causarle dolor.

La cuestión era… ¿Qué pasaba con ella? ¿Cómo encarar la cuestión?

Jason solo sabía dos cosas con seguridad meridiana.

Hablaría con Gillian, ya mismo.

Y no regresaría a Dallas.

CAPÍTULO 14

Más tarde aquel mismo día...
Barracón de empleados.
Rancho Brady.

—¿**T**ienes un minuto? —dijo Jason. Pensándolo mejor, un par de horas.

—Claro —respondió Gillian—. ¿Qué puedo hacer por ti?

Por un instante, Jason se quedó en blanco. Sabía lo que quería, cómo plantearlo no. ¿Cómo se le decía a una mujer "quieres ser mi chica" en estos tiempos sin que te soltara una carcajada a la cara? Pero, ¿qué otra cosa iba a decirle? Era Gillian, ¿qué iba a hacer? ¿jugar al seductor? ¿Arrinconarla? Algo tenía que decir, algo que nunca había dicho a nadie y no sabía cómo hacerlo.

Eso, por no mencionar que ahora en su presencia, no conseguía pensar con claridad. Se le iba la cabeza.

Además, tenía una cierta dificultad para mantener su vista por encima de la línea del cuello. Las dos porciones de pelo, que cubrían la parte delantera del cuerpo de Gillian justo por donde a él le interesaba más mirar, lo estaban desconcentrando. Especialmente, porque intentando ver lo que no podía, había descubierto otra cosa; un ombligo perfecto que asomaba por debajo de los extremos de la blusa que ella había anudado.

Se le iban los ojos por un ombligo, pensó Jason con sorna, como con las manos le pasara igual, estaba apañado.

Tenía que decir algo y la mirada de Gillian empezaba a reclamárselo.

Vale, decidió; a preguntas concisas...

—Ser mi chica —respondió.

Ella frunció el ceño, lo estudió unos instantes y al final sonrió.

—El plan es de los interesantes, ¿eh? —dijo riendo—. Bueno, no creo que...

El móvil de Gillian empezó a sonar y ella, ocupada en sacar el aparato de su bolsillo para contestar, no completó la frase; Jason bajó la vista, suspiró.

Qué oportuno.

—¡¿Ya?! —dijo ella a su interlocutor—. Voy ahora mismo.

La vió guardar el móvil y abandonar el barracón al tiempo que le decía:

—Daisy está pariendo, tengo que ir... Te veo luego.

La puerta se cerró detrás de Gillian y él se quedó clavado allí, incapaz de creer que las cosas hubieran salido tan mal. Ahora, ella pensaba que quería usarla de pantalla. ¿Iba a tener que volver a empezar desde el principio?

"Joder, esto es alucinante".

◆ ◆ ◆ ◆ ◆

Y ahora, Gillian estaba allí, en la cocina, a los postres, con toda la familia, hablando del nuevo ternero como si tal cosa.

A ver, pregunta: "¿qué puedo hacer por ti?"; respuesta: "ser mi chica"

¿De cuántas formas podía interpretarse? No de tantas, que él supiera. Seguía siendo una respuesta demasiado concisa por más amigos que fueran.

Pero, ataja esa, Gillian Anne McNeil lo había tomado a guasa.

Aquella enana era única.

Vale, a ver; segundo intento.

—Lo de antes —dijo Jason sin perderse gesto de su cara—, iba en serio.

La conversación se interrumpió. Su padre fue el primero en darse cuenta de qué iba el tema y se dedicó a su porción de tarta con una sonrisa imposible de disimular. Los demás fueron tomando tierra uno por uno y el ambiente se llenó de picardía.

Gillian volvió a sonreír.

—Cierto —dijo al recordar la conversación que se había quedado a medias horas más temprano—. ¿A quién hay que poner celosa? No creo que te tome en serio si te marcas un farol conmigo, pero tú verás…

—Me hiciste una pregunta y te la respondí. Vale, reconozco que no fue para alquilar balcones, pero no dio tiempo a más... Aunque —sonrió seductor—, si me das quince minutos te aseguro que esta vez va a ser inolvidable.

La expresión de Gillian, lentamente, perdió brillo. Incómoda, miró a los demás que prácticamente tenían los ojos pegados al mantel.

¿Pero quién era este tipo? Su Jason, desde luego, no. De hablar de un tema así alguna vez, cosa más que dudosa, jamás sería tan desconsiderado de no concederle siquiera una conversación privada.

Cuando Gillian volvió su vista a Jason, sus ojos le decían todo eso.

—No puedes estar hablando en serio —se puso de pie con decisión—. Disculpad.

Atónito, Jason la siguió con la mirada mientras ella abandonaba la cocina. El golpe seco de la puerta lo hizo volver a la realidad abochornado.

Mark miró la cara alucinada de Jason y no pudo evitar meterse con él.

—Me parece que te lo va a poner jodido, *hermanito*.

—Seguro que contaba con eso —apuntó Eileen—. Es demasiado inteligente para esperar que Gillian se desmayara de la emoción —palmeó la mano de su hijo cariñosamente—. Me va a encantar ver cómo te las ingenias para quedarte con el corazón de la única chica a la que tus atractivas vistas no parecen alterarle la respiración…

Pero Jason no contaba con nada. Casi ni había tenido tiempo de pensar en lo que iba hacer cuando se encontró camino del barracón de los empleados para hablar con ella. Y aunque lo hubiera tenido, nunca habría esperado que ella lo sacara con cajas destempladas; era una mujer, y las mujeres no reaccionaban de esa manera con él.

Y eso de que no le alteraba la respiración, estaba por verse.

Sin más comentarios, se fue detrás de Gillian.

No había cerrado la puerta aún, que el resto de los Brady se apretujaban por llegar primero a la única ventana desde la que podía verse el final del jardín.

♦ ♦ ♦ ♦ ♦

La llamó dos veces, pero Gillian ni se detuvo ni aminoró el paso. Cuando Jason consiguió tomarla de un brazo, estaba junto a la verja del jardín.

—Hablemos un momento, ¿vale? —pidió él con suavidad.

Pero Gillian no estaba de humor.

—Quítame la mano de encima —exigió ella. Jason obedeció—. Si no era broma es que estás enfermo, así que hazte ver. Y mientras tú haces que te revisen los circuitos, yo voy a hacer que borren esa pista de mi disco duro. Esto nunca pasó, ¿vale, Jason?

118

Él se cruzó de brazos en un gesto desafiante, la miró desde su envergadura de gigante con expresión autosuficiente.

—No, no vale.

—Tendrá que valer —replicó ella, y dio media vuelta.

La mano de Jason volvió a detenerla. Esta vez, sin suavidad.

—No me hables así. No me gusta.

—¿Y cómo quieres que te hable? —replicó ella con sorna—. ¿Qué quieres que te diga?

Él respiró hondo. Dejó que su pecho se hinchara de aire, armándose de paciencia. A Gillian, en cambio, le pareció justo lo contrario.

—Lo que quiero es que me dejes hablar.

¿Y que él lo estropeara todo por una memez temporal?

—Pues se siente —liberó su brazo—. Vete a Dallas, búscate una chica y no vuelvas a sacar este tema.

Jason la vio alejarse.

Ese fue el instante en que algo en su interior hizo "clic", poniendo la maquinaria en marcha.

El primer síntoma fue sentir que el corazón se ponía a latir desaforadamente en su pecho.

El segundo, la súbita y preocupante conciencia de que si lo que había sentido hasta aquel momento era intenso y nuevo, ahora comenzaba a ser salvaje.

Estaba ardiendo.

Era rabia. Orgullo herido.

Y pasión.

Detrás de la ventana que daba al jardín, los Brady miraban aquel espectáculo tan esperado, con ternura y cierta expectación. Y aunque cada uno tenía su propia idea sobre cómo ocurriría, todos coincidían en algo; Gillian no se lo pondría fácil.

CAPÍTULO 15

Martes, 23 de mayo de 2006.
Rancho Brady.
Camden, Arkansas

Los Brady no se equivocaban; ella no se lo estaba poniendo nada fácil.

Gillian conocía a Jason muy bien. Conocía esa faceta suya que imprimía tanta pasión en todo lo que hacía, y siempre lo había admirado por eso. Excepto ahora.

Volver a estar juntos después de tantos años daba lugar a situaciones nuevas, emociones nuevas, era normal. Solo necesitaban tiempo para acomodarlas, nada más. Era demasiado inteligente para no darse cuenta de ello. *Tenía* que darse cuenta y dejarlo correr. En cambio, se dedicaba a hacer el memo sin importarle el daño que pudiera causar.

Para Jason, Gillian estaba haciendo más que ponérselo difícil; lo evitaba como si fuera la peste.

Una semana después de que él hubiera tenido la genial idea de abrir la boca, podía contar con los dedos de una mano las veces que habían coincidido en una misma habitación más de cinco minutos. Y todas habían sido como máximo de media hora, cuando comían o cenaban, y el resto de los Brady también estaban presentes.

Se habían acabado los bocatas en el río, los paseos en moto, las partidas de billar en el Beer&Wine, las charlas, todo.

Se había acabado todo.

Gillian le hablaba lo estrictamente necesario y cuando lo hacía, casi ni lo miraba.

No aguantaba que lo tratara de esa manera, que lo evitara así. Pero lo peor era lo que pensaba y no decía; ella no lo creía lo bastante maduro para saber lo que sentía, pero sí lo suficientemente irresponsable como para tomarse algo tan serio a la ligera. Eso lo enfadaba hasta el punto de tenerlo machacando kilómetros en la bicicleta estática del gimnasio, con la vanidad revolviéndose como animal herido.

Y sus flamantes sentimientos, de los que ni siquiera le estaba permitido hablar, sacudiéndolo como si estuviera hecho de gelatina, cada vez que ella estaba en la misma habitación. Su familia se lo debía estar pasando en grande presenciando como la muralla se agrietaba a su paso. Mark, el que más.

Aquella mañana, Jason iba a ducharse después de entrenar cuando se topó con Gillian. Habían llegado a la puerta al mismo tiempo. Él decidió hacer una parada en la cocina para beber un poco de agua; ella salía de coger una manzana.

—Perdona… —murmuró Jason, haciéndose a un lado para dejarla pasar primero.

Gillian no llegó ni a mirarle la cara.

La cercanía, el olor a su perfume marino que lo envolvía todo, y la forma en que el sudor había hecho que la camiseta se pegara a sus músculos como si fuera un guante… Debía ser el único hombre del mundo que chorreando transpiración seguía oliendo y luciendo así de bien.

Mejor que bien.

Gillian retrocedió en vez de pasar.

Y él avanzó.

Ella era como un imán. Se moría por tocarla.

Por volver a hundir los dedos en esa mata de pelo…

Joder, se moría por ella. Por toda ella.

Jason avanzó y Gillian retrocedió hasta que encontró el borde de la mesa a su espalda. Entonces, levantó la vista lentamente y lo miró a los ojos.

—Para. Y déjame pasar —exigió.

Jason dio un paso más, sus manos subieron a lo largo de los brazos desnudos de Gillian. La sintió estremecerse y una punzada lo recorrió de la entrepierna al cerebro. Respiró hondo.

—Arreglemos esto, nena. Me estoy volviendo loco…

Gillian se apartó de él como si la hubiera alcanzado un rayo, sin tener muy claro qué le resultaba más eléctrico, si lo que decía o que la estuviera llamando "nena".

O la combinación de las dos cosas.

—¿Te refieres a algo parecido a lo del porche con Victoria? —preguntó ella con los ojos brillando de rabia—. ¿A ese tipo de arreglo?

Eileen, que venía de cambiar las sábanas de todas las habitaciones, casi oculta entre una pila para lavar, bajó los escalones que quedaban sin hacer ruido, y se quedó en el rellano de la escalera, escuchando.

Y alucinando.

Jason miró a Gillian con el ceño fruncido.

—Lo vi —aclaró ella con los brazos cruzados, de pie, junto a la puerta—. Sesión completa. Y me hizo vomitar hasta la primera papilla.

Así que por eso Gillian se había ido a acostar tan temprano aquella noche. Jason sentía el corazón latiendo en la sien. Sus celos lo estaban poniendo a mil.

—Yo no soy ella, Jason —continuó—. No soy como tus mujeres. Por eso no podemos arreglar nada. ¿Cómo es que siendo tan listo no te has dado cuenta de que si yo hubiera creído, alguna vez, que podía ser para ti algo distinto de lo que soy, de lo que he sido, tú no te habrías tirado diez años fuera de tu casa? No dormía, Jason —dijo mirándolo con cierta tristeza—. Ni esa noche, ni ninguna de las otras noches.

Él tragó saliva, otro escalofrío le recorrió el cuerpo.

No, estaba claro; Gillian no era como sus mujeres. Por eso lo que sentía por ella no había parado de crecer en diez años, y ahora lo hacía a la carrera.

—Estoy colado por ti —dijo y sacó pecho en un vano intento de plantarle cara a lo raro que se sentía oyéndose decir algo semejante mientras le aguantaba la mirada—. Y ella no significa nada. Ninguna significó nada.

Esperó ablandarla.

Esperó que oírle admitir lo que sentía, de alguna forma, redujera la distancia sideral que había entre los dos desde hacía una semana. Pero pronto descubrió que solamente consiguió hacerla más grande.

Gillian sonrió, irónica.

—Genial. Y dime, ¿cuánto te va a durar el "cuelgue"?

En esta mujer que lo miraba con el mentón alzado, directamente a los ojos, había poco de *su Gillian* y a él, sin embargo, después de días de silencio, esas palabras cargadas de ironía le sabían a caricias.

—Veamos —continuó ella—. Victoria batió tu marca personal. Te duró cinco meses. Y eso que, según tú, no significó nada. Aunque la pusiste aquí, en plena Navidad, y la sentaste a la mesa de tu familia, donde también estaba sentada yo, por quien según tú, estás colado.

Coladísimo.

Jason la miraba con ternura, pero Gillian se sentía demasiado enojada, demasiado vulnerable. Llevaba meses rumiando lo de aquella mujer, el disgusto de ver tanto egoísmo en él. Y ahora que había empezado a soltarlo, no podía parar.

—Estar colado por mí —dijo haciendo el gesto de ponerle comillas a las palabras—, no te impidió que me la sentaras enfrente a que me cortara la digestión durante tres días. Ni tampoco que le saltaras encima en pleno porche, como si fueras un jabalí en celo, y casi te la beneficiaras a plena luz del día, donde cualquiera, *incluida yo*, podía verte. Así que, Jason, hazme un favor; métete tu "cuelgue" donde te quepa y déjame en paz. Tú no tienes ni la más remota idea de lo que es estar colado por alguien.

Ella se dio la vuelta y abandonó la cocina. Jason salió detrás.

—Gill, espera —la tomó por el codo e hizo que ella se volviera. Gillian echaba fuego por los ojos; Jason, ternura–. Ya sé que te da miedo... Piensas que si nos equivocamos, nos vamos a cargar lo que tenemos, pero no estamos metiendo la pata, nena...

—¡Si vuelves a llamarme así, te juro que te noqueo! —espetó ella.

Jason cerró la boca, miró a un costado sin mirar.

Ojalá tuviera un segundo de lucidez para darse media vuelta y largarse de allí. Dejar de ser la bolsa de arena en la que ella practicaba el gancho de derecha. Pero estaba demasiado involucrado, y la lucidez brillaba por su ausencia. Volvió a mirarla.

—Es real —sentenció, mirándola a los ojos—. Lo que sentimos es real. Estoy loco por ti. Y tú por mi. Yo lo sé y tú también.

Lo que siguió fue como una explosión de furia. Gillian zafó su brazo de la mano que la retenía, con violencia.

—¿Y también lo sabías hace tres meses, aquel día en el porche, cuando le metías la mano entre las piernas? Déjame, ¿quieres? *Me pones enferma.*

El portazo retumbó en toda la casa. Jason respiró hondo y apretó los párpados.

Durante años habían podido hablar de todo, compartir lo que sentían, y ahora no eran capaces ni de decirse hola sin ladrarse como perros rabiosos.

Cuando se dio la vuelta para subir las escaleras, se encontró a su madre en el rellano.

Lo había oído, seguro.

Así que además de hacer frente al rechazo de Gillian, que empezaba a resultarle desesperante, también tendría que soportar la vergüenza de que su madre se hubiera enterado de lo del porche con Victoria, de lo de las noches en que Gillian parecía dormir pero no dormía…

Jason bajó la vista con las mejillas ardiendo. Y subió las escaleras sin decir una sola palabra.

CAPÍTULO 16

Domingo, 28 de mayo de 2006.
Rancho Brady.
Camden, Arkansas.

Mandy y Jordan estaban de regreso de sus quince días de luna de miel. Diez minutos después de estar en casa, se dieron cuenta que entre Jason y Gillian también había novedades; él no dejaba de mirarla hiciera lo que hiciera, y ella hacía cualquier cosa con tal de no mirarlo. Incluso cuando era inevitable, Gillian se las apañaba para seguir sin hacerlo.

No fue hasta después de comer cuando Jordan se acercó a Mandy que estaba en el porche disfrutando de su paisaje favorito, y le habló al oído.

—Tú a por Gillian. Yo me encargo de Jason, ¿vale, *bombón*?

Mandy sonrió pícara.

—Me va a encantar. Sé bueno.

Jordan le tiró otro beso y se alejó en dirección al garaje donde estaba seguro de que encontraría a Jason limpiando su Harley, como solía hacer cuando necesitaba pensar sin que lo importunaran.

Pero cuando Mandy fue a por Gillian, no la encontró en ninguna habitación de la casa. Al que sí encontró, fue a su padre en el salón, mirando la televisión.

—¡Ah! Estabas aquí… —Mandy se sentó sobre el apoyabrazos del sillón donde estaba John, y le pasó un brazo por el hombro.

El hombre sonrió y le palmeó una mano con cariño.

—Se te ve fenomenal…

Mandy sonrió de oreja a oreja. Asintió varias veces. Sus ojos celestes, casi transparentes, reían.

—Estoy genial, de verdad. Jordan es ideal.

—Eso está bien —respondió John, mirando a su hija con cariño.

—Buscaba a Gillian... ¿Tienes idea de donde está? Quería charlar con ella un rato...

—Pues tendrás que esperar turno. Ahora está con Eileen...

Mandy rió de buena gana.

—¿Y crees que los tortolitos acabarán reconociendo su mutua locura y formando un *nidito* de amor?

John sonrió y asintió.

—Sí.

—Tenía que pellizcarme cada vez que pillaba a mi hermano mirándola de esa manera. Me parecía increíble que fuera él —dijo Mandy, divertida.

—Le ha dado fuerte, sí. Por eso Gillian casi no lo mira, ¿te has dado cuenta?

Mandy asintió.

—Tendrá miedo de derretirse.

—Le está costando no derretirse sin que Jason la mire, así que imagínate...

—Me va a gustar ver las bengalas de colores... Seguro que va a ser como un 4 de julio...

—Mejor que un 4 de julio. Mucho mejor —dijo John riendo.

◆ ◆ ◆ ◆ ◆

Gillian había ido a ver qué tal seguía el ternero recién nacido. Aunque eso había sido en parte una excusa para quitarse de la línea de fuego. No estaba acostumbrada a aquellas miradas incendiarias de Jason.

Y él, a pesar de lo que creyera Jordan, no estaba en el garaje limpiando su Harley; había ido a buscar a Gillian, y al no encontrarla en la planta de arriba, había deducido que estaría con el ternero y se había puesto en marcha hacia el establo.

De modo que cuando Eileen llegó al corral techado donde madre e hijo estaban aislados del resto, se dio cuenta de que Gillian no estaba sola y esperó cerca, sin ser vista. Con la esperanza de que quizás, no fuera necesario hablar con ella, después de todo.

Jason y Gillian estaban apoyados sobre la cerca de metal, mirando a los animales.

—Todavía le cuesta mantenerse de pie —comentó él. El ternerito parecía borracho. Resultaba gracioso.

126

—Sí… Se hace un lío con las patas.

A continuación, hubo un momento de silencio largo y tenso que Jason rompió.

—Hagamos una cosa, Gillian.

Ella se volvió de lado y lo miró por primera vez en días. Jason tuvo la impresión de que se le habían aflojado las rodillas, e, instintivamente, se apoyó mejor contra la cerca. Sonrió, algo incómodo.

Para ella no fue mucho mejor.

Cuando lo miraba, recordaba las cosas que él le había dicho y tomaba conciencia de que llevaba tanto tiempo diciéndose "ni se te ocurra, Gillian" cada vez que se descubría regocijándose en aquellos ojos hermosos, que ya había dejado de funcionar.

Exactamente en el momento que él le había dicho "estoy colado por ti".

El piso se movía bajo sus pies. El corazón empezaba a latir desbocado y toda ella temblaba como una hoja.

Y ahora él estaba ahí, con sus vaqueros y su camiseta negra sin mangas y sus músculos casi gritándole "tócame por favor"...

—¿Qué? —consiguió decir cuando al fin consiguió descolgarse de aquella locura que la sacudía como a un cóctel.

—Quedemos en algún sitio tranquilo y neutral. Donde solamente estemos tú y yo. Y hablemos… —Jason la miró a los ojos—. Aparquemos por un rato a ellas y ellos y hablemos como siempre hablamos tú y yo… Lo hemos hecho miles de veces. Hagámoslo otra vez.

Gillian volvió a mirar al *ternerito*.

Y a considerar lo que Jason decía…

Y él se encontró contemplándola como si tuviera la octava maravilla del mundo ante sus ojos.

Allí, con su pelo como un manto suave cubriéndole la espalda, algunos mechones moviéndose ligeramente con la brisa...

Su figura menuda, de curvas delicadas, que toda la vida le habían parecido graciosas, y ahora le parecían tan femeninas, tan deseables…

Se dio cuenta de que podría pasarse la vida entera mirándola, sin dejar de sentirse arrebatado, y cuanto más la miraba, menos comprendía cómo había podido dar la espalda a lo que sentía durante diez años.

Las palabras salieron de lo más profundo de Jason, sin pasar por el cerebro.

—Te adoro, Gillian. Nunca te haría daño. Si después de que hablemos, tú quieres que vuelva a Dallas, me voy, ¿vale?

Cuando ella volvió a mirarlo, tenía los ojos vidriosos.

—Vale.

Jason sonrió levemente y le acarició la nariz.

—Piensa cuándo y dónde y me lo dices, ¿sí?

Ella asintió. Jason se alejó por el camino de tierra, en dirección a la casa.

Y Gillian se obligó a volver a poner sus ojos en el ternero.

Se obligó a quitarlos de aquel hombre del que llevaba enamorada toda la vida…

Hasta que se dio cuenta de que ya ni siquiera veía al ternero. Se le había cerrado la garganta, veía todo borroso…

Y sentía una angustia brutal.

—Ahora te parece el fin del mundo, pero no pasa nada… No tengas miedo, cariño… Esta siempre será tu casa y los dos os queréis tanto, que aunque como pareja no funcionara, seguiréis siendo amigos. Encontraréis la forma de seguir juntos, ya lo verás.

Cuando Gillian oyó su voz y sintió su mano acariciándole el cabello, ya no pudo parar.

Se abrazó a Eileen y lloró a mares.

♦ ♦ ♦ ♦ ♦

En el momento que Jordan vio aparecer a Jason por el camino, con las manos en los bolsillos de sus vaqueros y los ojos perdidos en alguna porción del suelo donde pisaba, comprendió que la razón por la que no lo había encontrado en el garaje con su Harley era evidente; él no necesitaba pensar, lo tenía claro. La que lo se lo estaba pensando era Gillian.

—Míralo por el lado bueno —le dijo dándole una cerveza sin alcohol y sentándose junto a él en uno de los bancos de piedra del jardín—. Tanto quemar locura en el gimnasio, te estás poniendo como un oso otra vez.

Jason lo miró molesto y al ver la expresión traviesa de Jordan, sonrió de mala gana.

Al final, los dos se echaron a reír.

Menudas palizas se daba en el gimnasio a cuenta de Gillian…

Y las que se daría. Porque cada día que pasaba tenía más claro que ella lo iba a poner en observación. Aunque le aflojara soga, lo seguiría teniendo a distancia prudencial hasta que averiguara lo que necesitaba saber.

Porque era una mujer. Y las mujeres eran así. Gillian, incluida.

—¿Qué tal te sienta la experiencia de estar *coladito* por alguien, por primera en toda tu vida? —preguntó Jordan sonriendo con picardía.

—Me sentaría mejor si me diera un poco de vidilla, pero no me quejo —contestó el *quarterback* con sorna.

Jordan lo miró. Sentado ahí, jugueteando con el botellín entre sus manos y aquel brillo en los ojos… No le parecía Jason.

—Tú te mueres por tocarla y ella ni siquiera te mira —Jordan respiró hondo. Aquellos meses loco por Mandy volvieron a su mente—. Y sabes que ya te puedes meter en el catre con todo el equipo de animadoras y ponerte las botas toda la jodida noche, da exactamente igual. Sigues muriéndote por tocarla. Y ella sigue sin mirarte. Y …

Jordan no completó la frase. Jason lo hizo.

—Cada minuto que pasa estás más loco… Joder, haría cualquier cosa, cualquiera, por estar un rato con ella.

Un rato que no sabía *cuando* ni *si* tendría y que de todas formas, le sabría a poco.

Porque algo que había tenido la ocasión de aprender, mientras quemaba locura en el gimnasio aquella semana, era que cualquier otra cosa distinta que tenerla cerca las veinticuatro horas del día y saber que la locura que sentía era mutua, no lo conformaría.

Ya no.

◆ ◆ ◆ ◆ ◆

Hablar con Jason parecía lo más lógico. Parecía incluso fácil, pero no lo era.

Gillian no estaba preparada para hablar de sentimientos.

Porque no estaba preparada para escucharle decir lo que sentía, ni para creerle.

Y aunque le creyera, venerarlo en su mente era una cosa; amarlo en el mundo real, otra muy distinta. Jason Brady era un donjuán. ¿Qué mujer sería tan insensata de tomarse en serio a un hombre como él?

Necesitaba tiempo para prepararse, para asimilar la idea de que él, su amigo de alma, y ella, una mujer que nunca estuvo en su lista de conquistas, pudieran tener que sentarse a hablar de amor.

Necesitaba un tiempo que sabía, ya no tenía.

CAPÍTULO 17

Sábado, 3 de junio de 2006.
Fort Southerland Park.
Camden, Arkansas.

Jason llevaba ahí veinte minutos, medio apoyado en su Harley, con las manos heladas, y aunque jamás lo admitiría a la otra mitad de su propio cerebro, nervioso como si estuviera a punto de jugar el partido que decidía la liga.

Cuando vio el Jeep de Gillian doblar la esquina y aparcar detrás de él a pocos metros, respiró hondo. Se enderezó justo cuando ella abría la portezuela y se apeaba, y contuvo la respiración.

Llevaba la túnica hindú color naranja que a él le encantaba, unas sandalias chatas que se sujetaban al pie solo por dos tiras y esa *pasada* de cabello, suelto...

Estaba bestial.

Pero él más, se recordó mientras se erguía con premeditación frente a ella. Este era Jason Brady, mirando directamente a la mujer que pretendía tumbar.

Para ella fue imposible no mirarlo.

Con su camisa negra abierta hasta la mitad del pecho, los puños enrollados hasta el codo, unos Levi's del mismo color y sus mocasines indios...

Todo músculos y poderío. ¿Cómo no iba a mirarlo?

Él esperó a que ella acabara de darle un repaso. Descubrió que esto también le gustaba en ella; miraba con delicadeza.

—Qué guapa estás —dijo gentil, y continuó antes de darle tiempo a reaccionar—. ¿Te apetece un helado?

—Mejor, un paseo. —Ya se sentía bastante nerviosa antes del cumplido, ahora estaba segura de que ni un helado lograría pasarle por la garganta. Anduvieron uno junto al otro en silencio unos cuantos minutos.

De a ratos, Jason la miraba por el rabillo del ojo y alucinaba con sus propios pensamientos.

Le encantaba descifrar sus mensajes.

Porque estaba casi seguro de que eran eso, mensajes con los que Gillian intentaba, sin palabras, darle pistas sobre cómo estaban las cosas con ella para que él se situara y no cometiera errores.

Había llegado puntual. Jason sabía que Gillian siempre llegaba tarde a propósito cuando quedaba con un hombre. Decía que eso le permitía calibrar el interés.

Primer mensaje: "no es una cita, no te hagas ilusiones".

Se había puesto falda, cosa que raramente hacía. Le encantaban los pantalones y tenía varios de vestir, incluso trajes de chaqueta y pantalón. Pero hoy, llevaba falda; concretamente una que sabía que a él le encantaba.

Segundo mensaje: "se que te gusta y por eso me la he puesto."

No llevaba maquillaje, ni siquiera rímel. Y no calzaba tacones aún a sabiendas de que su escaso metro sesenta y ocho la convertían en una pigmea al lado de las medidas XXL de Jason.

Tercer mensaje: "no voy a ponerme divina como tus chicas porque soy Gillian. Esto es lo que hay; o lo tomas o lo dejas".

Lo tomaba, desde luego, y de haber podido decírselo en voz alta, lo habría hecho: era divina tal como era.

Para él, siempre lo había sido.

—¿Hablamos? —dijo él.

Ella tuvo la intención de mirarlo por el rabillo del ojo, pero dejó la mirada a medias. Mejor no. Oírlo hablar de "ese tema" y mirarlo al mismo tiempo, era demasiado pedirle a cualquier mujer.

Movió afirmativamente la cabeza y continuó andando a su lado, con la vista en el camino de laja bordeado de narcisos azules y blancos.

Jason lo había ensayado mentalmente desde hacía cuatro días, lo cual no impidió que llegado el momento de la verdad, sintiera la garganta como una lija y las manos pringosas.

Pero en su mente de macho alfa, no eran más que dos síntomas de que estaba moviéndose fuera del área cómoda de las cosas conocidas. Era un desafío y sus sentidos estaban acusando recibo.

—No fue mi intención soltártelo así aquel día pero, la verdad, entre nosotros las cosas siempre han sido por el estilo. Nunca hemos necesitado explicarnos nada, nos entendemos y ya. Honestamente, no pensé que me tomarías a guasa. Mucho menos que después, una vez aclarado, te enfadarías. No estoy haciendo nada malo, sola...

Gillian no solo interrumpió su discurso, también la marcha, encarándolo sin preámbulos.

—Ya. La tontería no es delito, eso está claro, pero es tontería igual porque a ver, ¿cómo hemos llegado hasta este punto? Perdona, pero yo no veo tan claro que un día te acuestes de lo más normal y al día siguiente te despiertes con un ataque de amor.

Sabía que odiaba que lo interrumpieran. Tanto o más que cuestionaran lo que decía. Y ahí estaba ella, pigmea respondona, poniéndolo a prueba.

—No fue de un día para el otro.

—¿Ah, no? ¿Entonces *qué?*, ¿jugabas al amigo?

Él tensó las mandíbulas.

—No.

De no estar tan concentrada en sus propias emociones, se habría dado cuenta de la forma en que él la miraba. Era evidente que se debatía entre explicarse o hacerla callar con un beso.

Pero Gillian también se debatía.

Entre lo que sentía por él desde que era una niña, y su sentido común que le decía que no era posible que él sintiera, realmente, lo que creía sentir.

—No tientes a la suerte, campeón. Soy perfectamente capaz de largarme y dejarte hablando solo otra vez. Así que si quieres que me quede y te escuche, no me respondas con monosílabos.

Lo vio apartar la mirada, y por un instante, Gillian pensó que sería él quien se largaría, pero Jason respiró hondo y volvió a mirarla.

—¿De verdad me crees incapaz de distinguir entre un calentón y un sentimiento?

Gillian tardó en contestar. De pronto, toda la sangre del cerebro se dirigió a su cara y mientras sus mejillas se ponían rojas a rebosar, su mente se quedaba en blanco.

Jason asintió, desafiante.

—Vale, veo que estamos de acuerdo en algo. Entonces, dime ¿por qué estás tan enojada?

Ella meneó la cabeza, lo miró con una mezcla de resignación y vergüenza.

—Porque no entiendo nada. Porque para entender, tendría que hacerte mil preguntas, *preguntas personales*, que hace años acordamos que nunca nos haríamos. Lo que me pone en una situación que no es ni cómoda ni inteligente porque, ¿sabes?, las reglas están para algo, Jay.

Él había aguantado con expresión bastante tranquila, pero cuando oyó su nombre en diminutivo, sonrió sin poder evitarlo. Estaba recuperando terreno perdido, poco, pero prometedor y en cualquier caso, mejor que nada.

—Ven —dijo tomando su mano y tirando de ella hacia un banco de maderar—. Si vas a romper las reglas, ponte cómoda.

Ella se dejó guiar de mala gana. Cada segundo que pasaba se sentía más confusa por la batería de señales contradictorias que su propio cuerpo le enviaba.

Por momentos, atracción; otros, rechazo.

Un segundo, incómoda como si estuviera con un extraño; al siguiente, como ahora, su mano en la de Jason y una rara sensación de *déjà vu*.

—Venga, dispara —la animó él, después de sentarse a su lado.

—No entiendo lo que hubo entre Victoria y tú. Por qué la trajiste a casa, por qué se fue así... Con lo del porche acabé de estar perdida del todo.

"Buen comienzo", pensó él mientras, masculino, se acomodaba de forma de ocupar todo su campo visual.

—Lo que hubo fue sexo. Duró tanto porque nos veíamos poco y *había sexo*. Mucho y bastante bueno. La traje a casa por gentileza. El spot que estaba grabando en Little Rock se alargó más de lo previsto y no le daba tiempo a embarcar con su familia en el crucero, así que estaba sola. Y también lo hice por interés; me apetecía alguien que me calentara la cama y ella lo hacía de miedo.

Desde luego, a Gillian no le parecían suficientes razones para haberle estropeado la Navidad a toda la familia. Jason continuó.

—Se fue así porque se dio cuenta de lo que había entre nosotros —ella lo miró sorprendida; él asintió reforzando lo que acababa de decir—. Fue la primera persona que me lo soltó a la cara. Así, sin más. Y luego se largó. Y lo del porche… Estaba hecho un lío. Quería sentir, al menos por un rato, que era el de siempre, pero me pasé el día pensando en ti. Por eso, fui a tu habitación… Necesitaba verte.

—Y tocarme —puntualizó Gillian con retintín.

Ella hacía que sonara fatal. Solo le había acariciado el pelo, creyéndola dormida.

Pero entonces era entonces y ahora, ahora.

—Y tocarte —confirmó, mirándola directamente a los ojos.

—Esto es una locura —Gillian suspiró, se dejó caer cansadamente contra el respaldo. Lo miró brevemente y meneó la cabeza—. Era genial... ¿Por qué tuviste que traerla?

—Habría dado igual. Lo que para ti es una locura, para los Brady lleva cantado diez años.

Gillian lo miró con los ojos como platos.

—No hablarás en serio... —atinó a decir en tal mezcla de alucine y vergüenza que él soltó una carcajada.

Y al hacerlo se dio cuenta del increíble nivel de tensión que tenía en el cuerpo.

—Muy en serio —dijo, divertido—. Todos están esperando que seamos felices y comamos perdices.

—Están de locos de remate —dijo ella, sonriendo—. Cómo se ve que no han seguido tu trayectoria estelar de cerca todos estos años... *Y no me refiero al fútbol* —añadió con retintín.

Pero Jason tardó en soltarse del magnetismo de su sonrisa, la primera que ella le regalaba en días, y centrarse en lo que acababa de oír. Irradiaba tanto calor... ¿Serían igual de calientes sus labios al contacto?

Gillian lo miró brevemente. Era perturbador, todo él.

—Vine dispuesto a responder cualquier pregunta que me hicieras, la que sea, pero honestamente creo que la cuestión es otra.

Ella sintió un escalofrío recorriéndole el cuerpo.

—¿Y cuál es? ¿Si te quiero de *esa* forma? —lo miró con los ojos brillantes.

Lo quería de esa forma, y si aún no se había dado cuenta, Jason se ocuparía de hacérselo ver. No iban por ahí los tiros.

Pero ella se adelantó a su respuesta.

—¿Cómo ha empezado todo esto? ¿Porque a esa histérica maleducada no le dio la gana conformarse con ponerte como una moto? Que ella lo diga, que alguien -cualquiera- lo diga, no lo vuelve cierto... Pero si nos dedicamos a hacerle el juego a esa historia, nos vamos a complicar la vida un montón.

Gillian hizo una pausa para mirarlo. Él continuaba escuchándola en silencio, con la misma mirada que había estrenado hacía tres semanas que la perturbaba tanto. Ella meneó la cabeza, molesta.

—Teníamos claro quiénes éramos. Qué éramos. Ahora todo es un lío, y francamente, no sé qué vamos a sacar con esto, como no sea sufrir...

—¿Por qué tendríamos que sufrir?

La voz de Gillian sonó seria y definitiva.

—Porque yo soy Gillian. Espero del hombre que elija para estar conmigo cosas diferentes que Victoria... No me va a bastar con ponerte como una moto. Y porque tú eres Jason, el *quarterback* de los Dallas

Cowboys que tiene novias impresionantes, que solamente usa para desfogarse, porque cuando necesita charlar y pasárselo de miedo, llama a su amiga del alma, Gillian. O sea, yo —respiró hondo y lo miró—. Si seguimos con esto, vamos a sufrir. El agua y el aceite no hacen buena mezcla.

Jason continuó mirándola.

Esos ojos brillantes, de pestañas larguísimas y mirada vivaz.

Esa cara de niña…

Era divina.

—Nadie me llamó para que volviera a Dallas.

Gillian lo miró brevemente, con los ojos brillantes como antorchas, y bajó la vista. De modo que había sido ella misma y su comentario estúpido de aquella noche lo que había desencadenado la tormenta

—Siempre has sido tú —declaró Jason—. Victoria solamente lo dijo en voz alta.

Un escalofrío le recorrió el cuerpo y Gillian se revolvió, rabiosa.

Se sentía…

Dios, se sentía tan vulnerable y al mismo tiempo tan enfadada…

—¿Cómo que siempre he sido yo? —Gillian meneó la cabeza y resopló—. En diez años no te diste cuenta y un buen día viene *Doña Curvas Peligrosas* te lo suelta y ¡zas, se ha hecho la luz! Dame un respiro, ¿quieres?

Jason bajó la vista. Se preguntaba cuánta sinceridad era Gillian capaz de asimilar de una tacada.

—No, la luz se hizo el día que volvíamos con mi padre de comprar la moto —empezó a decir al tiempo que jugaba distraídamente con su dedo sobre las bandas de madera del asiento—. Yo aparcaba y aquel tipo, el de los tulipanes, te ayudaba a desmontar... Cuando vi sus manos en tu cintura, dejé de pensar —Gillian lo espió por el rabillo del ojo. Por primera vez en una eternidad, notó que él no la estaba mirando…. Hablaba con su voz grave y suave y aún así, ella no podía dejar de temblar. Temblaba como si él la estuviera mirando—. Fui a por él ¿sabes?

—¿Cómo...? ¿Qué quieres decir con "fui a por él"?

Una media sonrisa socarrona se dibujó en su cara.

—Bueno, parece que surtió efecto...

Ella frunció el ceño. Él despejó las dudas.

—Digamos que tracé una valla electrificada en un radio de un kilómetro alrededor de ti y le advertí que como su sombra intente atravesarla, lo mando al hospital —aún hoy seguía haciéndolo sentir muy raro y al ver la expresión de ella, mucho más—. Fuerte, ¿no?

Ella no respondió.

No podía, estaba en *shock*.

Y cómo habría sido el de los demás para que nadie le hubiera dicho ni una sola palabra sobre el tema.

—Pues, escucha a oír el resto —continuó él—. Salí del establo sintiéndome, no sé, otro tipo. Y lo único que atiné a hacer fue a montarme en la moto y salir cagando leches de ahí. Fui al río.

Gillian lo vio inclinarse hacia adelante y apoyar los antebrazos sobre los muslos. Sus ojos siguieron los movimientos de unos chicos en patines, pero no fue más que un acto mecánico ya que su atención no estaba allí. Como si estuviera pensando algo que no acababa de creer, Jason meneó la cabeza.

—Todo mi mundo está lleno de ti, pero no me di cuenta hasta ese día —ella se rodeó el torso con sus propios brazos en un intento de calentarse—. Joder, hay setenta y dos fotos en mi ático, ¿sabes en cuántas estás tú?

Gillian negó con la cabeza. Había estado muchas veces allí, pero hacía años que había dejado, conscientemente, de prestar atención a ese tipo de detalles. No buscaba sintonías entre los dos.

—En todas —dijo y a continuación se encogió de hombros—. En algunas está mi padre, en otras mi madre o Mark o Mandy... pero tú estás en todas. En setenta y dos fotos. No me extraña nada que ellas se pillaran esos cabreos de órdago. Si yo fuera a tu casa y me encontrara setenta y dos fotos de otro tío, temblaría la tierra.

Gillian tragó saliva.

—¿Y eso qué tiene que ver? Siempre has estado muy unido a todos nosotros...

—Seguro que sí —dijo él con un punto de humor.

Entonces, sacó la cartera del bolsillo trasero de sus vaqueros. La abrió y se la mostró. En el portafotos de la izquierda había una foto. Una sola. Eran Gillian y él. Una foto de fotomatón de hacía *añares*. Se la habían sacado una tarde en Little Rock, en una de sus tantas salidas. Él tendría diecinueve; ella, dieciséis.

—¿Sabes cuánto tiempo lleva ahí, en el mismo sitio de distintas carteras?

Gillian lo miró con el corazón en la garganta y no respondió.

—Desde el día que nos sacamos esta foto... —ella apartó la mirada. Él completó la frase—. Siempre has sido tú. Por eso ellas duraban tan poco. Porque no eran tú.

Gillian suspiró. Se apoyó contra el respaldo del asiento con la vista perdida en algún punto de aquel atardecer imponente de verano.

—Estoy hecha una lío, Jason —admitió finalmente, casi en un murmullo—. Y muerta de miedo. Solo de pensar que podría hacerte daño, o tú hacérmelo a mí...

Jason la miró con ternura.

—Ya lo sé —dijo. Le pasó un abrazo por los hombros. Hizo que recostara la cabeza en su pecho—. Ya lo sé.

Habían estado así de cerca otras veces.

Entonces, era simplemente afecto, habitual y característico en todos los miembros de la familia.

Ahora fue distinto y los dos se dieron cuenta aunque ninguno dijo nada.

Gillian no bromeó comparando sus músculos con un mullido cojín. Ni siquiera lo pensó. Primero, fue el calor de sus manos abrigándola; luego, el olor de su piel, familiar y excitante a la vez, adormeciendo la razón.

Jason tampoco se quejó en broma de su "mimosidad". Buscó su proximidad porque se lo pedía el cuerpo y cuando tuvo su cabeza recostada contra el pecho y sus brazos la rodearon, fue como volver a casa.

La única de la que supo que jamás volvería a marcharse.

Y fue algo más; el descubrimiento de que, de verdad, haría cualquier cosa por ella.

Incluido dejar que se tomara el tiempo que necesitara, fuera el que fuera, hasta que sintiera que todo entre ellos estaba claro, y su miedo se diluyera hasta no ser ni siquiera un recuerdo.

CAPÍTULO 18

Domingo, 11 de junio de 2006.
Riverfront Park,
Little Rock, Arkansas

Jason conocía a Gillian muy bien. Sabía que lo iba a poner bajo la lupa, estudiando cada uno de sus movimientos, pasando cada palabra y cada gesto por su trampa "caza-ligones" hasta que tuviera la certeza de que no había incoherencias. Y que solo entonces, consideraría su propuesta seriamente. Y firme seguidora de la cultura *slow* como era, Jason también sabía que el proceso podría tomar... Solo Dios sabía cuánto.

Contaba con eso.

La cuestión era que si la flamante vivencia del amor era estremecedora para cualquier primerizo, para un hombre caliente como él, estaba resultando una experiencia límite; amor y deseo corrían una carrera loca, con el pedal a fondo y la adrenalina subiendo imparable, convirtiéndolo, literalmente, en una bomba de tiempo.

La distancia que ella imponía tácitamente, lo esquiva que seguía siendo con él, no hacían más que hostigar su sangrante ego, avivando a su vez, una pasión incendiaria que él intentaba controlar de la única manera que podía; a golpe de entrenamiento. En circunstancias normales, ella se habría dado cuenta y puesto remedio, o al menos, paliativo. Gillian también conocía a Jason muy bien. Pero él tenía toda la impresión de que, concentrada en diseccionarlo bajo el microscopio, no se daba cuenta de que en la retaguardia, su resistencia estaba a punto de capitular.

La necesitaba desesperadamente. A la amiga tanto como a la mujer.

Sin ella, ya casi no podía ni respirar.

Jason volvió a echar un vistazo por encima del hombro.

Gillian seguía de pie junto a unas atracciones conversando con Mandy. Para variar, ni lo miraba. Y él, para variar, tenía que programarse para quitarle los ojos de encima. Y para dejar de alucinar consigo mismo; camiseta de mangas cortas, de esas que dejaban el estómago al aire, bermudas y bambas. Todo color negro, igual que el lazo que llevaba en el pelo. Lo más sugerente que había a la vista eran sus tres pares de músculos abdominales ligeramente marcados. Pero a este nuevo Jason, ni los contoneos de una estrella del porno en ropa de trabajo conseguirían inspirarlo más.

"Esa mujer es la caña", pensó y un instante después, cuando recordó dónde había oído aquella frase antes, no pudo evitar una sonrisa socarrona.

Al detectar el gesto, Jordan lo codeó para llamar su atención. Habían ido a por helados para todos y esperaban frente al puesto atestado de niños.

—¿Qué? ¿Cómo va la cosa?

—Se lo piensa —contestó sin más. Y procuró poner su atención en los críos que estaban volviendo loco al heladero, cambiando de idea sobre si chocolate o vainilla cada dos segundos, y quitarla de esa mujer que lo encendía sin mover una pestaña y encima, ni siquiera se daba cuenta del terremoto que desencadenaba a su paso.

—Eso es bueno —dijo Jordan, divertido. Acompañó sus palabras con un par de *palmaditas* en el hombro de su amigo quien le dedicó una mirada tan gráfica que no requirió más explicaciones—. *Es bueno*. Le dijiste que volverías a Dallas si ella te lo pedía. ¿Te lo ha pedido?

Jason negó con la cabeza.

—¿Lo ves? Tú ten paciencia.

Ya, pero ser paciente con el sexo opuesto no era uno de sus puntos fuertes. Jason volvió a mirarla de refilón. Ella charlaba con Mandy mientras se recogía el cabello con el lazo. Sus ojos quedaron atrapados en el vaivén de esa mata larguísima que zigzagueó en el aire como la cola de una sirena.

Lo siguiente fue una descarga que puso todo su cuerpo a latir al ritmo del corazón.

—Joder —murmuró sin darse cuenta.

Y dos segundos después, clavo la vista en la pila de cucuruchos que había sobre el mostrador frente a él.

Jordan lo miró con cariño y no hizo más comentarios.

Les tocaba pedir y eso hicieron.

Poco después, con once helados repartidos entre los dos se disponían a volver donde estaba el resto de la familia cuando oyeron que alguien llamaba a Jason.

"¡Jason Brady! ¡No me puedo creer que seas tú!", dijo una voz alegre. Y de mujer.

Ambos se volvieron a mirar. Jordan sonrió divertido. Jason meneó la cabeza.

"¿Qué te apuestas a que ahora sí que me está mirando?", pensó.

Gillian estaba mirando. Y se preguntaba qué hacía aquella mujer allí, a quinientos kilómetros de Dallas, aparte de mostrarle el escote a Jason como hacía siempre. La última vez que los había visto juntos le habían ofrecido un espectáculo inolvidable. A ver qué sorpresa le tenían preparada hoy, especialmente después de que Jason le hubiera perjurado que para él, tan colado por ella como decía estar, Victoria *no significaba nada.*

Ya.

Nada más que buen sexo, al que mujeriego como era, no iba a hacerle ascos.

"Pues que te aproveche", pensó mientras apartaba la mirada y volvía a concentrarse en Mandy.

Y a ignorar las náuseas.

—Me parece que quiere que vayas —le dijo su amiga como si hablara en secreto. Gillian echó un vistazo rápido y comprobó que era cierto; a veinte metros escasos de donde estaban, Jason, luciendo sonrisa radiante, le hacía señas de que se acercara.

Dios, qué ganas de noquearlo empezaba a tener.

—Yo que tú me pondría mi mejor sonrisa, nena… ¿No querrás que Victoria piense que le tienes celos, no? —añadió Mandy, guiñándole un ojo.

¿Celos? ¿Y por qué iba a tenerle celos? No era más que un bombón, que se lo montaba de fábula en la cama y a Jason lo ponía como una moto.

Gillian se puso de pie y se arregló la ropa. Y cuando volvió a levantar la vista, su cara era un sol dedicado a la rubia imponente del vestido blanco y los tacones de aguja.

—Así me gusta —dijo Mandy con picardía mientras Gillian se alejaba.

◆ ◆ ◆ ◆ ◆

Jason creyó que Gillian pasaría de hacerle caso, pero cuando mitad atendiendo las presentaciones, mitad espiándola de reojo, la vio ponerse de pie y dirigirse hacia él, empezó a relajarse. No lo estaba ignorando, así que demasiado enfadada no debía estar.

—Y este es Richard Evans —dijo Victoria tomando del brazo al hombre moreno y alto que tenía a su lado—. Es el Director Deportivo de los Tigres de Arkansas.

Jason los miró interrogante.

—El nuevo equipo profesional de fútbol de Arkansas, Jason —aclaró ella con una sonrisa satisfecha.

Él estrechó la mano del director deportivo, todavía recuperándose de la sorpresa.

—Un gusto.

—El gusto es mío, créeme —replicó el hombre, con gentileza—. Sigo tu carrera desde tu primera temporada con los Kansas City Chiefs…

La llegada de Gillian interrumpió la conversación. Y Jason se dio cuenta, no sin cierta sorpresa, que además cambió completamente su foco de interés; ¿desde cuándo una mujer le interesaba más que algo relacionado con el fútbol?

—Ya estás aquí —se encontró diciéndole—. ¿Te acuerdas de Victoria?

Gillian lo miró.

Y mantuvo la sonrisa.

Tenía claro que como aflojara los músculos... Pero Victoria le tomó la delantera.

—¡Gillian! ¡Hola! —cuando quiso darse cuenta, los brazos y el perfume empalagoso de la modelo la rodeaban, y su rizado de permanente se le metía en un ojo.

Dios, las ganas de noquearlo empezaban a ser preocupantes…

—Sí… ¡Hola! —dijo apartándose un poco sin ser descortés, forzando una sonrisa aún mayor—. ¡Qué sorpresa! ¿Qué haces en Little Rock?

Jordan, a punto de soltar una carcajada, decidió quitarse de en medio.

—Si me disculpan, voy a llevar los helados antes de que se derritan… Un gusto conocerlos.

—Sí, llévate éstos también —dijo Jason quedándose con dos y dándole el resto. A continuación, le ofreció a Gillian el suyo, que ella se apresuró a aceptar deseosa de tener algo en que ocupar las manos.

Victoria volvió a tomar la palabra cuando Jordan se alejó. Como si estuviera acostumbrada a hacerlo, repitió las presentaciones de rigor. El matrimonio mayor que estaba con ella eran sus padres. El moreno de unos treinta y muchos era directivo de algo… Gillian no se enteró muy bien.

—Caí bien en esta región —dijo—. Me está saliendo cantidad de trabajo, y además, papá se decidió a invertir en deporte, así que igual me traslado aquí un tiempo…

"¡Qué bien!", pensó Gillian. Tenerla a una hora del rancho era justo lo que necesitaba oír. Además, Dios, esa sonrisa… ¿Esa mujer sabía hacer algo sin posar como si estuviera rodando un spot?

Decidió que mejor se dedicaba al helado.

—Su padre es uno de socios económicos de los Tigres de Arkansas, el nuevo equipo profesional de fútbol de Arkansas —le explicó Jason a Gillian. Ella miró al padre de Victoria, considerando lo que había oído.

Vaya, el asunto se ponía interesante. Como la propuesta de abrir un gimnasio no había funcionado, ahora se sacaba de la manga un equipo de fútbol. Definitivamente, la había subestimado.

—¿Y tú, qué? —Victoria apoyó su mano con dedos de uñas larguísimas pintadas de negro sobre el brazo del *quarterback*—. ¿Sigues en tu "paraíso idílico"? No te he visto mucho por Dallas últimamente, pero me han dicho que has estado por ahí... ¿En qué andas?

Gillian, dedícate al helado.

Esa mujer la sacaba de quicio. Toda ella era una pancarta que le decía a Jason: "pídeme lo que sea, guapo".

Una mano masculina enredándose en sus dedos la hizo aterrizar sin paracaídas.

Gillian miró de reojo la *manaza* que asía la suya. ¿Qué estaba haciendo Jason?

Cuando levantó la vista, la mano de Victoria ya no estaba sobre el brazo del *quarterback* y su expresión era algo menos seductora.

—Sigo en mi "paraíso idílico" —contestó él echándole una mirada insinuante a Gillian.

Mirada que a ella le hizo subir los colores. Y a Victoria le borró la sonrisa de un plumazo.

—¿Cómo te recuperas de tu lesión? —intervino el directivo, interesado.

—Según los médicos, "espectacularmente bien" —bromeó Jason.

Menuda escena, pensó Gillian. Victoria soltaba rayos láser con esos ojos repintados, mientras Jason, como si la cosa no fuera con él, comía su helado, charlaba de fútbol con el treintañero y la mantenía a ella cogida de la mano...

Marcándose terrible farol.

—¿Vas a jugar esta pretemporada? —preguntó Evans, y luego se apresuró a añadir—. Porque sigues con los Dallas Cowboys, ¿no?

Jason no respondió inmediatamente.

Evans tenía que saber que seguía con ellos y que no jugaría la pretemporada. Era su trabajo y tenía que saberlo. A menos que fuera un novato…

—Sigo con los Dallas. De momento. Y no creo que juegue esta pretemporada…

Gillian dejó de ocuparse de su helado y lo miró. ¿Cómo que no iba a jugar?

Evans asintió varias veces.

—Es una mala lesión, sí. Mejor será que te asegures una recuperación del cien por cien, o te quedas sin hombro…

—Sí —confirmó Jason y miró a Gillian brevemente—. Bueno, tenemos que irnos, ¿no, preciosa?

Gillian lo miró alucinada. "¿Preciosa?"

Como no le salían las palabras, se limitó a asentir.

—Ten —dijo Evans a Jason al tiempo que le daba su tarjeta—. Si decides quedarte en tu paraíso idílico de forma permanente, llámame.

Jason asintió y guardó la tarjeta.

No era ningún novato.

♦ ♦ ♦ ♦ ♦

Tan pronto Victoria y compañía desaparecieron de la vista, Gillian liberó su mano.

—La próxima vez que quieras marcarte un farol, búscate a otra, ¿vale?

Quería estar enojada, que su voz sonara molesta. Pero era consciente de que ni parecía enojada ni sonaba molesta. Le había gustado que pusiera a distancia a esa mujer. Y también le gustaba la idea de que, tal vez, Jason estuviera pensando quedarse definitivamente en Camden.

—No era un farol —contestó él de lo más natural, y tiró el cucurucho vacío a la papelera.

Gillian se volvió a mirarlo.

—¿Ah, no? —paró en seco delante de él—. Le hiciste creer que estabas conmigo y no estás conmigo, Jason.

Él avanzó un paso más, le rodeó el cuello en un abrazo holgado más desafiante que sugerente y la miró desde sus alturas, provocativo.

—Sí que estoy contigo. Es lo que quiero. Lo que te pedí hace un siglo. Que sigas pensándotelo no cambia nada.

Gillian sonrió igual de desafiante.

—Como no me saques las manos de encima, te voy a patear el culo.

—¿Tú *solita*? —Jason sonreía.

143

Y no se movía.

Gillian bajó la vista y cuando volvió a mirarlo no había rastro de sonrisas en su cara.

—No soy Victoria. El día que quiera que me toques, no me voy a insinuar. Te lo voy a pedir, sin más.

Los ojos de Jason descendieron lentamente a sus labios. Se quedaron ahí unos segundos que a ella le parecieron eternos. Al final regresaron a sus ojos.

—Y... ¿eso cuándo va a ser?

No había acabado la frase que a Gillian un escalofrío la hizo estremecer, recordándole lo vulnerable que era. Especialmente, cuando él tomaba la iniciativa así.

—Suéltame, Jason.

"Ay, niña, cómo me pones" pensó mientras se apartaba de forma ostensible con una sonrisa radiante que a ella le sentó como un tiro.

—No juegues a este juego, Jay. Se nos va a escapar de las manos y hay cosas importantes por medio.

Por supuesto que jugaría a aquel juego.

Y a todos los que hicieran falta hasta encontrar la manera de que a ella *las cosas se le escaparan de las manos*. Y por lo pronto iba a llevar el juego un poquito más allá, a ver qué tal lo aguantaba.

Jason echó un vistazo a los demás. A pocos metros de allí, hacían que charlaban pero no se perdían detalle. Necesitaban escabullirse un rato.

—Ven, demos un paseo —dijo ofreciéndole su mano que ella, naturalmente, no tomó. La sonrisa de Jason se hizo más grande cuando se dispuso a iniciar la maniobra de distracción—. Cógela, no hundas mi reputación delante de esos cotillas.

Qué listo era... Ella meneó la cabeza y se puso en marcha, sin tomar su mano, mirando a otra parte para esconder la sonrisa.

—¿Qué? —dijo al rato, espiándolo por el rabillo del ojo—, ¿vamos a tener otra conversación trascendental?

Él la miró feliz. Sonaba tanto a la Gillian de siempre...

—No sé, ¿quieres? Hoy no estoy muy trascendental que digamos.

—¡Alabado sea Dios! —replicó ella risueña, en un suspiro.

Él también empezaba a sonar como su amigo del alma.

Al oírla, Jason se detuvo sin darse cuenta.

¡Cómo echaba de menos esto!

Se apoyó contra una de las columnas de madera que bordeaba el sendero curvo, para disfrutar a gusto ante la mirada sorprendida de ella.

—Joder, Gill... ¿Dónde te habías metido?

Ella se encogió de hombros. Era largo y complejo de explicar y además, a estas alturas, importaba poco. En realidad, cada día importaba menos.

Jason se cruzó de brazos. Fue una jugada premeditada. Y ella, aunque lo sabía, siguió cada movimiento con la misma atención que había seguido todo lo relacionado con él durante años.

Pero con un interés distinto, claramente sensual.

—Si no aflojas el lazo, se va a romper —dijo él. Gillian clavó los ojos en el suelo cuando el corazón empezó a darle martillazos en la sien—. Te necesito, Gillian. ¿Entiendes lo que quiero decir?

Dios, sí. Claro que lo entendía. Ella lo miró con los ojos brillantes.

—¿No decías que hoy no estabas trascendental?

En otra jugada premeditada él respiró hondo, hinchando el pecho. Los ojos de Gillian siguieron el movimiento de aquellos pectorales increíbles que parecieron duplicar el tamaño cuando él insufló aire en los pulmones.

—Eres muy inteligente —dijo, seductor—. Y me conoces bien. Así que sabes que te estoy marcando al cuerpo. Y que voy a tumbarte.

Sí, lo sabía pero eso no evitó la descarga brutal que la sacudió al oírlo.

—Y los dos sabemos que aunque te lo pienses otros mil años, solamente tienes tres opciones. Aceptarlo y decidir el momento y el lugar. Quedarte a ver cómo te tumbo y en ese caso, el que decide soy yo. O —procuró que su voz siguiera firme—, pedirme que vuelva a Dallas.

También lo sabía y justamente por esa razón había intentado mantenerlo a distancia con la esperanza de que eso lo enfriara. El efecto, en cambio, había sido al contrario. Lo que confirmaba que para mal o para bien, él iba en serio.

O creía que era así.

Pero eso no cambiaba el clima en su interior; Gillian estaba aterrada de dónde les conduciría ese camino. Y seguía necesitando tiempo. Y sí, también echaba de menos a su Jason.

Ella también lo necesitaba.

Gillian suspiró, se ajustó la coleta ante su mirada expectante y lo miró sonriente.

—Si sigues entrenando así, vamos a tener que agrandar el hueco de las puertas. ¿En qué pensarás que te inspira tanto?

Él sonrió, todo vanidad.

"Quién sabe", respondió.

CAPÍTULO 19

Viernes, 16 de junio de 2006.
Rancho Brady.
Camden, Arkansas.

Jason se había marchado el día anterior por la mañana para la última sesión de rehabilitación "que nadie le había pedido que hiciera en Dallas", pero no había regresado por la noche como siempre. Se había quedado allí para una reunión con la directiva del club a primera hora de la mañana. Esta vez, era una reunión de verdad.

Aunque él la había llamado varias veces, a Gillian se la notaba preocupada. Los Brady no sabían exactamente por qué, pero se lo imaginaban. Dallas era sinónimo de entrenamientos, animadoras con medidas de escándalo, vida de soltero. Y Victoria. Y además, que Jason volviera a establecerse allí era una alternativa que estaba sobre la mesa.

Y también estaba la otra cuestión, mucho más cercana y rasa; era la primera vez que se separaban desde que él había abierto la caja de los truenos.

Gillian estaba particularmente silenciosa, como cuando algo le rondaba la cabeza. Era evidente para todo el mundo aunque nadie había conseguido sacarle una palabra. Ni siquiera Mandy.

Pero si Gillian estaba nerviosa, Jason estaba al borde de la locura. Entró al rancho a toda pastilla en su Land Cruiser, aparcó en medio del camino y se dirigió a paso vivo hacia la casa.

—¡Eh! ¡Bienvenido de vuelta! —exclamó Eileen al verlo asomar la cabeza en la cocina.

—¿Qué tal todo? —preguntó John, mirándolo por encima del periódico.

Jason los hizo callar con un gesto de la mano.

—Todo bien. ¿Podemos hablar después? —Eileen y John asintieron con cara pícara—. Vale, ¿dónde está mi chica?

—¿Tienes chica? —preguntó Mandy, que se servía un café cuando él entró.

—¡Qué bárbaro! —dijo Jordan al pasar a su lado cuando entró en la cocina. Le palmeó el hombro—. Tío, al menos dí hola, ¿no?

Jason los miró con impaciencia.

—¿Dónde está?

—Está con Matt y Timmy en la granja —respondió John. Y soltó una carcajada al ver a su hijo dar media vuelta y salir como una exhalación de la casa.

A través de la ventana, lo vieron correr hasta el primer garaje e instantes después salir a todo gas en la moto de cross, camino arriba.

—¡Quién fuera pajarito! —exclamó John, feliz—. ¿Qué habrá pasado en la reunión?

—Eso no lo sé, pero ahí fuera hay un Land Cruiser lleno de plantas y una Harley de coleccionista en un arrastre. Juraría que mi hermanito está a punto de sentar la cabeza.

Todos se dieron la vuelta al oír a Mark que con expresión divertida los miraba desde la puerta de la cocina.

—¿Se ha traído las plantas de su casa? —preguntó Eileen, ilusionada.

Mark asintió varias veces con la cabeza.

Una sonrisa de madre orgullosa se adueñó de la cara de Eileen cuando dijo:

"Entonces, se queda".

♦ ♦ ♦ ♦ ♦

Gillian no dejaba de darle vueltas a la situación como en un círculo vicioso del que no conseguía salir. Estaba en uno de esos momentos de su vida que detestaba; sabía que tenía que tomar una decisión, pero cuando repasaba sus opciones todas le parecían malas.

Aunque para toda la familia el final feliz "estuviera cantado", no era tan fácil.

No tenía nada claro que ella fuera la clase de mujer capaz de mantener el interés de un hombre como Jason. En el hipotético caso de que su actual interés fuera real, una cosa era tenerlo y otra conservarlo. Lo cual la llevaba directamente a otra cuestión: ¿era Jason la clase de hombre que ella quería para su vida?

El que conocía, desde luego, no.

El que conocía, como hombre dejaba todo que desear. Era justamente del tipo al que ella no le concedería ni siquiera el beneficio de la duda.

Pero aunque llevara las especulaciones mucho más allá del sentido común, las cosas seguían teniendo muy mala pinta. Porque suponiendo que ella fuera, realmente, la mujer de su vida, y él consiguiera deslumbrarla mostrándole su lado de héroe de novela romántica, y fueran felices y comieran perdices...

Jason era un Brady: los hombres Brady no concebían la vida sin hijos.

Y ella no podía dárselos.

Así que...

Si le pedía que volviera a Dallas, los dos sufrirían.

Si aceptaba el reto de averiguar si juntos podían ser más que amigos y como temía, no resultaba bien, los dos sufrirían. Ella, posiblemente además, perdería el corazón en el intento.

Y si salía bien, Jason tendría que renunciar a una de las mayores aspiraciones de su vida, y ella vivir con la frustración de no poder darle algo tan importante a la única persona que amaba con toda el alma.

Gillian suspiró. ¿Cuál era la decisión correcta?

Cuanto más pensaba en ello, más confusa se sentía.

Miraba cómo Matt y Timmy le daban de comer a los gansos cuando oyó el ruido de un motor acercándose. Antes siquiera de que su cerebro hubiera empezado a asociar ideas, los chicos estaban gritando, alborotados.

—¡Mira! ¡Ha vuelto! —Timmy saltaba agitando los brazos para que su tío lo viera—. ¡Tío Jason! ¡Estamos aquí!

Gillian se dio la vuelta. Se apoyó contra la cerca y disfrutó de las vistas ahora que podía.

Dios... ¡Qué imponente era ese hombre!

Además de inmenso por el entrenamiento intensivo, estaba bronceado, y la camisa blanca que vestía, no hacía más que resaltar ambas cosas hasta el extremo de volverlo magnético.

Lo vio aparcar la moto y correr hacia ella, y no se lo pensó… Le echó los brazos alrededor del cuello y dejó que él la hiciera girar a su alrededor, riendo loco de alegría.

—Me moría por verte —le dijo al oído cuando volvió a dejarla sobre el suelo.

Se miraron un instante.

Entonces, Jason se inclinó y empezó a acercarse...

Pero Gillian esbozó un sucedáneo de sonrisa, y apartó la vista. Él se detuvo. La observó en silencio mientras en su pecho el corazón palpitaba cada vez más fuerte.

La llegada de los niños, pura algarabía, dándole la bienvenida a los saltos y pidiéndole que los llevara al río, cortó la intensidad del momento.

—Bueno, bueno… —dijo Jason riendo—, para ir al río tenéis que acabar aquí, ¿habéis acabado?

El mayor, inmediatamente, gruñó un "no".

—Vamos, Tim —dijo el aludido tomando a su hermano pequeño por el hombro mientras miraba enfurruñado a su tío—, para cuando acabemos, va a ser la hora de comer…

Jason miró a Gillian sonriendo.

—Bueno, si convencéis a la tía para ir ahora…

No acabó de decirlo que los dos niños estaban arremolinados alrededor de Gillian, *superexcitados*, rogando a gritos que los librara de las tareas.

—¡A ver! —dijo ella alzando la voz para que se oyera por encima del griterío—, los conejos y las gallinas son vuestra responsabilidad —los niños bufaron—, pero por ser hoy, de los conejos me ocupo yo. Las gallinas son todas vuestras.

—¡Bien! —gritaron los niños y salieron disparados hacia el corral haciendo cabriolas.

—Menudos son —dijo ella mirándolos con picardía—. No me extraña que te adoren si siempre los libras de sus tareas.

—Son críos —aclaró él con voz de hermano mayor que excusa a los menores—. Y no me quieren por eso.

No hacía falta que lo dijera.

Cuando Mark y Jason se juntaban con *personitas* menudas, les salía el *Peter Pan* de dentro y era imposible distinguir quién era el niño y quién el adulto. Mark era creativo a la hora de jugar; su hermano, inagotable, organizando excursiones y salidas sin parar.

Jason se apoyó contra la cerca junto a Gillian y la miró abiertamente. Ella hizo lo mismo. Notó que él tenía una expresión relajada. Estaba feliz y era evidente.

—¿Qué? —dijo ella.

—¿Qué *qué*?

—Tienes cara de estar encantado… ¿Tan bien te han ido las cosas por Dallas?

Jason se cruzó de brazos y la estudió durante unos cuantos segundos con la misma expresión de hombre realizado.

—Estoy encantado —confirmó al fin—. Fue bien. Y no estoy encantado por eso. ¿Y tú? ¿Me has echado de menos?

Vaya pregunta. Siempre lo echaba de menos. Llevaba diez años echándolo de menos.

—Como siempre —contestó sin mirarlo.

—¿Como siempre mucho o como siempre poco?

Gillian respiró hondo.

No tenía sentido seguir dándole vueltas al tema, así que lo miró a los ojos.

—¿Estás seguro de lo que sientes por mí?

El corazón de Jason palpitó, y luego, por una fracción interminable de segundo, se detuvo.

Literalmente.

Jason soltó un suspiro por puro instinto, sin darse cuenta.

De impresión. De emoción. De alivio...

Y tuvo que hacer acopio de toda su concentración para mantener la calma y responder.

—Seguro, seguro, seguro.

Gillian volvió la vista al frente. En medio de su propio huracán de emociones, Jason se dio cuenta de que los ojos femeninos brillaban como luceros y las mejillas se le habían arrebolado. Notó cierta inquietud en su voz cuando ella empezó a hablar.

—Para mí siempre has sido —meneó la cabeza como si no encontrara la palabra adecuada— *un gigante*.

Hizo una pausa y volvió a suspirar.

—Cuando te fuiste a Kansas, cuando dejé de tenerte cerca, comprendí que mi vida sin ti nunca sería… *igual*. Y pensé que si alguna vez tú o alguien de tu familia se daba cuenta de lo que me pasaba, os perdería. Así que aprendí a ser la amiga que nos permitía seguir juntos y me olvidé de lo demás. Y puedo —cuando Gillian lo miró a los ojos, él inspiró profundamente—, podría seguir así el resto de mi vida, Jason, pero si me tocas una vez, si me... —tragó saliva—, y luego te das cuenta de que has confundido lo que sientes, me vas a hacer polvo, no voy a recuperarme y ya no tendremos nada, ¿lo entiendes?

Vaya si lo entendía.

Lo que sentía era tan alucinante y tan nuevo que, momentáneamente, se quedó sin palabras.

Podría haber empezado por besar aquellos párpados de pestañas infinitas, seguir por sus mejillas arreboladas y bajar, bajar, bajar…

Media vida adorándola. *Admirándola*.

Necesitándola más que al aire.

La mirada de Gillian se volvió vidriosa, anuncio de que en aquellos ojos de verano permanente, algunas nubes anunciaban tormenta.

Y él no quería sus lágrimas.

—¿Algo más? —susurró, burlón.

Ella volvió la vista al frente, respiró hondo intentando recuperarse. Negó con la cabeza.

—Genial. Y dime, ¿crees que puedo besarte sin que empieces a dar coces como un caballo salvaje?

Gillian bajó la cabeza para ocultar un esbozo de sonrisa.

—Dime, ¿crees que puedo? —insistió él, hablándole en voz baja como si fuera un secreto.

—No lo sé. Supongo que eso va a depender del beso —Gillian, todavía algo sonrojada, lo miró con ternura—. Si me gusta...

Jason asintió varias veces.

—Te va a gustar.

La miró a los ojos. Su mano fue lo siguiente en establecer contacto. Gillian la sintió enterrarse en su pelo, a la altura de la nuca. Y cuando aún no se había recuperado de las sensaciones que le provocaba una mano que la había tocado millones de veces antes como amigo, y ahora, por primera vez, lo hacía como hombre, vio su figura masculina inclinándose hacia ella, como una sombra gigantesca que ocultaba el sol...

Y fugazmente, el brillo de sus ojos celestes.

Luego, el fuego de sus labios entreabiertos, seguido del roce furtivo de su lengua, anticipando un contacto ardiente...

Y un rugido cada vez más ensordecedor, que nacía bajo los pies de Gillian y lo envolvía todo, como si fuera el mismísimo fin del mundo.

Las risas de los niños que se acercaban, la devolvieron, algo tambaleante, a la realidad, y a la conciencia de que el rugido había reducido ostensiblemente su intensidad. Era como si alguien hubiera bajado el volumen.

Jason suspiró.

—Genial —se irguió después de besarle la punta de la nariz y miró con una sonrisa resignada a los críos, que corrían hacia ellos festejando a su manera haberlos pillado "haciendo manitas".

Un pensamiento diablo cruzó la mente de Gillian, que tuvo que mirar a otro lado, aguantando la risa. Estaba completamente segura de que era la primera vez que a ese gigante le cortaban un avance romántico, por no mencionar que este, en particular, llevaba semanas esperándolo. Lo cual también era inédito.

El diablo lo encontró irresistible, probó la punta del tridente con una sonrisa imposible de disimular.

—¿Ya está? —dijo mirándolo con *ojitos* traviesos—. ¿Es este el beso que me iba a gustar?

Jason la miró divertido, pero la llegada de los críos lo dejó con la palabra en la boca.

—¡Estabas besando a la tía, te he visto! —exclamó Timmy, excitado.

—¿Es tu novia? ¿Eh? —intervino el mayor codeándolo travieso—. ¿Eh, tío Jason?

—¿Queréis ir al río? —preguntó él, mirándolos desafiante—. Porque si queréis que os lleve al río, ya podéis ir marchando a paso ligero a los establos y sobre todo, *sin chivaros* —los señaló con un dedo—. Como me entere que os chiváis…

Los niños negaron al unísono.

—Venga, id delante que yo ahora voy.

—¡Seremos como tumbas! —aseguró Matt, aguantando la risa y tiró de su hermano por el camino que llevaba a los establos. Gillian y Jason los vieron andar a paso rápido, sin dejar de cuchichear y reír, hasta que los perdieron de vista.

—Vale —continuó el *quarterback*—, y ahora que volvemos a estar solos, repíteme la pregunta.

—¿Ese fue el beso que me iba a gustar? —dijo ella intentando no soltar la carcajada.

Él la miraba entre sensual y desafiante, sirviéndole en bandeja una buena sesión de chistes a su costa.

—¿Estás de pie?

Gillian se miró.

—Me parece que sí.

—¿Estás consciente? —continuó, mirándola a los ojos en una exhibición de vanidad.

Ella meneó la cabeza sonriendo. Menudo engreído.

—Eso parece, sí.

Jason asintió y cuando volvió a mirarla ya no sonreía.

—Entonces, no es el beso que te iba a gustar.

—Eres un vanidoso, ¿sabías?

—¿Después de saber que tú te mueres por tocarme igual que yo? —su mirada se volvió intensa—. *Van a rugir las entrañas de la tierra.*

Un escalofrío recorrió el cuerpo de Gillian, que esbozó una media sonrisa nerviosa, se apartó el cabello de los hombros, y se dispuso a pasar del otro de la cerca para ir a darle de comer a los conejos, pero él la detuvo. La levantó por las axilas, igual que hacía con los niños, y la volvió a dejar sobre el suelo, del otro lado.

—Gracias —dijo ella, evitando esos ojos celestes que no se habían apartado de los suyos mientras la trasladaba de lugar.

"Un gusto, señorita", lo escuchó decir antes de echar a andar bajo su persistente mirada.

Ella desapareció detrás de la puerta del gallinero. Él volvió a montarse en la moto y salió derrapando con una sonrisa que no le entraba en la cara.

Gillian, con una sonrisa muy parecida, asomó la cabeza justo para ver cómo el mejor *quarterback* de la liga se alejaba a toda pastilla, haciendo el caballito.

CAPÍTULO 20

Más tarde, aquel mismo día...

Los críos no los habían delatado, pero tampoco hubiera hecho falta. Aunque Jason y Gillian ocupaban sus lugares habituales en la mesa -uno frente al otro- y se comportaban como siempre, los Brady tuvieron claro que algo había cambiado entre los dos tan pronto los vieron entrar por la puerta, cada uno por su lado, con media hora de diferencia. Jason acababa de ducharse después de venir del río con los críos. Gillian venía del sector agrícola, donde había ido después de ocuparse de los conejos. Se habían cruzado miradas y sonrisas cuando ella se dirigía a la planta alta, a darse un baño y cambiarse para cenar.

Ahora, aunque no era fin de semana, la familia en pleno cenaba en el porche en realidad esperando confirmar la gran noticia. Jason y Gillian se dedicaban miradas cargadas de emoción a cada rato, pero como media hora después seguían sin soltar prenda...

—Nos tienes en ascuas —empezó John mientras cortaba un trozo de cordero de su plato—. Al final, ¿qué vas a hacer?

Lo dijo John, pero que todos lo pensaban resultó evidente. Especialmente a Jason, que lo esperaba desde que había apoyado el trasero en la silla, consciente de que ninguno de los presentes se perdía detalle de lo que hacía.

—Quedarme aquí —respondió, y continuó comiendo, tan normal.

Gillian lo miró brevemente. El brillo en sus ojos fue una muestra tímida de la fiesta que su corazón estaba dando. De haber visto el Land Cruiser de Jason con sus plantas y su Harley en el arrastre, lo habría deducido. Pero John lo había guardado en el garaje para quitarlo del medio del camino porque estorbaba.

—¿En serio? —dijo Mark sorprendido—. Pensé que querían que volvieras al equipo...

Shannon echó un vistazo rápido a Gillian. Ella parecía ocupada en su pastel de calabacín, pero aunque Eileen cocinara como los dioses y aquel pastel estuviera buenísimo, ¿tanto como para dedicarle esa sonrisa?

—Quieren que vuelva.

—¿Y entonces? —insistió Mark

"Y entonces al gigante forzudo le han echado el lazo, corazón", pensó Shannon mirando a su marido sorprendida de que preguntara algo tan obvio.

Patty puso los ojos en blanco, miró a su padre de acogida con una de esas miradas adolescentes que dicen de todo sin emitir sonido. Lo que en este caso fue doblemente cierto, porque respondona por naturaleza, con Mark raramente iba más allá de las miradas.

—Eso; ¿y entonces? —intervino John, mirándolo con el ceño fruncido.

Y aunque cuatro de las cinco mujeres presentes lo miraran como si acabara de preguntar una estupidez, que el club quisiera conservarlo después de la lesión que había tenido era poco habitual y lo lógico, que su hijo firmara sin pensárselo dos veces.

—Entonces, Jason Brady se queda en Camden para poder estar con su chica —dijo Mandy, desafiante dirigiéndose a todos pero mirando a su hermano.

Jason se limpió la boca con la servilleta y bebió un trago de agua. La quinta mujer levantó la mirada de su plato y lo miró, a punto de explotar de ansiedad.

—Yo no quiero —dijo el jugador—. Y todavía no se lo he preguntado, pero me parece que mi novia tampoco —miró a Gillian, que suspiró de los nervios, y a él se le aflojaron las rodillas. Mandy ya había saltado de la silla—. Diez años, ya ha estado bien ¿no, Gill?

Cuando la vieron asentir con las mejillas rojo fuego y aquel amago de sonrisa incómoda, la mesa se convirtió en una fiesta; a Gillian la abrazaban y la besaban. A Jason, que por ser grande y fuerte siempre se llevaba la peor parte, le daban collejas.

—Bueno —dijo John cuando la algarabía se hubo serenado y todos volvieron a sus sitios a continuar comiendo—, ¿y cuál es el plan?

—Habrá que verlo, ¿no, nena?

A Gillian se le cayó el tenedor de la mano al oírlo, y no se animaba a levantar la cabeza por miedo a descubrir que ese que la volvía a llamar "nena" y daba a entender que *ella* tuviera algo que decidir sobre un plan que debía ser solo *suyo*, cosa que no sonaba nada a Jason, fuera, efectivamente, Jason. Mark se le adelantó.

—Si empiezas así, empiezas muy mal —dijo burlón, guiñándole un ojo a su mujer—. Como les dejes meter las narices, luego esperan que les consultes hasta una partida de billar. ¡Cómo se nota que eres un novato en estas lides!

—¿Novato? —intervino Jordan con cara de asombro—. Seguro que tuvo más novias que tú y yo juntos en las últimas tres vidas, macho...

—No eran novias —apuntó Jason. Mientras miraba con ternura a Gillian se metió un bocado de cordero en la boca. Le encantaba ver aquel brillo en sus ojos. Verla y saber que era suya. Era una experiencia alucinante.

La voz de Timmy sorprendió a todos.

—¿Y qué eran? El abuelo decía que eran tus novias...

Eileen miró a su hijo con cara de "ahora se lo explicas tú, guapo".

—Chicas con quienes salía a divertirme —explicó el *quarterback* con picardía—. Es parecido a lo que haces con tus compañeras del *cole*... Flirteas con Lillian y le dejas tu mp3 a Marie, pero la que te gusta de verdad es Lindsay, y si juntaras valor y le pidieras que fuera tu novia y ella te dijera que sí... Entonces, Lindsay sería tu novia y las demás, amigas con las que pasas un rato...

Timmy jugueteó con el tenedor en su plato, pensativo.

—¿Era lo que hacías hoy en el corral? —rió—. ¿Pedirle a la tía si quería ser tu novia?

El ratón acababa de cazar al gato.

Todos reían, incluida su novia, cuando Jason continuó:

—No, verás... Tú juntas valor y se lo pides, pero ella, a veces, se toma su tiempo para contestarte. Así que cuando llega el día, es casi como estar de fiesta —Jason miró a los dos niños—. Y vosotros dos interrumpisteis mi fiesta en lo mejor, chavales...

John fue el primero en soltar ina carcajada. En segundos, había quien como Eileen, lloraba de la risa.

Gillian, resignada, se cubrió la cara con las manos mientras los demás se divertían a su costa.

◆ ◆ ◆ ◆ ◆

Después de cenar y recoger la mesa, la familia se puso cómoda en los sillones del jardín para compartir café, refrescos y conversación. Mandy acababa de levantarse para ir a reponer algunas bebidas, y Jason aprovechó para ocupar su sitio en la hamaca, junto a Gillian. Todos los demás siguieron el movimiento con disimulo.

—¿Cómo está mi chica? —dijo él al tiempo que se acomodaba mejor a su lado y le tomaba una mano.

Gillian miró aquella mano inmensa en la que la suya parecía casi perdida.

—Rara —murmuró mirándolo brevemente.

Rarísima.

Le parecía alucinante que fuera él quien la miraba de esa manera, como un quinceañero a su primera novia del *cole*. No era el Jason que conocía.

—¿Rara bien o rara mal?

Pero este Jason también tenía su punto.

—Vaya pregunta... ¿Cómo estarías tú si acabaras de adjudicarte al *no-va-más* de mujer? —sonrió con picardía—. Rara *genial*, Jay.

Si él hubiera tenido plumas de pavo real, las había desplegado en abanico. Todo su lenguaje corporal hizo las veces a la perfección.

—A ver, déjame que lo piense —extendió un brazo sobre el respaldo de la hamaca. Durante unos instantes, siguió con la mirada los movimientos de sus propios dedos que acariciaban suavemente el cabello de Gillian, luego la miró directamente a los ojos—. Estoy de acuerdo. Aunque yo le quitaría el "raro".

Lo dijo con premeditación y juraría que la sintió estremecerse, pero ella le echó una mirada socarrona y se mofó abiertamente.

—Cualquiera diría que estás intentando ablandarme.

Jason no pensaba que necesitara hacer tal cosa, pero aceptaría lo que fuera con tal de acortar distancias.

—¿Funciona?

Gillian sonrió. Sí, este nuevo Jason, definitivamente, tenía su punto. A ver qué otras cosas tenía, pensó mientras volvía la cara y lo miraba directamente a los ojos, igual que él había hecho antes.

—¿Sabes qué me apetece?

Él negó con la cabeza.

Algo en la expresión de Gillian, hizo que el corazón de Jason palpitara. Fue como un redoble de tambores anunciando el inicio de algo verdaderamente importante que acabó de tomar forma cuando ella, tras una pausa premeditada y en un tono deliberadamente sensual, respondió:

—Que me beses.

Cinco minutos después se alejaban por el camino a toda pastilla, abordo de la vieja moto de cross.

♦ ♦ ♦ ♦ ♦

—Que te bese —repitió Jason, mientras avanzaba hacia ella como un depredador acorralando a su presa. Gillian dejó que sus ojos se regocijaran en aquella imagen poderosa que hacía años se había prohibido mirar de la manera que lo hacía ahora—. ¿Todo me lo vas a pedir así de claro?

Esperaba no tener que hacerlo.

Aunque cada vez que se descubría pensando esas cosas y viendo a quién se las soltaba sin remilgos, le parecía ciencia ficción. Luego, recordaba que sí, la situación entre ellos era esa. Y entonces, su corazón daba una fiesta.

Pero con remilgos o sin ellos, no podía parar así que continuó.

—¿Te supone un problema?

Ella encontró un obstáculo a su espalda, un árbol. Él avanzó el último paso que los separaba, haciendo que Gillian tuviera que alzar el mentón para no perder el contacto visual mientras hablaban.

—Depende —respondió él.

La miraba como si estuviera a punto de comérsela; ella, plenamente consciente de que estaba a punto de hacerlo, y acusando el efecto, aguantaba firme, el tipo y la mirada. Habían sido diez larguísimos años reprimiendo la menor emoción, ahora que había quitado el pie del freno sabía que no podría parar aunque quisiera.

Y además, no quería.

—¿De qué?

—De dónde estemos cuando me lo pidas —su mano derecha bajó lentamente acariciándole el cabello a lo largo de la espalda. Los dos se estremecieron—. Me pone cantidad, ¿sabes?

Ella continuó mirándolo, saboreando cada instante que él se mantenía a distancia avivando el deseo de acortarla en los dos de aquella manera enloquecida, y agradeciendo que esto también lo tuvieran en común.

Le gustaba la pasión. La pasión contenida, mucho más.

—¿En serio? —susurró desplazando su mirada hacia la boca masculina de forma deliberada.

Jason se inclinó apenas un poco, su mano derecha volvió a subir por debajo del cabello. El estremecimiento, esta vez, fue más intenso y más largo.

—Ajá —ladeó la cabeza y la miró con fuego en los ojos—. Me muero por ti...

Dios, y ella por él. Las palabras salieron solas.

—Por favor, no te mueras.

Él exhaló en un suspiro largo al tiempo que se inclinaba desde su envergadura de gigante, y se metió en su boca sin prolegómenos. Un instante después fue su cuerpo el que buscó contacto. La abrazó posesivamente, pegándola a él, buscando sentirla y encenderla.

—Tócame —su voz ronca sonó a ruego y orden al mismo tiempo—. Joder, Gill, tócame...

Mucho antes de que Gillian diera rienda suelta a una locura reprimida durante diez años, mucho antes de que sus manos lo tocaran sin ningún pudor, el rugido ya era ensordecedor.

Arrobados en una experiencia cuya intensidad estaba a punto de sobrepasarlos, se saboreaban hambrientos, fundidos en un abrazo total.

A Gillian le parecía que a su alrededor, el fin del mundo ya había empezado y que si no había desparecido tragada por una grieta, era gracias al titán al que se agarraba como si fuera su tabla de salvación.

Hasta que él dejó de besarla.

—Dame un segundo, preciosa —dijo en un suspiro al tiempo que apoyaba una mano contra el árbol.

Ella hundió la cabeza en su pecho y respiró hondo. Ahora su mundo giraba a velocidad vertiginosa y cogerse a él fue puro instinto. Él apretó el abrazo, esbozó una media sonrisa incrédula.

—Joder, esto seguro que podría entrar como deporte de riesgo...

Gillian tardó un siglo en contestar.

El calor del cuerpo de aquel titán era casi tan mareante como el tornado en el que se encontraba. Costaba pensar.

—Pues si cuenta como deporte, entonces he ganado yo, ¿no?

La respuesta de Jason, en cambio, llegó al instante.

Y no fue en palabras.

Sus lenguas se enredaron en besos ardientes aderezados por caricias igual de ardientes y cada vez más intimas, en una sucesión que se extendió durante varios minutos.

—Cuando seas mía va a temblar la tierra —dijo él, su voz apenas un eco lejano.

—Y... —murmuró ella pegándose más a él— ¿cuándo va a ser eso?

Jason suspiró apasionado. Dejó que sus manos bajaran por la espalda femenina, apretando la carne, pegándose a cada curva. La tomó por los glúteos y la levantó del suelo de un solo movimiento, hasta que sus caderas estuvieron al mismo nivel. Entonces, ella le rodeó la cintura con sus piernas y él empujó. Le hundió la lengua en la boca y su cerebro dejó de pensar.

Segundos interminables sintiendo la sangre correr como un torbellino en las venas, oleadas calientes, casi dolorosas, que nacían donde sus caderas se fundían y subían arrasadoras por el centro del cuerpo explotando en el cerebro.

Aturdiéndolo.

Adormeciéndolo.

Al final, ella echó la cabeza hacia atrás, apretó los párpados. Inspiró profundamente una vez. Otra. Concentró toda su energía en la única palabra que consiguió decir.

—Bájame.

Él no obedeció de inmediato.

Con la respiración completamente alterada, la miraba. Una parte de él buscando el más mínimo signo que le indicara que podía continuar; la otra, intentando recuperarse de aquel terremoto emocional que no había sentido nunca antes.

No sucedió ni lo uno ni lo otro.

Jason movió la articulación del cuello varias veces, a izquierda y a derecha, igual que ella le había visto hacer miles de veces cuando entrenaba en el gimnasio. Gillian siguió cada movimiento como hechizada.

—No somos agua y aceite —dijo él después de un rato mirándola en silencio. Aflojó la presión de sus manos que todavía la sostenían por los glúteos. Gillian liberó sus caderas antes de cambiar de idea y él volvió a ponerla en el suelo—. Tú eres dinamita y yo…

Gillian suspiró. No pudo evitarlo.

—Yo soy el que va a hacerla volar… Explosión controlada, lo llaman.

Ella asintió con la cabeza varias veces. "Cuándo", era la única palabra que le venía a la mente.

Y mientras en su cerebro la cosa estaba así de *monotemática*, en su cuerpo estaba…

Caótica.

—Larguémonos de aquí, campeón, ¿vale?

Lo vio echar la cabeza hacia atrás con los ojos cerrados e inspirar profundamente, como si le faltara el aire.

Y en realidad, le faltaba.

Su energía masculina acostumbrada a expresarse a gusto sin contención, acababa de clavar los frenos a instancias de otra tan poderosa como nueva, que no tenía la menor idea de dónde había salido.

Cerrado el paso habitual, ahora le empujaba el diafragma buscando una salida alternativa. Haciendo que cada respiración fuera un suplicio.

—¿Conduces tú? —se las arregló para preguntar.

Ella rió de mala gana, apoyó su cabeza en el brazo de él.

—¿No será mejor que tengas las manos ocupadas?

—¿Y mientras, qué vas a hacer tú con las tuyas? —subió a la moto y la puso en marcha. Gillian se montó de paquete y le rodeó la cintura con sus brazos—, ¿eh?

—¿Yo? Nada —respondió ella, rezumando picardía por todos los poros y un segundo después, dejó que sus manos se deslizaran a lo largo de aquellos abdominales masculinos perfectamente definidos, experimentando el placer de sentir en la yema de sus dedos una firmeza infinitamente mayor que la que durante años había imaginado en secreto.

Él la miró de soslayo y contuvo el movimiento de las manos femeninas con decisión, en una clara indicación de que las dejara quietas, o se atuviera a las consecuencias.

Cuando regresaron a la casa, en el porche no había nadie, pero se veía luz en el salón. Gillian desmontó y se arregló la ropa.

Ahora que la separación parecía inminente, no quería que aquella noche acabara.

—¿Te apetece un café? —invitó, mirándolo con ternura.

Él tampoco deseaba que acabara. No así.

—¿Podemos tomarlo en mi habitación?

Ella negó con la cabeza.

—¿Y en la tuya? —insistió él seductor.

Interiormente pensaba que aquella no podía ser su vida, porque no podía ser él quien a los treinta años empezara a experimentar esa clase de hambre. Por no mencionar, la forma en que su vanidad bajaba el copete ante la perspectiva de irse a la cama sin postre.

—Es la casa de tus padres, Jason —"Oh-oh", pensó él. Ni "Jay", ni "campeón". Ni sonrisas—. Así que siempre que te invite a café me referiré a la cocina y cuando te invite a sexo, *nunca* me referiré a ninguna parte de esta casa, ¿queda claro?

Lo que quedaba claro era que la energía que antes le impedía respirar, había vuelto a virar.

Dirección sur.

Joder, esa mujer era divina.

La sorpresa de los dos fue mayúscula cuando él, con la misma mirada que había estrenado hacía semanas, asintió:

—Lo que tú quieras, preciosa.

CAPÍTULO 21

Sábado, 17 de junio de 2006
Café de media mañana.
Cocina de la casa familiar.

Desde que Mark y Mandy ya no vivían en la gran casa con sus padres, los momentos de reunión familiar se habían concentrado en el fin de semana, y los horarios se habían adaptado con bastante éxito para conseguir reunirlos a todos.

Para Gillian la idea de empezar el día compartiendo el desayuno con toda su familia era insustituible, pero con dos Brady viviendo en sus propias casas y las exigencias laborales de un rancho en verano -en plena producción- esperar reunirlos a todos a las seis de la mañana era misión imposible. Sin embargo, su resistencia a prescindir de ello, la había llevado a sugerir al Gran Cacique, la implantación de una medida de emergencia; un café de media mañana, que sirviera de desayuno a los que se despertaban tarde, y de tentempié a los que se levantaban al alba. Se había inspirado en los "cafés de media mañana" de Mark y Shannon, y la sonrisa del mayor de los hermanos Brady al aprobar la moción, acusó recibo del plagio.

Hoy, cuando no pensaba en lo rara que se sentía después de haber saludado con un pico en los labios a alguien a quien siempre saludaba con una carantoña o una broma, lo pasaba bien.

Bueno, pico fue el de Gillian porque para Jason, a juzgar por el beso de lengua con que respondió, un pico era solamente una herramienta de trabajo.

Le encantaba ver a Mandy tan relajada. El casamiento había relajado su parte belicosa. Ahora, disfrutaba sin reparos de haber sentado la cabeza y de saberse enamorada. Su parte dulce, esa que Jordan decía que "derretía glaciares", había tomado el control. Estaba en paz y Gillian, feliz de verla encontrar el equilibrio.

La próxima paternidad de Mark, merecía párrafo aparte. ¡El sí que era la personificación de la alegría! Era un hombre realizado y lo decía con su seguridad habitual. Le gustaba ver como sus ojos brillaban de amor cuando seguían a Shannon, que a los seis meses de embarazo tenía una panza de nueve.

Una panza que Gillian no perdía ocasión de palpar. Los movimientos del bebé, cuyo sexo la *parejita* mantenía en secreto, eran claramente perceptibles desde hacía más de un mes. Lo encontraba mágico y daba rienda suelta a su ilusión, friéndola a preguntas cada vez que tenía a Shannon a mano y palpando la vida que crecía en su interior.

Y eso acababa de hacer, precisamente. De cuclillas frente a Shannon, Gillian sonreía mientras el bebé se movía inquieto y su madre le contaba que había usado sus riñones a modo de pelota toda la noche.

—Así me gusta —dijo dando una palmadita suave sobre el vientre de Shannon—. En forma, como buen Brady.

Y con esas, ajena a otros ojos que con amor la seguían a ella, ocupó su sitio en la mesa y se dispuso a servirse su sucedáneo de café; una aromática, apetitosa y sana malta.

Levantó su tazón de barro que descansaba boca abajo sobre un plato a juego y miró la rosa roja sin saber muy bien qué hacer. Todo el mundo sonreía cuando ella consiguió, al fin, decir algo.

—Una rosa —miró a Jason, que por encima de su bote de Aquarius, le echaba una mirada risueña mientras bebía—. ¿Celebramos algo?

—¿Hay que estar celebrando algo para que te de una rosa?

Ella exhaló el aire en un suspiro, llenó su vaso hasta el borde de agua y dejó caer la flor en él con actitud resignada.

Desde el día anterior, Jason estaba irreconocible. La tocaba aunque fuera un roce cuando se cruzaban; le daba besos de tornillo aunque estuviera la familia delante...

Y ahora, rosas en el desayuno.

Hacía locuras que no le sonaban nada al chico que ella conocía de toda la vida. Y cuando no, le dedicaba miradas tan gráficas como las de ahora, que le hacían preguntarse cómo es que todavía seguía de una pieza y no se derretía cual mantequilla, dejando un charco pringoso en la esmerada mesa de desayuno que Eileen ponía con tanto cariño para todos.

Y cuando la hacía sentir así de desconcertada, no podía evitar tener la sensación de que ese que estaba ahí no era él. A su Jason lo habían abducido los extraterrestres y en su lugar habían dejado a este romántico, empalagoso y… *desconocido*.

—Me voy —Gillian se puso de pie con tal energía que todos la miraron sorprendidos, especialmente el *quarterback*—. Os veo luego.

—¡Eh! ¿No tomas nada? —Jason se estiró para tomar la mano de su chica—. ¿Le pasa algo a mi afeitado de hoy o qué?

Eileen bajó la cabeza, sonriendo. John miró de reojo a Mark, luego a Mandy y a Jordan. No necesitaba preguntar para saber lo que estaban pensando.

Patty fue mucho más explícita. Jason había sido su ídolo desde el primer momento, y aunque igual que a Gillian la alucinaba ver las reacciones que tenía últimamente, seguía apostando por él. No entendía de amores, pero Gillian y él le parecían el mejor equipo que había visto en la vida.

—Ya voy yo —le dijo la niña a Gillian.

Ella asintió. Qué remedio; se había ofrecido, cortando de cuajo su intento de escabullirse del grandullón desconocido. Era cierto que había que preparar el material para el primero de los dos cursos trimestrales de agricultura biológica que tenían lugar durante los fines de semana en sus dos hectáreas dedicadas a dicho cultivo. También lo era que esa niña seguía aportando una ayuda inestimable al proyecto, pero todavía era temprano.

Patty cogió un plátano y un puñado de almendras, y salió de la cocina.

—¿Afeitado? —dijo Timmy con su picardía de niño—. Está enfadada, tío. Se nota a la legua… ¡Qué habrás hecho...!

Aunque los esfuerzos de todos por tragarse la risa resultaron evidentes a Gillian, fueron vanos; al instante, se desternillaban.

Jason seguía mirándola con la misma expresión de zopenco enamorado tan poco propia del titán que conocía, y ella…

Gillian suspiró resignada, dejó que él tirara de su mano para atraerla hacia él.

—Tu afeitado está perfecto como siempre, Jay.

Lo peor de todo era que aunque a su Jason lo hubieran abducido, este era igual de arrasador. Se inclinó hacia él, le dio un beso en los labios que duró lo que un suspiro. Luego, liberó su mano y se dirigió a la puerta.

Jason se quedó mirándola con los ojos brillantes.

"¿Qué coño pasa? Por Dios, Gillian".

Jordan lo vio salir detrás de su princesa y meneó la cabeza.

—Verlo para creerlo —se limitó a decir con una sonrisa incrédula en la cara.

—*Eso* —replicó Mandy poniéndose de pie—. Esto no me lo pierdo.

Al instante, entre risas y comentarios, todos se apretujaban contra la ventana para no perderse nada.

◆ ◆ ◆ ◆ ◆

"¿Te espera algún Romeo en los establos o qué?", escuchó que le decía al tiempo que su *manaza* caliente la tomaba de un hombro.

Gillian se volvió.

Afeitado perfecto. Camisa azul marino arremangada, los tres primeros botones desabrochados. Vaqueros del mismo color, razonablemente ceñidos. Mocasines de flecos.

Portento de hombre.

Inmenso. Fuerte. *Bestial.*

Y haciendo memeces como si fuera el doble de Jason.

El doble memo.

—El único Romeo que podría esperarme en algún sitio de este rancho tiene una orden de alejamiento de un kilómetro —respondió, burlona.

—Que por su bien espero que respete al centímetro —se cruzó de brazos—. ¿Qué pasa, Gill?

—Nada. Doy una clase en quince minutos, me tengo que ir…

El la miró con cara de "ya, y yo me lo creo" lo que hizo que ella sonriera. ¿A quién pretendía engañar? Puede que él estuviera irreconocible, pero ella seguía siendo la misma de siempre.

—Me hace sentir rara que hagas esas cosas delante de todos...

Era una excusa y así sonó.

Su amigo del alma, sin embargo, habría captado el mensaje.

—Que te bese Jason Brady no puede ser tan malo. Seguro que te acostumbras.

Y este era un ataque de vanidad y así sonó.

Gillian decidió que lo mejor era marcharse. Le ofreció su mejor sonrisa de plástico.

—Seguro que sí. En fin... Te veo luego, ¿vale?

Él volvió a detenerla por el hombro. Esta vez, Gillian tardó algo más en darse la vuelta y cuando lo hizo, a pesar de su habitual tono gentil, Jason tuvo claro que en el fondo de aquellos ojos de pestañas tupidas empezaban a desatarse tempestades.

Pero no se arredró.

—Luego *¿cuándo?*

—Acabo a las seis —aclaró ella, y sonrió con segundas—. ¿Puedo irme ya?

Él asintió masculino y ella se puso en marcha. Pero no había dado más de cinco pasos cuando él volvió a hablar.

—¿Me reservas la noche?

Memo perdido. Definitivamente.

Gillian se volvió por tercera vez. Desanduvo el camino hasta él con una sonrisa de foto.

Él esperó la explosión con otra por el estilo.

—Depende.

—De qué —dijo él, haciendo los honores. Cada vez que se acordaba de ella diciéndole que "eran agua y aceite", se le reía el cuerpo. No eran distintos, en absoluto. Al contrario, encajaban a la perfección.

—De cómo vaya la tarde.

Él asintió con la cabeza.

—Va ir de maravilla. ¿Me reservas la noche? —insistió.

Una gran sonrisa iluminó la cara de Gillian que a él le gustó muchísimo hasta que la vio negar con la cabeza.

Entonces le gustó veinte veces más. Toda ella, no solo su sonrisa.

—No se admiten reservas —volvió a ponerse en marcha—. Pasar la noche conmigo es un privilegio de *poquísimos* —le guiñó un ojo—. Tú esmérate, campeón, y después ya veremos...

La primera reacción de Jason fue física. Una descarga brutal se clavó en su entrepierna poniendo la situación rayando en lo insostenible.

La siguiente fue mental, aunque no del cerebro inteligente. Ella había dicho "poquísimos". ¿Cuántos, exactamente? ¿Cuántos habían amanecido junto a esa mujer que era solo suya? La imagen del único que intuía lo había hecho, le hizo apretar la mordida.

Rabia y celos se mezclaron en un veneno que le intoxicó la sangre.

Y lo impulsaron a la acción, buscando neutralizar el efecto.

Cuando Gillian sintió su mano en el hombro se volvió sorprendida.

Pero no llegó a decir nada.

Él la elevó por la cintura, rodeándola con un solo brazo, enterró una mano en su pelo y le sujetó la nuca mientras labios y lengua se adueñaban de su boca en un beso muy caliente.

—Eres *mía* —murmuró—. No te quepa ninguna duda de que me voy a esmerar.

Cuando volvió a dejarla en el suelo, ella seguía en *shock*. Solo atinó a suspirar.

Y la autoestima de Jason traspasó la estratosfera y siguió subiendo.

—Hala, ve y bórdalo, guapa —dijo seductor, justo antes de encaminarse de regreso a la casa.

Gillian se quedó mirando cómo se alejaba, incapaz de apartar los ojos.

CAPÍTULO 22

Aquel mismo día, más tarde.
Cabaña de pesca, junto al río Ouachita
Camden, Arkansas.

Jason pensaba mejor bajo presión. Era uno de esos afortunados del mundo que se crecían ante la adversidad, haciendo gala de un talento creativo poco corriente. En el deporte, le había dado triunfos que en principio parecían improbables. En la relaciones sentimentales, estaba testando el terreno con bastante éxito; Gillian no había contado con semejante puesta en escena.

Los hombres siempre le habían parecido bastante previsibles: todos buscaban entrar al cuerpo a cuerpo y lo que variaba, dependiendo de la seguridad en sí mismos, era si usaban atajos para llegar antes, o no. Teniendo en cuenta el tamaño del ego de Jason y su afirmación de "no te quepa la menor duda que voy a esmerarme", una noche de baile y locura en Little Rock, a ella no le habrían extrañado en lo más mínimo.

Pero no. Cuando volvieron a verse, cerca de las siete, él lucía imponente como siempre, pero no iba vestido para deslumbrarla. Tampoco había forzado la cercanía escogiendo la moto como vehículo, sino el caballo. Cada cual el suyo.

Y ahora estaban en la vieja cabaña de pesca, que, evidentemente, se había tomado el trabajo de limpiar a fondo de polvo y telarañas de un lustro, mientras Jason hablaba de algo que Gillian no atendía porque no dejaba de preguntarse si era por exceso de confianza que ni siquiera se molestaba en sacar la artillería pesada.

O peor aún, si que no la sacara era una confirmación más de que ese que estaba ahí, no era él.

—¿Por qué aquí? —preguntó Gillian.

Acababa de dejarlo con la palabra en la boca, lo que a él le confirmó que aunque en cuerpo estaba ahí, su mente llevaba un buen rato completamente sumergida en otras historias.

—¿Por qué no? —contestó seductor. Notó que ella lo miraba con picardía. Desde la destartalada mesilla que había frente a él, lo estudiaba.

Ella no contestó inmediatamente. Se inclinó hacia el viejo sofá de fieltro donde Jason estaba sentado y le tomó la cara entre sus manos.

—¿Sabes ese beso que me iba a gustar? —murmuró Gillian y le dio un ligero beso en los labios. Él se estremeció—. Pues, me gustó —volvió a besarlo y él, a estremecerse— *muchísimo*.

Jason la hizo sentar a su lado. Luego le pasó un brazo alrededor del hombro, estrechándola contra su cuerpo.

—Eso está bien —murmuró buscando sus besos, suavemente.

Y tan bien. Sus formas directas y claras lo excitaban.

Gillian volvió a tomar su cara entre las manos.

—Sí, pero que me hagas la pelota *no me gusta*.

Jason se apartó un poco para mirarla. Ella sonrió. Era una sonrisa que él conocía muy bien, una que normalmente lo divertía, pero que esta vez no tuvo ese efecto. Se puso de pie farfullando un "chorradas" que la hizo sonreír aún más.

Y a él, cabrearse mucho más. Esa mujer tenía tanta facilidad para ponerlo a mil, como para enfriarlo.

Gillian lo siguió con la mirada. Él había cogido una bebida isotónica de la nevera portátil y ahora estaba devuelta en el sofá, bebiendo de la botella.

Mirándola con los ojos brillantes y una expresión mucho más seria.

—Quieres ablandarme —repitió ella con ternura.

Era la segunda vez que le oía decir eso. Jason miró un instante hacia la ventana donde el cielo empezaba a llenarse de nubes que ocultaban el sol, y luego dejó la botella sobre la mesilla. Se acomodó en el asiento. La primera, lo había dejado correr; ésta, no.

—¿De verdad crees que me hace falta? —preguntó con actitud desafiante.

Gillian no pudo evitarlo. Sus ojos empezaron a recorrerlo, músculo por músculo. Solo que esta vez, cuando su mente soltó el mensaje de alarma, sencillamente, lo ignoró.

Miró con avidez.

Se regocijó en aquel rostro armónico y a la vez masculino, de barbilla firme y afeitada siempre con tanto esmero. En esos brazos de músculos *hiperdesarrollados*, perfectamente delineados que descansaban extendidos sobre el respaldo del sillón... Todo él era una visión imponente que la camiseta negra que llevaba, tan pegada al cuerpo como sus tejanos, no hacía sino realzar.

Pero no solo había fortaleza en Jason, también una sensualidad espectacular. Una que a Gillian le había resultado siempre muy tentadora.

Y ahora, mucho más.

No, no le hacía falta ablandarla. Nadie, nunca, había conseguido llegar a esa parte vibrante y secreta de ella de semejante manera.

Directa, instantánea.

Cuando los ojos de Gillian volvieron a los de él, ambos se estremecieron.

—No —respondió, y se acercó a él. Jason la siguió con la mirada mientras ella se sentaba a horcajadas sobre sus piernas, sacaba una barrita energética del bolsillo lateral de sus pesqueros y la pelaba—. No te hace falta ablandarme. Pero es lo que estás haciendo desde que te dije que sí.

¿Eso creía? Él sonrió socarrón. Lo que buscaba, lo que quería ver en esos ojos color miel era locura. Que no se pensara nada. Que no sintiera miedo. Que no tuviera dudas. Y estaba decidido a hacer lo que fuera para conseguirlo...

—Después de *un mes* —añadió él, desafiante.

—Y podrían haber sido doce más —dijo presuntuosa, y le acercó la barrita de cereales a la boca. Él dio un bocado. "¿Doce qué? *¿Milisegundos?*" le dijo con los ojos.

—Sí —insitió ella—. Tengo el mismo miedo que tenía ayer, las mismas dudas, pero sé de lo que eres capaz cuando se te mete una idea entre ceja y ceja... Y me has puesto en el punto de mira. Así que —volvió a acercarle la barrita a la boca—, ¿qué sentido tenía seguir dándole vueltas al tema?

Jason dio otro bocado. El mensaje de sus ojos ponía textualmente: "a otro perro con ese hueso".

Gillian sonrió incrédula, meneó la cabeza. Qué sabría él...

—Me he pasado los últimos diez años admirándote y cerrando a cal y canto la menor emoción... No necesito *nada* para saltar como el champán cuando le quitan el corcho y aunque la espuma de mi pasión salpique todas las paredes, sigo teniendo el mismo miedo y las mismas dudas.

La imagen que las palabras conjuraron en su mente, lo hicieron estremecer. E iban…

—Esta vez no es solo sexo, Jay, que de por sí ya tendría sus bemoles —continuó ella con ternura—, esta vez están en juego tu corazón y el mío… Podríamos hacernos polvo. Y yo me moriría de tristeza si te hiciera daño…

"*Guau*, nena" fue el primer pensamiento que ocupó su mente. El segundo no pasó la censura.

Suavemente, tomó un mechón de su cabello en un intento de darle a la bestia algo con que entretenerse, y procuró concentrarse.

—Vamos a ser una pareja alucinante. Ya lo somos —dijo él con sus formas seguras— y como tengo un ego tamaño elefante quiero ver la espuma de tu pasión pringándolo *todo*, no solo las paredes…

Ella sonrió divertida y como excusa para liberarse del tacto de esa mano que la ponía más nerviosa de lo debido, se apartó el pelo de los hombros.

—Para ser completamente franco contigo —continuó él, acercándose sensualmente—, lo que quiero de verdad es ver cómo te desmayas de gusto y el rastro de espuma desborda el río.

Gillian escondió detrás de una sonrisa burlona, el torrente de sensaciones que se apretujaban en su piel por salir primero. Volvió a acercarle la barrita a los labios.

—Entonces come. Vas a necesitar toda tu energía.

Jason asintió, aumentó la presión de sus manos en un gesto de aprobación.

—Eres una *pasada* de mujer, ¿sabes?

—Come —insistió la "pasada" de mujer, a punto de derretirse—. Yo voy a hacer café.

Él comió tres barritas y dos manzanas. Ella hizo malta, su versión sana del café, en un hornillo de camping. Fuera, el cielo estaba negro y el viento movía las ramas de los robles anunciando una buena tormenta de verano.

Gillian miró alrededor. La cabaña parecía otra. Nunca se había usado como vivienda propiamente dicha y las cinco camas, una individual y dos literas dobles, que aún seguían junto a la puerta del baño solo habían servido para el reglamentario descanso de los hermanos y sus amigos cuando eran pequeños. Por lo demás, contaba con el equipamiento básico necesario para hacer más cómodos los innumerables fines de semana de pesca que la familia había compartido, y desde luego, hacía años que no la veía tan limpia y ordenada.

—No imaginé que te referías a esto cuando dijiste que te ibas a esmerar —lo pinchó. Notó que sobre una de las camas había dejado unas mantas y un edredón de plumas—. ¿Pensaste que tendríamos frío? —añadió, mirándolo con picardía.

Jason sonrió. ¿Frío? Seguro que no. Negó con la cabeza.

—¿Entonces?

Él se deslizó hacia abajo en el sofá, estiró sus piernas y las cruzó una sobre otra. Ella le gustaba. Más cada segundo. Le gustaban sus formas tiernas y a la vez pícaras.

—Bueno, pensé que igual te daba corte —volvió a mirarla. La expresión de ella había cambiado: ahora tenía muchísima picardía—. Si te da el ataque de vergüenza, te lo echas sobre los hombros y listo.

—¿Vergüenza? —repitió con voz suave. Jason asintió sonriendo—. Bien pensado.

Ni Gillian era vergonzosa, ni el edredón estaba allí por eso.

Él sabía que ella era de las que hacían las cosas a fondo, con vergüenza o sin ella.

Con miedo o sin él.

Y ella, que él lo sabía. Y si había tenido alguna duda al principio, ya no la tenía. El edredón que había sobre la cama no era uno cualquiera: se lo había regalado ella hacía años, y él lo cuidaba casi tanto como a su Harley.

Por una vez en la vida, aquel gigante estaba poniendo su inteligencia superdotada al servicio de sus necesidades más básicas; el muy cabrito estaba "construyendo el momento".

Verlo para creerlo.

Qué listo.

Y qué tierno.

Jason la siguió con la mirada. La vio ponerse de pie, caminar los tres metros que separaban el sillón de la cama y volver hacia él con el edredón de plumas.

Lo dejó en una esquina del sofá y se acercó a él.

—Por las dudas que me dé un ataque de vergüenza… —explicó con una sonrisa despreocupada, y se sentó sobre las piernas de él, obligándolo a que las recogiera y las descruzara.

La mirada de Jason se volvió brillante.

—¿Qué prefieres que haga primero? —continuó ella, con voz suave—. ¿Empiezo por ti… o por mí?

Jason no contestó. No podía. En un minuto había pasado de estar "calentando motores", a estar "listo para el disparo" con una presión dolorosa en el bajo vientre.

Desde aquella primera noche, hacía meses, que él se había permitido mirarla con ojos de hombre, en su cabeza, cada vez había ido más lejos a pesar de las prohibiciones que se auto imponía. Aún así, en su mente había besado cada centímetro de su piel montones de veces. Había imaginado cómo sería sentir la presión de esos pechos firmes contra sus manos, cómo serían de calientes y suaves sus muslos…

Había deseado tanto que llegara este momento…

—De acuerdo —susurró ella como si le hubiera leído el pensamiento, y empezó a desabrocharse la camisa.

Jason respiró hondo. Instintivamente, deslizó una mano hacia su propia entrepierna. Gillian se esforzó por concentrarse en lo que hacía y dejar de mirar aquella mano que, provocativa, se movía sobre la bragueta, donde la cremallera parecía a punto de estallar.

Algunas veces, sus movimientos eran tan amplios, que ella sentía la punta de sus dedos, furtivamente, tocándole la pierna.

—El último es tuyo.

Jason negó con la cabeza, mantuvo la mirada.

Gillian desabrochó el último botón. Se abrió la camisa y dejó que se deslizara por sus brazos hasta el suelo. Y además del calor que sintió subiendo por el cuello y abrasarle la cara, solo fue consciente de una cosa; la mano de él ya no se movía. Descansaba sobre su pierna, igual que la otra.

Tragó saliva y aguantó el tirón con el corazón a la carrera. Vio que la mirada de él se desplazaba lentamente hacia abajo, y que él respiraba hondo y se humedecía los labios, a veces mordiéndolos suavemente. No pudo evitar pensar que habría dado una fortuna por saber lo que él estaba pensando en ese momento.

Pero Jason sentía más que pensaba. Tenía el cerebro encharcado en testosterona, literalmente.

Incansable, recorría con los ojos las curvas delicadas de sus pechos que el sostén negro realzaba, como si no quisiera perderse ningún detalle.

—Quítatelo —su voz sonó más grave de lo habitual. Gillian se dio cuenta de que el calor húmedo que sentía en sus piernas, era sudor. Pequeñas gotitas se descolgaban de la frente del *quarterback*. Algunas seguían su trayectoria a lo largo del cuello; otras caían de la mandíbula directamente sobre sus piernas.

Ella, enternecida, le ofreció su camisa. Él se secó el rostro, y la dejó a un lado. Volvió a mirarle los pechos y luego, los ojos. Tácitamente le repitió que se quitara el sostén.

Cuando ella lo hizo, Jason no movió ni un solo músculo de su cara, pero su mirada se tornó caliente.

"Dos millones por tus pensamientos, palabra por palabra".

Las supo. Y no tuvo que pagar por ellas.

—¿Sabes qué me apetece? —murmuró él con la voz completamente alterada.

Fuera tronaba y, por momentos, el cielo se iluminaba con los relámpagos.

Jason también tronaba. Se sacudía.

¿O era ella?

Eran los dos.

—¿Besarme? —preguntó con un hilo de voz.

Lo vio negar con la cabeza varias veces. Sus ojos subieron lentamente hasta encontrarse con los de ella.

Y se quedaron ahí.

—Chuparte. *Entera*.

Gillian esbozó una sonrisa suave de puro nervio.

—¿Cómo si fuera un helado de chocolate? —susurró, consciente de que debía lucir mejillas de payaso.

Él volvió a negar con la cabeza, sus manos le apretaron los pechos posesivamente.

—Como si fueras la mujer más bestial del universo conocido y el que se está por descubrir….

Ella, instintivamente, tiró de la camiseta masculina, instándolo a quitársela. Jason obedeció.

—Como si yo fuera un tío de sangre *muuuy* caliente que lleva años colgado de ti, y semanas, loco por meterte mano… —dijo con urgencia mientras la hacía ponerse de pie manipulando los pesqueros de Gillian y se los quitaba de un tirón, llevándose la ropa interior al mismo tiempo.

Ella no se quedó atrás. Con torpeza apasionada, empujó a Jason a Jason para que volviera a sentarse. Luego, apoyó una rodilla sobre el asiento del sillón, y se concentró en desabrocharle el cinturón. Él se ocupó del botón y la cremallera. Luego, elevo las caderas y dejó que ella le quitara los tejanos.

Cuando lo hizo, él se quitó los *boxers*.

Volvió a descansar los brazos extendidos sobre el borde del respaldo y la miró, ardiente, esperando la misma aprobación que estaba acostumbrado a recibir de las de su sexo.

Gillian dejó que sus ojos descendieran por aquel cuerpo alucinante.

De matrícula.

En ese preciso instante, diez años le parecieron una eternidad.

Lo mismo que tardó en dejar de regocijarse en aquel poderío y volver a sus ojos para dejarle saber que en una escala de uno a diez, lo aprobaba con quince.

Lo que vio en la mirada masculina la hizo estremecer.

Tanto como lo que le oyó decir.

—Quiero chuparte hasta que te deshagas...

Hizo una pausa durante la cuál ella cerró los ojos. Respiró profundamente varias veces, intentando volver a encontrar su centro.

—Pero te prometo que a lo que quede de ti después, si queda algo, me lo como a besos... —añadió el *quarterback*.

Gillian abrió los ojos, enfocó en él. Vio que aquellos dos trocitos de cielo se iluminaban en una sonrisa tierna que cortó una intensidad a punto de hacer saltar los fusibles, poniendo humor en la cara de los dos.

Él la abrazó, la meció con suavidad. Entonces, un ruido ensordecedor hizo vibrar los cristales y el cielo se iluminó.

—¡Vaya zambombazo! —Gillian se incorporó y tiró de él hacia la ventana.

Llovía torrencialmente.

—Me quedé corto.... —dijo él, apretando el abrazo.

Gillian movió la cabeza sobre su pecho un poco para poder verlo mejor.

—¿Tú? —él asintió; ella añadió con suavidad—: Eso es imposible.

Esa mujer sabía qué decir. Y cuándo. Y también, cómo. Sabía darle a su voz la modulación correcta para que sonara justamente como a él le gustaba; sensual pero creíble, dulce pero no inocente. Sabía mirarlo y hacer que él se sintiera el mejor.

—Esta vez sí —miró de reojo hacia afuera donde llovía como si fuera el fin del mundo—. No solo la tierra va a temblar.

—¿Qué más va a temblar? —preguntó ella, apenas en un murmullo.

Jason la empujó suavemente contra la ventana. El contacto helado del vidrio contra la piel le produjo un escalofrío que la recorrió entera. Cuando sus miradas volvieron a encontrarse, él se imponía con su cuerpo, provocándola y le decía con los ojos todo lo que iba a temblar y cuánto.

—¿Hay algo que quieras decir antes de desmayarte? —susurró Jason mientras le mordisqueaba el lóbulo de la oreja.

Dios...

—Sí —Gillian buscó sus besos con avidez. Los brazos de él la rodearon por completo. Lo sintió estremecerse y con cada estremecimiento de aquel titán, cada poro de su piel se abrió en una explosión de sensaciones intensas como nunca antes. Tan poderosas que casi la dejaron sin aliento. Hizo un esfuerzo consciente de hablar mientras aún podía—. Llévame a la cama y no pares.

Durante una fracción de segundo solo fue consciente del brillo salvaje en aquellos ojos azul claro. Pero un instante después, fue como si una oleada de fuego la envolviera provocándole un placer inconcebible cuando el abrazo de Jason se volvió posesivo y su lengua se coló en su boca, apasionada, forzándola a una máxima apertura.

Aturdida, sintió que la levantaba en volandas y luego, el contacto de las sábanas contra su espalda y el calor abrasador del cuerpo de Jason sobre ella, dentro de ella. Intentó abrir los ojos y enfocar pero no pudo.

Ardía. Temblaba. No podía pensar con claridad. Le costaba respirar...

Y todo a su alrededor se agitaba con una pasión inusitada y violenta.

Como si estuvieran rugiendo las mismísimas entrañas de la tierra.

Como si todos los volcanes del planeta hubieran entrado en erupción al mismo tiempo.

Como si...

CAPÍTULO 23

Lunes, 19 de junio de 2006.
Casa de Shannon y Mark.
Rancho Brady.
Camden, Arkansas.

Estar juntos había sido increíble, pero tan pronto Gillian abrió los ojos por la mañana, la conciencia regresó; era lunes, estaba en su propia cama en la que había dormido sola toda la noche, y en poco más de un hora se sentaría a desayunar frente al hombre del que estaba enamorada, con quien además acababa de compartir el mejor sexo de su vida. La sola idea de saberse tan vulnerable y tan convencida de que él acabaría rompiéndole el corazón, le preocupaba más cada día que pasaba.

Además, no había esperado que él fuera un buen amante. Era demasiado engreído y por lo que sabía de su propia boca, demasiado cómodo para esforzarse también en eso.

Claro, que ahora ya sabía a qué se refería realmente Jason aquel día, al decirle que a ellas les gustaba sentir "el poder" en sus manos.

Menudo poder.

Pero, contrariamente a lo que él mismo le había dicho, también había resultado ser un hombre de manos muy lentas. Al menos con ella.

La había tenido medio fin de semana flotando entre nubes, así que si antes se moría por verlo, ahora además, se moría por repetir experiencia.

Vulnerable total. Loca por él.

◆ ◆ ◆ ◆ ◆

Era mutuo.

La vehemencia no era algo nuevo en la vida de Jason, lo que había sentido al entrar en ella, sí.

Había sido poderoso y único, una fuerza arrasadora que lo impulsaba a más, a fundirse con ella como si solo así, y solo entonces, pudiera liberarse en paz.

Y también estaba lo que sentía después de tenerla. Era más que satisfacción, más que sentirse momentáneamente saciado.

Era perfecto. Real. Como si así hubiera sido siempre. Solo que entre ellos nunca había así antes. Y de esto también quería más. Era una sensación extraordinaria que necesitaba volver a sentir.

Pero cuando Jason entró en la cocina, ansioso por comprobar si todavía quedaban rastros en su mirada de lo que habían compartido, sus padres estaban allí desayunando, pero Gillian no.

Los corcovos de su amor propio fueron tan grandes como su decepción. Y lo fueron mucho más aún cuando sobre las diez, acabada la primera parte del entrenamiento, Jason se dio un baño, repuso fuerzas y se fue al sector agrícola, a ver si daba con ella y tampoco tuvo suerte. Ni rastro de Gillian por ningún lado.

Se disponía a desandar el camino de regreso a casa, cuando vio que Mark se acercaba en su monovolumen.

—¿Qué hay? —preguntó Mark, deteniéndose junto a Jason, en el camino—. ¿Dando un paseo?

—Buscaba a Gillian...

Mark sonrió. Su fin de semana romántico en la cabaña estaba en boca de todos.

—Igual todavía está en *shock*.

—Igual no es de tu incumbencia, capullo —replicó Jason.

La sonrisa de su hermano se hizo más grande.

—Venga, sube que te llevo con tu chica.

—¿Y cómo es que tú sabes donde está y yo no? —preguntó Jason cuando ya se había subido al coche.

—Porque yo no la he visto desnuda, chaval. De mí, no tiene por qué esconderse...

¿Esconderse?

Jason lo miró, pura ironía. Bueno fuera que después de tantos años, por no mencionar el espectáculo en tecnicolor de la cabaña, ahora ella sintiera la necesidad de esconderle algo.

◆ ◆ ◆ ◆ ◆

Gillian no se escondía.

Pero evitaba a Jason. Y la petición de Mark de acompañar a Shannon a la ciudad para recoger los resultados de los últimos análisis de sangre y llevárselos al médico, le había venido como anillo al dedo. El remolque con caballos que esperaba para las siete de la mañana, avisó que llegaba con retraso. Mark no podía acompañarla y desde el principio del embarazo, se había negado a que su mujer fuera sola en el coche.

Y además, Gillian valoraba mucho la ocasión de poder charlar con Shannon. No solo porque en muchos sentidos se parecieran, sino, especialmente, porque esperaba un hijo; sus emociones, sus comentarios eran lo más cerca que Gillian estaría jamás de algo así.

—¿Tienes tiempo para un café? —ofreció Shannon dirigiéndose a la cocina—. Es *bio*.

Acababan de regresar al rancho y volver a ver a Jason era inminente, así que sí, un café le vendría que ni pintado.

Poco después, las dos mujeres charlaban sentadas a la mesa de la cocina, con sendos cafés. Gillian, para variar, no había parado de hacerle preguntas sobre cómo se sentía, si el bebe la seguía despertando por la noche, si las *pataditas* dolían...

—Pido la vez —dijo Shannon, sonriendo—. ¿Puedo preguntar yo ahora?

Gillian asintió con la cabeza. Jason y ella habían desaparecido, literalmente, durante un día y medio. No le extrañaba nada que hubiera preguntas.

—¿Por qué no puedes tener hijos?

Pero esta pregunta no la había esperado. Y por raro que fuera, era la primera vez que tenía que contestarla. Todos los Brady sabían que no podía tener hijos, pero no sabían el porqué. Ella nunca lo había explicado con detalle, y ellos, se habían limitado a respetar su silencio.

—Porque el mismo tejido que recubre el útero y se supone que solamente debería estar ahí, está... por todas partes. No hay sitio para un bebé, eso suponiendo que un espermatozoide fuera lo bastante osado para lanzarse a la aventura de atravesar semejante jungla y —sonrió— lo consiguiera.

—Tus reglas deben ser un suplicio... —dijo Shannon incapaz de imaginar el dolor.

Lo eran, pero no tanto como saber que nunca sería madre.

—¿Y a qué mujer no le duele...? No se lo digas a Mark, ¿vale?

Shannon asintió. No era en Mark en quien pensaba, sino en Jason.

—¿Por eso le dabas largas?

Ella sonrió de mala gana.

—Es un tema complicado... Digamos que le he dado largas porque no creo que realmente estemos hechos el uno para el otro, por ponerlo en plan romántico.

Claro que lo estaban. Eran dos mitades que encajaban a la perfección y cualquiera con dos ojos funcionales en la cara, podía verlo claramente cinco segundos después de estar con ellos. Pero una de las mitades, evidentemente, era corta de vista.

—¿Por qué no?

—Porque si fuera así yo podría darle hijos y no puedo. Las señales siempre están ahí. Solo hay que tener el valor de verlas.

Shannon no estaba de acuerdo. Y además, por más importante que fueran los hijos para los hombres Brady, estaba completamente segura de que aquello era lo último en lo que pensaba Jason. Cuando él miraba a Gillian, en sus ojos había, inconfundiblemente, amor.

La llegada de los dos hermanos interrumpió la conversación.

Lo primero que le llegó a Gillian de Jason, fue su voz —conversaba con Mark— y solo eso fue suficiente para que se le hiciera un nudo en el estómago de los nervios. Inconscientemente, corrigió su postura en la silla y se apartó el cabello de los hombros.

Y lo siguiente que recibió de él, fue su mano y su beso con diferencia de segundos lo uno de lo otro.

—Hola, nena, ¿dónde estabas? —preguntó él al tiempo que se sentaba frente a ella.

Shannon se puso de puntillas para darle un beso a Mark.

—¿No se lo has dicho? —murmuró sobre sus labios.

Estaba claro que no.

Mark le guiñó un ojo a Gillian y un instante después se puso a conversar con su mujer.

—Shannon tenía que recoger los resultados de unos análisis y Mark no podía ir, así que me ofrecí —explicó Gillian.

Jason asintió. Ahora que la tenía delante, lo último en lo que pensaba era en dónde había estado. En realidad, no pensaba. Solo la miraba, con su blusa negra y su pelo suelto...

Divina.

—Guapa —le dijo con ternura.

Luego, se acercó y le dio otro beso más largo, mirándola mientras la besaba.

—¿Tienes un rato libre?

Gillian se apartó suavemente y se dedicó a observarlo mientras él sonreía anticipando lo que vendría. La mayoría de las veces, él conseguía descolocarla con sus reacciones melosas. Pero había otras, como ésta, en la que podía reconocer al ex-amigo del alma hablándole como hombre. Era igual de entrañable, pero increíblemente más sensual. Encontraba imposible resistirse a seguirle el juego.

—¿Cómo de largo es el rato que tienes en mente?

Él movió los labios en un gesto dubitativo.

—Un hora sería gloria bendita —su sonrisa de ganador hizo aparición—. Pero con cinco minutos va que chuta.

Vaya, vaya...

—Un poco poco, ¿no te parece?

—Suficiente —respondió él con toda su seguridad—. ¿Probamos?

¿Por qué los hombres pensaban que para las mujeres podía ser grandioso algo que solamente duraba segundos, por más espectacular que fuera? Eso, por no añadir que no había esperado que uno con el tamaño de Jason, le propusiera llevar a cabo una operación tan delicada en tiempo olímpico.

Con él iba de sorpresa en sorpresa.

Gillian meneó la cabeza, se acercó hasta que sus narices se rozaban y le habló bajito.

—Para que me apunte a un "rapidito" *también* vas a tener que esmerarte, campeón.

Vale, pero besarla lo tenía servido y no se lo pensó dos veces. Aunque no duró mucho porque su móvil empezó a sonar.

Atendió sin dejar que ella se apartara y un segundo después, cuando Jason reconoció la voz de quien llamaba, lamentó que ella no estuviera más lejos.

Gillian no le dio tiempo a más elucubraciones, le acarició la nariz suavemente y se puso de pie, dispuesta a irse.

"Un momento" dijo Jason al teléfono, apartó el aparato de su oreja.

—¿Comemos en el río?

Gillian asintió. A continuación, se despidió de Mark y Shannon, y se marchó.

Habría reconocido aquella voz entre un millón aunque le hubieran tapado un oído.

Igual que reconocía, sin la menor sombra de duda, el dolor que sentía en el pecho.

Era su corazón que había empezado a romperse.

◆ ◆ ◆ ◆ ◆

La llamada de Victoria pronto se había convertido en una conversación con un interlocutor diferente; Richard Evans, el director deportivo de los Tigres de Arkansas. Y Jason, sin salir de su asombro, escuchó cómo le hacían una oferta de trabajo en el último lugar que habría imaginado, la cocina de casa de su hermano.

—*Disculpa lo inusual de la llamada, pero ya conoces a Victoria... No acabas de pensar en voz alta, que ella ya lo está organizando todo... La cuestión es que me enteré que has dejado a los Dallas y me preguntaba si ya tienes otra cosa en vista o puedo tentarte con nuestro proyecto. ¿Qué te parece?*

¿Qué le parecía *qué*? Se había retirado del fútbol. No jugaba para los Dallas Cowboys ni pensaba hacerlo para ningún otro equipo.

—No tengo nada en vista.

Aparte de una mujer divina de pelo larguísimo, pero eso era harina de otro costal.

—*¡Estupendo! ¿Entonces por qué no te das una vuelta por Little Rock, así ves las instalaciones del club y hablamos del tema? ¿Qué te parece mañana, sobre las once?*

—Te agradezco el interés, Richard pero está decidido. Tuve que elegir entre mi hombro y el fútbol, y aunque te aseguro que no fue fácil, ganó mi hombro. No voy a volver a jugar.

Los ojos de Jason se cruzaron fugazmente con los de Mark y Shannon que ahora prestaban atención a lo que él hablaba.

—*Por supuesto. Además, por más que somos un club bien fundado -de fondos no solo de fundamento-, no estamos en condiciones de pagar esa fortuna por un jugador. No, Jason, nos interesa que entrenes a los Tigres y estamos dispuestos a poner una buena cantidad sobre la mesa de negociaciones.*

¿Entrenar al equipo? Pero ¿de qué iba toda esa historia...? Evans se le adelantó.

—*El móvil no es la mejor forma de hablar de esto, pero quiero que vengas y sé que para decidirte a hacerlo, vas a querer más información, así que escucha. Hay otros dos candidatos, que conoces, con curriculos excelentes. Cualquiera de ellos tendría el visto bueno del consejo de dirección y si no me queda más remedio, tendré que elegir a uno. Entre nosotros, no creo que nos sirvan ahora. Los Tigres, ahora mismo, es un equipo con más juventud que juego. El noventa por ciento de la plantilla son chavales... Buenos, sí, pero con muy poca experiencia y ninguna disciplina. Lo que necesitamos es alguien que se salga del libreto, que cree un juego diferente, uno que nos mantenga en la tabla hasta que el equipo se asiente, ¿me entiendes? Y un tipo que es capaz de conseguir que un puñado de ex-drogadictos le plante cara a los Bulls de Tennesee, es exactamente el que necesitamos.*

Jason sonrió al recordarlo. Desde luego que les habían plantado cara.

Lo que menos se habrían esperado los veinteañeros *fortachones* que componían el equipo universitario de la Tenneesse State, era perder en un torneo exhibición jugando contra un equipo aficionado, todos ex drogadictos en rehabilitación.

—Vale. Escucharé tu propuesta, pero suponiendo que me interese lo bastante como para considerarla, voy a querer tiempo para pensármelo, ¿está claro?

Especialmente, para pensar cómo iba a decirle a su chica que seguirían viéndose por móvil, idea que, intuía, a ella le gustaría tan poco como a él.

La voz de Evans mostró claramente que estaba sonriendo cuando dijo:

—*Te va a interesar. Y sí, está claro. Te espero mañana a las once.*

Primero la llamada de Victoria y luego aquel "tenemos que hablar" de Jason, frase mundialmente conocida por su terrible reputación... Pero cuando echa un manojo de nervios, Gillian apareció en el punto de encuentro, la cocina de la gran casa familiar, lo que encontró fue una sonrisa inmensa dándole la bienvenida.

Bueno, en realidad lo que le dio la bienvenida en primer lugar fue la visión de un hombre impresionante...

De espaldas.

Y aunque Gillian se la sabía de memoria -llevaba años admirándola-, ahora la encontraba de escándalo. Empezaba marcando poderío con unos hombros de coloso y acaba en dos nalgas perfectamente torneadas que conformaban, Dios, el mejor trasero que había visto en toda su vida.

La sonrisa vino después, cuando el suspiro de Gillian lo advirtió de su presencia y él, que preparaba un sucedáneo de café, se volvió.

—¿Ya estás aquí? Genial, porque tengo novedades. ¿Sabes con quién hablé?

Vaya, de frente también lo encontraba de escándalo. ¿Cómo podía ser que una vulgar camiseta negra y unos tejanos cualquiera hicieran que ese tío le pareciera un anuncio de Calvin Klein?

—No quiero cortarte el rollo —apuntó él—, pero mi madre está arriba.

¿Eh?

El tono vanidoso de su voz le hizo comprender a Gillian que había estado demasiado abstraída en las vistas.

—Te decía que hablé...

—Con Victoria —lo interrumpió ella, recuperada en tiempo récord, tomando la taza que él le ofrecía.

Jason meneó la cabeza. Un segundo estaba a punto de comérselo; al siguiente se disponía a leerle la cartilla.

Dios, cómo le gustaba esa mujer.

—Pues no. Solo llamó. Hablar, hablé con Richard Evans, ¿te acuerdas de él?

—*Ajá*. —Era el director deportivo de los-algo de Arkansas. También recordaba que entonces toda aquella historia le había parecido una maniobra brillante de Victoria.

—¿Que te parecería tener un novio entrenador de fútbol?

Lo dicho, una maniobra brillante. Él volvía a tener fútbol en su vida, Victoria a Jason y Gillian, a consolarse con verlo en fotos.

—Cuando tenga uno, te lo diré —dijo con picardía y se esforzó por sonreír.

Él asintió. Había intuido bien; la idea no tenía buena acogida. Pensó que lo mejor era dejarlo hasta tenerlo claro. Puso la taza sobre la mesa y se acercó a ella, la abrazó desde atrás. Ella, instintivamente, se acomodó en su abrazo y descansó la cabeza contra su pecho.

—¿Por qué no estabas aquí cuando me levanté?

Gillian ni siquiera consideró la posibilidad de mentirle. Y además, él la rodeaba con sus brazos y cuando la tenía así, ella...

—Porque nunca ha sido igual con otro hombre. Y volver a verte estando tus padres aquí... No sé... No pude.

—Vale —susurró él. Sus labios trazaron ardientes un camino imaginario desde el lóbulo de la oreja de Gillian hasta el hueco, en la base del cuello, haciendo que todo lo *erizable* de su cuerpo, se pusiera en pie—. ¿Crees que mañana podrás? Tengo una reunión a las once en Little Rock y si no te veo antes de irme, me voy a subir por las paredes...

Ella se pegó más a él.

A sus pies, la tierra volvía a rugir.

Y sus sentidos, a replegarse en su interior.

—Lo intentaré.

Él exhaló en un suspiro largo.

A los suyos, la tierra también rugía.

—Tenemos unos diez minutos hasta la comida... ¿Negociamos?

Ella no respondió. No estaba en condiciones de negociar.

Jason, ante la duda, puso su mejor carta sobre la mesa.

—Para mí fue como tirarme en caída libre dentro de un volcán en erupción —apoyó su mejilla contra la mejilla femenina, y cerró los ojos. Solo con recordarlo el vértigo volvía—. Acojonante y alucinante al mismo tiempo.

Los pasos de Eileen en la escalera los apartaron tan bruscamente que Gillian manoteó el borde de la mesa con la impresión de que de otra forma, acabaría en el suelo. Él sonrió de mala gana. Ella se volvió y sus miradas se encontraron un instante.

Como había dicho Jason: suficiente.

—Te espero en el gimnasio —murmuró ella, yéndose—. No tardes...

Él sonrió de puro corte y bajó la cabeza cuando escuchó que su madre entraba en la cocina preguntándole dónde iba Gillian con tanta prisa.

Menuda suerte la suya.

—Ni idea —dijo dándole un beso en la frente al pasar.

Sin casi tiempo de reponerse de aquel beso inesperado, Eileen oyó que su hijo cerraba la puerta de calle.

Y sonrió.

CAPÍTULO 24

Martes, 20 de junio de 2006
All American Sports Center,
hogar de los Tigres de Arkansas.
Despacho de Richard Evans.
Little Rock, Arkansas.

—Bueno, ¿qué te parece? —preguntó Evans después de decirle la cantidad de seis cifras que el club tenía previsto pagarle.

Una pasta. Que además no venía sola: llevaba seguro, vivienda en la ciudad, vehículo y una prima muy estimulante por cada partido ganado. Y si acababan la temporada bien posicionados en la tabla, habría más.

—Está bien, es una oferta atractiva —contestó Jason midiendo su entusiasmo y cambió de tercio—. ¿Qué hay del segundo entrenador?

—Si funciona se queda, si no se va.

—¿Algún compromiso especial con algún jugador?

Evans negó con la cabeza.

—¿Y la junta directiva? ¿Hay algún "sobrino" en el vestuario?

Esta vez el hombre sonrió.

—No, pero hay alguna hija muy interesada en el posible entrenador, y un director deportivo muy interesado en la hija.

Victoria, claro. La cosa mejoraba por segundos, pensó Jason y se dispuso a despejar el asunto.

—El posible entrenador no pinta nada en esta historia. Porque hablando de intereses... Uno, no está interesado en ella y dos, está muy interesado en otra persona.

—¿Es Gillian?

Jason frunció el ceño. Le sorprendió que Evans la recordara. Solo la había visto una vez, hacía meses, y aunque, sin duda, Gillian era una persona que la gente solía recordar por sus modos alegres, le había dado la impresión de que aquella tarde Evans estaba más interesado en él que en ninguna otra cosa. El director deportivo se adelantó a sus pensamientos con una sonrisa resignada.

—Si me dieran un dólar por cada vez que oigo su nombre...

—Es Gillian —confirmó el futuro posible entrenador.

Evans asintió, se puso de pié.

—Bueno, tengo una reunión en diez minutos. Piénsalo y llámame la semana que viene.

♦ ♦ ♦ ♦ ♦

Cuando la puerta del despacho se abrió, Victoria llevaba varios minutos haciendo tiempo cerca de las galerías, convenientemente oculta por una columna. Vio que Richard estrechaba la mano de Jason y se alejaba, y decidió darle unos segundos más, a que desapareciera en el corredor que llevaba a la sala de juntas.

Jason se disponía a marcar la memoria de Gillian en su móvil cuando oyó que lo llamaban. No necesitó volverse para saber quien era y tampoco podía decir que no lo esperara. Desde que Evans sacara el tema de los "intereses" intuyó que se toparía "casualmente" con ella a menudo.

En otras circunstancias, habría encontrado la perspectiva como mínimo interesante; en estas...

—No me lo digas, ¿visitando a papá? —dijo el nuevo Jason, el que tenía novia, mientras el de toda la vida le daba un rápido pero exhaustivo repaso a la mujer. Para este encuentro casual, ella había elegido *casualmente* un vestido rosa que le quedaba de muerte.

Seguía estando buenísima.

Victoria sonrió sin darse por aludida.

—Visitando a Richard —mintió, y abrazó los libros que llevaba, en un gesto premeditado que consiguió lo que buscaba; los ojos de Jason que antes estaban en los de la modelo, se desplazaron al canalillo. Menos de un suspiro después volvieron a subir y se mantuvieron por encima de la línea del cuello—. A mi padre lo quiero, pero no tanto para venir a visitarlo al club... ¿Y tú? ¿ya eres el nuevo entrenador de los *Tigres* o todavía te lo piensas?

—Pues no estás de suerte. Se iba a una reunión —dijo Jason ignorando la pregunta. Y como no tenía ninguna intención de confraternizar, reanudó camino hacia la salida—. Que sigas bien.

186

Victoria titubeó un momento. Lo que conocía de Jason no encajaba con el cuadro que tenía delante. Seguía pareciendo él, con sus vaqueros desgastados y su camisa blanca resaltando el bronceado; un ejemplar macho de pura raza. Sexy a rabiar, despertando libidos femeninas con su cuerpo musculado de medidas extra grandes.

Pero se iba, ignorándola, como si no fuera él. ¿Hasta tal punto lo había domesticado aquella mosquita muerta? No lo creía posible.

—Al contrario. ¿Hay mejor plan que tomarme un café con Jason Brady mientras espero? —dijo ella, toda sonrisas, andando a su lado.

Ya, pensó él, ni borracho haría semejante estupidez. Se limitó a montarse en la moto y a ponerla en marcha.

—En serio, Jason. ¿Tan celosa es que tienes miedo de tomarte un café conmigo?

Él sonrió resignado. Esto tampoco lo sorprendía. Si algo había demostrado ser Victoria, era persistente cuando quería algo.

Lástima que él no estuviera por la labor... Porque no estaba por la labor, ¿o sí?

—Yo no quedo con una mujer para tomar café. Bueno, excepto con Gillian. Pero ella no cuenta porque entonces éramos amigos —se puso el casco—. Y ahora es mi novia.

A Victoria se le revolvió el estómago. Seis meses con ella apenas habían merecido una presentación como "amiga" a su familia.

—¡Cuánta formalidad para un mujeriego como tú! —dijo con socarronería

Pues en eso tenía razón.

Y era un momento que ni pintado para largarse. Tenía algo más que considerar, no solo la oferta.

Porque si antes lo dudaba, ahora lo veía claro; Victoria iba a ser un problema.

◆ ◆ ◆ ◆ ◆

Jason necesitaba pensárselo, sí, y dedicarse a abrir las cajas de su mudanza que todavía seguían en el garaje era una buena forma de rumiarlo tranquilo.

No era por la oferta en sí, sino por todo lo que implicaba en viajes y ausencias. Y la idea de tener a Victoria metiendo las narices tampoco le gustaba. Sabía que de alguna manera se las iba a ingeniar para ser una especie de mosca cojonera y si con él no funcionaba —y Jason no tenía ninguna intención de dejarse—, iba a hostigar a Gillian.

Y esa idea le gustaba todavía menos.

Además, la propuesta para entrenar a los Tigres de Arkansas lo había tomado por sorpresa. En ningún momento se le había pasado por la cabeza la idea de reciclarse en el deporte. Y no lo había hecho porque toda su atención estaba en otra cuestión. Estaba completamente concentrado en su relación con Gillian. Y aunque sonara raro en un hombre que jamás le había dedicado a una mujer más que su energía de cintura para abajo, esta en cuestión le tenía sorbido el seso.

El seso y todo lo demás.

Pero no era de ahora.

En la caja que acababa de abrir, identificada con la palabra "recuerdos" escrita en letras grandes con rotulador, entre trofeos infantiles y tebeos, estaban todas las *notitas* de Gillian. Tarjetas de cumpleaños, dibujos suyos hechos en trozos de papel o servilletas, montones de pósits con *caritas* sonrientes que ella le dejaba en los botes isotónicos cuando Jason estaba de vacaciones en el rancho... El lazo de terciopelo azul que los mantenía atados también era suyo.

—Tío, vas a joder el día. ¿Qué haces currando con el solazo que hay fuera?

La aparición de Jordan hizo que Jason se apresurara a cerrar la caja y ponerla a un lado.

—¿Ya devuelta en casa? —replicó, aceptando la cerveza sin alcohol que le ofrecía su cuñado.

—Gracias a Dios. A mi mujer le encantan los festivales, pero a mí me dejan de cama...

Mi mujer. Lo decía con la boca grande y no era algo nuevo que a Jordan los festivales no le gustaran. La seguridad era un problema serio en los eventos multitudinarios, y después de todo, la que estaba en el escenario era "su mujer". Jordan lo pasaba fatal y no se molestaba en disimularlo.

—¿Y Mandy?

—Está con Shannon. La pobre debe estar hasta el moño de que todas las mujeres de la casa le soben la panza...

Jason sonrió socarrón. Ya, seguro que Mark la tenía curada de espanto. Aunque lo de Mandy... ¿la terrible *niñita* de papá John, tocando panzas?

—Igual está familiarizándose con la idea —no pudo evitar decir, y vio que a su cuñado le faltaba tiempo para reaccionar.

—¡Ni lo mentes, tío! —dijo con tono de "no" y ojos de "ojalá". Jason le palmeó el hombro con cariño—. Ahora que la tengo toda para mí, quiero disfrutarla... Y tú ¿qué? Ya he visto que has convertido el porche en una jungla... No me puedo creer que tuvieras todas esas plantas en un piso...

Ni él. Aunque si era por eso, tampoco que fuera capaz de colgar setenta y dos fotos de una misma mujer en sus paredes, y lo había hecho.

—Era un ático, no un piso —precisó Jason.

"Como si eso cambiara en algo las cosas", pensó Jordan. Ya resultaba raro que un hombre soltero y joven, tuviera un lado femenino tan desarrollado como para usar plantas en la decoración de la casa. Que fueran un bosque de plantas vivas y el hombre en cuestión, Jason Brady, lisa y llanamente insólito. Pero corrían rumores de que la jungla pensaba mudarse...

—Aunque igual las tienes que volver a trasladar... A Little Rock ¿no?

Jason le echó una mirada burlona.

—¿Quién está hablando de lo que no tiene ni puta idea?

—Pues si ella no sabe de lo que habla, estamos apañados.

Por "ella" se refería a Gillian, pero no podía ser porque...

—¿Gill te ha dicho que me voy a Little Rock? —preguntó el ex-jugador de los Dallas, completamente perdido.

Esta vez fue Jordan el que le palmeó el hombro, instándolo a que volviera a sentarse sobre la pila de cajas de las que se había levantado como un resorte, de pura sorpresa.

—A mí no, a Mandy —los ojos de Jason era como dos huevos fritos. ¿Gillian en vez de hablar con él del tema, hablaba con su hermana?—. ¿Qué estás haciendo, tío? Después de tanto rollo ¿acabas largándote otra vez?

—No pienso irme a ninguna parte. ¿Qué coño es todo esto? ¿Qué le dijo a Mandy?

—Que tenías una oferta para entrenar a un equipo de Little Rock y que probablemente la aceptarías porque si la hubieras rechazado ya se lo habrías dicho.

Alucinante, pensó Jason.

El tema le preocupaba a Gillian lo bastante como para hablar con Mandy, pero a él no le decía ni mú. Y además, ¿pensaba en serio que él sería capaz de irse a Little Rock?

—Me lo estoy pensando, pero decida lo que decida voy a seguir viviendo aquí. Y para que conste, creo que a estas alturas debería saberlo.

Ah, amigo. Tratándose del sexo femenino eso era muy relativo. No siempre eran conscientes de saber lo que sabían, y en todo caso, para según qué cosas eran bastante olvidadizas.

—Y tú deberías saber que si quieres que una mujer tenga algo claro, mejor se lo dices palabra por palabra —sonrió socarrón, recordando su propia experiencia—. Y luego se lo repites unas treinta veces todos los días, ¿me captas?

—No es "una mujer", es Gillian —replicó Jason.

Jordan soltó la carcajada.

—¿Y eso lo dice el que le apretó las tuercas al segundo capataz del Rancho Brady? Habla con ella, no seas capullo.

—Me parece que la idea no le va mucho —dijo Jason jugueteando con su botella—. Lo que no me extraña nada porque, la verdad, a mí tampoco me acaba de convencer...

—¿Y eso? —preguntó Jordan. Jason se encogió de hombros—. ¿No te ves de entrenador?

—No me veo volviendo a estar con Gillian solamente los festivos de años bisiestos.

Acabáramos.

El gigante forzudo le había cogido el *gustito* a las ventajas de una relación estable, y la vida de un entrenador de fútbol en eso era casi tan mala como la de un jugador.

—Habla con ella, tío —Jordan sonrió, pícaro—. Se pasó años yendo contigo a los partidos por más que fueran en la otra punta del país. ¿Crees que ahora no lo haría si se lo pides?

A Jason se le iluminaron los ojos. No era la solución perfecta, pero se acercaba bastante.

Y en todo caso, menos daba una piedra.

—Puede, no lo sé —le dio la botella a Jordan y se dirigió a la salida con nuevos bríos—. Pero voy a averiguarlo.

Y esperaba hacerlo con más éxito que la última vez que "averiguar algo" y "Gillian" habían aparecido juntos en una misma frase, pensó Jason con ironía.

◆ ◆ ◆ ◆ ◆

Normalmente, Jason le avisaba antes, pero esta vez ni se le cruzó por la cabeza. Llevaba dos días preocupado, dándole vueltas al tema. Jordan tenía razón, debía hablar con Gillian. ¿Cómo no se le había ocurrido antes?

Y además, para variar, se moría por verla.

Cuando Jason llegó al sector ganadero, ella, Mark y Jeffrey revisaban los cascos a un caballo. Gillian no se percató de su presencia hasta que él le tomó una mano. Para entonces, Jason tiraba de ella mientras le decía a su hermano:

—Me la llevo un rato, ¿te importa?

—Si digo que sí va a dar igual, ¿no? —contestó Mark socarrón, miró a Jeffrey—. Dile a Rick que venga, ¿quieres?

190

—¿Qué? ¿Tú también has descubierto los beneficios del café? —dijo Jeffrey a Jason, con segundas.

—Gillian no toma café —intervino Mark, feliz de que, por una vez, la broma del café no fuera con él.

—Ja. Ja. Ja —dijo la aludida que ni estaba feliz con las bromas ni con el modo en que Jason se había aparecido, así sin más.

No fueron muy lejos, apenas lo bastante para hablar a solas junto a unos árboles que los resguardaban del sol y de las miradas curiosas.

—Todavía no me has dicho si te gustaría tener un novio entrenador —dijo él, mirándola con ternura.

—Todavía no me has dicho si existe la posibilidad de que tenga un novio entrenador. ¿Existe?

Él le regaló una sonrisa cautivadora.

—Si tú no quieres, no.

Ya empezaba otra vez. Ella lo miró irónica.

—¿Hola...? ¿Está Jason por ahí? —porque este de la sonrisa imbécil diciendo memeces no podía ser él—. Si está, dile que se deje de historias y vaya al grano.

Él frunció el ceño.

—¿Se puede saber qué te pasa?

No, si además se lo iba a tener que explicar... Gillian hizo una pausa, midiendo lo que iba a decir y cuánta dureza iba a utilizar.

—No me trates como si fuera una de tus animadoras. Si quieres contarme lo que has decidido hacer con tu vida, hazlo. Y si quieres mi opinión sobre el tema, pídemela. Pero no me vengas con memeces de si "yo no quiero, no", primero porque yo no tengo nada que querer en este asunto, y segundo, porque los dos sabemos positivamente que si lo que yo quiero importara, ni siquiera te habrías molestado en considerar una oferta que vuelve a llevarte a kilómetros de aquí... Y además, si necesitas hablar conmigo y yo estoy trabajando, llámame primero, ¿vale?

No, no valía. Para él siempre había contado lo que Gillian quería aunque por lo visto, ella no se había dado cuenta. Como, evidentemente, tampoco se había dado cuenta de que si él se manejara con ella como lo hacía con sus animadoras, sin ningún género de dudas, notaría la diferencia. Pero lo que lo revolvía de verdad era lo del "llámame primero".

—Pues tú a mí no hace falta que me avises. Siempre me muero por verte y ya sabes que me encantan las sorpresas.

Y ¿esto qué era? ¿la nueva forma de leerle la cartilla a su novia? Joder, iba de mal en peor... Aunque pensándolo mejor, no sabía qué era pero funcionaba de miedo. Notó que los ojos de Gillian brillaban con algo muy parecido al remordimiento.

Y decidió aprovechar esa inesperada bajada de guardia.

—Acepté considerar la oferta porque vivir en Little Rock no es un requisito.

¿No iba a marcharse? Gillian suspiró, empezaba a sentirse como un flan.

—Me ofrecieron mano libre y un montón de pasta —continuó él—. Y si consigo una buena posición en la tabla, habrá más —ella asintió con un nudo en el estómago—. Pero sigue siendo fútbol... Muchas horas de entrenamiento, partidos cada semana, viajes, hoteles...

Gillian bajó la vista.

Y mujeres, claro. Montones de mujeres de escándalo entrándole a cuchillo. Y entre ellas, una en particular: Victoria.

Elegir entre dos males, eso era lo que venía haciendo desde que él había tenido la buena idea de mirarla con otros ojos...

Siempre había deseado lo mejor para él. Jason amaba el fútbol, y esa era una gran ocasión aunque para ella fuera un suplicio que creía haber dejado atrás.

Él le importaba más.

Siempre le había importado más.

—Y partirte el lomo en casa, campeón —añadió ella—, porque cuando vuelvas tendrás que ponerte al día conmigo —lo miró con una sonrisa radiante que no tenía la menor idea de dónde había salido—. No creas que te vas a librar.

La reación de él no fue sonreír, sino abrazarla. La estrechó contra él y por un rato ninguno de los dos dijo nada.

—Eres única —susurró él, estrujándola como si le hubiera dado un ataque de amor—. No existe otra como tú.

Gillian intentó apartarlo un poco, lo miró suavemente.

—Menos rollo, grandullón, y dime cuándo te incorporas...

—*Si* me incorporo —corrigió él—. Mira Gill, no creo que pueda —ella frunció el ceño—. Más bien, *sé* que si tú no vienes conmigo, no voy a poder...

¿Los flanes se derretían?

Pues entonces, ella no era un flan. Era un helado que alguien había tirado en pleno desierto.

—¿Si no voy adónde?

—Donde sea que juguemos.

Gillian lo miró con *ojitos* tiernos, pero cuando habló, se mofó.

—¿Jason Brady quiere llevarse a su chica a los partidos? ¡*Uy*, qué raro suena eso...!

Cuestión de pura semántica. En realidad, no era raro. Jason siempre la había invitado a ir y Gillian se apuntaba siempre que podía. Lo diferente, que no raro, era que ahora ella era su novia.

Él sonrió masculino, disfrutando del momento como un niño: aquella cara preciosa era una sinfonía. Movió afirmativamente la cabeza varias veces.

—*Hmm*, no sé... —dejó caer ella. Parecía pensativa, pero acto seguido se puso a juguetear con un botón de la camisa masculina. Jason sonrió para sus adentros y se acercó un poco más—. Hasta octubre no acabo con los cursos.

—Tendrás que acostumbrarte a los aviones los fines de semana porque no pienso pasar ni un día sin verte —le quitó la gorra y se la dio. Luego, liberó con sus dedos aquella melena que lo volvía tan loco como su dueña.

—¿Irme el sábado a la tarde para volver el domingo a primera hora, dar mi curso, y volver a irme? ¿Mucha tralla, no?

Él se agachó hasta que tuvo sus labios a escasos centímetros, la miró a los ojos.

—Va a valer la pena. Te lo prometo.

Gillian suspiró. Mejor largarse de allí antes de que pasaran a mayores. Cuando habló, ya se estaba alejando ante su mirada sorprendida.

—Me lo pienso, ¿vale?

Sorprendida fue durante un segundo, luego vio su sonrisa de ángel y su cabello moviéndose suavemente con el viento mientras se alejaba y...

—Gillian —la llamó.

Ella se volvió.

—Eres divina.

Y él, devastador. Sonrió algo conmocionada.

—¿Divina? —repitió ella, y lo vio asentir. Notó que sus ojos decían muchas más cosas—. Vaya, gracias...

Jason le guiñó un ojo.

Así que esa palabrita era mágica...

Menudo descubrimiento acaba de hacer.

CAPÍTULO 25

Jueves, 22 de junio de 2006.
Rancho Brady.
Camden, Arkansas.

Por suerte para Jason, la mayor parte del tiempo Gillian lo adoraba. La ternura y la emoción de oírlo admitir que no aceptaría esa oferta si ella no lo acompañaba en los viajes aún duraba cuando se levantó al día siguiente. Y siguió durando justo hasta media mañana, cuando saliendo del barracón junto con sus compañeros después de la reunión con Mark, se dispuso a calzarse los guantes de montar.

El derecho entró sin problemas; el izquierdo...

Diez minutos después, Gillian entraba en la cocina de la casa como una tromba, con la mano, el pantalón y la camisa pringadas, y las risas de toda la peonada resonando en sus oídos.

Mandy miró a su madre sorprendida y se levantó de la mesa donde se pintaba las uñas. Fue detrás de Gillian, que acaba de meterse en el baño de la planta baja.

John miró de reojo a Eileen.

—¿Qué era?

Ella sonrió con ternura.

"Chocolate", respondió.

En el baño...

—Dios... ¿A quién se le puede ocurrir...? —Gillian soltó un bufido y frotó más fuerte. No había manera de quitar la mancha del pantalón—. Bendito Cristo...

—Ponte otro y ese dáselo a mamá.

Gillian miró a Mandy que, apoyada contra el quicio de la puerta, la observaba divertida. Pensó que era justo lo que le faltaba para completar el cuadro.

—Sí, supongo que será lo mejor —dijo saliendo del baño.

Se dirigió a su habitación en la planta alta. Mandy la siguió.

—¿Otro bombón? —preguntó la hermana de Jason con picardía.

Gillian la miró de muy mala uva. Al final, sonrió resignada.

—Sí.

En un instante, las dos reían a carcajadas.

—¿A quién se le ocurre dejar un bombón dentro de un guante? Con estos calores, cuando fui a meter la mano estaba todo derretido —dijo Gillian todavía sonriendo—. Para peor estaba todo el mundo delante, seguro que todavía están doblados de la risa…

Mandy la miró con cariño.

—Bueno, si yo estuviera en tus botas me derretiría igual que el bombón. De gusto. Pero tú rezongas…*O haces* que rezongas.

Gillian se subió la cremallera del vaquero limpio.

—Rezongo —dijo con decisión. Luego, meneó la cabeza. Se sentó en la cama—. *Vaaale*, también me derrito... Pero es que… Dios, no sé… No es que no me guste que haga estas cosas —cuando miró a Mandy, Gillian tenía las mejillas sonrojadas—. Es que no suenan nada al Jason que conozco… Me hacen sentir como si estuviera con un extraño y eso me descoloca más de lo que ya estoy.

—¿Y eso por qué?

Mandy se sentó en la cama, frente a ella.

—Porque sí. Nunca pensé que algún día nos enrollaríamos. Y los últimos meses han sido tan … *locos*… No necesito que se marque estos faroles que no suenan nada a él. Solamente consigue confundirme más de lo que estoy… Pero es que tampoco sé cómo decírselo sin…, ya sabes. Se lo doy a entender de mil formas y para el Jason con coco de genio tendría que ser suficiente, pero a ese lo han abducido y el que está aquí está *memo perdido*…

—Está colado por ti, no memo. Y no lo conoces de esta forma porque nunca estuvo colado por nadie.

Mandy le hablaba con naturalidad y Gillian se estremecía solo con pensar que fuera así, que aquel hombre que adoraba estuviera, de verdad, enamorado de ella.

—¿Y si cree que está colado y no es así? ¿Y si solamente le está haciendo el juego a lo que dijo Victoria? No sé… No puedo dejar de preguntarme cómo habrían sido las cosas si esa mujer no hubiera tenido la mala idea de decirle lo que le dijo.

Así que todo se reducía a miedo.

—Bueno, ya es tarde para salir corriendo —apuntó Mandy. Gillian respiró hondo. Su amiga le acarició la mano—. Entre los dos siempre ha habido esa conexión única… Siempre tuve claro lo de Jason. Está loco por ti desde hace años… Pero entiendo tu postura. Necesitas más cosas de él para convencerte de que, realmente, siente lo que dice sentir. Vale, déjalo estar. Para que una relación funcione, hacen falta dos. Pon tu parte, Gillian. Juega fuerte. Haz que suceda. Enamóralo —hizo una mueca— *más* de lo que está. Si hay una mujer en el mundo capaz de hacerle sentar la cabeza a mi hermano, eres tú.

Gillian la miró de reojo. Enamorarlo, ya. ¿Y como se hacía eso?

—Y mientras tanto, disfrútalo —continuó Mandy—. ¿Sabes cuántas mujeres matarían porque Jason Brady les pusiera rosas con *notitas* en el bol del desayuno?

No lo sabía, pero podía imaginarlo, pensó Gillian con un montón de gusto. Hasta que, de pronto, se dio cuenta de que en esa conversación había algo que no encajaba. ¿Desde cuándo Mandy hablaba de rosas en el desayuno? Ella ya estaba sonriendo cuando Gillian la miró. Para cuando completó la frase, la rubia reía a carcajadas.

—¡Especialmente si se las lleva a la cama en cueros!

—*Jo-der*, Mandy —dijo Gillian, *superincómoda*.

Lo que hizo que ella se tentara aún más. Encontraba divertido que a alguien tan desenfadada como Gillian, de pronto, se le subieran los colores cuando el hombre a debate fuera Jason.

Y entrañable, porque sabía que la razón era que ella era su hermana.

—Acostúmbrate —dijo Mandy con picardía y vio que las mejillas de Gillian subían un tono más—. Porque aunque sea su hermana, veo perfectamente y soy una mujer —movió las cejas sensualmente— y como todas, *me muero* por saber...

Una mano le tapó la boca, impidiéndole seguir. Pero no pudo impedir el ataque de risa.

—Pues se siente —contestó una Gillian bastante recuperada, mientras se dirigía a la puerta—. Esta *boquita* no soltará prenda.

Mandy todavía riendo, la siguió.

—¡Venga ya, si te mueres por decirlo! ¿Te llevas el premio gordo y no vas a fardar de él? ¡Eso no te lo crees ni tú!

Cierto. Tener la amistad de Jason siempre la había hecho sentir especial, diferente de todos los demás que no tenían ese privilegio. Ahora lo tenía a él y cuando lograba apartar sus miedos, se sentía la reina del mundo. Pero de sentirlo a decirlo...

—Vale —dijo Gillian. Se detuvo un momento y miró a su amiga de tal manera que Mandy sonrió de oreja a oreja—. ¿Quieres saber si todo lo hace tan bien como juega al fútbol?

"*Eso* precisamente no", pensó Mandy. Su sonrisa se hizo más grande.

—*Eso* —remató Gillian con toda la picardía del mundo—, es información clasificada, pimpollín.

Y dejó a su amiga allí, meneando la cabeza risueña mientras se alejaba por la escalera.

◆ ◆ ◆ ◆ ◆

—Espera, espera, espera, *machote*.

Jason, que acababa de finalizar la segunda sesión de entrenamiento en el gimnasio y mataba por una buena ducha, se volvió algo impaciente. Mark venía apurando el paso, desde los establos hacia el jardín, donde Jason esperaba.

—¿Qué tal el adiestramiento? —preguntó mientras reanudaba la marcha en dirección a la casa, pero Mark en vez de contestar lo detuvo por un brazo—. ¿Qué?

—Antes de que abras esa puerta necesitas cierta información, colega.

Mark había bajado considerablemente el tono de voz y miraba alrededor para cerciorarse de que no había nadie a la vista que pudiera oír. Su actitud, sin embargo, era divertida, no preocupante.

Jason lo miró expectante.

—¿*Quéee*?

—El bombón se derritió. Y le pringó mano, pantalones y camisa, además de guante... Y medio rancho estaba ahí, partiéndose de risa en sus morros —concluyó Mark con expresión de "¿a quién se le ocurre?"

Jason se tapó la boca, alucinando.

—¡No jodas!

Mark asintió con la cabeza varias veces.

—Como lo oyes. Así que yo que tú no esperaría euforia.

—Gracias, tío —dijo palmeándole el hombro a su hermano—. Me va a machacar...

—Ya. Yo que tu me dejaría de tanto bombón y tanta leche. Está claro que no le va.

Jason paró en seco.

—¿Dices que no le va? —Mark asintió irónico—. Claro que le va. Se hace la dura, nada más.

—Si tú lo dices...

Jason detuvo a su hermano poniéndole una mano en el pecho.

—¿Sabes algo que yo no sé?

—La haces sentir incómoda, tío. Se pasa los desayunos, las comidas y las cenas, roja como un tomate... Porque tú no te cortas nada y nosotros tampoco... ¿Qué necesitas? ¿Qué te lo ponga por escrito para darte cuenta?

—¿Te lo dijo ella o es una más de las brillantes deducciones de los Brady?

—Es *evidente*, tío. Y si bajaras del limbo dos segundos y pensaras con la cabeza fría, también sería evidente para ti.

Jason apartó la vista un momento, procesando.

No quería pensar con la cabeza fría. Suponiendo que pudiera, no quería. Estaba en el limbo. Vale ¿y qué? Se estaba de fábula allí. No quería bajar. Lo que quería era que su chica subiera al limbo con él. Y si para eso tenía que ponerle las mejillas coloradas cada cinco minutos y rebozarla en chocolate, pues lo haría. Sin pensárselo dos veces.

—Es falta de costumbre. No te preocupes por Gillian. Está encantada, aunque el jodido bombón se haya derretido, pero gracias por avisarme.

Mark hizo un gesto con las manos. Este era el Jason de siempre, engreído y seguro de sí mismo. Y con ese Jason, no había forma de razonar.

◆ ◆ ◆ ◆ ◆

Gillian fue la última en sentarse a la mesa después de acariciar cariñosamente el hombro de Jason, al pasar a su lado. Él la miró de reojo y no dijo nada. Como John y Eileen, esperó.

En el centro de su plato había un bombón y una rosa. Cuando Gillian levantó la vista, el matrimonio parecía no prestar atención pero ella sabía que no era así.

—¿Otro bombón? —preguntó. Lo miraba sonriendo, con ternura y cierta picardía.

—Otro bombón —confirmó él—. Pena que el otro se derritiera y lo pringara todo... Te prometo que no más. Voy a ser bueno.

Gillian enarcó la ceja.

—¿En serio? ¿Se acabaron los bombones, las rosas y las notitas?

John soltó la risa.

—Yo que tú no me haría muchas ilusiones...

Jason ignoró el comentario y fue directo al grano. Extendió una mano y tomó la de Gillian.

—Dije bueno no tonto. No más bombones *en tu guante*, se derriten. En tu guante voy a poner... —hizo un gesto como si buscara ideas y al final la miró—. ¿Qué tal entradas para ver un concierto de Sara Evans?

La expresión de su chica cambió completamente. La vio abrir la boca

198

loca de alegría.

—¡¿En serio?!

Jason sacó las entradas de la billetera y las puso en el plato junto al bombón.

Gillian tardó un segundo en cogerlas.

Y otros dos en saltar de su asiento como una pila cargada de energía, tomarle la cara entre sus manos y plantarle un beso de ruido en los labios.

—¡Eres el mejor, Jay! —exclamó, mirándolo con los ojos brillantes. Había ilusión en su mirada, no solo alegría. Él se estremeció— Sí, que lo eres…

—¿A que sí? —murmuró él, tirando de su archiconocida vanidad para esconder el súbito galope de su corazón—. ¿Ves? Esto va de perlas… Tú alardeas de lo romántico que es tu chico, y yo mantengo mi gigantesco ego alimentado con tus agradecimientos…

—Eres más listo que el hambre, campeón —sentenció ella.

Jason apartó la silla. Sentó a Gillian sobre sus rodillas.

Las risas y los comentarios les recordaron que, aunque por momentos se les desdibujara el resto del mundo, John y Eilieen seguían allí.

—¿Vas a tardar mucho, Jason? Se me va a pasar la comida… —dijo su, tocándole un brazo con cariño.

—Tranquila, mamá. Solo va a ser un momento —volvió a mirar a Gillian—. Soy listo, sí. Y se me ha ocurrido una idea, a ver qué te parece…

Gillian continuó mirándolo en silencio.

—Siempre te regalo cosas. *Los dos* nos regalamos cosas desde que éramos críos. Y no va a cambiar porque no me creo que lo que te ha gustado toda la vida, de un día para otro, haya dejado de gustarte… —ladeó la cabeza buscando su mirada—. Te gusta el chocolate. Te encantan las rosas… Y yo, *necesito gustarte*. Necesito ver la *carita* que pones cuando algo te ilusiona… No estoy haciendo cosas raras. Soy el mismo de siempre.

—¿Les regalabas bombones y rosas a tus chicas? —preguntó ella con picardía.

La verdad era que desde que lo había escuchado decirle "necesito gustarte" ya no le parecían tan chocantes sus rosas, o sus bombones, o sus *notitas*… Gillian también necesitaba gustarle.

—No —contestó Jason—. Ni las llevaba a ver conciertos. Ni de excursión al campo. Ni a hacer *rafting*, ni a nadar al río, ni a esquiar, ni a andar a caballo… Tampoco empapelaba mi casa con fotos suyas… ¿Quieres que siga?

Gillian apartó la vista con gesto derrotado.

—Vale —admitió—. ¿Qué propones?

—Intenta pensar que son entradas en vez de bombones. Y dime esas cosas que me chifla oír... Yo intentaré emocionarme menos y pensar mejor lo que te regalo y dónde lo pongo, ¿qué te parece?

Que eres bestial.

—Me parece que te voy a a decir algo que te chifla oír —respondió ella al tiempo que tomaba la cara masculina entre sus manos y lo besaba en los labios suavemente—. Eres el tío más alucinante del mundo, Jay... No creas que no me doy cuenta de la paciencia que me tienes, ni de lo tierno que eres... *Me doy cuenta.* Y algún día, te lo voy a agradecer en condiciones. Todo se andará, ¿vale?

Fue un *chutazo* de medio campo del que Jason tardó en recuperarse. Gillian sintió que él se estremecía, cosa que pasó desapercibida a sus padres que entre comentarios y bromas, ya habían empezado a servir la comida.

—Me voy a mi sitio —murmuró ella, pero él la detuvo por el brazo.

Cuando habló había una expresión extraña en su mirada.

—Gracias —le dijo, en un susurro.

Gillian se dio cuenta de que lo extraño de su expresión era emoción.

Y como ya le había pasado en otras ocasiones, su dedo acariciaba suavemente la nariz masculina antes de que ella fuera siquiera consciente de que lo hacía.

CAPÍTULO 26

Viernes, 23 de junio de 2006
Barracón de empleados
Rancho Brady
Camden, Arkansas

Gillian se sentó en el tocón para recuperar el aliento. Hoy, los cien metros escasos que separaban la oficina de Mark del barracón de la peonada le parecían eternos para hacerlos de un tirón. Hoy era uno de esos días en que gastaba ingentes cantidades de energía en ignorar el dolor que tenía en el vientre, como si una mano invisible le estuviera estrujando la matriz, y en dominar la oscuridad que traía con él, una oscuridad que hacía tan difícil captar la belleza, y la irritaba. Ovular en ella tenía el añadido de soportar un sufrimiento amplificado por cada parte de su aparato genital que sin ser el útero, se comportaba como tal debido a las adherencias de tejido endometrial. Óvulos que, de todos modos, nunca podrían engendrar vida. Tanto sufrimiento para nada...

Una punzada la atravesó de parte a parte, obligándola a abrazarse el vientre. Hoy ni siquiera era un alivio pensar que, a diferencia de las mujeres normales, sus ciclos no eran de veintiocho días porque se negaba a tomar hormonas. Este estaba siendo de cuarenta y dos y sumando, pero desde hacía un par de años, en general, rondaban los cincuenta. Y aunque su ginecólogo se echaba las manos a la cabeza cada vez que ella volvía a consulta sin haberse medicado, lo cierto era que había mejorado muchísimo desde que hacía dos horas diarias de gimnasio.

El dolor aflojaba un poco, gracias a Dios. Se enderezó y respiró hondo. A la de tres intentaría levantarse y seguir hasta el barracón, ya estaba bien de...

—¿Qué pasa, nena?

"Ñoñerías" iba a decir, pero ahora tenía algo más importante que hacer; recuperarse en una millonésima de segundo.

—Nada —contestó con desparpajo, y pensó "sonríe, Gillian, vamos"—. Los mortales necesitamos descansar a veces, campeón.

No coló. Jason se arrodilló frente a ella, serio. Muy serio. Le levantó la barbilla y la escrutó haciendo caso omiso de las muecas graciosas que Gillian ponía intentando despistarlo.

—Estás pálida —por no decir blanco cadáver, replicó él esperando que ella completara la frase con una explicación.

Explicación que Gillian no tenía ninguna intención de dar, y menos a él. Esa parte de su vida, ya era bastante dura para concederle más importancia y atención, hablando de ella. Llevaba años arrinconándola, ganándole terreno de la única manera que se podía ganar terreno a algo así; no permitiendo que existiera fuera de ella.

—Y tú, guapísimo —se las arregló para sonreír—. ¿Camisa nueva?

Además de quedarle bestial, le estaba dando la ocasión de apelar a su vanidad para distraerlo de un asunto del que no pensaba hablar.

Y normalmente habría funcionado. Porque la camisa era nueva y su dueño un hombre muy vanidoso, pero el amor nunca venía solo. El amigo "celos" hacía meses que había hecho su aparición triunfal; ahora lo hacía la amiga "preocupación".

—*Qué-pasa*, Gillian.

Ella tomó la cara de él entre sus manos, lo miró a los ojos y le dio un beso rápido que Jason devolvió ávido.

—*No-pasa-nada*. ¿Vienes conmigo al barracón?

Tampoco coló.

Sin embargo, Jason conocía muy bien aquel lenguaje de "dejemos el tema". Él usaba el mismo cuando se metían en lo que consideraba asunto suyo, así que podía entenderlo.

—Vale —concedió ante el alivio de Gillian—. Pero si luego resulta que pasa algo, no me va a gustar.

Por toda respuesta, ella extendió su mano para que él la ayudara a ponerse de pie. Tamborileó los dedos en el aire con una sonrisa radiante al ver que él no se movía.

Jason acabó cediendo. Nunca había podido resistirse a esa sonrisa de angel.

Tomó la mano que ella le ofrecía, tiró hasta que Gillian estuvo de pie y ambos se encaminaron hacia los barracones, charlando. A esas horas estaría vacío, intimidad que él pretendía aprovechar para averiguar si ya había decidido algo acerca de "tener un novio entrenador".

Gillian se sentó a una de las mesas. Intentó no pensar en la mano invisible que seguía retorciéndole las entrañas, y concentrarse en el portento de hombre que vertía un poco de malta en una taza mientras comentaba que su padre le había dado un ultimátum acerca de las cajas de mudanza que seguían en el garaje; o las desembalaba, o las daría a la beneficencia.

—¿Y por qué no las quitas de una vez? —cogió la taza que él le ofrecía—. Gracias. ¿O es que piensas volver a irte?

Él se sentó frente a ella, le echó una mirada con mensaje mientras empinaba la botella de agua.

—Por pereza —y porque se sentía un poco raro sin tener su propia casa. La mitad de las cajas eran cosas de la cocina y el salón, ¿dónde iba a ponerlas?—. ¿Te apetece ir a bailar esta noche?

Lo que le apetecía era una cama y una bolsa de agua caliente en la tripa.

—Claro, ¿quieres fardar de novia entre los conocidos? —dijo con picardía mientras le ofrecía una barrita energética que él aceptó. Ella picoteó una almendra que sacó de su bolsillo y dejó el resto sobre la mesa.

En todo caso, lo que quería era que fuera ella la que presumiera de novio. Sonrió seductor y no respondió.

—Bueno —continuó Gillian en el mismo tono—, con intentarlo no pierdes nada... Pero me parece que a tus admiradoras les va a dar exactamente igual que yo esté presente, y mis moscardones están acostumbrados a revolotear a mi alrededor aunque estés tú.

Él asintió. Ojalá aquella mujer le leyera el corazón con la misma habilidad que siempre le leía la mente.

—¿Has pensado en lo que hablamos?

—*Sip*.

—¿Y? —insistió él, ansioso.

Ella bebió un sorbo de malta mientras pensaba cómo decirle algo que, intuía, no le iba a gustar. Y tal como venía sucediendo desde hacía dos días, seguía sin ocurrírsele la forma de hacerlo.

—Creo que lo suyo es que aceptes —una sonrisa inmensa apareció en su rostro varonil, y al verla Gillian se apresuró a matizar—, *pero* hasta que no acabe con mis cursos no voy a poder acompañarte.

La sonrisa se había desvanecido tan pronto escuchó el "pero". Ahora, la miraba con los ojos brillantes, buscando las razones que no le estaba dando y que, imaginaba, estarían relacionadas con que, en realidad, aunque "lo suyo fuera que él aceptara", a ella no le gustaba un pimiento.

—¿Puedo preguntar por qué?

Gillian se estiró hacia adelante para poder apoyar su mano sobre la de Jason. La acarició con suavidad.

—Tu padre asumió riesgos innecesarios por mí metiéndose en esta aventura del cultivo ecológico. Necesito concentrarme en sacar esto adelante, Jay. Y tú deberías concentrarte en hacer un buen trabajo con ese equipo. Es una gran oportunidad para ti.

—¿Y qué hay de nosotros? —sus ojos mostraron un brillo extraño—. ¿Porque hay un nosotros, no?

¿Lo había? Una parte de ella deseaba intensamente que sí; la otra... Honestamente, no lo sabía.

—Yo... espero que sí. Pero los compromisos asumidos están ahí. Yo no sé hacer las cosas a medias y tú tampoco.

"Espero que sí".

Un rodillazo en sus partes íntimas le habría hecho menos daño. Resulta que él escasamente podía pasar un par de horas sin verla, pero ella *esperaba* que hubiera un nosotros.

Jason movió afirmativamente la cabeza con la vista fija en su botella de agua. No acertaba a decidir cómo se sentía...

Chorradas.

Sabía perfectamente cómo se sentía; rechazado.

Poco importante.

Casi querido.

Completamente innecesario.

Y muy, muy, muy cabreado.

—Te agradezco la sinceridad —dijo cuando ya estaba de pie, dispuesto a irse.

—Jay...

Él, sin molestarse en mirarla, se limitó a hacerle un gesto con la mano. Fue un equivalente a "olvídame, ¿quieres?" que a ella le resultó más claro que si lo hubiera dicho con palabras.

Gillian salió detrás de Jason tan pronto consiguió reaccionar. Y si la mano invisible seguía haciendo de las suyas, pasó inadvertido hasta para ella misma, que corrió con pies ligeros y lo obligó a detenerse agarrándolo por el cinturón, desde atrás.

—Vale, vale, vale... —cuando él finalmente se detuvo, ella, jadeante, se puso delante—. No quise decir eso.

—¿Ah, no?

—Jay —dijo ella con tono resignado—, demos tiempo al tiempo, todo se andará...

—¡Y eso qué coño quiere decir!

—Que disfrutemos de lo que tenemos, sin más.

Él soltó un bufido.

—¿Sin verte? *No puedo estar sin verte* —la tomó por los antebrazos con fuerza, buscando su mirada—. Dime, Gillian, ¿qué parte de "estoy loco por ti" no entiendes?

Gillian tardó en responder. Volvía a sentirse como un helado en pleno desierto.

—¿Si digo que ninguna me lo repites?

Primero fue su sonrisa mitad tierna, mitad pícara. Luego, el tono de su voz, como una caricia sensual...

Y aquella sensación que Jason ya había tenido antes, en varias ocasiones, de que la conexión se había restablecido. Volvían a estar en esa misma frecuencia de onda rara en la que, independientemente de las palabras que usaran (a veces, ni siquiera las usaban), expresaban lo mismo porque sentían lo mismo. Más allá del lenguaje verbal, incluso del corporal.

—Un fin de semana al mes te quiero conmigo. Búscate la vida —dijo con tono definitivo, rodeándole la cintura con sus brazos.

—Hecho —susurró ella—. Ahora, repítelo...

Él sonrió. Una ocasión era una ocasión.

—¿Y si te lo demuestro?

No vayas tan rápido, campeón.

—Me lo pienso, ¿vale? —sonrió—. Repítelo.

Con Gillian estaba aprendiendo que la expectativa era cien veces más dulce que la inmediatez. Y en su caso, mil veces más inflamable. Jason buscó sus besos.

Y ella se los dio, provocándolo igual que él la provocaba a ella.

Aunque estuvieran en mitad del camino y ese ruido que se oía, fuera el motor de un cuatro por cuatro, acercándose.

—¿En qué está la *parejita*? —dijo, risueño, el dueño del 4x4, una vez que se detuvo junto a ellos.

Jason liberó a Gillian, miró a Mark con cara de "y tú qué crees", y luego se volvió hacia su chica.

—Te lo repetiré cuando te lo pienses, ¿vale? —ignorando los *morritos* de Gillian, miró a su hermano—: ¿Vas para casa?

—Sí, sube que te llevo.

Pero cuando estaba a punto de abrir la puerta, Jason cambió de idea.

"Qué coño", pensó, y volvió a rodear a su chica, en un abrazo de oso.

—Estoy. Loco. Por ti —dijo encendido tras un beso que a Gillian le hizo recordar otras partes de su cuerpo metiéndose en *otras* partes del suyo—. Piénsalo rápido.

La dejó allí, en el medio del camino y se marchó con Mark.

El monovolumen no había recorrido más que una veintena de metros cuando el móvil de Jason sonó indicando que tenía un mensaje. Lo leyó, a punto de explotar de ansiedad.

El lenguaje abreviado no consiguió restarle ni un ápice de su carga explosiva.

"Ahora. Tú encima", decía breve, pero contundente.

—Para que me bajo —pidió Jason.

Mark obedeció. Muerto de risa vio cómo su hermano se apeaba y desandaba al trote el camino que lo llevaba hasta Gillian.

Hacía siglos que los hermanos y sus respectivas parejas no salían juntos, y lo estaban pasando muy bien. Aunque la idea había partido de Jason, secundada con el habitual entusiasmo por Gillian, los que menos se dedicaban a "socializar" eran precisamente ellos dos. Cerca de la terraza, todos charlaban mientras esperaban que algún sillón quedara libre. Gillian y Jason, en cambio, mantenían su propio estilo de comunicación a base de miradas y de caricias casuales. Seguían bajo el efecto de cómo era descubrirse mutuamente en ese otro plano íntimo y de cómo se sentían después, al mirarse y ver en los ojos del otro, los restos de un fuego que seguía crepitando, listo para volver a encenderse.

Para Gillian nunca había sido así con otro hombre, y en el fondo, siempre había sabido la razón. Pero Jason conocía de antes el buen sexo. Lo había tenido de calidad y con frecuencia, ambas muy por encima de la media...

Pero nunca nada como esto. Si era posible hacerle el amor a una mujer con toda el alma, así era como lo hacía con Gillian. La embestía con todo su ser, haciéndola suya con una necesidad nueva. Y cada vez era como morir un poco.

Éxtasis total. Luego, paz.

Y todo el tiempo, amor.

Y deseo...

Y una imperiosa necesidad de volver a estar dentro de ella.

—Joder, ¿qué me pones en las barritas de cereales? —dijo él acercándose un poco. Habló lo bastante alto para que Gillian lo oyera por encima de la música.

Lamentablemente, no fue la única que lo oyó.

Ni la primera en contestar.

—Eres un Brady, chaval, no necesitas que nadie te ponga nada. Te pones *solito* —dijo Mandy, guiñándole un ojo a Gillian.

Mark vio la ocasión de aportar su grano de arena.

—Lo que le pone son *mensajitos* que no sé lo que dicen, pero tienen un efecto que te cagas.

—Ya lo creo —contestó Jason, seductor—. Pero no son los mensajes. Es el mensajero.

Las risas se oyeron más fuerte que la música.

O eso le pareció a Gillian que, con unas ganas cada vez más grandes de convertirse en una grieta de la pared (o escurrirse por una), se limitaba a mirarlos con una sonrisa resignada.

Para peor, la bendita mano estaba estrujándole las entrañas otra vez.

—Pues ten cuidado, chaval —dijo Mark. Jason lo miró—. Porque si antes de ver al "Gran Jason Brady" tan vendido, la plantilla ya se la rifaba... —añadió desafiante, y Shannon se echó a reír solo con ver la cara de su cuñado.

Pronto, todos reían. Fuera por la expresión de Jason o por la imagen de Shannon agarrándose la panza como si temiera que el bebé se saliera de tanto reír, hasta Gillian se desternillaba.

—Mejor ten cuidado tú —intervino Jordan dirigiéndose a Mark—. O acabas con parte de la plantilla en el hospital... Después de lo de la orden de alejamiento a tu segundo capataz, yo no me fiaría.

—¡¿Qué habrá hecho el holandés?! —dijo Mandy frotándole el hombro a Jason con cariño—. ¿Nos enteraremos algún día?

Ya. Mejor que no se lo recordaran.

—Me parece que voy a tener que meterle mano al asunto —replicó Jason con una expresión en el rostro que confirmaba la seriedad de sus pensamientos—. Antes de que acabe llegando la sangre al río.

Los ojos de Gillian taladraron las baldosas negras sobre las que estaba parada, muerta del apuro. Dios, que la tierra la tragara *ya*.

Mark meneó la cabeza, sorprendido de ver a su hermano tomarse un broma de esa manera.

—Relájate, tío, es coña...

—No —replicó Jason, definitivo—. Hablamos de Gillian. *Para mí* no es ninguna coña.

La aludida salió de su ostracismo.

—¿Me disculpáis un momento?

Y sin esperar respuesta, enfiló hacia los servicios.

Diez minutos después de que Gillian se hubiera marchado, Jason había empezado a controlar visualmente con disimulo la zona donde estaban los baños. Cuando pasó el cuarto de hora sin rastros de ella, él ya no prestaba atención a ninguna conversación. Con una parte del cerebro revisaba lo sucedido en busca de algo que pudiera haber molestado a su chica, y con la otra mitad, ideaba formas de averiguar qué estaba haciendo, sin llamar demasiado la atención. Shannon, tampoco atendía la conversación entre Mark y Jordan sobre el próximo concierto de Mandy. Seguía los movimientos nerviosos de su cuñado que le provocaban una intensa ternura.

Decidió echarle una mano.

Con alivio, Jason vio a Shannon dirigirse a los lavabos.

◆◆◆◆◆

Pero aunque los ataques de territorialidad de Jason incomodaban a Gillian y se lo hacían pasar francamente mal, su huida hacia los servicios no se había debido solo a él. Se había encerrado en un baño individual e inclinada sobre el váter, a ratos vomitaba y a ratos se doblaba de dolor, hasta que oyó unos golpes en la puerta, y a continuación, la voz de Shannon que le preguntaba si se encontraba bien.

Genial. Era justo lo que le faltaba, pensó mientras reunía fuerzas para ponerse de pie.

Por el ruido dedujo que fuera debía haber bastante gente. No estaba en condiciones de dejarse ver (seguro que tenía un aspecto terrible), así que abrió la puerta para que Shannon entrara.

—Eh... —dijo la esposa de Mark con evidente preocupación al ver a Gillian apoyada contra el ángulo que formaba la pared, con la cara blanco ceniza—. ¿Quieres que te llevemos a casa?

Ella se apresuró a negar con la cabeza.

Shannon bajó la tapa del váter. Hizo que Gillian se sentara.

—¿Qué sucede? —le preguntó preocupada—. ¿Es la regla?

—No —contestó ella con un amago de sonrisa—, es la antesala. Siempre se anuncia con tambores, pero esta vez —inspiró profundamente en un intento de detener las náuseas— se ha traido a toda la orquesta...

—¿No deberías consultar a un médico?

Tenía gracia porque, desde luego, en Camden no le quedaba ninguno por ver. Todos querían arreglarlo igual; extirpándole el útero. Pero aunque funcionara así así, era suyo y el único que tenía, por lo que hacía años que había dejado de tener en cuenta su opinión. Iba a las revisiones solamente para controlar cómo evolucionaban las cosas por aquella zona catastrófica que conformaba su aparato reproductor.

—Estoy bien —se apartó el pelo de los hombros y volvió a respirar hondo—. Lo de Jason fue como un cóctel emocional... Ya contaba con que me iba a pasar factura.

Shannon le acarició la cabeza suavemente, sonrió con cierta picardía.

—No solo emocional me parece a mí...

Ya, en este caso el ejercicio intenso, empeoraba las cosas en vez de mejorarlas. Gillian hacía tan mala cara, que el fuego que sintió en el cuello apenas fue un amago de rubor en sus mejillas. Aún así, suficiente para que Shannon riera.

—Vamos a que te laves la cara...

Gillian asintió, pero antes de que ella saliera del baño, la detuvo.

—No lo comentes, ¿vale?

—Jason te va a hacer preguntas. He venido porque si no iba a venir él.

—Yo me ocupo de Jay, tú no comentes nada.

Cuando ambas mujeres salieron del baño, los demás habían conseguido un sitio donde sentarse en la terraza acristalada. Jason, al verla, se levantó como un resorte del asiento.

—¿Dónde te habías metido?

Una sonrisa traviesa apareció en el rostro de Gillian que hizo que Shannon miraba a otra parte para evitar delatarla.

—¿Me has echado de menos?

—¿Qué hacías? —insistió él, masculino.

—¿Qué pasa, nene, tus chicas no se empolvaban la nariz? —intervino Mandy en tono de guasa, claro anuncio de que los demás se unirían en breve.

Jason no se lo pensó dos veces y tomó la mano de Gillian.

—Mientras vosotros seguís con las bromas, nosotros vamos a bailar.

Jason se las arregló para encontrar un hueco para los dos en un rincón de la pista menos concurrida. A Gillian, bailar no le apetecía especialmente, pero ser el blanco -o que Jason lo fuera- de las bromas era un plan mucho peor. Para Jason, cualquier actividad que le permitiera tener a Gillian para él solo siempre había sido un buen plan. Desde que estaban juntos, mucho más. Además, la música era agradable y aunque entenderse hablando resultara complicado por momentos (el sonido estaba muy alto), podía mirarla a gusto.

Y eso hacía.

Con su top blanco a juego con los pantalones, *supermodernos*, de tiro bajo; una camisola negra de transparencias y su mata de pelo cubriéndole la espalda y el pecho, le parecía tan femenina...

No se cansaba de mirarla.

El panorama que controlaba Gillian, en cambio, era más amplio. Estaba lleno de gente, Jason muy cerca suyo, y todo en conjunto, le resultaba nuevo y raro al mismo tiempo. Solo una cosa era igual que siempre; la forma en que todas las mujeres del local se fijaban en él. Siempre había sido igual, en Camden o en Nashville. Entonces, estaba tan acostumbrada que lo daba por hecho.

Ahora...

No le gustaba. Y pillarse *in fraganti* sintiendo celos, hacía que todo le pareciera mucho más raro.

—¿Vas a aceptar la oferta? —preguntó intentando cambiar el foco de atención.

En aquel momento, descubrió que Beth Folley los miraba desde la barra. Ella los saludó con un gesto de la mano que Gillian respondió mientras pensaba que, definitivamente, la noche iba de "pillar *in fraganti*". Notó que Jason no se daba por aludido.

—*Sip* —sonrió masculino—. "Voy a tomar las cosas como vienen".

Las comillas también fueron visuales.

—Quería decir que te relajaras, no que te cuadraras en posición de firmes.

—Preciosa, por un mensaje como el que me mandaste, yo me cuadro en la posición que quieras.

"Preciosa". *Otra vez*. Por no hablar del resto de la frase...

—¿Me tengo que reír? —hizo una mueca de sonrisa— ¿Por qué me llamas así? ¿O es que desde que salimos juntos tengo pinta de animadora cachonda?

Él sonrió divertido, tomó la cara de Gillian entre sus manos y le plantó un beso en la punta de la nariz, imitándola.

—No las llamaba nada... ¡Joder, la mayoría de las veces ni por su nombre! Pero tú eres un ángel, ¿cómo quieres que te llame?

Táctica infalible, pensó Gillian. Primero la hacía reír, luego la seducía con palabras que le acariciaban el oído. Qué hábil era.

—Yo, Gillian; tú, Jason —replicó de una forma que a él le recordó a "Yo, Tarzán; tú, Jane" e hizo que se desternillara.

Ella, sonriendo, esperó a que las carcajadas cesaran para demostrarle que también podía ser muy hábil cuando quería.

Y con él, siempre quería.

—Pero si "preciosa" te gusta más —añadió—, prueba a decírmelo al oído la próxima vez que te mande un mensaje. Igual funciona.

Un escáner cerebral habría mostrado una actividad febril en la zona sexual del cerebro de Jason. Sus maneras de mujer lo estimulaban a tope con casi nada.

Pero si el escáner fuera de su corazón, lo que mostraría serían palabras mayores. Su parte de ángel hacía surgir en él sentimientos que jamás había tenido por nadie. Sentimientos que crecían exponencialmente y buscando expresarse, lo desbordaban.

—*Te adoro*, Gillian —murmuró, en un arrebato de amor.

Y esta vez el beso fue en la boca.

♦ ♦ ♦ ♦ ♦

Aquello había sido un señor beso.

A Beth la habría dejado tal cual de no ser porque el que besaba era un hombre que no perdonaba un cuerpo bonito, pero, definitivamente, pasaba de las caras. Por lo menos, en público.

La mujer a la que besaba no tenía un cuerpo bonito -ni siquiera una cara bonita- pero, misterios de la vida, estaba en la de Jason, omnipresente, desde el principio de los tiempos.

Ahora, además, la besaba en público.

Por efectos del alcohol, no podía ser; ninguno de los dos bebía.

¿Estarían probando las aguas de mutuo acuerdo?

¿O la estrecha esa, que ostentaba el raro privilegio de ser la única mujer que salía con Jason Brady pero no se acostaba con él, habría sucumbido a sus innegables encantos?

Pues cualquiera de las dos eran pésimas ideas. Porque como Gillian estaba a punto de comprobar, había una gran diferencia entre ser su amiga, ocupando un lugar en su corazón que nadie más ocupaba, y llevárselo a la cama.

Y comprobar que allí había lista de espera.

La mujer se apresuró a salir de detrás de la barra cuando vio al ex-jugador de los Dallas Cowboys, dirigir su imponente envergadura vestida de negro hacia la zona reservada. Pensó que, seguramente, iría al baño. Y a juzgar por las miradas que seguían con atención los movimientos de aquel atentado a la fidelidad, había varias que estaban considerando la posibilidad de salir corriendo detrás y meterse en el baño con él.

"Pedirme la vez, señoras" pensó Beth, mientras se echaba un vistazo rápido para asegurarse que todo estaba donde y cómo debía. Acto seguido, le interceptó el paso.

—Que vengas es bueno para el negocio, pero si me las vas a matar de un infarto... —dijo señalándole con la mirada la camiseta que, raro en un amante de las camisas, lucía hoy; negra, sin mangas y hecha de un material que se le pegaba al cuerpo. Definitivamente, no apto para cardíacas.

Jason sonrió para sus adentros mientras reanudaba la marcha. Era regalo de una mujer, Gillian, y al vérsela puesta lo había definido con una sola palabra "bestial". Aún así, un cumplido era un cumplido. El

211

quarterback le dio un repaso a la dueña del local, antes de contestar.

—Menudo rodeo has dado para decir que estoy cañón. Por mí, no te cortes. —"Me lo dicen a todas horas y me encanta oírlo", añadió con la mirada.

Ya habían llegado a la cortina negra que separaba la zona de lavabos y el área de acceso exclusivo del personal del local, y Beth no tenía la menor intención de cortarse.

—Vale —dijo ella—. Tengo un cuarto de hora libre y unas ganas que me salgo de echar un polvo contigo. ¿Qué te parece el plan?

Esto estaba mucho mejor. Jason se tomó algunos segundos para valorar la cuestión y mientras su cerebro procesaba la información, sus ojos procesaron a la candidata. Luego, la tomó por la muñeca y miró su reloj. Era casi medianoche.

—Tentador —admitió, masculino, y sostuvo la cortina abierta para ella.

Beth, con una sonrisa radiante, se dispuso a pasar primero.

Gillian miró a otra parte y bebió un sorbo de su cerveza. Tuvo que tragar un par de veces hasta que consiguió que la bebida se abriera paso entre las palabras -improperios, más bien- que se apretujaban por salir, y la angustia rara que le estrechaba el canal como si alguien estuviera intentando estrangularla.

Pero era mejor eso que dejarlas salir.

Agua y aceite hacían una mala mezcla. ¿Cómo había sido tan idiota de considerar siquiera la posibilidad de que una relación con Jason pudiera funcionar?

La única relación que él se tomaba en serio era la que mantenía con su ego.

Mierda. Empezaba a costarle respirar.

Echó un vistazo rápido hacia la terraza donde estaban los demás. Mark le contaba algo a Shannon, Mandy y Jordan. Al menos, ellos no se habían dado cuenta, lo que era todo un consuelo porque en ese preciso instante lo último que soportaría sería el bochorno compartido.

Dios. Quería largarse de ahí y no podía hacerlo sin dar alguna explicación. Los preocuparía. Pero si se quedaba un minuto más...

—¿Qué haces aquí tan sola? —dijo una voz que conocía. Pero antes de que Gillian pudiera responder, la música cesó. No se oía nada...

Hasta que se oyó algo por los parlantes:

"Alex, tío, cada vez que te miro estás en el sitio equivocado. ¿Qué haces en la pista con mi chica?"

Durante unos segundos interminables, Gillian contuvo el aliento.

Y ni siquiera se dio cuenta de que lo hacía. Solo atinó a levantar la vista hasta la cabina del *disc-jockey* donde Jason, micrófono en mano, le sonreía.

No estaba con Beth.

Dios, no estaba con ella.

Era todo lo que le venía a la mente cuando recuperó el aliento, entre agradecida y arrepentida por dudar de él.

Entonces, Alex dijo algo que Gillian no entendió bien y Jason volvió a hablar con un tono que detonaba que seguía sonriendo.

"Sí, mala suerte, chaval. Es oficial: esa mujer divina es toda mía".

La voz del *quarterback,* la expresión de su cara, todo en él fue para Gillian, en aquel preciso instante, como un puñetazo en la boca del estómago. ¿Oficial? ¿Qué era "oficial"? El local se volvió rojo y brillante.

Ese no podía ser Jason. El auténtico Jason no estaría en la puñetera cabina con un micro en la mano, pregonando a los cuatro vientos una victoria que aún estaba por verse, cuando ella acababa de pedirle que se relajara.

¡Ay, qué ganas de matarlo, fuera quien fuera!

Tantas, como las de comérselo a besos cuando Gillian escuchó que él, con una voz bastante afinada, empezaba a entonar a capela el "Cumpleaños feliz".

CAPÍTULO 27

Sábado, 24 de junio de 2006.
Rancho Brady.
Camden, Arkansas.

Cuando Gillian entró en la cocina la mañana de su vigésimo séptimo cumpleaños todos estaban allí, hasta los niños que ya de vacaciones escolares, habían tenido que levantarse a instancias de Mark con tiempo suficiente para estar prontos para desayunar a las siete de la mañana. Igual que la Navidad, los cumpleaños eran fechas especiales para los Brady. Empezar el día con cariño y regalos era algo que Gillian siempre agradecía. Y hoy, especialmente, más porque Jason estaba en su vida aunque hubiera que ajustar unas cuantas cosas.

Y también porque estaba en uno de esos días previos a que le pasaran "cosas de chicas", que en ella llevaba un añadido de dolor tan importante que solo conseguía soportar con *megadosis* de afecto. Por suerte en esa familia, las tenía aseguradas.

Los regalos habían sido variados y prácticos. Matt, Timmy y Patty habían aportado calidez; un espantapájaros rapero que habían confeccionado entre los tres y un jaula con una hermosa pareja de canarios. "Para tu rosaleda", le dijeron.

Eileen se había encargado de recordarles sin palabras una vez más, que el cariño también se expresaba en los detalles; la mesa del desayuno era digna de una foto. Un gran centro de rosas blancas, amarillas y rojas, y una tarta de fresas, ambas preparadas con sus propias manos, dominaban la escena.

Mark y Mandy, aparte de regalos materiales, habían contribuido con las bromas y con las apuestas habituales en los dos.

Y Jason había puesto la sorpresa.

Después de las felicitaciones, Gillian ocupó su sitio en la mesa, tomó la servilleta para desplegarla sobre sus piernas, y entonces...

—Felíz cumpleaños, Gill —dijo Jason con una sonrisa radiante.

Ella tragó saliva. Miró la *cajita* intentando esconder el súbito resquemor que sentía. No era ni una flor ni un bombón, que ya le resultaban suficientemente melosos viniendo de él. Reunió valor y la abrió.

Y por unos cuantos segundos, se quedó en blanco.

Los demás, no.

Mandy, comedida, no perdió ni un minuto en cotillear el contenido, y cuando vio de qué se trataba, en un gesto sumamente explícito, se tapó la boca con las dos manos.

—Bueno, ya avisó anoche que era oficial —dijo Mark aguantando la risa, y al ver la expresión de sus padres, se apresuró a aclarar—. "Es oficial: esa mujer divina es toda mía", y lo dijo en El Gato Negro y por un micrófono, así que vosotros dos debéis ser los únicos en todo el pueblo que quedan por enterarse.

Eileen miró a su hijo con cara de madre orgullosa.

—Vaya, qué dulce, Jason.

Pero él no estaba atento a los comentarios, sino a su chica que continuaba con los ojos fijos en la caja y no parecía ni emocionada ni complacida.

—¿Anillos? —preguntó Gillian, mirándolo con una especie de sonrisa.

—Alianzas —matizó él mientras asentía repetidamente con la cabeza.

Gillian no parecía ni emocionada ni complacida porque no lo estaba, pero tampoco quería parecer descortés. Se esforzó por mostrarse agradecida echando mano de un recurso que dominaba.

—Sí que me has sorprendido, campeón —dijo risueña—. Luego averiguamos cómo se ponen y todo eso, ¿sí?

Él se levantó, dio la vuelta a la mesa y se puso de cuclillas frente a ella.

Santo Dios.

Con aquel afeitado perfecto, esas vistas de escándalo y su sonrisa de ganador Gillian podría, perfectamente, pasar de la tarta de fresas y tomarlo a él de desayuno.

—Es fácil. Mira, se pone así —dijo el *quarterback* mientras le deslizaba el anillo en el dedo anular derecho—. ¿Te animas o lo hago de nuevo?

Gillian suspiró. Se sentía nerviosa, incómoda... y *enamoradísima*. Menuda mezcla.

Intentando que las manos no le temblaran demasiado, ella hizo los honores, y como no le salían las palabras, se limitó a sonreír todo el tiempo. Procuró no mirar a nadie, o echaría a correr despavorida.

—Tienes razón, es fácil —admitió al fin, y se cruzó de brazos porque no tenía ni idea de qué hacer con las manos.

Pero él sí supo qué hacer con las suyas. Una se hundió en el cabello de Gillian y la tomó por la nuca; la otra, le rodeó la cintura.

Y su boca volvió a felicitarle el cumpleaños con un beso caliente que despertó comentarios y tiñó el momento de una complicidad entrañable que, a pesar de todas sus reticencias, Gillian supo que no olvidaría jamás.

◆ ◆ ◆ ◆ ◆

Gillian se había pasado el resto del día, en parte intentando ignorar las miradas curiosas de sus alumnos que prestaban más atención al anillo que a las explicaciones, en parte evitando al dueño del anillo y a su familia, con bastante éxito.

Jason iba demasiado rápido. Quemaba etapas a un ritmo que Gillian no podía seguir. Y posiblemente, estar en un día en que le molestaba hasta el roce de la ropa tendría que ver, pero, realmente, se sentía agobiada.

Él la estaba agobiando.

Tenían que hablar. Esta vez, necesitaba encontrar la forma de decirle que redujera la marcha y hacerlo, decírselo. Lo tomara como lo tomara.

Jason apuró el paso sin darse cuenta tan pronto la vio sentada en el porche y al notar que estaba abstraída en su regalo de cumpleaños, sin darse cuenta, también sonrió.

—¿Te gusta?

Gillian miró en la dirección que venía la voz. Wrangler's desgastados convertidos en pantalones cortos, camiseta de los Dallas Cowboys sin mangas, blanca con ribetes azules, y un pañuelo azul atado al estilo pirata en la cabeza. Como para no gustarle...

Él sonrió con su vanidad a punto de entrar en la órbita de Marte.

—Me refería a la alianza —añadió masculino.

Jason la hizo levantar del asiento, ocupó su lugar, e hizo que ella se sentara sobre sus piernas. Le rodeó suavemente la cintura con los brazos, y se quedó mirándola con su sonrisa de hombre realizado.

—Es muy bonita, sí —admitió ella mirándolo brevemente. Muy

bonita, muy evidente y muy poco de su estilo.

—Me encanta que te guste.

Una de las manos de Jason se coló por debajo de la camiseta de tirantes de Gillian y subió suavemente por su espalda.

—*Mmm...* Qué tentación, preciosa... —susurró, mordisqueándole el lóbulo de la oreja, al comprobar que no llevaba sostén.

Gillian se estremeció. Respiró hondo.

—No te tientes. Eso que está detrás de ti es la ventana de la cocina —dijo dándole un beso en la punta de la nariz. Luego, se liberó del abrazo de Jason y se puso de pie bajo la atenta mirada masculina.

Divertida y sensual. Desde la primera vez que se había permitido mirarla con ojos de hombre, hacía ya dos meses, un universo nuevo de detalles y formas excitantes se había abierto ante él. No solamente era incapaz de dejar de regocijarse en ella sin ningún recato, no entendía como había podido no advertirlos durante tantos años.

Dios, eran tan evidentes.

Como aquella piel blanca, suave. Sin marcas ni señas.

Como aquel cuerpo fibroso y a la vez, delicado. Una combinación armónica de fuerza y feminidad.

Todo en ella era una extraña mezcla de inocencia y pasión, de frescura juvenil y mujer segura de sí misma.

No se cansaba de mirarla, con su camiseta negra, sus pesqueros de tiro bajo y los pies descalzos... Tan distinta a sus *barbis*. Tan real.

Ella movió uno de los sillones de mimbre que había en el porche, y lo colocó frente a él. Se sentó y le tomó las manos. Jason enredó sus dedos en los de Gillian.

—Hablemos, ¿vale? —dijo, y lo miró suavemente—. ¿Qué va a ser lo siguiente? ¿Dar una serenata bajo mi ventana?

Jason se llevó una mano femenina a los labios y la besó.

—No te lo voy a decir.

Gillian meneó la cabeza. Hizo una pausa y después de soltar un suspiro, fue a por todas.

—Jay, me encanta estar contigo. Me encanta lo que me haces sentir, y hasta ahora, lo nuestro va bien. *Encaja* —él sonrió, vanidoso; ella respiró hondo—, excepto cuando haces estas cosas.

En la cocina, John dejó de preparar café. Miró a su mujer que, junto a él, medio segundo antes preparaba la merienda y ahora, inmóvil, escuchaba en silencio. Desde donde estaban, oían claramente la voz de Gillian.

—¿Qué cosas?

—Jay... ¿desde cuándo usas alianza?

—Desde hoy a las siete y media de la mañana —contestó él, masculino—. Antes no tenía a quién dársela.

—*Antes* no era tu estilo —replicó ella suavemente—. Y ahora tampoco. No es tu estilo hacer esta clase de regalos, y menos a una chica con la que sales hace una semana...

Él se quedó mirándola con expresión divertida, pero sus palabras mostraron claramente que el tema no le gustaba.

—No eres una chica con la que salgo hace una semana. Nos conocemos hace años, Gillian. Pensé que te haría ilusión tenerla, pero si el regalo no te gusta, hay confianza. Lo devuelves y en paz.

Acto seguido él liberó sus manos.

Dios, no te enfades... Gillian lo miró con ternura, le acarició la barbilla.

—Todo lo que tiene que ver contigo me hace ilusión, Jay... No necesito alianzas. Lo estás haciendo por mí, no por ti.

—Claro que lo hago por ti, ¿por quién si no?

—Jay, no soy Victoria. No necesito que me des los gustos. Y tú no necesitas decirme al oído "lo que tú quieras, preciosa" para tenerme. *Estoy contigo.* Y seguiré estando aunque no haya alianzas mientras lo nuestro encaje. Y si deja de encajar, no vas a retenerme aunque me encadenes a la pata de la cama...

A 35°C como estaban, a Jason le corrió frío por la espalda.

—¿De qué estás hablando?

—De que esto no es una competición, Jay. No es un partido que tienes que ganar. No tienes que ser el mejor en esto, solamente tienes que ser... —Gillian se encogió de hombros— un hombre. Enamórame con lo que eres, con lo que sientes de verdad... Y Jay, quita el pie del acelerador. Me gusta tomarme mi tiempo para analizar las cosas y ver cómo me siento. Si sigues así, en dos meses la alianza que me des va a ser de oro y esa no creo que vaya a ponérmela.

La mirada de él se volvió desafiante. La adoraba, pero esto era decididamente una exclusiva mundial.

—¿Me estás diciendo que me darías calabazas? —preguntó mitad incrédulo, mitad alucinado.

Gillian no contestó.

Lo que para él fue suficiente respuesta. Jason se dejó caer contra el respaldo.

—Joder, sí que eres una caja de sorpresas, chica.

—No soy una caja de sorpresas. Me conoces como amiga, no como mujer. No conoces a esa Gillian ni yo a ese Jason —acarició la mano de él con ternura—. *Necesito* que me dejes ver el hombre que eres de verdad. Sin faroles, sin aspavientos y a ser posible, con calma.

Jason permaneció en silencio, intentando aclararse con las emociones contradictorias que aquella mujer menuda de pelo largo provocaba en él.

Se sentía…

Atraído hacia ella como nunca se había sentido con nadie.

Seducido hasta la médula.

Y desafiado; necesitaba sentirla estremecerse, quería ver locura en su mirada. Locura por él. No que le pidiera que quitara el pie del acelerador.

Sus reticencias lo confundían. Y lo encendían.

—Conmigo siempre fuiste total —continuó ella suavemente—. Pero con ellas, *desastroso*… Y ahora, yo soy una de ellas. Ahora no hablamos de ti o de mi, hablamos de nosotros. Pasamos de contarnos nuestras locuras de alcoba, a ser protagonistas de la misma historia en la misma alcoba. Ahora hay deseos, expectativas y un montón de hormonas agitándonos como en una coctelera… Es una locura, tal y como es, descubrirnos los mismos de siempre en papeles distintos, como para que nos pongamos a jugar a Romeo y Julieta —Gillian apartó la mirada meneando la cabeza—. Te juro que cada vez que caigo en la cuenta de que me he enrollado con *Superman*, de verdad que echaría a correr…

Jason volvió a estremecerse. El deseo venía pisándole los talones a la confusión y cuando la oyó llamarlo así, de esa manera entre sensual y convencida...

—Pues *Superman* es *todo tuyo* —dijo él. En un segundo Gillian se encontró a horcajadas sobre las piernas de Jason con dos manos masculinas metiéndose por debajo de su camiseta, y acariciándole la espalda—. ¿Qué te parece si…?

Él no completó la frase. Se coló en la boca de Gillian en un beso ardiente, al tiempo que atraía sus caderas.

"Tuyo".

Jason Brady le decía "soy tuyo".

Dolor y deseo se combinaron en una mezcla tan poderosa como explosiva, haciendo que Gillian se estremeciera cuando él la estrechó más fuerte y sus pechos se aplastaron contra los voluminosos pectorales.

Ella suspiró, ahuecó los hombros un poco.

—¿Puedes hacerlo sin tocarme? —susurró.

Jason buscó su mirada. Y un segundo después, cuando su mente asoció las inusuales imágenes de los últimos días que tenían a aquel ángel por protagonista...

La exclusiva mundial fue otra.

El solo pensamiento de hacerle daño le había parado los pies, consciente, por primera vez, de su propia envergadura y de lo fácil que era lastimarla sin querer.

Debía estar enojado por lo que ella había dicho, por la cabezonería de querer ver faroles donde no había más que amor, y en su lugar, se sentía blando como un merengue recién batido.

—Claro que puedo —respondió, y la acomodó mejor haciendo que apoyara la cabeza sobre su pecho. Sus manos, que se movieron como si supieran que sostenían algo frágil, le descubrieron una delicadeza que Jason desconocía de sí mismo—. Y también puedo quedarme aquí, así, y ser tu cojín *mullidito*... ¿Quieres?

La sorpresa de Gillian fue mucho mayor.

Del Jason que conocía esperaba la primera parte de su respuesta. Estaba mentalmente preparada y dispuesta para ella. Es más, la deseaba. La deseaba tanto como para exponerse a un sufrimiento que sabía que le impediría llegar al final, lo que además de frustración, supondría explicar cosas sobre ella misma que nunca había querido explicar.

En cambio, lo que sucedió después, no lo esperaba.

La dulzura de sus ojos al mirarla, del tono con que le habló, sus palabras... Todo el lenguaje corporal de Jason se había transformado en un instante, y ella tuvo la sensación física, real, de estar entre algodones.

Protegida y mimada al mismo tiempo.

Divina.

Por primera vez, se sentía así.

Divina, en cuerpo y alma.

Muda de la emoción, Gillian apenas asintió con la cabeza.

Y se acurrucó contra él.

♦ ♦ ♦ ♦ ♦

Eileen cerró la ventana procurando no hacer ruido ante la mirada divertida de su marido. A diferencia de él, no deseaba ser un pajarito para pararse inadvertidamente en el alféizar. El tono de la conversación que se desarrollaba en el porche entre su hijo y aquel ángel de pelo largo que amaba como si fuera de su propia sangre, se había suavizado lo bastante para indicar que empezaba a ser de naturaleza íntima, y por tanto, privada. Y lo que había escuchado hasta el momento mostraba que las cosas seguían el rumbo correcto, así que no había razón para continuar con la ventana abierta.

John no pensaba igual.

—Parece que el gigante ha subestimado la capacidad de reacción de "esa enana", como él la llama. Le viene bien una cura de humildad.

220

Eileen sonrió.

—¿Tú crees? A mí me parece que son los mismos de siempre, haciendo más o menos lo de siempre. Jason saca pecho —hizo el gesto imitando a su hijo— con toda esa confianza en sí mismo que tiene, y Gillian sonríe y maneja las riendas de su vida con firmeza y cantidades industriales de sentido común. Ella dirá que Jason es un titán, pero en esta historia hay dos titanes, no uno.

John negó con la cabeza. Empezó a distribuir tazas y platillos sobre la mesa.

—Demasiadas bombas de humo para mi gusto... Y lo del anillo ¿qué pretendía con eso? Se notaba a la legua que Gillian no sabía dónde meterse. Ya ves lo que acaba de decirle... Primero debería demostrarle que es capaz de cuidar de ella y serle fiel. Que es capaz de ser un hombre como Dios manda.

"Como Mark", pensó Eileen. John no lo había dicho, pero ella casi pudo oírlo al final de la frase.

Jason no era como Mark. En realidad, Eileen estaba convencida de que ya no quedaban hombres como su marido y su hijo mayor, pero no creía que Jason lo estuviera haciendo tan mal con Gillian como John sugería. Al contrario. Durante años, con todo el dolor de su alma, Eileen le había dado suspenso tras suspenso cuando lo evaluaba como hombre. Pero con Gillian, inesperadamente, estaba remontando nota.

—Es un símbolo, John, que resume todo eso. Y si fueras mujer, y conocieras a Jason tan bien como lo conoce Gillian, sabrías que no fue ninguna bomba de humo. Por eso se sentía incómoda, porque sabía que iba en serio. Quizás, demasiado en serio para lo que ella puede asumir en estos momentos.

Entonces sería una forma nueva, estilo Jason, de ir en serio.

—Me dijo Mandy que le ofrecieron entrenar un equipo de fútbol de Little Rock. Y según Gillian, aceptó. Ciento cincuenta kilómetros son muchos kilómetros para vivir aquí y trabajar allí. Dime, cariño, ¿*en serio* crees que va "en serio"? —John meneó la cabeza, disgustado—. Soy demasiado antiguo para entenderlo.

Eileen había oído algo sobre el tema, pero desconocía los detalles. Tampoco le hacían falta. Dudaba mucho que Jason fuera a aceptar un trabajo que volviera a alejarlo del rancho. Francamente, no creía que fuera capaz de estar lejos de Gillian. Más aún, no creía que *él* se sintiera capaz.

—No te preocupes, querido —dijo Eileen y se estiró a darle un beso en los labios—. Todo va a ir bien.

CAPÍTULO 28

Sábado, 5 de agosto de 2006.
All American Sports Center,
hogar de los Tigres de Arkansas.
Little Rock, Arkansas.

Jason atravesó el corredor que llevaba desde el gimnasio al área de oficinas con su habitual paso ágil. Normalmente, se reservaba la hora de la comida, cuando el gimnasio estaba vacío, para la segunda parte de su entrenamiento diario. Pero hoy Gillian lo vendría a buscar a las doce, de modo que tenía un par de horas para liquidar su lista de llamadas pendientes, hablar con Zack -el benjamín del equipo-, y darle a Dana las últimas indicaciones relativas al partido del día siguiente; los Tigres jugaban su primer partido de la pretemporada en casa.

Se sentía ansioso y, aunque una parte de él no lo reconocería bajo ninguna circunstancia, también nervioso. Cuando era jugador y se acercaba la hora del partido, solía sentirse cada vez más tranquilo. Ahora, por lo visto, funcionaba al revés. O quizás fuera que unido a lo de Gillian eran demasiadas ansiedades para un mismo fin de semana. En mes y medio que hacía que él se había incorporado a la plantilla, ésta sería la primera vez que su chica iba a asomar las orejas por la sede deportiva de los Tigres. La idea de mostrarse con Gillian y de enseñarle su nuevo mundo lo tenía como a un niño con un juguete nuevo; el hombre encontraba terriblemente más excitante saber que dormiría con ella.

Sí, por primera vez en casi dos meses, tendrían un decorado romántico adecuado en vez del sofá de la planta alta del gimnasio del rancho. Y cuando abriera los ojos por la mañana, lo primero que vería sería a ella, yaciendo a su lado.

Podía estar nervioso, pero eso no era lo que exteriorizaba. Al contrario. En el club lo consideraban un hombre jovial, que siempre tenía un comentario amable y se dirigía a todos por su nombre de pila. Los que trabajaban con él más estrechamente habían tenido la ocasión de comprobar que, además de ser muy exigente, era dueño de un gran sentido del humor. La mayoría envidiaba su extraordinaria forma física, pero eso, en un sentido, los motivaba a la hora de trabajar en el gimnasio. Y todos, sin excepción, envidiaban el éxito que tenía entre las mujeres. Desde que Jason Brady estaba en la plantilla, el turno matutino de las actividades deportivas femeninas que se desarrollaban en las instalaciones, tenía *overbooking*; se había corrido la voz de que por la mañana era fácil verlo en equipo deportivo, entrenando con sus jugadores.

También se había corrido la voz de que un par de animadoras del equipo de baloncesto había lanzado sus redes al agua para pescarlo, y de que el nuevo entrenador contaba con la aprobación especial de la hija de un miembro de la junta directiva.

Pero ni unas ni otra parecían tener la atención del entrenador Brady. Alguno de los jugadores se había percatado de que entre los anillos que el entrenador lucía en cada dedo excepto los pulgares, uno tenía aspecto de ser algo más, y que, según su secretaria, hablaba varias veces al día con una tal "Gill". Todo parecía indicar que alguien ya lo había pescado. Pero no sabían de quién se trataba porque, hasta el momento, fuera quien fuera la afortunada, no se había dejado ver. Aunque las apuestas del vestuario se decantaban siete a tres por una pelirroja contra una rubia, la robustez de la candidata se daba por sentado. La expectación por verla, a veinticuatro horas del primer partido del equipo -¿qué mejor ocasión para mostrarle su apoyo?-, estaba a punto de tocar techo.

Dana se apresuró a finalizar la conversación cuando vio que Jason entraba en el despacho. Los primeros días, entrenador y secretaria ocupaban despachos contiguos, pero cada dos por tres algún despistado, normalmente de sexo femenino, ignorando completamente el mensaje explícito de una puerta cerrada, irrumpía en el despacho de Jason. Harto de interrupciones, se habían mudado a un despacho doble de la planta baja, de los que estaban frente a la pared acristalada que daba al campo de fútbol. Era más pequeño, pero más privado, ya que para acceder a él primero había que pasar por el de su secretaria.

—¿Johnny controlando *otra vez* si trabajas o visitas el vestuario de los chicos? —preguntó Jason con picardía, y cogió un puñado de almendras peladas de uno de los bols con frutos secos que a pedido suyo, Dana había situado estratégicamente en distintos lugares de los dos despachos.

Era Johnny, sí. Aunque en realidad, le preocupaba más su nuevo jefe que los hombres del vestuario. Algo, que por supuesto, no pensaba decirle al interesado.

—Sí —contestó ella con segundas—. Es lo que pasa cuando tienes novio, pero claro, como tú sigues "soltero y sin compromiso", no sabes de qué va esto.

—Hace bien en cuidar sus intereses —dijo él y mientras hablaba, se dirigió a su despacho. Dana lo siguió—. ¿Qué tienes para mí?

Ella consultó rápidamente su cuaderno y dejó un puñado de notas de llamada sobre el escritorio del entrenador.

—Periodistas, periodistas y más periodistas. ¿Qué vamos a hacer con ellos? Todavía no ha empezado la liga y ya nos están friendo a llamadas...

Jason se sentó frente a su mesa, verificó el buzón de mensajes de su móvil y luego lo dejó junto al teléfono fijo. No había llamadas de Gillian, así que todo iba según lo previsto. Estaría de camino.

—Dales día y hora.

—¿A todos? —preguntó ella sorprendida. ¿No tenía listas negras? Jason asintió.

—Déjame libre la franja de dos a dos y media de la tarde todos los días. Diez minutos máximo por entrevista.

Ella frunció el ceño. Ya era raro que recibiera a cualquiera sin más, pero esperar que se arreglaran con diez minutos...

—Eso es lo que suelen retrasarse en llegar, Jason.

Él levantó la cabeza de las notas que le había dejado sobre su mesa y le dedicó a su secretaria una de esas miradas, en las que era experto, que se expresaban a las mil maravillas con gran economía de palabras. Dana levantó los brazos en un gesto de rendición.

—Lo que tú digas, jefe.

Jason esperó a que ella cerrara la puerta y volvió a coger su móvil. Seleccionó una memoria y esperó a que contestaran.

—¿Dónde estás? —dijo él anticipándose.

Gillian sonrió mientras controlaba por el retrovisor que las puertas electrónicas del rancho se cerraran.

—*Saliendo del rancho.*

—¿Todavía estás allí?

—*Aguanta, campeón, que ya queda menos* —dijo ella con dulzura. Del otro lado de la onda le llegó un suspiro.

—Te hacía de camino... ¿No habíamos quedado en que salías a las diez?

Gillian no pudo evitar reír. Eran solo las diez y diez.

—*Si esperaba que Mark volviera, podía llevarme su coche. Así yo voy más cómoda y tú me tienes allí antes ¿que te parece?*

Jason sonrió de oreja a oreja.

—¿Cuánto antes?

—*Si no hay mucho tráfico, a menos diez puedo estar ahí.*

—Perfecto —se recostó contra el respaldo de su sillón giratorio, feliz de oírla—. Me muero de ganas de verte...

—*¿En serio?*

—Muy en serio.

Ella suspiró, lo que hizo que la sonrisa de Jason se ensanchara.

—*Entonces, mejor cortamos y me pongo en marcha, ¿vale?* —sugirió ella justo cuando Jason vio que la puerta de su despacho se abría y aparecía Zack.

—Sí, y además alguien acaba de entrar —murmuró disponiéndose a acabar la llamada—. Conduce con cuidado, ¿vale?

"Con cuidado, pero rápido", pensó Gillian mientras guardaba el móvil y se ponía en marcha.

Ella también se moría por verlo.

◆ ◆ ◆ ◆ ◆

Jason dejó el móvil sobre el escritorio y le indicó al jugador que tomara asiento.

El joven soltó el bolso junto a una silla y se sentó. Durante unos breves instantes se mantuvo en silencio, con la mirada baja. Luego, en un gesto que a Jason le resultó familiar, lo vio inspirar profundamente y mirarlo directamente.

—Quisiera saber por qué mañana me quedo en el banquillo, entrenador.

Jason sonrió para sus adentros. Método infalible.

—En cualquier equipo hay algunos que juegan y otros que hacen banquillo. Esta semana tú estás en el grupo que no juega.

La expresión del joven se volvió desafiante.

—Soy el mejor *tackle* que tiene y ¿chupo banquillo? ¿Por qué no me dice lo que estoy haciendo mal y acabamos antes?

Hecho.

—¿Por qué no tiras al váter toda esa mierda que tomas y pruebas a ver si entrenando a pelo sigues siendo "el mejor *tackle* que tengo"?

Zack soltó una risa socarrona y miró a otra parte.

—Si es por eso, entonces tendrá a más descansando a la sombra que sudando en el campo, señor.

Era un riesgo que tenía que correr.

—No lo creo. Cuando vean al "Gran Zacharias" mirar el partido desde la línea, seguro que se lo piensan mejor —Jason se incorporó en el sillón, echó un vistazo a la hora que marcaba el reloj de su móvil: diez y veinte. La reunión estaba a punto de acabar—. Pastillas, las mínimas. Os lo dije el primer día.

El joven puso los ojos en blanco.

—¿Y cómo espera que aguantemos las mil horas de entrenamiento, el dolor de las lesiones...?

"Con dos cojones", pensó Jason e iba a decirlo, pero la puerta se abrió. Primero, apareció Victoria. Inmediatamente después, Dana. Con cara de ofuscación.

—Lo siento, entrenador. No me dio tiempo a decirle que estaba ocupado.

—¡Ay, perdón! —dijo Victoria haciéndose la sorprendida—. No pensé que estuvieras con alguien...

Seguro que no. Típica mujer, asoció "puerta cerrada" y "secretaria de custodia", y no pudo resistirse a abrirla para ver qué se estaba cociendo.

—Está bien, Dana. La próxima vez, ponle el pie si hace falta —dijo Jason echándole una mirada explícita y esperó a que su secretaria se fuera para dirigirse al jugador—. Se sufre, por eso es un juego de tíos, pero si yo puedo aguantarlo, tú también. Conmigo no hay atajos, Zack. Cuando te vea partirte el lomo en los entrenamientos, estarás en la alineación. ¿De acuerdo?

Para Jason era evidente que no lo estaba, y lo entendía. A su edad, lo normal era quererlo todo y quererlo ya. Lo vio asentir sin convencimiento y sacar su cuerpo inflado a esteroides fuera del despacho.

—¿Qué se te ofrece? —dijo Jason, volviéndose hacia Victoria tan pronto estuvieron a solas.

—¿Cómo "qué se me ofrece"? Cualquiera diría que no te alegras de verme —replicó Victoria coqueta mientras apoyaba su espectacular pandero sobre un ángulo del escritorio frente a él—. Pero te alegras, ¿no?

Jason se puso de pie, rodeó el escritorio pasando frente a ella y se inclinó para coger una bebida isotónica de la nevera. Y fue cuando se llevaba el bote a la boca que sintió que una mano le tocaba de lleno el trasero, y entonces pudo comprobar dos cosas; odiaba que lo acosaran...

Y seguía siendo un tío de reflejos *supersónicos*.

—Tienes un culo de muerte —dijo Victoria riendo al ver que el hombre más ligón de la galaxia no tardaba ni un segundo en apartarle la mano—. No hay quien se resista y, que yo recuerde, antes no solías reaccionar así... ¿Qué pasa, tienes miedo de que la dueña del anillo entre y nos pille *in fraganti*? Para eso, tendría que dignarse a venir —añadió con malicia.

Jason levantó una ceja.

—No me mires así —replicó ella. Esa no era la mirada que buscaba obtener, pero las que la desnudaban por lo visto ahora se las dedicaba a otra. Como si debajo de aquella melena pasada de moda que llevaba, hubiera algo digno de mirar. Tonto de él—. ¿Por qué nunca viene? ¿Está enrollada con un pura sangre y no alardea de él? Perdona, pero esto huele muy mal.

—Soy yo, que empiezo a estar hasta el moño de ti —Jason soltó el aire en una especie de bufido—. ¿Qué quieres, Victoria? ¿Por qué no sigues con tu vida y me dejas en paz?

—Porque me he dado cuenta de que me importas y no soy de las que se conforman.

Mmm... Mala cosa.

El riesgo de que Gillian los viera existía y Jason todavía luchaba con las secuelas de la escena del porche. No tenía la menor intención de añadir más. Eso, además del hecho incontestable de que no eran las manos de Victoria las que quería sentir sobre la piel.

Raro, sí, pero real.

—Déjalo. No quiero hacerte daño, Victoria, pero si tengo que elegir entre hacérselo a Gillian y hacértelo a ti, no me lo voy a pensar ni un segundo —la miró a los ojos—. ¿Entiendes lo que digo?

Ella se incorporó, acomodó el bolso en el hombro con una actitud que mostró que sí, lo entendía y no, no le gustaba el mensaje.

—¿Y qué? Quien no arriesga, no gana. Y esta vez, el premio es de los gordos. Me parece que le voy a decir que hace mal en darte tanto espacio, alguien podría aprovecharse y colarse dentro de la barrera...

Los reflejos *supersónicos* de Jason volvieron a hacer acto de presencia. Con una mano mantuvo la puerta cerrada y con la otra le cortó la circulación a la muñeca de Victoria, que contrajo la cara de dolor.

—Ni se te ocurra —dijo él, amenazante.

Victoria liberó su brazo de un tirón, mucho más rabiosa que dolorida, y salió dando un portazo.

◆ ◆ ◆ ◆ ◆

Cuando pensaba en la perspectiva de pasar el fin de semana juntos, a Gillian le parecía que cada kilómetro duraba lo que cuatro. No veía la hora de llegar a Little Rock y empezar a disfrutar de día y medio con

Jason todo para ella. En el rancho, querer estar un rato a solas siempre daba lugar a bromas y comentarios. Esa era la desventaja -la única, para Gillian- de vivir con una familia numerosa; era muy difícil hacer algo sin que se enteraran todos, y la privacidad... Bueno, eso era sencillamente un sueño imposible. Que se lo dijeran a Mark, el más familiar de los Brady, que tres meses después de casarse, se había mudado a la antigua casa de los guardeses, desesperado por un poco de intimidad con su flamante mujer. Jason y ella echaban mano del gimnasio cuando tenían uno de esos momentos de "ahora, o me muero". Si aquellas paredes pudieran hablar...

Pero para disfrutar de su chico, primero tenía que traspasar las puertas del All American Sports Center, hogar de los Tigres de Arkansas, y esa perspectiva le anudaba el estómago de nervios.

Jason llevaba un mes inventando excusas que, directa o indirectamente, incluían que ella "fuera a buscarlo al club".

Tanto como ella llevaba esquivándolas.

En eso no se parecían. Jason siempre pisaba a fondo. Tenía una gran facilidad para decidir lo qué quería y cómo lo quería y cuando se ponía en movimiento, era como un ciclón. Aunque era un novato, en las relaciones sentimentales, evidentemente, funcionaba de la misma manera. Gillian, en cambio, prefería mirar bien donde ponía el pie. Especialmente, en cuestiones de pareja.

Y *muy especialmente* si la relación era con su mejor amigo, quien además, era hijo de la familia con la que ella vivía y trabajaba desde los dieciocho.

Entre Jason y ella no había habido presentaciones formales porque compartían familia. Él, con la *hipervelocidad* que caracterizaba sus movimientos, había comprado las alianzas al cabo de una semana y Gillian, sin casi tener tiempo de asimilarlo, había pasado de ser su mejor amiga a ser su novia, que no su chica. Algo que nunca había sido para nadie.

Y ahora, estaba a diez minutos de ponerse a la vista de jugadores, directivos y usuarios del centro como "la novia del entrenador Brady".

Pero había algo peor aún; ponerle cara y cuerpo a las admiradoras del entrenador.

Siempre habían estado ahí, algunas insinuándose; la mayoría entrándole a Jason a cuchillo, y metiéndose con Gillian. Pero entonces, a ella no le suponía ningún esfuerzo ponerle al mal tiempo buena cara. Era su amiga del alma y ocupaba en la vida de él un lugar que ninguna otra persona ocupaba. De alguna manera, se sentía imbatida.

Ahora era distinto. En esta nueva posición que ostentaba, competía sin proponérselo, con todas.

Y no se sentía imbatida.

Y además, estaba Victoria. Tan seguro como que se llamaba Gillian que aquella mujer seguiría intentando recuperar a Jason, y ya conocía sus métodos.

Y lo bien que le funcionaban.

Mierda.

Como amiga, habría puesto su vida en manos de Jason. Sin pestañear. Sin pensárselo un segundo.

Pero como mujer...

No se fiaba del Jason hombre que conocía.

Lo cual la hacía sentir... *hipócrita*. Las personas cambiaban. Gillian creía en eso, firmemente. Era algo que había defendido con capa y espada toda su vida. Entonces, ¿por qué le estaba costando tanto concederle a él el beneficio de la duda?

Jason recorría, día a día, con decisión y un montón de cariño la distancia que ella tácitamente ponía entre los dos con sus contestaciones esquivas, con su dar largas a todo. ¿Qué hacía ella, aparte de pasarlo por el microscopio? Estaba siendo injusta.

No estaba obrando bien. Jason no se merecía eso, decidió mientras aparcaba frente al Centro.

Echó un vistazo rápido a la cámara de torturas que la esperaba. Allí, decenas de chicas de edades comprendidas entre los dieciocho y los veintiséis hacían cola para entrar.

Gillian cerró el coche y cruzó la avenida.

Había llegado el momento de la verdad, pensó mientras traspasaba las temidas puertas y empezaba a atravesar el gran pasillo central hacia el final.

Jason le había comentado que el director deportivo quería equipo propio de animadoras para Los Tigres y le había encargado las audiciones a Beverly, la profesora de aeróbic. Desde hacía dos días, el ir y venir de *jovencitas* en mallas de *cheerleader* tenía revolucionado a todo el mundo.

Lo había dicho con tono de "a ellos, no a mí", pero la verdad era que todas eran preciosas y si ella fuera hombre...

Gillian paró en seco.

Quería dejar de mirar, pero no podía. Igual que aquella tarde en el porche.

El gigante era Jason. Y la morena despampanante que no dejaba de mostrarle el escote mientras hablaba con los ojos de él atentos al menor movimiento, no tenía ni idea quién era.

Pero daba igual; ella lo estaba buscando.

Y él se estaba dejando.

"¿Querías ver el hombre que era? Pues apunta, guapa... *Ese* es el hombre que es".

Con un esfuerzo que le resultó casi sobrehumano apartó los ojos de la fea grieta que deslucía una imagen masculina que había venerado toda su vida, y miró la hora. Diez para las doce.

Le había dicho que a menos diez estaría allí y eran menos diez.

Gillian dio media vuelta y enfiló exactamente por donde había venido.

Apoyado contra la barandilla, de espaldas al campo, Jason miraba a la chica y sonreía incrédulo.

Eran tan obvias... Si le diera cinco minutos más, seguro que ella lo ponía en horizontal y le saltaba encima.

Jason se irguió. La chica continuó hablando, pero sus ojos le recorrieron el pecho y los hombros, sin esconder cuánto le gustaba lo que veían.

Echó una ojeada al reloj que ella levaba en la muñeca derecha.

Tiempo, guapa.

—Tengo que irme —la interrumpió él, seductor. Ella sonrió y cerró la boca—. Déjale tu currículo y las fotos a Beverly, yo no me ocupo de esto. Y gracias por venir.

—¿Dónde encuentro a Beverly? —preguntó ella, y dio un paso hacia él.

Jason sonrió ante su avance descarado, y se apartó.

—Es allí —dijo. Se disponía a señalar una puerta al final del corredor cuando vio una figura femenina inconfundible, de pelo largo y lacio.

No pudo evitar sonreír, pero al instante comprendió que la figura se alejaba. De hecho, ya no la veía.

Las piernas de Jason se movieron como si tuvieran vida propia.

—La última puerta al final del corredor —respondió él, y apuró el paso hacia la salida del club.

La llamó. Dos veces. Pero Gillian no se volvió y Jason echó a correr tras ella. En algún momento del último minuto el corazón se le había subido a la garganta. Tenía que haberlo oído. ¿Por qué no se detenía?

Cuando la alcanzó, estaban ya en la calle donde la fila de chicas vistosas de distintas edades seguía haciendo cola para sus audiciones.

—¡Eh! —Jason la tomó suavemente por un brazo, haciéndola girar.

Por una fracción de segundo Gillian pensó en comérselo vivo. Al final, se volvió con una sonrisa prefabricada.

Jason, aliviado, la tomó por la cintura y besó suavemente sus labios.

—Pensé que te ibas…

—Pensaste bien —dijo ella y le devolvió el beso.

Jason hizo una pausa.

—¿Cómo que te ibas? —le preguntó con los ojos brillantes—. ¿Dónde te ibas?

Gillian se acomodó el bolso en el hombro y empezó a caminar hacia el monovolumen.

—Donde *me voy* —corrigió—. Al rancho. Hay toneladas de trabajo.

Una punzada atenazó el estómago de Jason, confirmándole que algo sucedía. La tomó por el brazo otra vez para hacer que se detuviera.

—Gillian, ¿qué pasa?

—No juegues a este juego —contestó ella intentando ser dulce—. No me hagas *encasquetarle* mis cosas a tu padre y meterme ciento cincuenta kilómetros entre pecho y espalda para ver cómo jugueteas con otra tía, ¿vale?

¿Como *qué*...? Jason soltó una risa irónica y la miró alucinado.

—¿Te estás quedando conmigo?

Si había algo de él que a Gillian siempre le había resultado fácil de entender era la forma en que se relacionaba con sus mujeres. Aunque a ellas las enojara tanto, la razón del comportamiento de Jason era evidente; ninguna representaba más que un poco de sexo para él. Pero ahora, cuando intentaba aplicarse la fórmula, la cosa no cuadraba. No acertaba a decidir qué le hacía más daño; si haber confirmado que no era digno de confianza, o haberse convertido en una mujer más con la que él se acostaba.

Algo, sin embargo, sí tenía claro: ahora no podía hablar del tema. Porque sí, se sentía demasiado capaz de "pedirle que volviera a Dallas".

O al infierno, lo mismo daba.

—Me voy —dijo acariciándole la barbilla al pasar—. Te veo el lunes…

Jason la vio cruzar la avenida y subir al monovolumen mientras su mente se quedaba en blanco. ¿Había dicho "el lunes"?

Dos jodidos meses esperando que la señora se decidiera a dejarse ver por el club y ahora se iba con la excusa de...

¿Cuál excusa? ¿Acaso era culpable de estar bueno? ¿Qué coño le pasaba a esa mujer?

Cuando llegó junto al vehículo, Jason estaba tan enojado como Gillian. Abrió la puerta con una determinación que a ella lo hizo mirarlo sorprendida y cuando abrió la boca, lo que salió fue una orden.

—Baja del coche.

La respuesta de Gillian fue igual de imperativa.

—No.

Y a continuación, dio al arranque.

—Gillian, baja del coche —repitió él.

Ella apagó el motor, contó hasta veinte y luego volvió la cara para mirarlo.

—Soy Gillian, no Victoria, así que no me hables así.

La altivez en los ojos de él dijeron cosas que a ella no le gustaron y consciente de que no hacían más que hurgar en la herida, apeló a lo que sentía por él. Buscó que sus palabras fueran suaves, lo bastante para que él diera un paso atrás, y ella pudiera marcharse. Y serenarse.

—No soy como tus chicas, Jay. No voy a aguantar deslices de ninguna...

—*No-pasó-nada* —la interrumpió él, rabioso.

Nunca había perdonado un avance, y desde que estaban juntos no hacía otra cosa que sentirse acosado y aguantar el tirón. Por ella.

—Esto lo has visto *millones* de veces —continuó—. Sabes *perfectamente* que no te la estoy pegando con nadie... Soy un tío bueno y lanzan sus redes para pescarme, nada más. Así que déjate de historias, ¿vale?

Gillian guardó silencio mientras lo miraba. Era demasiado listo para no saber que lo que decía sonaba a memez de niño de diez años, pero aún así, lo decía.

Se lo decía a ella.

—Claro que lo que pasaba lo he visto millones de veces; ella te entraba a saco y tú te dejabas.

"No se dejaba" ¿Pero de qué estaba hablando? Jason iba a decirlo en voz alta cuando ella continuó.

—Pero entonces, yo no me acostaba contigo...

—No te acuestas conmigo. Eres *mi novia* —volvió a interrumpirla él, más que ofendido.

Gillian ignoró la observación, y completó la frase.

—Si se conformaban con un tío incapaz de tratarlas con respeto, allá ellas. Mi hombre, el que me enamore, va a estar esperándome en la puerta tres minutos antes de la hora por si decido adelantarme. Me va a abrir la puerta para ayudarme a bajar y va a hacer que yo sienta que me esperaba con ansia porque soy lo mejor de su existencia.

En otras palabras: ese hombre no era él. Jason tragó saliva y apartó la mirada.

—Supongo que te habrás dado cuenta de que ahora mismo, lo mejor es que me vaya, ¿no? —Gillian lo miró con cierta tristeza en su expresión—. Suelta la puerta, Jay.

Jason respiró hondo. Dio un paso hacia atrás.

Gillian cerró y puso el motor en marcha.

Él la miró mientras maniobraba para incorporarse al tráfico y se quedó allí hasta que ella desapareció entre los coches.

◆ ◆ ◆ ◆ ◆

Cuando desde la ventana de la cocina, John y Eileen vieron a Gillian aparcando el monovolumen en el segundo garaje, dedujeron que había habido tormenta. Y como la conocían, sabían que para enterarse de por qué esos ojos de mirada dulce estaban tan apagados, tendrían que esperar a que Jason regresara a casa. En teoría, eso no ocurriría hasta el día siguiente por la noche, después del partido. Lo que añadía otra incógnita; ¿iría Gillian a ver el primer partido de Jason como entrenador?

Para sorpresa de todos, especialmente de Gillian, aquel mismo día, tres horas más tarde, mientras toda la familia hacía una pausa en sus faenas y tomaban un te helado sentados en el porche, vieron subir al entrenador Brady, a bordo de su Harley, a toda pastilla por el camino de tierra.

También vieron cómo Gillian meneaba la cabeza molesta, se levantaba de su asiento y entraba en la casa, justo cuando Jason se apeaba de la moto.

Al verla, él dejó caer los brazos al costado del cuerpo. Gillian era única cada día en más cosas; podía ponerlo ancho como un pavo real diciéndole mejor que nadie lo grandioso que era.

Y también podía hacerlo sentir un capullo al que su novia no le daba ni la hora, con la misma facilidad.

Pasó por el porche casi sin mirar a nadie, hizo un gesto con la mano a modo de saludo, y entró en la casa. Se la encontró en pleno recibidor, con las manos en los bolsillos de sus bermudas, mirándolo con los ojos brillantes.

—¿Qué haces aquí, Jay? Me fui para enfriarme.

Era el hombre que la enamoraría, y con los astros de su parte o sin ellos, Jason iba a luchar aquel tanto hasta el final.

—Pues tendrás que enfriarte mientras me miras porque no voy a irme.

Gillian lo vio cruzarse de brazos y mantener la mirada en aquel gesto suyo tan desafiante.

Tan irritante.

Ella le echó una mirada sardónica y sin decir ni una palabra, empezó a colocarse la gorra de béisbol con el pelo saliendo en coleta por encima

233

de la banda ajustable, preparándose para volver al trabajo.

—Gillian, *no-voy-a irme* —repitió él dando un paso hacia ella. Se inclinó y buscó su mirada—. Quiero que resolvamos esta historia *ahora*.

"Jay, no tientes la suerte", pensó ella mientras pasaba a su lado y abría la puerta.

—*Ahora,* vuelvo al trabajo. Tú haz lo que quieras.

Jason apoyó la mano sobre la puerta y volvió a cerrarla.

—La cagué y lo lamento —admitió—. Pero sabes muy bien que no fue a propósito. Y además, no pasó *nada*. No te falté el respeto. Ella no es nadie.

Gillian tuvo que sonreír de la sorpresa. Lo miró incrédula.

—De acuerdo —dijo suavemente y sacó su móvil del bolsillo. Buscó una memoria y pulsó el botón de llamada. Habló mirando a Jason a los ojos para no perderse gesto—. ¿Cómo vais con ese sector? —asintió mientras escuchaba—. Vale, Keith, ¿me traes mi caballo, por favor? Te espero en el porche.

La mirada de Jason se volvió salvaje.

Después de guardar el móvil, Gillian cogió el pomo de la puerta y la abrió.

—Como Keith tampoco es nadie —dijo—, ya no hace falta que nos hagamos señales de humo, ¿no te parece?

Y sin esperar respuesta, salió al porche.

—Vuelvo al trabajo —anunció a la familia y se dirigió hacia la escalera que llevaba al camino de laja.

Jason salió detrás de su chica. Se detuvo junto a la barandilla y desde allí la llamó.

—Gillian…

Ella se volvió y lo miró sonriente.

—¿Sí?

—Lo voy a inflar a hostias —advirtió él, mientras los Brady cruzaban miradas alucinadas.

—¿Por qué? —dijo ella con cara de sorpresa—. Si no es nadie… No pasa *nada* —bajó la vista de pura indignación, y cuando volvió a mirarlo su permanente sonrisa había desaparecido—. Yo te voy a decir lo que vas a hacer, Jason. Te vas a quedar ahí, justo donde estás. Vas a mirar cómo me largo con un tipo que sabes perfectamente que está por mí. Vas a mirar cómo me dejo y vas a tomar nota de qué se siente al ver como alguien que adoras le dedica a otra persona el interés que debería dedicarte a ti. Luego, repítete que no es "nadie", que "no pasó nada" y que "no te estoy faltando el respeto". Seguro que te consuela.

Gillian se volvió y reanudó la marcha.

Jason intentaba calmarse y decidir su siguiente paso cuando la figura de un hombre a caballo apareció en su campo visual, precipitando los acontecimientos. El portazo hizo trizas el cristal de la ventana del salón y el estruendo fue tal, que Gillian encogió los hombros en una reacción instintiva de protegerse.

Lo conocía muy bien. Así que en cuanto se recuperó de la sorpresa, e ignorando las preguntas silenciosas que había en la mirada de Keith, Gillian tuvo mucho cuidado de ser correcta a secas.

Dentro de la casa, apoyado contra la pared junto a la ventana de la cocina, Jason presenció la escena de principio a fin.

Vio la sonrisa empalagosa del holandés. Esa mirada que le decía a su novia "me vas cantidad" mejor que con palabras. La expresión suave de Gillian mientras dejaba que él la tomara del codo para ayudarla a subir al caballo.

Y sintió.

La sangre hirviéndole en las venas.

Un impulso casi irreprimible de coger a aquel tipo por el cuello y darle hasta cansarse.

Y un dolor intenso, indescriptible, en el pecho.

A la altura del corazón.

◆ ◆ ◆ ◆ ◆

Gillian y Keith aún no se habían alejado más que unos pocos metros, cuando John, rojo de vergüenza, entró en la casa. Mark y Eileen salieron detrás de él, preocupados por una reacción demasiado enérgica en un hombre tranquilo como John Brady.

Cuando llegaron a la cocina, John ya había empezado a hablar con los brazos en jarra y un tono desconocido.

—¿Pero qué clase de persona eres? —lo señaló con un dedo, amenazante—. Esta es mi casa, Jason. No vuelvas a hacer una cosa así, ¿me oyes? Quiero que te disculpes con Gillian y quiero que esa ventana esté reparada antes de que regrese Shannon con los niños, porque no pienso pasar por el bochorno de explicar lo que ha ocurrido. Con haberlo presenciado, tengo más que suficiente.

Mark apartó la vista de su hermano y sin decir palabra, fue detrás de su padre.

Jason siguió a John con los ojos brillantes, mientras este abandonaba la cocina seguido de Mark, luego miró a su madre.

—¿Tú también me vas a poner a parir?

Eileen lo miró con cariño.

—No.

—Vaya, me alegro, porque aunque lo penséis, no soy ningún cabrón. Y el cristal se rompió porque dejasteis la ventana abierta.

—Es verano, Jason, hace calor —dijo Eileen, acariciándole la barbilla. Parecía un niño enfurruñado—. Además, nadie piensa eso. Lo que pasa es que papá nunca ha aprobado la manera en que manejas tus asuntos sentimentales y ahora le preocupa que hagas sufrir a Gillian.

Él sonrió irónico.

Asuntos sentimentales, había dicho. Nunca había manejado ese tipo de asuntos porque nunca los había tenido con nadie.

Excepto con Gillian.

Y dejando la vanidad a un lado, objetivamente creía que lo estaba haciendo bastante bien, más aún teniendo en cuenta que era ella la que necesitaba tiempo para pensar si lo que tenían podía llamarse relación sentimental.

Cosa que en otras circunstancias le habría traído completamente al fresco, pero enamorado hasta los huesos de ella, lo estaba haciendo polvo.

Pero su padre, el mismo que no había escatimado esfuerzos en animarlo a pasar de una relación de amistad a una sentimental, tenía miedo de que "él hiciera sufrir a Gillian".

Esa historia no había por dónde cogerla.

—Sí, supongo que para tener su aprobación tendría que ser un hombre a la vieja usanza, que todo lo hace bien. O su niña bonita, que da igual cómo lo haga, para él, siempre lo hace bien.

Eileen se puso de pie y cerró la puerta de la cocina. Hizo lo propio con la ventana y luego, volvió a sentarse junto a su hijo.

—Tu padre no es perfecto, Jason. Y francamente, si fuera tú, lo último que me preocuparía en estos momentos sería tener su aprobación.

—No me preocupa —replicó él con su archiconocida autosuficiencia.

Eileen le palmeó la mano.

—Me alegra oír eso. Esto tiene que ver con Gillian. Lo que opinemos los demás no importa por una razón: no hay nadie en el mundo que la conozca mejor que tú.

Jason respiró hondo.

—Ya. Últimamente, voy a ciegas en cosas que siempre fueron más claras que el agua... —miró a su madre—. Sé, *siento*, que algo es de una manera, que es así como lo quiere y cuando me doy la vuelta, ella me mira alucinada y hay un muro entre nosotros...

Eileen sonrió.

—Pues el muro debe ser finísimo porque siempre parecéis.. *muy cerca.*

Vaya. Eileen Brady hablando con segundas, esto había que apuntarlo. Jason meneó la cabeza.

—No hay forma de que saque el pie del freno —miró a su madre con una mezcla de orgullo herido y confusión—. Evans ya nos ha invitado tres veces a cenar en su casa... Gill no hace más que ponerme excusas, darme largas... ¿Qué se supone que tengo que hacer? ¿Ir solo?

Él no esperó respuesta, volvió a menear la cabeza.

—Me tiene bajo la lupa —añadió.

—Sí, así es —dijo Eileen mirándolo con picardía—. Y es una lupa de gran aumento.

Y sabiéndolo, cometía la soberana estupidez de dejar que una perfecta "nadie" tonteara con él.

—Soy un capullo —resopló—. Con "c" mayúscula.

Eileen esbozó una gran sonrisa de madre orgullosa.

—Olvídate de eso, Jason —él la miró con el ceño fruncido—. Discúlpate, haced las paces y *no lo repitas*. Mira, Gillian necesita tiempo porque lo que está en juego para ella es muy importante. Y tú, deberías hacerle caso y relajarte. Deja de pensar en lo que ella quiere o le gustaría.

—*La adoro* —fue como una explosión de sinceridad de la que solo se dio cuenta cuando ya estaba hablando—. Es parte de mí. Desde que la conozco no he hecho otro cosa más que pensar en ella... No sé vivir de otra manera, mamá.

Eileen lo miró conmovida.

—Lo que quiero decir es que pienses en lo que quieres tú. ¿Qué quieres para ella, para los dos? ¿Cuál es tu plan? Céntrate en eso, hijo.

¿Cuál era su plan? Jason entrecruzó las manos en la nuca y echó la cabeza hacia atrás. Cuando miraba al futuro se daba cuenta de que todo pasaba por Gillian. Sin embargo, ella se entretenía magnificando errores sin importancia que usaba como excusa para seguir dándole largas, y encima, lo hacía quedar como un imbécil, desautorizándolo delante del tío de los tulipanes.

—Mi plan es ella. No es un plan perfecto, pero se ve claro por dónde voy, *a kilómetros*. Se está portando fatal conmigo. No niego que lo de hoy fue una estupidez, pero si confiara en mí, nada de esto habría pasado.

Eileen asintió. Jason se quedó pensativo un momento.

De pronto se hizo la luz.

—No confía en mí —dijo herido y a la vez incrédulo, al comprender la verdadera razón.

Después de media vida juntos, *no confiaba en él*.

CAPÍTULO 29

Más tarde aquel mismo día...

Cuando Gillian volvió del sector agrícola, la ventana estaba reparada y Jason, por ninguna parte. En el salón todo estaba dispuesto para la cena aunque solo Eileen estaba allí, dando los últimos retoques a la mesa. El sitio de Jason no tenía cubiertos.

Eileen sonrió al verla.

—¿Un *zumito* de manzana? Está recién hecho —dijo al pasar a su lado después de dejarle un beso en la frente—. Vente conmigo a la cocina...

Pero Gillian no la siguió inmediatamente. Se restregó el cabello con una mano, decidiendo su siguiente paso. Haber llamado a Keith había sido un error, Jason estaría ofendido y con razón. Menuda estupidez.

Pero entonces oyó que alguien bajaba la escalera. Por los pasos supo que era él. Al verla, Jason en vez de entrar al salón se desvió a la cocina.

Como si no la hubiera visto.

Gillian se asomó por la puerta de la cocina justo cuando él se despedía de su madre.

—¿Te vas? —se animó a preguntarle.

—*Sip* —respondió él, pasando a su lado en dirección a la puerta de calle—. He quedado con la morena que conociste esta mañana, ¿no te lo había dicho?

Ofendido y rabioso, pensó Gillian.

—Jay...

Él volvió a cerrar la puerta de muy mala uva.

—No tienes más tiempo, Gillian. O quieres estar conmigo, o no quieres. Es así de fácil.

Gillian, que ya tenía un nudo en la garganta al ver que él no se quedaba a cenar, se acercó un poco más, intentando acortar distancias. Él detuvo el avance en seco, sin la menor delicadeza.

—Claro, que quiero estar...

—Pues si está claro —la interrumpió Jason, hablando con los dientes apretados—, más vale que muevas el culo, guapa. Porque como mañana no te vea en la tribuna, desde ya te digo que no te molestes en buscarme.

—Jay, escucha...

—No. Se acabó, Gillian.

Tras lo cual sonó un portazo.

Ella tardó en reaccionar.

"¿Se acabó?". La sola idea de perderlo le impedía respirar. Cuando al fin consiguió darse la vuelta para ir a su habitación, se encontró con que la casa, que antes parecía casi desierta, ahora era una romería de gente que se dedicaba a sus quehaceres como si no hubieran oído nada.

Pero lo habían oído.

El gigante forzudo, el que nunca hablaba en serio, acababa de darle un ultimátum a su amiga del alma.

Ex amiga del alma.

◆ ◆ ◆ ◆ ◆

Lo había hecho, sí.

Y horas después seguía con el mismo vacío en el estómago que tenía desde que cayera en la cuenta de que, en una jugada desesperada, se había puesto en jaque.

¿Y si Gillian no iba al partido?

Jason no era capaz de imaginar la vida sin ella.

Tampoco una en la que su honestidad estuviera en tela de juicio. Primero, porque no era justo; segundo, porque era el equivalente a exigirle que viviera probándole que podía fiarse de él. Ninguna relación podía sobrevivir a semejante locura y además... ¿Hasta cuándo? ¿En qué momento ella consideraría que él lo había probado bastante?

Cada día necesitaba más de ella. Pasar más tiempo juntos, tener más intimidad, hacer más planes juntos. Y en vez de usar todo ese impulso para ser felices, él gastaba cantidades ingentes de energía haciendo avanzar una relación a la que ella había puesto el freno hidráulico porque "le gustaba tomarse su tiempo para ver cómo se sentía".

Muy bien, pues. Tenía doce horas para averiguarlo.

◆ ◆ ◆ ◆ ◆

Jason prácticamente no durmió aquella noche, y lo poco que consiguió comer hizo que se le revolviera el estómago. Aunque cuando al día siguiente entró por la puerta del vestuario luciendo los colores de los Tigres de Arkansas nadie habría podido adivinarlo, la peor "procesión" de toda su vida controlaba completamente su interior.

El club era una fiesta desde temprano por la mañana. Cuando el partido comenzó, a las seis en punto de la tarde, el estadio estaba al completo. En la tribuna de invitados, toda su familia con los niños acogidos ocupaba sus respectivos lugares.

Excepto Gillian.

Jason volvió la vista hacia sus hombres que en el campo jugaban un magnífico partido, rogando que ella estuviera en un atasco. O en el baño.

En cualquier parte, menos diciéndole sin palabras "no te quiero".

Fue sobre la mitad del segundo cuarto, cuando las lesiones habían hecho que tuviera que sacar a Zack y ponerlo a jugar, e iban cuatro tantos por debajo en el marcador, que él, disimuladamente, volvió a mirar a la tribuna.

Gillian estaba allí, preciosa, con su gorra de béisbol puesta con la visera hacia atrás y una camiseta de Los Tigres. Al ver que él la estaba mirando, le hizo señas de que revisara el móvil.

Jason, intentando mantener el tipo, sacó su móvil con movimientos tranquilos. Tenía un mensaje del que por el ruido ambiente no se había dado cuenta. Lo abrió y leyó:

"Sí, quiero estar contigo. Borremos lo de ayer, ¿vale?"

Él respondió de inmediato.

"Y yo quiero una montaña de besos. Luego, veré si lo borro o no".

Pulsó enviar y guardó el móvil. Volvió la vista al partido.

Solo uno de los Tigres de reserva, que se sentaban a su lado, lo vio tomar una bocanada de aire con los ojos atentos en el juego. Un tímido gesto de alivio que, sin proponérselo, cimentó en el vestuario, su fama de hombre con nervios de acero.

Gillian también guardó el suyo.

Suspiró.

Si dependía de los besos que ella pensaba darle ni bien lo tuviera a tiro, lo del día anterior ya estaba borrado.

♦ ♦ ♦ ♦ ♦

Los Tigres ganaron su primer partido, aunque acabaron con cuatro lesionados. Las felicitaciones y entrevistas se extendieron durante un buen par de horas. De modo que, cuando Jason pudo liberarse de las obligaciones deportivas y reunirse con su familia que lo esperaba en la cafetería del club, estaba al borde de la desesperación. Entró en el bar y se plantó detrás de su chica en cuatro zancadas. Ella, que de pie en la barra charlaba con Shannon, de pronto se encontró entre los brazos de Jason, con los pies a medio metro del suelo.

—*Dios...* —susurró él mientras le robaba besos—. Me estaba a punto de dar un ataque...

Ella sonrió, cortada. Echó un vistazo alrededor; todos los miraban.

—Mañana sale en los periódicos —dijo divertida—: "el entrenador Brady celebró la victoria morreándose en el bar con una desconocida de pelo largo" —y a continuación, se acomodó mejor en su abrazo, dispuesta a construir la montaña que debía, con mirones o sin ellos—. Por cierto, enhorabuena, campeón...

—Gracias —respondió él, y se coló en su boca en un beso corto pero apasionado.

Ella suspiró mirándolo embelesada, lo que hizo que el resto de los Brady soltaran la carcajada y Jason, de mala gana, volviera a dejarla en el suelo.

—De nada —replicó ella con picardía—. Aunque, por otro como ese te lo repito cien veces más...

—Ahora va a ser que no —apuntó Mark. Con una sonrisa maliciosa le señaló a Jason que viera quién acaba de entrar por la puerta—. Me parece que te buscan.

Eileen se asomó por el costado de su marido para ver qué sucedía e, inmediatamente, volvió su atención a Jason y Gillian. Él acababa de erguirse, sacando pecho; Gillian lucía sonrisa radiante.

La cosa prometía.

Tomó a John del brazo, y, como el resto de su familia, se preparó para ver el espectáculo. Mientras, la rubia que les había estropeado la última Navidad, atravesaba la cafetería acompañada de un hombre joven, al que pronto dejó atrás cuando un grupo de personas se acercó a preguntarle algo.

—¡Pero si te has traído a la familia en pleno! —exclamó Victoria, histriónica—. ¡Y estás embarazada...! ¿Era Shannon, no?

La esposa de Mark fue la primera en recibir el cachetazo de perfume dulzón y luego el beso, al tiempo que su marido miraba a otro lado aguantando la risa.

Victoria no le dio tiempo a contestar y continuó su ronda de saludos. Los más jóvenes, Patty, Matt y Timmy habían aprovechado el inciso para librarse con la excusa de ir al baño.

—¡Felicidades, entrenador! ¿Puedo darte un beso ahora que te han liberado los periodistas? —dijo y dio un paso hacia él que Gillian, radiante, interceptó.

Victoria se detuvo sin saber muy bien cómo tomarlo. La voz de Gillian sonó alto y claro.

—No. Pero puedes dármelo a mí —le puso la mejilla, divertida—. Tranquila, te prometo que se lo doy.

La llegada de Richard Evans puso la pausa que hacía falta y desvió la atención del primer asalto, que, claramente, Victoria había perdido.

—Perdón por el retraso —le dijo a Jason—. Aunque no lo creas, llevo quince minutos intentando llegar desde la sala de conferencias. Han sido los cien metros más lentos de la historia...

—Ah, no te preocupes —replicó el entrenador—. Ven, que te presento a mi familia.

La ronda de saludos comenzó nuevamente.

Gillian esperó pacientemente que le llegara el turno, consciente del frío gélido que venía de su izquierda, donde estaba Victoria, que amenazaba con convertirla en una estalactita.

—A Gillian ya la conoces —dijo Jason y el tono de su voz fue el equivalente sonoro a un pavo real desplegando las plumas.

Victoria apartó la mirada. ¿De qué estaría tan orgulloso? No era más que una esmirriada que no se dignaba a vestirse de mujer ni siquiera para una ocasión tan señalada. ¿Era la *novia* del entrenador y se aparecía en vaqueros con esa gorra horrible? Por Dios.

—Claro, ¿qué tal, Gillian?

—¡Diez años más joven! —replicó ella después del intercambio de besos— ¡Ya no me acordaba del subidón que da ver un partido en directo! Y este fue memorable... ¡Vibraba el estadio!

Victoria puso los ojos en blanco. Mandy codeó a Jordan.

Evans asintió varias veces con la cabeza.

—Hicimos lleno total. Imagínate lo que va a a ser en unos meses cuando los Tigres le pisen los talones a los primeros de la tabla ¿no, Jason? —él sonrió— ¡Vamos a tener que agrandar el estadio!

—Y tú, conformarte con ver a tu chico en fotos —apuntó Mandy que ya no aguantaba las ganas de ver un fin de combate por nocaut.

Gillian le guiñó el ojo agradeciéndole que se lo pusiera en bandeja, luego miró a Jason con una sonrisa radiante.

—De eso nada. Ya tuvimos diez años de vernos en fotos ¿no, campeón? —la mirada enamorada de Jason contestó por él—. No creas que voy a dejarte *solito* entre tanta loba.

El pavo real volvió a desplegar las plumas. Estaba más ancho que largo.

Y ese fue el momento en que después de echar un vistazo rápido a

Victoria y comprobar que estaba verde, Gillian se dispuso a dar el golpe de gracia.

Rodeó la cintura de Jason con ambos brazos.

—Estoy muerta —dijo mirándolo, mimosa—. ¿Nos vamos a casa?

Él la estrechó contra su cuerpo y se agachó a besarle la coronilla.

—Ya mismo —respondió.

Diez minutos después, abandonaba las instalaciones con su novia de la mano y toda su familia de escolta.

◆◆◆◆◆

Eran más de las once cuando la familia llegó al rancho. Media hora después, ya se habían retirado a descansar, y Gillian y Jason se quedaron solos en la cocina. Entonces, él se puso de pie, cerró la puerta y caminó hasta la pila. Se quedó de pie, junto a la mesada.

Gillian lo siguió con la mirada. Durante un rato, había acariciado la idea de que, quizás, él hubiera decidido no hablar del tema. Ahora, era evidente que no tenía intención de hacer tal cosa. ¿Pero qué iba a explicarle? Llamar a Keith había sido una reacción de rabia; decir aquello delante de todos, una locura. Y tanto lo uno como lo otro, actitudes que hacía mucho había decidido que no quería que formaran parte de su vida. Pero ahí estaban. Solo con pensarlo se sentía avergonzada, ¿cómo iba a explicarlo?

Sin embargo, cuando Jason empezó a hablar, con la vista perdida en algún punto del suelo de la cocina, no formuló preguntas.

—Miraba a aquella chica porque sí. Porque es lo que he hecho desde que me acuerdo, pero ¿sabes qué pensaba? Alucinaba con lo obvia que me estaba resultando... O más bien, con lo frío que me estaba dejando *a pesar* de lo evidente de la situación. Fue una especie de *shock* percatarme de que me daba completamente igual... Podría decirte que decidí ser práctico, que no me pareció que la recompensa justificara los riesgos, que sabía que estabas a punto de llegar... Y, probablemente, sería cierto en parte. Soy el entrenador, dañaría mi reputación andar haciendo el tonto por ahí... Y está claro que la niña no me motivaba, y tú apareciste diez segundos después que ella... Pero esa misma escena se repite muchas veces al día y acaban por el estilo porque todas me dan completamente igual —hizo una pausa, miró a Gillian—. Victoria, la que más.

Se podía decir más alto, más claro no. Gillian asintió, lo miró con los ojos brillantes.

—Debí haber estado en la puerta, esperándote —continuó él—. Te lo mereces y no sabes cómo lamento haberla cagado en algo tan básico.

Ella se recostó contra el respaldo, mirándolo. Para variar, tampoco había esperado aquello.

—Sí, debiste hacerlo —le dijo con suavidad—. Y yo debí darme cuenta de que para ti pasar de una situación de la que, normalmente, no pasabas, es tan insólito como para mí... —Gillian resopló. Al final, todo se reducía a esto— sentir celos.

No quiso mirarlo.

Las mejillas ya le ardían suficiente como para enfrentarse a la sonrisa vanidosa que podía apostar el cuello que él tendría en su cara.

Sin embargo, la voz de Jason no denotó un semblante sonriente cuando dijo "bienvenida al club".

La imagen de Keith se clavó en la mente de Gillian, y con ella, un intenso bochorno la invadió. Porque la gran diferencia era la intención; Jason no la había tenido, ella sí.

—Lo siento, Jay.

Él movió afirmativamente la cabeza en un gesto de aceptación. Pero aún quedaba más por decir, y ambos lo sabían.

—Ayer, cuando te dije que si no venías al partido...

Jason respiró hondo para no acabar la frase. Recordarlo traía consigo toda la rabia, toda la desesperación.

—No tenemos esa opción, Gillian. Podría dejarte —cuando él la miró, un estremecimiento le recorrió el cuerpo—, pero vivir sin ti no sería vivir. Tú también lo sabes, ¿no?

Gillian mantuvo la mirada baja. Sí, desde luego. Lo que no sabía era dónde les llevaba esa conversación.

Él volvió a respirar hondo, como juntando valor.

—Voy a hacerte una pregunta. —Celos aparte, ¿confiaba en él, de verdad? ¿Aquel futuro que ella había dicho que "esperaba" que tuvieran, lo tenían? ¿Lo tenían, realmente? Necesitaba saberlo. Pero por primera vez en toda su vida, no creía tener el valor suficiente para oírla decir que no. Aun así, necesitaba saber—. Si pudieras cambiar algo de lo que hemos vivido juntos, ¿lo harías?

Más de una década de recuerdos pasaron por la mente de Gillian en los instantes que tardó en contestar.

—Sí —dijo al fin, y alzó la mirada hasta sus ojos. Las rodillas de él se convirtieron en gelatina, obligándolo a descansar el peso del cuerpo sobre la mesada—. No habría dejado que te fueras tan lejos.

Jason soltó el aire en un suspiro. Ella completó la frase.

—Vivir sin ti no fue vivir.

La voz de él sonó urgente y ronca.

—Ven aquí.

Ella obedeció. Le echó los brazos al cuello, Jason la estrechó con fuerza.

Minutos o siglos. Lo mismo daba. Cuando estaban así, sintiendo su mutuo calor, el tiempo no existía.

Nada existía, solo ellos dos.

Él hundió la cara en el cuello femenino. Aspiró profundamente.

—¿Alguna vez lo has hecho en el río... a la luz de la luna? —susurró él buscando su mirada.

—No... ¿y tú?

Jason negó con la cabeza en un movimiento apenas perceptible, habló en un susurro mirándole los labios.

—¿Te apetece...?

Gillian suspiró.

—¿Contigo? —dijo ella tomando su cara entre las manos—. *Donde sea.*

La tierra había empezado a temblar bajo sus pies cuando él la oyó suspirar, pero Gillian casi no tuvo tiempo de sentirlo porque Jason la alzó en volandas y pronto, abandonó la casa con ella en brazos.

♦ ♦ ♦ ♦ ♦

Creía que el fuego que alimentaba tanto deseo era el resultado de haber estado a punto de perderla.

O de haberse dado cuenta de que perderla era una posibilidad muy real.

Pero cuando entró en su cuerpo, Jason comprendió que no solo era deseo.

Y que a ese fuego no lo alimentaban solamente sus emociones, sino, principalmente, las de Gillian.

La parte más física del amor entre los dos, desde el primer, día había sido como una sinfonía que aceleraba ritmo e intensidad a medida que acortaban las distancias. El terremoto emocional, sin embargo, empezaba mucho antes de que estuvieran lo bastante cerca para tocarse.

Pero desde que la oyera admitir que, de haber podido algo habría cambiado del pasado, algo, definitivamente, había cambiado en el presente.

Para los dos.

Gillian, deliberadamente lenta en los preludios, prácticamente le había arrancado la ropa. Bebía de él, de sus besos y de sus caricias, con voracidad.

Y Jason, habitualmente dominante...

Alimentaba su deseo, obediente, solícito, extasiado.

Si era realmente posible fundirse y ser uno, lo eran.

Estar dentro de ella, hacerla suya, era una necesidad vital.

Y la forma en que ella lo recibió, completamente abierta y entregada le confirmó que, como en tantos otros momentos de su vida juntos, compartían la misma frecuencia.

Y también el ritmo...

En un claro de la orilla, con el agua cubriéndole las caderas y las piernas femeninas aprisionándolo por la cintura, todo su ser estaba concentrado en embestir, embestir, embestir...

Sin dejar de mirarla ni un solo segundo.

Es que no podía creer que tanta belleza fuera real.

Ni que teniéndola a la vista durante tantos años, pudiera haberse conformado solo con admirarla a distancia.

Flotando de espaldas mientras él la sujetaba, su cabello y sus brazos, extendidos por encima de la cabeza, parecían bailar una extraña danza ritual a caballo del agua.

Y el reflejo plateado de la luna sobre ella le daba un toque mágico.

Sagrado.

Como lo que los unía en cuerpo y alma.

¡Dios, cuánto la amaba!

Gillian suspiró cuando Jason, inesperadamente, tiró de ella y la estrechó fuerte. Él la rodeaba con los brazos; ella a él, también con las piernas.

El chapoteo del agua aceleró el ritmo.

Y ella se acopló a la nueva cadencia con la lengua, en besos que exploraban la boca masculina con la misma pasión que su miembro la exploraba a ella.

La satisfacción de Jason no tardó en expresarse. La tomó por los glúteos con las dos manos, aumentando la profundidad de sus embestidas.

Ella gimió.

Los labios de Jason rápidamente abandonaron su boca y, abiertos, se deslizaron sobre su cuello; a veces, quemándola con el aliento, otras, aprentando, como si le diera pequeños mordiscos.

—¿Te estoy haciendo daño? —ronroneó él, en un remoto atisbo de voz.

Y volvió a embestir más profundamente.

Y Gillian a gemir.

Gimió por lo que sentía, y por cómo iba a sentirse pronto.

Dispuesta a satisfacer el mensaje implícito en aquella pregunta, se tomó de los hombros masculinos y se estiró hacia atrás. Ahuecando la espalda, buscó que su torso estuviera lo más oblicuo posible.

—No —mumuró, y lo animó a continuar con un suave vaivén de sus caderas.

Él se estremeció de deseo.

—¿Segura?

Tanto como de que estaba viva. *Quería* sentirlo profundamente dentro, donde nadie más que él podía llegar, fundiéndose con ella.

—Segura, sí.

Entonces, las aguas tranquilas del Ouachita se convirtieron en un mar embravecido. Por encima de las olas estrellándose contra la orilla, acompañando la danza más vital y más erótica del universo, Gillian solo oía la pasión arrancando notas a la garganta de Jason.

Y a la suya propia. A veces, teñidas de algún sonido desafinado que parecía nacer de sus entrañas donde él, implacable, se habría camino en territorios que nunca antes se había animado a conquistar.

Profundamente dentro, al límite del placer.

Una vez.

Y otra, y otra...

Gillian jadeó, enloquecida, como si le fuera la vida en ello. Al fin, sus pulmones se hincharon haciendo que el torso se expandiera, estirándose al máximo.

La última embestida de Jason, acompañada de una lluvia tibia, los convirtió en uno.

Y luego...

Silencio.

El más magnífico, insondable silencio.

CAPÍTULO 30

Jueves, 7 de septiembre de 2006.
Sector de agricultura ecológica.
Rancho Brady.
Camden, Arkansas.

Jason echó un vistazo a la hora que marcaba su móvil. Los jugadores estarían a punto de acabar en el gimnasio y continuarían con la sesión de juego dirigidos por el segundo entrenador, ya que él tenía cita con el arquitecto encargado de la remodelación de algunas instalaciones del rancho, entre ellas, su gimnasio que finalmente ampliaría después de llevar amenazando con hacerlo al menos cuatro años. Pero Paul Allen llegaba con retraso a un reunión que ya se había pospuesto dos veces; la primera, por un cambio de la agenda profesional de Jason que al convertirse en entrenador no paraba en Camden más que para dormir; la segunda, por cambio de planes. Nunca tan bien dicho: el entrenador Brady había introducido modificaciones sustanciales al proyecto.

En realidad, los había introducido en su vida. Si tuviera que nombrar el día más importante de su existencia, diría, sin dudarlo, el seis de agosto de 2006.

Y no porque hubiera debutado como entrenador en el primer partido de los Tigres de Arkansas.

No. Durante aquella noche insomne había comprendido que no quería plantearse la vida sin Gillian. Simplemente, no podía imaginársela sin ella. Lo cual, teniendo en cuenta que acababa de darle un ultimátum al que no tenía la menor idea de cómo respondería ella, añadía una inquietud cercana a la locura. Había sido precisamente aquel descubrimiento lo que había traído a su mente la conversación mantenida con su madre, horas antes de la explosión.

"¿Qué quieres para ella, para ti, para los dos?" había dicho Eileen.

Quería a Gillian. La quería tanto, como para desear que ella nunca sintiera la necesidad de marcharse del rancho. Independientemente, de si la relación sentimental que mantenían, tenía un final feliz o no. Constatar la dimensión extraordinaria de sus sentimientos por aquel ángel de pelo largo, su rendición incondicional a ellos, lo conmovió profundamente. Un instante único que transformó su vida por completo.

Y entonces, por primera vez y con la claridad de una mañana soleada, Jason vio la respuesta ante sus ojos.

◆ ◆ ◆ ◆ ◆

Cuando oyó que su móvil sonaba, Gillian soltó la manguera sin darse cuenta. En la pantallita parpadeaba el nombre del hombre de su vida, algo que, por cierto, aún no le había confesado al interesado.

Jeffrey echó una mirada con segundas a Patty, que ocupó el lugar de Gillian con una sonrisa resignada; cuatro llamadas en lo que iba de mañana, y no eran ni siquiera las diez. El día pintaba denso.

—*¿Qué hacías?*

Gillian esbozó una sonrisa enamorada al oírlo, y se apartó un poco de Jeffrey.

—Poner un sistema de riego, ¿y tú?

Del otro lado de la onda, un suspiro precedió las palabras del entrenador de los Tigres de Arkansas.

—*Morirme por verte.*

—Pues ya somos dos... Pero todavía es temprano, campeón. Quedan como... —echó un vistazo a su reloj justo en el momento en que Jeffrey le tocaba el hombro para indicarle que la necesitaban, ya que sin sus manos no podían mantener la manguera en el sitio—. *¡Uf, mil horas!* Y ahora me reclaman. ¿Te llamo luego, sí?

"Qué remedio" lo escuchó decir antes de cortar.

Gillian guardó el móvil con una sonrisa que le ocupaba toda la cara y parte de la nuca. Se dispuso a recoger el tubo de doce milímetros y mantenerlo extendido para que sus ayudantes hicieran las fijaciones oportunas.

Un minuto después el móvil volvió a sonar. Jeffrey volvió a soltar la manguera, meneando la cabeza. Gillian y su sonrisa de novia enamorada volvieron a atender.

—Dime.

—¿Y... si este finde nos vamos de acampada? —dijo un Jason eléctrico—. Podríamos llevarnos a los críos... ¿Qué te parece?

Una buena idea, como todas las que lo incluían a él. Pero a Gillian se le ocurría otra mucho mejor.

—¿Y si nos vamos de acampada —hizo una pausa y cuando habló bajó la voz— solos, tú y yo?

—¡Guau! —contestó él en un suspiro—. Ve pensando dónde y luego me lo dices, ¿sí?

Gillian volvió a guardar el móvil. Esta vez la mirada de Jeffrey era como una pancarta que ella estaba demasiado feliz para tener en cuenta, pero cuando se disponía a volver a recoger la manguera, el móvil volvió a sonar.

—Los Montes Ozark —dijo, adelantándose a él.

Jason sonrió satisfecho. Se echó para atrás en su asiento, puso las piernas sobre la mesa.

—Vale. ¿Llevamos equipo de escalada?

—¿Tú crees que nos hará falta? —replicó ella con tal doble sentido que él se echó a reír.

Pero de pronto alguien manoteó el móvil de Gillian.

—Macho, ¿te importaría cortarte un poco?

Gillian se dio la vuelta muerta de risa. Pagaría por ver la cara de Jason al oír a Jeffrey.

—¿Se puede saber que haces tú con mi chica?

Jeffrey, como era habitual en él, pisó a fondo.

—Pues mira, si estás pensando en dictar otra orden de alejamiento, este momento sería que ni pintado, tío. Así me librarías de los dos mil metros de riego que me quedan por montar. ¿Cómo lo ves?

—No caerá esa breva —replicó Jason con malicia.

—Pues entonces ahueca el ala, chaval, y déjanos trabajar.

—Pásame con Gillian, anda.

—De eso, nada, tío —sentenció Jeffrey—. Vete a dar el coñazo al vestuario. Y de paso, una duchita fría no te vendría nada mal.

Acto seguido, cortó, apagó el móvil y lo guardó en el bolsillo trasero de sus pantalones ante la expresión incrédula de Gillian.

—No creo que vayas a meter la mano ahí para sacarlo —aclaró, travieso—. Venga, princesa... ¡a trabajar!

◆ ◆ ◆ ◆ ◆

Poco más tarde, sin embargo, el móvil de Jason volvió a sonar. Atendió con una sonrisa en los labios al ver el nombre de su chica parpadeando en la pantalla.

—¿Has conseguido quitarte de encima a ese baboso, o necesitas ayuda?

—*¡No te lo vas a creer!* —exclamó Gillian exultante—. *¡Parece que Shannon se ha puesto de parto!*

Jason lanzó un puñetazo al aire.

—*¡Guay!* Mark estará hecho un flan...

—*¡Imagínate! Acaban de salir para el hospital, así que ni bien acabe con esto, me voy para allá...*

—Yo tengo una tira de reuniones, pero veré de despacharlas rápido... ¡Joder, voy a ser tío! ¡Qué alucinante!

Dean Brady llegó al mundo a las diez y cinco de la noche del jueves siete de septiembre. Pelirrojo, como su madre; grande y fuerte como su padre.

Si fue una sorpresa que una primeriza diera a luz sin que el anestesista llegara a tiempo para darle la epidural, que su marido no parara de llorar, emocionado como una mujer, fue casi tan sorprendente.

Para Shannon fue la visión más entrañable de su vida. Horas después, seguía sin decidir qué le había acariciado más el corazón: si el primer berrido de Dean, o los ojos llenos de lágrimas de Mark al tomar en brazos a su hijo recién nacido.

Cuando Jason llegó de Little Rock, la habitación era una fiesta extraña; los niños festejaban con su alegría habitual mientras los adultos acababan con las reservas de pañuelos de papel. Gillian, inclinada sobre la cuna, velaba el sueño del niño con su mirada dulce.

Completamente abstraída.

No vio a Jason abrazar a su hermano. Ni darle la enhorabuena a Shannon con un precioso ramo de rosas. Ni intercambiar palabras amables y besos con todos los presentes...

Ni acercarse a ella.

Hasta que él le acarició el cabello y ella, sorprendida, levantó la cabeza. Al verlo le regaló una sonrisa radiante.

—¡Eh! ¿Ya estás aquí? ¡Qué bien! —dijo estirándose para besarle los labios—. Te presento a tu nuevo sobrino... ¿A que es una preciosidad?

Lo era, sin duda.

—Veinte veces más guapo que su padre, pero no se te ocurra decírselo a Mark, o no habrá quien lo aguante.

Gillian movió afirmativamente la cabeza. Tomó un *dedito* del niño.

—Pensar que anoche no dejaba de moverse en la panza de su madre, y ahora está aquí... —miró brevemente a Jason—. Es como un milagro...

Tan tierno, tan perfecto...

Pero él no apartó la vista. Sabía lo que aquel suceso, aquel momento, suponía para ella. La importancia de sentirse parte de algo que jamás podría experimentar en primera persona, como protagonista. Y, ahora que estaban juntos, tuvo la certeza de que ella lo lamentaba, con toda el alma. No solo por ella, sino, especialmente, por él.

—Lo voy a decir solo esta vez, Gillian.

Ella lo miró con un millón de estrellas en sus ojos; él tomó la mano que ella apoyaba sobre el borde de la cuna, y tiró hasta que la tuvo cerca. Entonces, se puso frente a ella y se inclinó un poco para que la conversación fuera privada.

—No soy como mi padre —le dijo, buscando su mirada—. Muchísimo menos como Mark. No necesito sentarme a la cabecera de una mesa, rodeado por mis hijos, para sentirme realizado.

Gillian asintió y bajó la vista. Él, con dulzura, hizo que volviera a mirarlo.

—Consigo lo que quiero. Si hubiera querido tener hijos, a estas alturas tendría media docena.

Ya, pero si alguna vez quisiera, no podría. Al menos, con ella, no. Jason, que sabía perfectamente lo que estaba pensando, se adelantó a su respuesta.

—Las listas de adopciones son interminables.

Gillian se apartó el cabello de los hombros con torpeza, y cuando empezó a hablar, con un nudo en la garganta, ni siquiera lo miró.

—Sí, pero no serían pequeños Jason. No llevarían tu sangre.

Él esbozó una sonrisa incrédula; aquella mujer jamas dejaría de sorprenderlo. Jamás.

—¿Y eso lo dices tú? Dime una cosa, Gill, en ese corazón de ángel que tienes, ¿cuánta sangre de tus padres hay?

Ella suspiró, luego inspiró profundamente, como si le faltara el aire. Cuando volvió a mirarlo, los ojos de Gillian brillaban de emoción. Jason concluyó:

—No necesito hijos, te necesito a ti —suavemente le besó un párpado, luego el otro—, ¿de acuerdo?

Gillian esbozó una especie de sonrisa, y asintió.

—Este tema está archivado, princesa —susurró él, volviendo a buscar su mirada—. ¿Vale?

Lamentablemente, sí. Por causas de fuerza mayor.

Pero si era posible adorarlo más de lo que lo adoraba, sin duda, aquellas palabras y la ternura con que las había pronunciado, lo habían conseguido.

Cuando al fin lo miró con una ceja enarcada, imitando a Mark, Gillian parecía recuperada.

—¿Me has llamado "princesa", entrenador?

—Es lo que eres —replicó él, comiéndosela con los ojos—, una princesa.

Ella sonrió halagada, le robó un beso tierno.

Él añadió:

—*Mi* princesa.

CAPÍTULO 31

Viernes 16 de septiembre de 2006.
Casa familiar.
Camden, Arkansas

Gillian no pudo evitar soltar la risa al ver que después del desayuno familiar de todas las mañanas, Jason, en vez de montarse en su moto para ir a entrenar a los Tigres de Arkansas, salió detrás de ella, camino arriba.

—¿Se puede saber qué haces? —dijo Gillian, esquivando sus pellizcos.

—Meterte mano —replicó de lo más fresco, agarrándola por el trasero y atrayéndola hacia él—, ¿te importa?

Ella lo miró burlona.

—¿En el medio del camino? Venga ya, entrenador, no fastidies...

Él la tomó en brazos y enfiló para el gimnasio ante la expresión incrédula de Gillian:

—¿Lo dices en serio?

Él se limitó a asentir varias veces.

Y a continuar, a paso firme, hacia el gimnasio.

—Jay... Mark me está esperando.

Como si no la hubiera oído, Jason volvió a dejarla en el suelo, abrió la puerta del gimnasio y la mantuvo abierta para que ella entrara, sin apartar la vista de sus ojos.

Gillian se retiró el cabello de los hombros y sopesó sus alternativas. Se moría por entrar, pero no podía hacerlo. Y tampoco entendía qué hacía Jason todavía en el Rancho. Debía llevar diez minutos de camino a

Little Rock, y en cambio, jugaba a *Rodolfo Valentino* a cincuenta metros de la casa de sus padres.

—¿En serio necesitas pensártelo tanto? —dijo Jason. Se inclinó hacia ella, cara a cara, y se detuvo a un suspiro de sus labios—. Diez minutos. Para probar si fuera del agua nos sale igual de fabuloso.

"Otra vez" debió haber añadido, pensó Gillian. Porque, desde luego, ya lo habían probado.

Varias veces.

Y les salía igual de fabuloso, aunque les tomaba mucho más de diez minutos. Necesitaban un tiempo del que ahora no disponían.

Aún así, la moción ganó por mayoría absoluta, ya que cuando Gillian quiso darse cuenta, estaba dentro del gimnasio echándole los brazos alrededor del cuello, dispuesta a seguirle el juego.

—¿Y si nos sale igual? —susurró, pegándose a él buscando averiguar si, al menos, disponían de las condiciones físicas necesarias, o él solo bromeaba.

Comprobó que las respuestas eran, por este orden, sí y no.

Las manos de Jason, fuego puro, empezaron a colarse en cada pliegue y cada resquicio.

—Entonces, voy a querer uno de estos todos los días —murmuró él, besando la piel que acababa de dejar al descubierto al desplazar con suavidad, primero el tirante de la camiseta de Gillian, y luego, el del sostén.

Sin embargo, ella tenía claro que aquellas manos solo exploraban un territorio que consideraban suyo, si acaso entreteniéndose algo más de lo habitual en sus parajes preferidos; la cúspide de sus pechos, y ambas lomas al final de su espalda. Solo eso.

¿Qué estaba pasando ahí?

Gillian tomó la cara masculina entre las manos, acarició con los dedos su barbilla perfectamente afeitada.

—Y *ahora*, ¿qué es lo que vas a querer? —dijo mirándolo con ternura.

Él se metió en su boca en un beso caliente que Gillian devolvió con urgencia.

—Besarte. Sentirte —frotó suavemente su nariz contra la nariz de Gillian—. *Mirarte*. ¿Sabes? Cuanto más te tengo, más quiero tenerte.

Ella esbozó una sonrisa llena de picardía.

—Ya. Y después de lo del río, más, ¿no?

Él se recostó contra la puerta cerrada y la acomodó mejor contra su cuerpo, rodeándole la cintura con sus brazos. La miró con una dulzura inédita.

—Ya era alucinante antes de esa noche. Tenerte siempre fue un subidón, aunque no hubiera sexo.

—¿Tenerme sin tenerme? —preguntó Gillian con un punto humorístico—. ¿Alguien sabe cómo se come eso?

Él sonrió divertido, meneó la cabeza.

—Parece un contrasentido, ¿no?

Sí, especialmente, tratándose de Jason Brady. A menos que...

—O las confesiones de un tipo muy enamorado a su novia, igual de enamorada, el día de su tercer *aniver-mes*... ¡Feliz aniversario a ti también, Jay! —apuntó ella, rezumando ternura por todos los poros. Luego, se puso de puntillas y besó sus labios a modo de despedida—. ¿No hay anillos hoy?

Él la detuvo. Volvió a meterse en su boca apasionadamente y ambos se fundieron en un abrazo, regalándose besos incendiarios a los que fue él -sorpresa otra vez-, quien puso fin.

—No —susurró, mordisquéandole los labios—. Anillos, no.

Ella sonrió feliz. De modo que, gracias a Dios no habría más anillos, *pero* aquel gigante tenía algo en mente.

—¿Me has preparado una sorpresa?

—*Sip.*

—¿Me va a gustar? —le preguntó, con una sonrisa de oreja a oreja.

Él asintió varias veces con la cabeza.

—Te va a encantar.

Gillian se puso de puntillas y lo besó. Toda ella era un terrón de azúcar cuando dijo:

—Eres el mejor, campeón.

Jason volvió a asentir con su vanidad a punto de abandonar la órbita terrestre, y se apartó de la puerta para dejarla pasar. Si ella continuaba mirándolo de esa manera un segundo más, Mark tendría que esperarla toda la mañana y parte de la tarde.

Gillian ya se había puesto en marcha cuando él la detuvo nuevamente para decirle algo al oído.

—Diez y media vienen a ver lo del gimnasio. No te retrases, ¿eh?

—¡Estaré ahí como un clavo! —respondió ella, poniéndose la gorra, mientras se alejaba.

◆◆◆◆◆

Cuando Gillian entró en el salón, un par de minutos pasadas las diez y media de la mañana, los Brady al completo estaban allí. Junto a John había un hombre joven, de treinta y tantos, y aspecto elegante.

—Lo siento. Hubo "estampida" de conejos en la granja... —se

disculpó la recién llegada.

—Ah, no te preocupes —dijo John—. Siéntate, Gillian.

Jason le tendió una mano para indicarle la silla libre que había a su lado.

—Bueno... empezamos ¿no? —preguntó John buscando con la mirada el consentimiento de Jason y cuando lo tuvo, fue directo al grano—. Como has llegado la última te has perdido las presentaciones... Él es Paul Allen —señalo al hombre que estaba sentado a su lado—. Se va a encargar de las obras del rancho. Ella es Gillian McNeil. Es la que se va a encargar de darte la tabarra en ausencia de Jason…

—Encantado de conocerte —dijo el arquitecto, extendiendo la mano a través de la mesa.

Gillian lo imitó, sonriendo.

—Prometo ser buena…

Hubo risas y algún comentario malintencionado de Mark, que nunca perdía ocasión de meterse en broma con Gillian, mientras Allen abría un portatubos y extendía un plano sobre la mesa con la ayuda de John.

—Bueno —empezó a decir el arquitecto, mirando brevemente a Gillian—, creo que la idea es esta. Lo que no tengo claro es si la orientación es la que quieres.

Ella miró el plano, luego al hombre con el ceño fruncido.

—¿Me hablas a mí?

Jason, perfectamente instalado en su silla, no se perdía gesto.

—Sí —respondió Allen—. En mi opinión, lo mejor es dejar la rosaleda detrás de la casa, pero tú tienes la última palabra.

¿Rosaleda?

—A ver, un momento... —Gillian ladeó la cabeza para mirar el plano más derecho. Aquel edificio no se parecía en nada al gimnasio y ¿dónde estaba el camino principal?—. ¿Qué plano es este?

Al ver que ella se había inclinado sobre el papel milimetrado, mirándolo como si fuera un jeroglífico, Paul Allen se volvió hacia Jason interrogante. Él, con la sonrisa a punto de traicionarlo, le hizo señas de que respondiera la pregunta.

El arquitecto optó por la vía rápida. Abrió su maletín y sacó una funda plástica que depositó sobre el plano.

—El plano es una reproducción de este dibujo.

Gillian miró aquellos trazos irregulares que, desde el interior de la cubierta protectora, evocaban silenciosamente recuerdos del pasado.

Y un nudo de emoción le cerró la garganta.

Tragó saliva.

Un *milisegundo* después sus ojos se llenaron de lágrimas y volvió a sentarse, como una autómata, incapaz de articular palabra.

¿Cuántos años habían pasado desde que hiciera aquel dibujo sobre una servilleta de bar? Ya ni se acordaba.

Jason, sorprendido por una reacción tan sumamente emocional que, desde luego, no esperaba, saltó de la silla y se puso de rodillas junto a ella, buscando su mirada.

—*Eh, ¿qué pasa?, ¿no es esa la casa que quieres?*

Gillian inspiró profundamente. Fue una acción truncada por la congoja, que le arrancaba sonidos ininteligibles. Sonidos que no entendía cómo lograban abrirse paso, y salir.

—Esa parcela es la de Mark —consiguió balbucear.

—No, es tuya —replicó Jason en un susurro tierno—. Y esa, es tu casa. Feliz aniversario, Gill.

Una medio risa medio llanto, preludio de la llorera más grande de su vida, salió de la garganta de Gillian. Ella intentó silenciarla tapándose la boca, en un gesto que estuvo a punto de poner a Eileen a llorar como una magdalena.

Pero fue en vano. Medio segundo después, con la cabeza enterrada en el pecho de Jason, Gillian explotó en un llanto imparable.

Las mujeres de la mesa sucumbieron a la emoción una a una, Patty incluida. Salvo Eileen, nadie la había visto llorar antes. Y quien no lloraba, mantenía un silencio respetuoso.

Jason la abrazó fuerte, meciéndola suavemente hasta que ella dejó de sollozar.

—¿Mejor? —preguntó al cabo de un rato mientras le secaba las lágrimas con sus dedos. Ella asintió y mantuvo sus ojos fijos en él. Era una mirada distinta, nueva y muy intensa, que lo hizo sonreír con picardía—. No me mires así, que no estamos solos…

Ella no se dio por aludida. Para Gillian todo lo demás había dejado de existir. Solo veía a Jason.

—¿Por qué haces esto? —le preguntó con un hilo de voz.

Jason la ayudó a ponerse de pie y él hizo lo mismo.

—Tomaos un café —sugirió a los presentes—. Nosotros enseguida volvemos…

John le guiñó un ojo.

Una vez en el porche, Jason hizo que Gillian se sentara sobre la barandilla y se ubicó entre sus piernas.

¿Que por qué lo hacía? Por varias razones, y decirlas en orden no iba a ser fácil.

Menos aún en aquel preciso momento. De modo que ni siquiera lo intentó.

—Porque nunca has tenido una tuya de verdad —empezó a decir él—
y nadie en el mundo se lo merece más que tú... Porque es mi forma de
decirte que, aunque espero que estemos juntos toda la vida, si algo
pasara... Si yo...

Jason hizo una pausa. Su mente, habitualmente centrada en el
objetivo, ahora divagaba, aturullada ante el millón de cosas que deseaba
expresar.

—Si a pesar de todo —continuó—, al final, piensas que no soy el
hombre adecuado para estar contigo... No sé... Suceda lo que suceda, no
quiero que vuelvas a sentir que tienes que empezar de cero otra vez.
Nunca más. Este es tu lugar, tu familia y tu casa. Da igual lo que pase
con nosotros...

Jason respiró hondo y su expresión cambió por una que Gillian no
conocía.

—Y porque te amo —añadió—. *Con toda el alma.*

Gillian lo miró con los ojos llenos de lágrimas. Vio que los suyos
también brillaban sospechosamente.

—Y yo a ti —replicó ella—. Te he amado toda mi vida.

Jason se estremeció, volvió a respirar hondo en un intento de que todo
dejara de girar a su alrededor como un torbellino. Ella continuó.

—Y cuando vi esa servilleta, supe de ti lo que necesitaba saber; la has
guardado todos estos años —tomó la cara masculina entre sus manos—.
Te pedí que me dejaras ver el hombre que eras. Ya lo he visto. Gracias,
mi amor.

Jason apretó los párpados. Exhaló en un suspiro largo.

—Tu chico necesita sentarse —dijo, al fin—. Todo me da vueltas…

Gillian sonrió con ternura. Se bajó de un salto de la barandilla y lo
guió hasta uno de los sillones de mimbre donde él, prácticamente, se dejó
caer. A continuación, se sentó sobre su falda y se acurrucó contra él.

—¿Ha sido por decir las dos palabritas?, ¿o porque yo te las dijera a
ti? —le preguntó con picardía.

Él sonrió. Cuando volvió a abrir los ojos para mirarla, tenía una
expresión satisfecha. Como la de haber jugado un partido *durísimo* y
haberlo ganado en el último segundo.

—Eres la mujer más directa que he conocido en mi vida. Tus
emociones me traspasan como si fuera de papel —admitió con los ojos
brillantes de emoción—. Y esta vez sí que hice blanco perfecto. *Acabo
de tumbarte.*

Desde luego, lo había hecho. Hacía meses le había anunciado que de
aquel marcaje cerrado y persistente, ella no tenía ninguna posibilidad de
librarse. Y así había sido.

Ella asintió suavemente.

—Y llevo tanto tiempo esperándolo —dijo. Luego, descansó la cabeza contra la columna de madera que tenía detrás y volvió a cerrar los ojos—. Tanto, tanto, tanto…

Gillian recorrió con los ojos sus facciones masculinas. Después de media vida admirándolas, era como si nunca tuviera bastante. Pero ahora, notó, el amor las hacía resplandecer.

—Y además me has llamado "mi amor" —añadió Jason, moviendo las cejas sensualmente.

—Te gustó, ¿eh?

—Un montón.

—¿Sí? —susurró ella en un tono que a él lo hizo sonreír.

—No me tientes, que nos están esperando…

—Vale. —Pero solo lo dijo de boquilla; sus manos bajaron por aquellos pectorales de exhibición, continuaron, lentamente, dibujando cada uno de sus abdominales, y siguieron rumbo sur, inexorables.

Los ojos de Jason se abrieron al instante. Brillaron como estrellas en la noche cuando sintió que un dedo femenino recorría lentamente toda la extensión de su cremallera.

La reacción física también sobrevino al instante.

—Princesa —su voz sonó pastosa cuando habló. Acto seguido, Jason colocó una mano sobre la de Gillian, guiando sus movimientos—, *nos están esperando*.

—¿Y un *rapidito*, mi amor? —invitó ella, apenas en un susurro, con su boca pegada al cuello de Jason.

Él exhaló una bocanada colmada de pasión. La única neurona con capacidad de oponer algún resto de sentido común, acababa de presentar su rendición incondicional.

"Mi amor".

Fue oírlo y saber que siempre se rendiría ante esas dos palabras si las pronunciaba Gillian.

Más aún, supo que se pasaría el resto de su vida dándole motivos para que no dejara de repetirlas.

—*Diosss*… Te amo, te necesito, Gill. Ahora mismo —dijo él en un ataque de pasión mientras le robaba besos calientes—. Que Allen vuelva otro día.

Ella respondió colándose en su boca, y forzándolo a una máxima apertura.

—Y yo a ti, Jay… —susurró.

Jason se puso de pie con ella en brazos y tomó camino arriba, en dirección al gimnasio.

De a ratos, se besaban.

A veces, solo se miraban.

Y desde que aquella vieja servilleta con el dibujo de una casa había disuelto la última resistencia de Gillian, saboreaban el gozo indescriptible de haber conseguido, después de quince años, colocar la última pieza al rompecabezas.

◆ ◆ ◆ ◆ ◆

Desde la ventana del salón, John miró una vez más la imagen que dominaba su campo visual; ella, sonriente y menuda, en los brazos de aquel gigante que la miraba con adoración... Su cabello largo y lacio se mecía suavemente con la brisa mientras, completamente inmersos en su propio universo, se alejaban por el camino de tierra.

Meneó la cabeza y volvió a la mesa donde los demás miembros de la familia conversaban con la visita, haciendo tiempo mientras esperaban que los tortolitos regresaran. Algo que, al menos aquella mañana, no sucedería.

—Bueno —anunció el cabeza de familia—, creo que lo mejor será que dejes los planos, Paul. Cuando Gillian los haya revisado, seguiremos hablando, ¿te parece bien?

El arquitecto asintió, divertido.

Y las miradas de todos se llenaron de picardía.

EPÍLOGO

Domingo, 24 de Diciembre de 2006.
Comedor de la gran casa victoriana.
Rancho Brady.
Camden, Arkansas.

Jason bajó las escaleras con paso ágil mientras canturreaba la última de ColdPlay. Como todas las vísperas de Navidad, la primera actividad de la mañana -acompañar a Gillian a visitar a su madre, a la residencia-, había ido mejor de lo esperado; esta vez, no había habido más malas noticias. La paciente dependía de una máquina para drenar sus riñones, comía prácticamente papillas y no podía moverse sin ayuda, pero su situación permanecía estable desde hacía seis meses. Lo que era doblemente bueno para Jason, ya que justamente aquella Navidad deseaba que fuera perfecta.

De regreso, mientras su chica se detenía a tomar un "café bio" en casa de Shannon, él había aprovechado para hacer una sesión de entrenamiento de dos horas.

El baño le había sentado de maravilla y lo que vino a continuación, mejor aún; la imagen desnuda del espejo demostraba que diez meses después del accidente volvía a ser Jason Brady, y la báscula lo confirmaba: 110 kilos, 340 gramos.

Estaba en plena forma.

Física, mental...

Y sentimentalmente.

Los Tigres de Arkansas habían ganado su último partido del 2006 y aunque las lesiones seguían siendo un problema, las perspectivas para el nuevo año eran buenas.

Como si todo esto no fuera suficiente, Jason se proponía empezarlo dando un giro de ciento ochenta grados a su existencia.

Con semejante estado mental no fue de extrañar que Eileen se volviera sorprendida cuando Jason entró en la cocina, acompañado de su aura de "hombre al que las cosas le van de fábula".

—Qué bien hueles —dijo al verlo hecho un pincel, recién bañado y afeitado.

Jason se acercó a besarle la frente y a la pasada, cogió una manzana del frutero.

—Como siempre. Es la misma colonia que uso desde hace años.

Eileen sonrió con picardía y mientras colaba las patatas que acababa de retirar del fuego, añadió a modo de comentario intrascendente:

—Sí, es la que te regaló Gillian el día que quedaste con aquella chica... ¿cómo se llamaba?

Jason se apoyó contra el borde de la mesa y se dedicó a mirar a su madre con expresión divertida. Del nombre de la chica, quienquiera que fuera, no se acordaba, pero de que aquel día Gillian y él estaban solos, sí.

—¿Cómo sabes tú lo de la colonia?

Eileen se volvió sonriendo.

—Porque fue idea mía. Gillian quería gastarte una broma y me preguntó por un perfume "de mis épocas", uno bien clásico. Llevas años usando mi colonia para hombre favorita.

Jason meneó la cabeza, incrédulo. Eileen, sonriente, hizo las aclaraciones oportunas.

—Pero, ahora, a Gillian le encanta. Bueno, *ahora* desde hace mucho... Aunque sospecho que tiene más que ver contigo que con la colonia.

Ya, pensó Jason, y teniendo en cuenta que llevaba años usando un perfume solo porque suponía que a ella le gustaba, si, efectivamente, no le gustaba, la cambiaría.

Por la que a Gillian le gustara. La que ella encontrara más embriagadora. Esa, que la hiciera decir en voz alta y con aquel tono que a Jason lo derretía, "te queda bestial". Así de enamorado estaba de ella. Así de desesperado por tenerla cerca, por oír su risa, por complacerla...

Y por besarla y tocarla y hacerle el amor hasta perder la razón...

Dios, estaba total e irremediablemente loco por Gillian.

Eileen continuó preparando la comida. Jason permaneció donde estaba, comiéndose la manzana, mientras buscaba la forma de decir lo que tenía que decir sin sonar demasiado...

¿Ansioso?

Tuvo que sonreír ante sus propios pensamientos. Estaba "eléctrico" desde hacía días, ¿a quién quería engañar?

—Necesito pedirte un pequeño favor —dijo. Eileen sonrió con picardía, pero él no la vio.

—Pues, dime.

Jason se acercó a su madre sacando algo del bolsillo trasero de sus pantalones. Lo puso sobre la mesada sin mirarla y volvió a darle un bocado a su manzana.

Eileen tomó la *cajita* después de secarse las manos en el delantal. La abrió y...

—¡Qué orgullosa estoy de ti, Jason!

Las mejillas del entrenador acusaron recibo del sentimiento que su madre había puesto al pronunciar aquella frase, y decidido a mantener el nivel de emoción bajo mínimos tolerables, prosiguió con aire resuelto.

—¿Podrías encargarte de ponerlo debajo de su servilleta? —Jason hizo una pausa—. A los postres, ¿vale?

Su madre le contestó con una sonrisa radiante.

Radiante y *pícara*, aunque él, que se limitó a guiñarle el ojo y abandonar la cocina, no lo notó.

Eileen volvió a echar un vistazo, esta vez más concienzudo al contenido del estuche.

Desde luego, la noche prometía.

◆ ◆ ◆ ◆ ◆

Había quedado perfecta. Exactamente igual que el dibujo que Gillian había hecho a bolígrafo sobre una servilleta hacía, exactamente, ocho años.

Al final, había conseguido recordarlo después de mucho devanarse el seso. Volvían de Little Rock con Mandy, Jordan y Mark cuando una lluvia torrencial, les obligó a detenerse en un bar de carretera. Dos horas habían dado para muchas tonterías que los mantuvieran entretenidos en un lugar que no tenía ni un triste juego de dardos. Lo que Gillian nunca habría imaginado, era que, algún día, aquel dibujo de pésima perspectiva acabaría convertido en algo real.

Porque para empezar ¿cómo iba a imaginar que a Jason le pareciera tan importante como para guardarlo? Cada vez que Gillian pensaba en ello, su corazón daba saltos de emoción.

Había sido ver el dibujo, y comprender. Así, sin más. Un chasquido de los dedos y todas sus reticencias, todos sus miedos, todas sus dudas...

Desaparecieron como por encanto.

Y lo vio claro.

Tan claro como ahora veía que todo estaba servido para que Jason y ella iniciaran una nueva etapa del camino que recorrían, hacía ya catorce años. E igual que en otros momentos importantes de su vida, Gillian se sentía nerviosa. Y muy, muy ansiosa.

"Mejor pensar en otra cosa", se dijo mientras pasaba un dedo sobre el lustroso marco de roble de la ventana del salón. Además, ya oía los pasos de Mandy, que venía del baño donde había ido a inspeccionar la grifería.

—¡Está fabuloso! —exclamó ella mientras entraba al salón—. Y no me vas a negar que esa bañera la compraste pensando en compartirla con mi hermano... ¡Es gigantesca!

No, no iba a negarlo.

Los obreros habían acabado hacía menos de una semana, de modo que los doscientos metros cuadrados de superficie que ocupaba la casa, estaban prácticamente desiertos. Pero había puesto especial cuidado en que los pocos muebles y equipamiento sanitario instalados hasta el momento, fueran adecuados a un hombre de la envergadura de Jason. Porque como mínimo, esperaba que, en cuestión de un par de días, pudieran cambiar sus citas amorosas del gimnasio, por otras más hogareñas y confortables en la nueva casa.

Aunque, en realidad, esperaba mucho más.

Pero eso, era harina de otro costal.

—Es de hidromasaje —aclaró Gillian con una sonrisa satisfecha. Le encantaba hablar de "su casa"—. La verdad es que dudé entre copiarte la idea del *jacuzzi* o escoger una bañera... Al final, ganó mi lado práctico.

Mandy la miró con cariño. Estaba radiante. Le gustaba verla rezumar felicidad por cada poro de la piel.

—¿Estáis genial, no?

Gillian apartó la cara riendo al oír aquel *tonito* sugerente. Palmeó la mano que Mandy le había puesto sobre el hombro.

—Mejor que nunca, y te aseguro que ya es decir un montón.

Mandy le despeinó el pelo cariñosamente, y se apoyó contra el marco de la ventana, mirándola con picardía.

—Dime, guapa, ¿es que alguna vez habéis estado mal? Joder, te conozco hace mil años y cuando intento recordarte a malas con mi hermano, no puedo.

Gillian, con su imborrable sonrisa enamorada, miró hacia fuera de la ventana, donde el camino de laja empezaba cubrirse de nieve.

—Salvo los tres meses de ataque de pánico que tuve esta primavera...

Mandy asintió. Gillian meneó la cabeza.

—Otro me habría mandado a hacer puñetas —miró a Mandy con un punto de arrepentimiento en su expresión—. Me pasé de la raya...

—Ni que lo digas. Pero Jason lo bordó. Vaya manera de taparnos la boca a todos... A mi, la primera. La verdad es que cuando vi lo difícil que le ponías las cosas, pensé que lo podría su vanidad —sonrió incrédula—, pero aguantó el pulso. Siempre ahí, sin ceder ni un centímetro... Pegado a ti como una sombra... ¡Qué tío! Mira, hablando de sombras... Ahí lo tienes.

Gillian volvió la cara hacia la ventana.

Y suspiró mientras miraba al hombre de pantalones negros y cazadora de cuero a juego, que se acercaba a la casa, hablando por el móvil. Debajo llevaba un jersey de lana fina, de un blanco inmaculado, cuyo único detalle decorativo era los tres botones de madera con los que simulaba una abrochadura sobre cada hombro. Aunque la cazadora no permitía verlos, reconoció la prenda: se la había regalado ella.

El tono *hiperpícaro* de Mandy sacó a Gillian de su abstracción contemplativa.

—Será mi hermano, ¡pero cómo está el tío! Está para comérselo...

Eso tampoco iba a negarlo. A Gillian siempre le había parecido el hombre más impresionante del universo, y desde que era suyo, mucho más.

—Tu marido pregunta por ti —dijo Jason a su hermana, que acababa de asomar la cabeza por la puerta del salón.

Los ojos de Mandy se iluminaron.

—¿Lo tienes en la línea?

Jason asintió y entró al salón con la mano extendida ofreciéndole el móvil, que Mandy casi le arrancó de un manotazo.

—Dime, *guaperas*, ¿dónde andas tú? —Mandy se alejó hablando con su chico por el móvil de su hermano.

Jason tomó una mano de su chica y depositó un beso sobre su palma.

—¿Y tú? ¿Qué hacías? ¿Fardar de casa nueva? —preguntó él.

De hombre alucinante, más bien.

Gillian respondió mientras, distraídamente, dibujaba círculos imaginarios en su jersey con la yema de los dedos.

—Pensaba que estaría bien traer el sofá del gimnasio —lo miró con *ojitos* pícaros—, ¿no?

—Va a cantar un poco —replicó él, divertido—, ¿no?

Tenía razón. Fue imaginar la cara de John al verlos maniobrar el sofá con nocturnidad, como dos ladrones, y soltar la carcajada. Jason hizo lo propio mientras la abrazaba por la cintura, y la mecía suavemente.

—Estás harta del gimnasio, ¿a que sí?

Gillian lo miró risueña.

—Será que desde que tengo mi propia casa me he vuelto más

hogareña, no sé.

Pues, los hogareños eran dos, pensó Jason, y guasón como de costumbre, dijo justo lo contrario.

—*Uy*, a ver si ahora te entra la neura con que se te está pasando el arroz y todo eso...

—Te recuerdo que la idea de regalarme esta casa preciosa fue tuya —Gillian se acomodó mejor entre los brazos de Jason. Apoyó ambas manos sobre sus hombros ya que sin tacones no llegaba a rodearle el cuello—. Por no saber, ni sabía que guardabas el dibujo...

Él recorrió lentamente las facciones amables de su amiga del alma. El brillo especial que había en sus ojos volvía a decirle que saber que había conservado aquel viejo trozo de papel era tan valioso como la casa misma. Algo tan simple, y hasta cierto punto incómodo tratándose de un hombre, le había abierto las puertas del corazón de Gillian de par en par. ¿Qué sucedería si supiera que...?

—Y... ¿si te dijera que de ti lo guardo todo, hasta el lazo azul con que te sujetabas el pelo el día de tu graduación?

Gillian se estremeció.

Llevaba media vida amando en secreto a un hombre que creía cabal...

Y seis meses descubriendo que, cuando se trataba de Jason, aquel adjetivo era mejorable.

Le parecía tan increíble que él pudiera ser mejor que en sus sueños...

Tanto, como que ella pudiera amarlo más cada día.

Pero ambas cosas eran reales. Como aquel momento. Como cada ladrillo y cada piedra de aquella casa.

El regreso de Mandy interrumpió el momento, y aunque ella se dio cuenta, ya era tarde.

—Jordan está subiendo el camino. Dice que mata por un Martini ¿os venís a casa a picar algo? —entró diciendo, toda alegría, mientras cerraba el móvil, y al levantar la vista y verlos tan juntos, añadió—: Vaya, qué oportuna he sido, ¿no?

Jason continuó completamente concentrado en su novia. Gillian esbozó una sonrisa tierna y miró a su amiga.

—Si no fueras así de oportuna, no serías Mandy —le dijo con cariño y luego, miró a su chico—. Ya seguiremos con esta conversación tan... *reveladora* después del aperitivo, ¿no, campeón?

Un aperitivo no era lo que más le apetecía en aquel mismo momento al entrenador de los Tigres de Arkansas. Hablar, tampoco. Pero mientras pudiera tenerla cerca, ver aquel talante amable que siempre ofrecía a todo el mundo...

Jason sonrió con resignación. Le apartó suavemente el pelo de la cara y le dio un beso en la mejilla.

Si Gillian estaba en su campo visual, la vida era perfecta.

Simplemente, perfecta.

♦ ♦ ♦ ♦ ♦

Cuando Gillian ocupó su lugar frente a Jason en la mesa del gran salón, los nervios se habían evaporado y una sonrisa feliz, imposible de disimular, brillaba en su cara.

No era la única.

La de Jason era por el estilo, solo que él no recordaba haberse sentido más nervioso en toda su vida. Lo cual, en cierto modo, le resultaba irónico; la última vez que había pensado aquello, también tenía que ver con Gillian.

La cena de Navidad, hoy contaba con la compañía de un invitado nuevo, Dean, el hijo recién nacido de Shannon y Mark. Había empezado como todas las cenas navideñas: con una bendición pronunciada por el cabeza de familia que daba lugar a la degustación de los manjares con que la dueña de casa los agasajaba todos los años.

Eran cerca de las ocho de la noche cuando Eileen, con la ayuda de los más pequeños de la familia, repartió el set de platillo y cuchara de postre a cada comensal. El gran bol con ensalada de frutas ya estaba sobre la mesa, y Mandy se disponía a servir cuando la voz de Jordan, reclamó su atención.

—Me parece que será mejor que vuelvas a sentarte, bombón. Esto va para largo.

Mandy siguió la mirada de su marido y comprobó que había sido la última en enterarse; la picardía en la cara de todos era tan sólida que podía tocarse.

Y si la felicidad tuviera rostro, ese, sin duda, sería el de Gillian, que al retirar la servilleta de su plato para pasárselo a Mandy, descubrió que su postre ya estaba servido.

Y menudo postre.

—¿Anillos? —dijo, mirando a su novio.

Ya había hecho aquella pregunta antes, pero, entonces, ni el tono de su voz ni su expresión comunicaban el mismo mensaje. Este rezumaba dulzura.

E igual que entonces, Jason asintió, masculino.

Lo que ocurría en su interior, sin embargo, era bastante diferente. *Esta vez* tenía un nudo en el estómago.

—Alianzas —respondió sonriente, y aclaró—. De oro.

Otras dos personas en la mesa aparte de Gillian, entendieron el mensaje oculto en aquella aclaración. *Alianzas de oro*, a las que ella se había referido hacía seis meses, cuando le advirtió que "esas no creía que fuera a ponérselas".

Una de dichas personas no salía de su asombro; la otra, no entraba en sí de orgullo.

Y Gillian...

—¿Quieres pedirme algo, campeón, o es una impresión mía?

Mark se apoyó contra el respaldo de su silla mirando a su hermano, asombrado. ¿Aquel era Jason, el tipo duro nada romántico que siempre había creído que tenía por hermano? Alucinante.

Todos lo vieron inflar los pulmones de aire y apoyar las manos sobre la mesa en un gesto de ponerse de pie, pero en aquel momento, Gillian se le adelantó. Jason la miró interrogante.

—No, Jay, esta vez no. Te dije que algún día te agradecería en condiciones la paciencia increíble que me has tenido, y ese día ha llegado —sonrió, radiante—. Es hoy.

Con sus modos de niña feliz, se inclinó sobre la mesa y retiró con dos dedos la servilleta que cubría el plato de postre de Jason.

Los ojos alucinados de Mark cambiaron de ángulo. Los de Jason sobrevolaron a su madre, que le regaló una sonrisa cómplice, y luego, enfocaron sobre la rosa de pétalos rojo pasión que había sobre su platillo de postre. Le pareció la más hermosa que había visto en su vida.

¿Quién decía que las flores eran cosa de mujeres?

Verla allí, saber que era para él, fue como una caricia al corazón. Uno que ya estaba muy emocionado, y que a punto estuvo de expresarse por los ojos cuando éstos se movieron sobre las líneas manuscritas de la tarjeta que acompañaba la flor, y las palabras cobraron sentido.

"Eres el hombre de mi vida. Siempre has sido tú".

Jason tragó saliva, la miró de una manera indescriptible.

—¿Sí?

Ella asintió suavemente.

—Siempre. Por eso jamás hubo nadie. Algunas horas, algún café, nada más; era lo único que podían tener de mí. Igual que ellas de ti —cuanto más pensaba en eso, menos entendía cómo había tardado tanto tiempo en comprenderlo—. Ay, campeón, en estos seis meses te has ganado el cielo...

Jason respiró hondo y se puso de pie. Movió la articulación del cuello a un lado y otro un par de veces ante la atenta mirada de todos. La de Gillian, mezcla de admiración y emoción, lo siguió mientras él rodeaba la mesa con su andar seguro, y se detenía frente a ella.

—Sí, me lo he ganado —confirmó, y de un solo movimiento hizo que ella volviera a sentarse—. Y ya se me ocurrirá alguna manera de que me compenses.

—Puedo decírtelo sin necesidad de estar sentada —sonrió con picardía—. No te preocupes que no voy a desmayarme.

Él negó con la cabeza; la acarició con la mirada.

—Este balón es todo mío, preciosa —una sonrisa autosuficiente iluminó su cara—. Voy a por un *touchdown* de sesenta yardas.

Gillian lo miró radiante.

—¡Qué alguien traiga una videocámara *ya mismo*! —exclamó.

Y no acabó de hacerlo que Mandy soltó el cucharón que sostenía y echó a correr en busca de una.

Jason, sin embargo, no esperó. Miró a John, y mientras cada poro de su piel vibraba de emoción, su voz trasmitió una seguridad inapelable cuando habló.

—Eres la única persona de su vida que ha hecho las veces de padre, así que papá... ¿me das tu permiso para pedirle que se case conmigo?

Y la de John no pudo esconder su emoción, intensa como la de todos los presentes.

—Claro, hijo.

Jason miró a su chica. Ella, con una sonrisa que se hacía más grande por segundos, seguía absorta cada gesto, dispuesta a registrar hasta el más mínimo detalle de un momento que no había imaginado ni en sueños.

—Hoy hace catorce años que nos conocimos —empezó él, pero Gillian lo interrumpió suavemente.

—¿Vas a hacerlo Jay, de verdad? —él asintió divertido. Por supuesto que iba a hacerlo. Era el partido de su vida y venía dispuesto a convertir aquel momento en algo memorable. Gillian movió afirmativamente la cabeza—. Entonces, campeón, hazlo bien.

Acto seguido, Gillian lo hizo retroceder un par de pasos, y sonrió radiante.

—Rodilla derecha en tierra, soldado.

Ella también estaba decidida a que fuera inolvidable.

Jason obedeció.

—¿Te gusta así? —dijo, masculino justo cuando Mandy irrumpía devuelta en el salón y al ver la escena soltaba un "¡Joder, Jason Brady acaba de hincar la rodilla en el suelo!", que arrancó sonrisas.

—Perfecto. Soy toda oídos, Jay.

Y todo él, una maraña de nervios. Jason respiró hondo y fue a por todas.

—Hoy hace catorce años que nos conocimos... Yo sabía, todos

sabíamos, que era un día triste para ti, pero tú sonreías. Te esforzabas por hacernos el momento más fácil... Y eso es lo que has hecho todos estos años; regalarnos tu alegría y hacer que contigo todo sea divertido...

Gillian extendió una mano y le acarició la nariz con dulzura. Jason la tomó, la besó, y la retuvo.

—Has marcado mi vida de tantas formas... Esa tarde que tuviste que dejarnos, ¿te acuerdas? —Gillian asintió. Eileen bajó la cabeza, emocionada—. Cuando vi esos *ojitos* tiernos sonreír y te oí decirnos "volveré" sin soltar una lágrima, me maravillaste... Sentí que eras un millón de veces más fuerte que yo... Tan valiente, tan buena gente... Pensé que tenerte en mi vida era un regalo gigante... Y lo sigo pensando. Te amo, preciosa y hoy que es como una especie de aniversario para los dos, quiero hacerte yo un regalo a ti —volvió a besar su mano y sonrió —: una familia, una que sea tuya de verdad, tuya y mía... ¿Quieres casarte conmigo, Gill?

Si las almas podían reír, la de Gillian era una exhibición de alegría.

En un segundo sus ojos se habían llenado de tanto amor como picardía.

—*Eres impresionante*, Jay... —exclamó— ¡Qué puestas en escenas tienes, chico!

Jason bajó la cabeza sonriendo. Aunque en aquel preciso instante la acuciante necesidad de oírla decir que sí consumía gran parte de sus pensamientos, su ego se estaba dando un atracón de cuidado.

Doblemente.

Porque sabía que todos los hombres presentes en aquella mesa, sin excepción, envidiaban que esas palabras no fueran destinadas a ellos.

Igual que lo sabía Gillian. Por eso lo hacía.

Dios, cómo adoraba a aquella mujer.

Tanto como ella lo adoraba a él, que al detectar la sonrisa encantada en aquella cara espectacularmente masculina, decidió añadir otra pizca de pimienta.

—¿El entrenador de los Tigres de Arkansas? ¿Ese, que está como un queso, acaba de pedirme que me case con él? *¡Guaaau, qué-subidón!*

Lo vio inclinarse y volver a besarle la mano, y luego, echarle un mirada seductora, de soslayo.

Su envergadura -literalmente; la distancia que había entre sus dos hombros-, podía medirse en kilómetros y para entonces, el nivel de decibelios del salón estaba a punto de superar el máximo legal permitido.

Gillian hizo un gesto con las manos para indicarles que hicieran silencio, y su rostro adquirió cierta solemnidad.

—Vale. Ahora en serio —lo miró a los ojos—. Sí, mi amor. Sí. Me caso contigo. No creía, nunca quise creerlo, que este día llegaría alguna vez, así que discúlpame por no emocionarme. Soy demasiado feliz para hacer otra cosa que reír... —dijo eléctrica, con una sonrisa de oreja a oreja. Y un instante después, se colgó del cuello de Jason como si fuera una niña—. ¡Dios! ¡No me lo puedo creer! ¡¿De verdad, eres tú?!

Jason la abrazó fuerte, cerró los ojos satisfecho y se puso de pie con Gillian entre sus brazos.

Durante un rato, la emoción se adueñó del lugar, dejándolos a todos mudos en la contemplación de un momento muy esperado. Pero teniendo en cuenta la naturaleza bromista de los prometidos, tanta emoción no podía durar mucho.

Y no lo hizo.

—Todavía nos queda esto —dijo él, dejando expuesto un anillo de pedida que acababa de sacarse del bolsillo. Era de oro, coronado por un engarce en forma de flor compuesto de cinco rubíes, la piedra preciosa favorita de Gillian.

—¿Más anillos? —dijo ella, pícara.

Jason asintió desafiante.

—Uno de princesa para mi princesa.

Gillian se acercó a la mano e inspeccionó el anillo sin tocarlo. Todos reían. Jason la miraba divertido.

"De princesa árabe", pensó al ver la joya magnífica que debía valer una pequeña fortuna.

Vaya.

Sin cambiar de posición, Gillian ladeó la cabeza y lo miró sensualmente.

—¿Quieres ponerme ese *anillazo* en el dedo?

—*Sip*.

—Ya —respondió ella al tiempo que volvía a asentir con la cabeza—. ¿Y... piensas que te voy a dejar ponérmelo sin más?

Mientras hablaba, Jason vio que Gillian se erguía frente a él con su sonrisa de niña feliz.

No pudo evitar pensar cuánto le gustaban sus maneras, la facilidad con que convertía todo en algo divertido.

En algo inolvidable.

Asintió desafiante, siguiéndole el juego.

—Ni hablar —replicó ella, y dio un paso atrás— Ni lo sueñes, guapo, no va a ser tan fácil.

—¿Quieres pelea, enana? —preguntó él, encantado. Y volvió a guardar el anillo en el bolsillo de sus tejanos, intuyendo que necesitaría tener las manos libres—. Mira que yo soy mucho más grande que tú.

Gillian sonrió de oreja de oreja.

—Pero yo, más rápida —dijo un segundo antes de echar a correr fuera del salón, muerta de risa.

Pasó como una exhalación por el recibidor, cogió su abrigo de corderito al vuelo y corrió fuera de la casa…

Seguida por Jason, que corría detrás como un demonio, y de los Brady que se arremolinaban en el porche buscando el mejor sitio para no perderse nada, dispuestos a pasárselo en grande como siempre que Gillian y Jason jugaban.

Hacía mucho frío y el suelo estaba cubierto por cinco centímetros de nieve, pero ellos dos no parecían darse por enterados.

Él estuvo a punto de cogerla cerca de las hamacas, pero Gillian consiguió escapar. Así que Jason entró sin atajos; se tiró en plancha a bloquearle las piernas como si en vez de su futura esposa, estuviera en un campo de fútbol, inmovilizando a un jugador del equipo contrario.

Naturalmente, la volteó.

Y cuando la tuvo en el suelo, la hizo poner de espaldas, inmovilizó sus brazos, y reptó sobre ella.

—¿Y ahora que te tengo prisionera y yo estoy encima? —acompañó sus palabras con un movimiento sensual de las cejas que hizo que Gillian volviera a desternillarse—, ¿qué quieres que haga contigo?

Gillian miró hacia la puerta de la casa. Todos estaban allí haciendo bromas, mirándolos.

—Lo que quiero, ahora no es una posibilidad —dijo con picardía—. Así que…

—Entonces, ¿te pongo el grillete? —susurró él al oído, y se quedó allí, besándole los pliegues de la oreja.

Ella, instintivamente, buscó la cercanía de su cuerpo.

—*Ajá...* —murmuró.

—Está en el bolsillo —la miró de reojo con picardía—. Mete la mano y sácalo.

—¿En *cuál* bolsillo?

—*Ese bolsillo* —dijo, y rió bajito. Gillian liberó sus brazos, lo rodeó con ellos, y suspiró.

—No me tientes, Jay. Anda, sé bueno, sácalo tú, ¿vale?

Jason se apartó un poco y rescató la joya del bolsillo de sus tejanos. Luego se incorporó.

—Arriba —dijo.

Tiró de Gillian hasta que ella estuvo de pie, y a continuación, mostró su mano con la palma hacia arriba.

—Mano —pidió, indicándole que le diera su mano izquierda. Ella obedeció—. De acuerdo, allá voy…

Jason deslizó el anillo lentamente por el dedo de Gillian. Notó que a pesar de las risas y los juegos, los dos estaban helados. Y que aunque ambos temblaban perceptiblemente, no era por el frío.

Al fin, la miró intentando mantener a raya la emoción.

—¿Cuándo?

—Cuando tú quieras…

—Ya —respondió él, apasionado—. Ahora.

Gillian lo miró enamorada.

—No puede ser ahora. Necesitamos sacar la licencia y que pasen dos días… Antes del jueves, no podemos.

Él la estrechó fuerte.

—Dios… ¿Y si nos vamos a Las Vegas como hizo Mark?

Gillian se acurrucó contra él, enternecida por su reacción.

—No quiero casarme en la otra punta del país, rodeada de extraños, en un lugar sin recuerdos. Quiero casarme contigo aquí, en este rancho. En esta casa… Aquí está todo lo que significa tanto para los dos… Solo tres días más... —buscó su mirada—. ¿Harías eso por mí?

Jason volvió a estrecharla, la meció entre sus brazos.

Haría lo que fuera por ella.

Quería decírselo palabra a palabra mientras la miraba a los ojos. Gritarlo a los cuatro vientos.

Escribirlo en el cielo con tinta de estrellas.

Pero la emoción de los dos empezaba a mezclarse, peligrosamente, con locura de amor. Y había público siguiendo atentamente la función. Y ella buscaba su mirada, entre ilusionada y ansiosa por conocer la respuesta...

Él se inclinó hacia ella, tomó sus manos y, ceremoniosamente, se las llevó al corazón. Una vez allí, las cubrió con la suya.

Un segundo después, Jason se dispuso a efectuar la confesión más sentida de su vida.

—Lo que tú quieras, preciosa —susurró.

Y los labios de Gillian se curvaron en una sonrisa tridimensional.

AMIGOS DEL ALMA, ENTRE-HISTORIAS

¿No te pasa que, a veces, cuando terminas una novela te quedas con ganas de saber más de esa historia? A mí, sí. Constantemente. Por eso me encantan las sagas, y esta es otra de las muchas ventajas que tienen; se prestan perfectamente para un poco de romance adicional entre novela y novela.

Las "entre-historias" son capítulos extra que hacen a la historia que narra la serie Sintonías, que tienen que ver con los protagonistas de la novela a que se refieren, pero no forman parte de ella. En la edición "informal" -sin ISBN- de 2007/2008, se enviaban por correo electrónico como obsequio a quien compraba la novela. En esta edición van incluidas en el mismo libro.

Digamos que son algo así como unos apetitosos bocaditos extra para aliviar el gusanillo romántico ;)

Amigos del alma incluye una "entre-historia", que encontrarás a continuación.

Espero que sea de tu agrado.

ENTRE-HISTORIAS, ÚNICA.

Martes 16 de enero de 2007.
Casa de Gillian y Jason.
Rancho Brady.
Camden, Arkansas.

Tan pronto entró en la cocina y vio a Jason sentado a la mesa regalándole una sonrisa feliz, tan imponente, tan escandalosamente atractivo, tan... *suyo*, Gillian recorrió la distancia que los separaba como una exhalación, y lo abrazó riendo.

—Dios, ¿quién se ha olvidado esta bestialidad de hombre en mi cocina?

Jason le rodeó la cintura con sus brazos, y se apartó un poco de la mesa para que ella pudiera sentarse sobre sus piernas.

La miró con gusto.

En aquella frase que ella había pronunciado risueña, se distinguían con total claridad dos elementos que tocaban cuerdas emocionales profundas, tanto en ella como en él.

"Esa bestialidad de hombre" era algo que de él habían dicho muchas, pero cuando quien lo decía era Gillian, la vanidad de Jason subía tan alto que casi rozaba el arco iris.

Para ella, nada vanidosa, lo que alcanzaba semejante altura eran los saltos que daba su corazón. De gozo; Jason era el amor de su vida, llevaba años admirándolo, amándolo profundamente, y desde hacía dos semanas lo tenía en cuerpo y alma, llevaba su apellido.

"Mi cocina" le supo como una caricia. Siempre había ese aire entre agradecido y enamorado en la expresión de Gillian cuando hablaba de su casa, esa que ella había dibujado en una servilleta de bar hacía años y que Jason había convertido en una realidad. Para una niña de acogida, aquellas cuatro paredes tenían el doble valor afectivo de ser su primera casa, y de que quien se la hubiera regalado fuera precisamente él.

Para Jason, enamorado como un loco por primera vez, desesperado por ser exactamente el hombre que ella necesitaba a su lado y más aún, porque ella lo creyera así, aquella casa era, lisa y llanamente, el mayor *touchdown* de su vida. El que le había permitido ganar el último partido y quedarse con el corazón de la chica.

—Gracias —respondió seductor mientras se acercaba a ella. Le besó los labios una vez, y otra más—. Te has retrasado. ¿Qué pasó?

Gillian lo miró con picardía. Aunque en temporada de fútbol no estaba en casa en todo el día, conocía detalladamente su agenda y cuando algo no le cuadraba, con la misma curiosidad espontánea de siempre, simplemente se lo soltaba. Sin embargo, lo inusual aquella mañana no era que ella se hubiera retrasado, sino que él estuviera en la cocina a una hora en la que debía estar a ciento cincuenta kilómetros de ahí, entrenando con los Tigres de Arkansas.

—¿Qué pasó? —Gillian le dio un beso en la nariz—. Eso digo yo. ¿Qué haces aquí a estas horas?

Él no respondió. Se limitó a decirle con la mirada que no se anduviera por las ramas, cosa que como siempre últimamente, a Gillian la hizo reír. Eran preguntas de marido, no de amigo. Había cierto aire posesivo, que no le pegaba nada en Jason, pero le gustaba. Lo encontraba divertido, y entrañable.

—La rueda de consultas fue más larga de lo habitual.

Jason enarcó una ceja imitando a Mark.

—Deja que lo adivine —replicó, socarrón—. ¿Alex, otra vez pidiendo que le explicaras cómo se prepara un caldo bordelés[1]?

Gillian sonrió enternecida por su reacción, y tomó la cara masculina entre sus manos.

—Dios... ¿Cómo es que eres tan alucinante, mi amor?

Jason la miró burlón.

—Ya —dijo, apartando las manos de Gillian y manteniéndola sujeta por las muñecas—. Dile a tu ingeniero que uno de estos días, se lo voy a explicar yo... Es posible que hasta se lo dé a catar y todo... —hizo una pausa y añadió—: Por vía rectal.

Dios, cómo adoraba a aquel hombre.

Gillian, todavía sujeta por las muñecas, se inclinó hacia él y se metió en su boca, buscándolo apasionadamente. Jason liberó sus manos, la rodeó con sus brazos, respondiendo al beso con igual pasión.

—¿Has... comido algo? —susurró ella, regalándole besos pequeños

---

1 Preparado que se utiliza en agricultura para combatir enfermedades fúngicas.

sobre los labios mientras lo miraba para advertir si mentía. Al mismo tiempo, tiraba de uno de los lados de la camisa vaquera de Jason para abrirla. A medida que lo hacía, los corchetes se separaban con el sonido característico.

—Dos manzanas —respondió él en un suspiro. Y mientras la miraba, empezó a abrir la hebilla de su propio cinturón.

Gillian sonrió suavemente, sacó un puñado de almendras peladas del bolsillo de sus pantalones de camuflaje y le metió una en la boca.

—Entonces, mejor come algo más, entrenador. No sea que te me desmayes a mitad de camino...

Él empezó a desnudarla. Masticaba la almendra mirándola ardiente y, a ratos, le robaba besos enredados en palabras.

—¿Crees que no me da el resto para vérmelas contigo, pitufa?

Gillian le metió otra almendra en la boca.

—Con dos manzanas, no.

Jason asintió sonriendo masculino. Sacó algo del bolsillo de su camisa vaquera, que lucía completamente abierta dejando expuestos sus potentes pectorales, y le enseñó la palma de la mano.

—¿Y con esto? —preguntó, y continuó masticando, mirándola con los ojos brillantes.

Cuando Gillian vio la pastilla, su sonrisa desapareció.

—¿Qué es eso?

—Adivina.

La reacción de Gillian no se hizo esperar. Intentó quitársela de la mano, pero él, rápido de reflejos, cerró el puño y lo apartó de su alcance. Ella se puso de pie, enojándose por segundos.

—Como te tomes eso, te voy...

—¿Qué? —la interrumpió él—.¿Qué vas a hacer si la tomo?

La imagen de aquella mujer, que apenas si podía besarle el pecho sin ponerse de puntillas, con los pantalones desabrochados, y un primoroso sostén negro por toda vestimenta de cintura para arriba, le pareció terriblemente estimulante. Se había soltado la coleta, y su impresionante mata de pelo le cubría la espalda y parte de los hombros, dándole un aire sensual.

—*¿Qué?* —repitió él, que también se había puesto de pie y la provocaba en broma con su cuerpo, divertido por la reacción de ella—. A ver, ¿qué vas hacerme, tú *solita*?

Con el cinturón y parte de la cremallera abierta, los vaqueros de Jason se habían bajado un poco, hasta las caderas. La camisa, completamente desabrochada, mostraba gran parte de un pecho y un abdomen perfectamente depilados.

Era una visión muy sexy.

Pero Gillian estaba más enojada que tentada. Lo apartaba de ella con empujones más o menos suaves en el pecho, con los que acompañaba sus palabras.

—Jason. No me fastidies. No me digas que has pensado en hacer semejante estupidez...

Él, disimuladamente, volvió a guardar la pastilla. Esta vez en el bolsillo trasero de sus vaqueros. Y se dedicó, con ambas manos, a seguirle el juego, intentando cogerla.

Gillian continuó quitándoselo de encima, cada vez más enojada; él, acercándose, cada vez más excitado.

Le encantaba desafiarla. Gillian era una mujer dulce las veinticuatro horas del día. Siempre lo había encontrado excitante, pero desde que eran pareja, había descubierto que aquel punto imperativo que usaba con él las poquísimas veces que algo le disgustaba lo bastante como para borrarle su permanente sonrisa, lo excitaba infinitamente más.

—Tenerte contenta no es ninguna estupidez, preciosa.

—Pero... ¿qué estás diciendo? —resopló, y le lanzó una mirada de advertencia—. Dámela, Jay.

—*Ah-ah* —negó él. Se la comía con los ojos, pero ella estaba demasiado concentrada en lo que hablaban como para darse cuenta.

Gillian se cruzó de brazos.

¿Qué estaba pasando ahí? ¿Qué hacía él en casa a esas horas? ¿Y por qué quería tomar la bendita pastilla?

Ella dejó que su mirada descendiera ostensiblemente de aquellos ojos claritos que la miraban desafiante, a lo largo de su pecho, más allá del ombligo.

Aquel hombre no tenía necesidad de *pastillitas* de ninguna clase.

Cuando sus ojos volvieron a los de Jason, él sonrió, provocativo.

Gillian ladeó la cabeza, estudiándolo y al final, sonrió.

—¿De qué va todo esto, Jay? —dio un paso hacia él. Una de sus manos subió suavemente por el pecho masculino hacia el cuello; la otra, con bastante habilidad, se coló dentro de sus *boxers* y empezó a acariciarlo.

Él la miró largamente desde su altura de titán, con los ojos brillantes.

—Me conoces bien —dijo él al fin, con voz algo ronca—. Dime tú de qué va...

Gillian sonrió para sus adentros. Acababa de descubrir la jugada. Tiró de la camisa de Jason instándolo a que se la sacara. Él obedeció con movimientos lentos, sin perder de vista los ojos de pestañas tupidas, que evidentemente disfrutaban de lo que veían.

Disfrutaban. Muchísimo.

Para Gillian, además de las cosas que le pasaban en el corazón, Jason era muchas otras cosas que le pasaban en la sangre, disparando su libido como nadie había conseguido de ella jamás.

—Estás impresionante.

Le había salido del alma. Y no solo se refería al magnífico ejemplar de hombre que tenía por marido. También a que, totalmente recuperado de su lesión del hombro, había vuelto al entrenamiento al cien por cien: su masa muscular mostraba los resultados del aumento de ejercicio.

La vanidad de Jason creció, sin ocultar el gran placer que le provocaba oírla hablar de esa manera.

—*Soy* impresionante —aclaró—. Y tuyo. Pero esto ya lo sabemos de antes, ¿no?

Ella suspiró.

Cada vez que lo escuchaba decirle "soy tuyo" se ablandaba. Y él, que sabía todas las sutiles cuerdas que esas dos palabras tocaban en su interior, se lo decía cada día. Así, muy cerca y muy suave, haciendo que sus músculos se relajaran, su mente se adormeciera, y su cuerpo le pidiera a gritos tumbarse en alguna parte, con él encima.

El efecto era devastador.

—No puedo pensar... —susurró intentando liberarse del abrazo de Jason, para quitarse los pantalones y darle gusto al cuerpo—. Si me dices eso, no...

No pudo acabar la frase.

Él la ayudó a desvestirse con tanta desesperación y torpeza como ella. Casi le arrancó el sostén.

—¿"Eso" qué? —insistió él. Sus manos calientes le cubrieron los pechos mientras se los acariciaba apasionado—. ¿Que soy tuyo?

Gillian se encendió.

Lo empujó con su propio cuerpo hasta que Jason dio con la espalda contra la pared. Poniéndose de puntillas, estirándose al máximo, intentó rodearle el cuello con los brazos, sin éxito. Él respondió de inmediato, sabía lo que quería y se lo dio. La tomó por las nalgas, alzándola hasta que sus caderas estuvieron al mismo nivel. Ella suspiró aliviada. Le abrazó las caderas con sus piernas y buscó sus besos, apasionadamente. Él giró ciento ochenta grados, haciendo que Gillian quedara atrapada entre su cuerpo y la pared.

—Soy tuyo —volvió a murmurar en su oído mientras la sujetaba por la nuca con una mano, enterrando los dedos en su pelo, y soportaba el peso del cuerpo de Gillian con la otra mano, por debajo de las nalgas—. Completamente tuyo —buscó su mirada—. Y te lo digo por dos razones:

uno, porque es cierto y dos, porque te derrites cuando lo hago. Te pones a mil...

¿Solo a mil?

Gillian lo besó. Sus labios le rodearon la boca, y su lengua, ávida, se enredó en la de Jason, en un beso pleno que disparó la locura.

Él la hizo suya sin prolegómenos, así, de pie, contra la pared. Entró dentro de ella, retirándose casi por completo para luego volver a entrar.

—No era Cialis ni Viagra... —empezó a decir ella con la respiración entrecortada mientras se acoplaba a las embestidas de él—, ¿qué era?

Él se afirmó mejor contra la pared y aceleró el ritmo. Las penetraciones no eran completas, pero la embestía con fuerza.

—Dos gramos de vitamina C —dijo casi en un gemido.

—Ponme sobre la mesa.

La voz de Gilian sonó imperativa, y a Jason un estremecimiento le recorrió el cuerpo. Obedeció de inmediato. Él también se moría por entrar a fondo dentro de ella, y, dado su tamaño, eso requería una postura idónea y bastante habilidad.

Ella desocupó torpemente un hueco, empujando las cosas con una mano. Algunas cayeron al suelo. Luego, se recostó un poco, descansando el peso del cuerpo sobre sus palmas abiertas. Él volvió a entrar en ella, se amoldó a la altura de la mesa doblando las piernas y afirmándose sobre las manos.

Pronto, el ritmo se aceleró. La embestía, cada vez un poco más profundamente, y luego, volvía a retirarse mucho más rápido.

—Pero no llegaste a tomarla...

—No...

Gillian notó que él había roto a sudar profusamente. Le secó la cara suavemente con el dorso de la mano, qué él apartó. Jason buscó sus besos, agónico.

—¿Sabes? —susurró ella sobre sus labios—. De ahora en adelante me voy a enojar más a menudo... Como cuatro o cinco veces por día, ¿qué te parece?

Gillian arqueó la espalda llena de placer, y en aquel momento, él entró hasta el fondo, haciendo que un grito entrecortado escapara de su garganta. Jason exhaló ruidosamente, mitad suspiro, mitad jadeo.

Y le hizo el amor, frenético.

◆ ◆ ◆ ◆ ◆

La conversación fluida se reanudó al cabo de un par de horas. Tras un almuerzo frugal, se acurrucaron uno junto al otro en el gran sofá del salón pequeño, situado en la parte posterior de la casa, desde el que podía verse la rosaleda.

—Esta noche estamos invitados a casa de los Wyatt —dijo Gillian, enfatizando el final de la frase.

Jason rió.

—Todavía tengo que pellizcarme cada vez que pienso en mi hermana casada...

Gillian se acomodó mejor contra su pecho y desplazó la cabeza para poder mirarlo mientras conversaban. Jason descansaba la suya contra el respaldo, y permanecía con los ojos cerrados.

—¿Sabías que quiso empezar a actuar como Amanda Wyatt? Jordan no la dejó —comentó ella. Jason asintió divertido—. ¿Lo sabías?

—Jordan me lo contó. Estaba como un flan de la emoción, si no se lo decía a alguien explotaba, seguro. No me extraña. Que una mujer como mi hermana te suelte en plena cara que ahora se llama "Amanda Wyatt" tiene que ser muy fuerte...

—Me gusta verla así... —dijo ella. Jason la espió por el rabillo de un ojo. Tenía una expresión suave en la cara. Miraba la rosaleda sin mirar, mostrando que evidentemente su mente volvía a recuperar recuerdos agradables—. Debajo de esa piel de mujer lobo, siempre hubo una *personita* tierna. Jordan sabe cómo llegar a ella. Se nota que están bien juntos...

Él la estrechó más fuerte, le dio un beso en la coronilla.

—¿Qué? —dijo Gillian—. ¿He dicho alguna genialidad o algo así?

—Tú eres genial.

—Y tú sigues sin decirme por qué estás en casa hoy...

Él abrió los ojos y la miró sonriente, pero permaneció como estaba, con la cabeza descansando sobre el respaldo, y en silencio.

Gillian se estiró y le besó la barbilla.

—Dímelo, *porfa*...

Jason apartó la manta, se puso de pie y salió de la sala para volver poco después con una carpeta en la mano, que dejó sobre el sofá. Se acomodó junto a ella otra vez. A continuación, le pasó un brazo por los hombros y la atrajo hasta que ella quedó con parte de la espalda recostada contra su pecho.

Gillian lo miró risueña, con gesto algo interrogante. Él se limitó a estirar la manta sobre los dos y finalmente, le pasó unos folios que sacó de la carpeta.

—He dado el visto bueno a que la *Revista Glam* publique esto en el número del mes que viene —dijo.

Gillian lo miró brevemente, y se dedicó a leer.

Jason Brady: afortunado en el juego, privilegiado en el amor.

Cuando le preguntaron a Jason Brady, el flamante entrenador de los Tigres de Arkansas, si consideraba que haber conseguido ensamblar un buen equipo en tiempo récord y mantenerlo en buena posición a pesar de la plaga de lesiones que sufren desde el primer partido, era el logro más difícil de su vida, él contestó con su sonrisa seductora y su talante de ganador "No, hombre... Mi logro más difícil fue que mi chica me dijera que sí". Cuentan que la sala de prensa estalló en carcajadas: además de su gran sentido del humor, hasta los cronistas hombres admiten que no es precisamente del tipo al que las mujeres le dicen "no". Pensaron que había sido una broma, una al mejor estilo Jason Brady.

Reconozco que cuando me encargaron escribir un artículo de contenido humano sobre él, no sabía quién era. Su nombre me sonaba, pero nada más. Y también reconozco que cuando abrí la carpeta con material gráfico que me hicieron llegar de la redacción y vi sus fotografías se me fue el alma a los pies ¿qué historia de contenido humano podía haber detrás de un dios griego tamaño doble XXL con aspecto de tener un ego tan grande como su cuerpo y de haber dejado un rastro equivalente de corazones partidos?

Ahora, tres meses después, no solamente creo que hay una historia importante en su vida, sino que lo verdaderamente importante de su vida pasa, precisamente, por esta historia. Y puedo afirmarlo de forma categórica porque Jason Brady ha leído el borrador de este artículo, señaló lo incorrecto tal y como acordamos, y esto lo dejó intacto. Me explico.

Las personas relacionadas con el mundo del fútbol americano saben que dedica muy poco tiempo a hablar con la prensa, lo que de forma tácita, limita el tema a lo profesional más inmediato. No obstante, su oficina lleva una política clara de puertas abiertas en la que si dices que eres periodista y quieres entrevistar a Jason Brady, se te da día y hora sin ninguna clase de filtros. A mí me recibió, me escuchó y me indicó de forma inapelable que no usaba tiempo profesional para hablar de su vida personal ni mezclaba vida personal con periodistas, pero en un gesto que honra su inteligencia me dijo, textualmente, mientras me acompañaba a la salida: "haz tu trabajo de investigación y escribe el artículo. Cuando lo tengas, envíamelo. No voy a añadir nada pero si algo está mal, te lo señalaré sobre el papel". Eso hice. Así que aunque seguro que a esta historia le faltan pinceladas jugosas, se ajusta a la realidad según su protagonista y aún sin esas pinceladas sigue siendo una de las que dejan buen sabor de boca.

La huella poderosa e indeleble que los ángeles dejan a su paso.

El apellido Brady inspira un profundo respeto en Camden, Arkansas, donde nació, creció y vive Jason Brady. Un respeto que no tiene que ver ni con el fútbol americano ni con la música country, de cuyo firmamento su hermana, Amanda, es una de las estrellas más brillantes. Tampoco con el rancho Brady, el complejo agrícolo-ganadero más importante de la región, eficazmente dirigido desde hace nueve años por Mark, el hermano mayor de Jason.

Tiene que ver con la compasión y como reza el título, con la huella poderosa e indeleble que los ángeles dejan a su paso. Concretamente dos ángeles: Eileen y John Brady. Cuando pregunté por los padres de Jason en Camden, me los describieron así: "imagine dos ángeles tamaño grande, luego suprima las alas y ya tiene un retrato robot de Eileen y John".

Este matrimonio, que lleva casado treinta y cinco años, ha tenido la casa llena de niños desde el primer momento con hijos propios y ajenos. Según el Servicio de acogidas de Camden, la huella compasiva de estos dos ángeles ha marcado ya la vida de ciento veintitrés niños ajenos.

Y de que se trata de una huella poderosa, no tengo la menor duda. Sus hijos biológicos: Jason, Mark y Amanda continúan viviendo junto a Eileen y John, en el rancho. Todos ellos no solo han participado de forma activa en la integración familiar de los niños que sus padres acogían, sino que uno, Mark, es a su vez, padre de acogida. Cuando los Tigres de Arkansas juegan en casa, no es raro encontrar en las gradas a los Brady en pleno con sus niños de edades y aspecto de lo más diverso.

Y en cuanto a los ajenos, de los ciento veintitrés niños que han acogido, más de la mitad, ya mayores de edad, siguen en contacto habitual; diez han vuelto al rancho y trabajan con los Brady, y una regresó por propia decisión cuando cumplió los dieciocho, nunca volvió a dejarlos y es desde hace dos meses, de hecho, una Brady: Gillian, la esposa de Jason.

Sí. Jason Brady y la que hoy es su esposa se conocieron la Navidad de 1992, cuando el servicio de acogidas -o el destino- le asignó a sus padres el cuidado y custodia de una niña, Gillian McNeil. Ella tenía 13 años; él 16.

Belleza, riqueza, éxito... ¿y el amor? Cupido, el gran desafío de los hermanos Brady.

Los estudiosos de la mente humana coinciden en que inconscientemente tendemos a repetir los patrones afectivos del entorno en que crecemos: es lo que conocemos, lo que nos es familiar, y lo que repetimos.

Esto se verifica en el desamor y la violencia. Pero ¿qué sucede cuando creces en un entorno seguro y afectivo, donde los roles están perfectamente definidos, sin fricciones, sin egos? ¿qué sucede cuando eres capaz de reconocer un amor profundo en cada mirada que se dedican tus padres, en cada palabra, en cada caricia? ¿qué sucede cuando eres capaz de reconocer ese mismo amor, ese mismo respeto en las miradas que te dedican a ti?

Sucede que también se verifica lo que sostienen los estudiosos, aunque no está exento de escollos que salvar.

A los hermanos Brady la vida les concedió belleza, riqueza y éxito en sus respectivas profesiones. Y un gran desafío: encontrar el amor en medio de las luces cegadoras del ego, uno a la altura del que conocieron en casa, y conservarlo.

Dicen que para Mark el gran obstáculo fueron sus convicciones sobre los roles masculino y femenino en la familia, tan definitivos como anacrónicos. Hombre que se jacta de "ejercer" de tal, aspiraba a un hogar como el de sus padres, donde la mujer es antes que cualquier otra cosa, esposa y madre. Si hubiera nacido a principios del siglo XX, Mark habría sido el partido ideal de cualquier mujer. Pero nació en 1974: revolución hippy, liberación femenina, amor libre...

Amanda lo tuvo más difícil. Preciosa y famosa en una época que mitifica estas dos cualidades, no tardó en verse arrastrada por la espiral del éxito. De carácter desinhibido y actitud rebelde, sus excesos alimentaron durante mucho tiempo la prensa del corazón. En un mundo que se muestra permisivo con la promiscuidad masculina, pero la condena en la mujer, el personaje controvertido llamado Amanda Brady, lo ocupó todo, relegando a la auténtica Amanda, "Mandy" para los suyos, a un lejano segundo plano.

Lo de Jason fue mucho más sutil. Dotado por la naturaleza de un coeficiente intelectual de genio, y unas cualidades físicas y personales más que suficientes para garantizarle un permanente suministro de compañía femenina, conoció a su mujer ideal a los 16 años. Creció con ella. Fue su mejor amiga, con la única que podía ser él mismo, con la única que nunca se aburría, lo que constituyó suficiente razón para no tener que buscarlo en una relación sentimental. Y pudo haber sido su hermana, una *poderosísima* razón para eludir el más mínimo pensamiento sensual.

Cupido, sin duda, ha sido el gran desafío de los tres. Desafío que tuvieron el valor de aceptar sin reparos, y del que, a mi entender, han salido claramente victoriosos. Aunque teniendo en cuenta las circunstancias especiales del entrenador Brady, él estaría de acuerdo conmigo -no lo ha corregido, así que de hecho, lo está-, en que estuvo muy lento de reflejos: tardó catorce años en reconocer que el hombrecillo del arco le había alcanzado en pleno pecho.

Entre el estímulo y la respuesta, existe un espacio en el que tenemos la libertad interior de elegir.

Fue lo primero que me vino a la mente cuando conocí la historia de Gillian McNeil. Pasó la mayor parte de su infancia dando tumbos de casa en casa hasta que conoció a Eileen y John. Los Brady se quedaron prendados de Gillian, de su valentía para encajar los golpes que le daba la vida, de su carácter alegre y optimista, de sus maneras extrovertidas y su jovialidad. Y ella se prendó de ellos. De todos. Encontró en Eileen y John los padres amorosos que no tenía, en Mandy y Mark una amistad cómplice que aún hoy perdura. Y en Jason, su alma gemela. Aunque como quedó dicho, a los dos les llevó años asumirlo.

Tres años más tarde, cuando su madre salió de la cárcel, la ley la obligó a dejar el rancho Brady y regresar junto a ella.

Dicen que aún hoy Eileen Brady se emociona cuando cuenta la manera que Gillian se despidió de ellos, con una sonrisa enorme y una sola palabra; "volveré".

Pudo dejar que las circunstancias condicionaran su vida. Esa habría sido una respuesta comprensible al tipo de estímulo que había recibido hasta el momento, especialmente siendo una niña, apenas adolescente. Pero eligió lo contrario.

Volvió al rancho Brady al día siguiente de cumplir los dieciocho y nunca más se fue. Se construyó la vida que quería tener: se graduó la primera de su clase en Agronomía, es la única mujer de la plantilla del rancho y aunque no ha llevado oficialmente el apellido hasta hace dos meses, a todos los efectos, para los Brady siempre ha sido una de ellos.

El tándem Gillian-Jason: una conexión fraguada en el cielo.

Jason Brady es un titán en el más amplio sentido de la palabra, que curiosamente ha sido capaz de desarrollar una determinación y una disciplina poco corrientes en personas tan brillantes. "Tiene mente de ganador" es como lo definen sus ex compañeros y entrenadores de los Kansas City Chiefs y los Titanes de Tennessee. También lo describen como alguien con las ideas claras, divertido, con gran sentido del humor y muy inquieto, de los que siempre están haciendo algo. Matiz más, matiz menos, estas mismas palabras podrían usarse para describir a Gillian McNeil.

Todos las personas con las que he hablado coinciden en una cosa: Jason y Gillian son como dos gotas de agua. Les gustan las mismas cosas, son igual de eléctricos e inagotables y tienen la misma visión amable de la vida. Los que los conocen más íntimamente dicen que además son dos luchadores, dos *persigue-sueños* incansables, que se admiran y respetan mutuamente.

Pero lo que los distingue de otras grandes amistades, es que al parecer mantienen una especie de conexión mágica que les permite entenderse de forma natural, que los fortalece y los complementa, formando un tándem sinérgico, atributo exclusivo de las almas gemelas.

Un obelisco guapísimo con mil chicas en su cama y una sola mujer en su vida.

Así de breve y explícita fue Beth Folley a la hora de hablar del *quarterback* Jason Brady, el de antes de ser entrenador de los Tigres de Arkansas. Antigua compañera de estudios es desde hace poco, dueña de un local de copas en Camden que Gillian y Jason suelen frecuentar. Mis investigaciones corroboran sus palabras. Algo que nunca trascendió a la prensa sobre Jason Brady es que de soltero fue un auténtico donjuán. Y algo que trascendió, pero de lo que nadie pareció percatarse o encontrar llamativo es que Gillian es presencia constante junto a él en documentos gráficos que van tan atrás como la primera temporada suya con los Kansas City Chiefs, cuando Jason solo tenía 20 años. Aparece en cientos de fotos: mirándolo jugar, sentada en las gradas, con su inseparable gorro de béisbol; en fiestas del equipo; en entregas de trofeos... Y es difícil equivocarse: su impresionante melena castaña, lacia y larga hasta la cintura que sigue conservando en la actualidad, deja poco margen para el error.

A lo largo de los años, ambos mantuvieron varias relaciones que nunca interfirieron con su amistad. A ninguno de los dos se les conoce una relación sentimental seria con otra persona.

A estas alturas, el párrafo que abre este artículo, aunque en su momento haya causado gracia, me parece la declaración más sincera y personal que Jason Brady ha efectuado a los medios de comunicación. Desde luego, no fue ninguna broma.

De amigos del alma a almas gemelas que se reencuentran.

¿Cómo pasan dos personas de ser carne y uña, los mejores amigos, durante más de una década, a convertirse en pareja sentimental? ¿Qué circunstancia tan especial, nueva y determinante puede llevar a dos personas que han mantenido un nivel de comunicación tan profundo, a estrechar lazos?

Bueno, lo que el entrenador Brady dejó claro con su comentario en la sala de prensa es que a) no fue fácil, b) no fue sincronizado y c) fue él quien puso el balón en movimiento.

Se casaron hace apenas dos meses, en diciembre del 2006. Un dato significativo de los primeros meses del año pasado es que Jason volvió a instalarse en el rancho Brady mientras se recuperaba del accidente de moto que le provocó la lesión que acabó alejándolo del terreno de juego.

Y también en dicho alejamiento hay un dato importante: la recuperación de su lesión fue completa y se sabe que los Dallas Cowboys estaban dispuestos a readmitirlo, pero él negoció su retiro. Prefirió, según declaró a la prensa en aquella época, no arriesgarse a repetir lesión y quedarse con un hombro funcionando al sesenta por ciento de por vida.

La versión más apoyada entre todas las personas con las que hablé es que volver a compartir hogar no solo les recordó lo que llevaban diez años teniendo a cuentagotas, sino que puso a la vista amigos, amigas, *affaires*, y con ellos, la conciencia de que ya no eran adolescentes, y cómo no, también los celos.

Después de toneladas de notas, horas de grabación de entrevistas y cientos de fotos, de varias semanas componiendo a trocitos, como si de un rompecabezas se tratara, la vida de Jason Brady, de su familia y su entorno, estoy impresionada. No esperaba algo así.

Dicen que una imagen es mejor que mil palabras. Me quedo con ésta. Es una fotografía tomada con zoom desde un punto elevado en el rancho Brady a principios del verano pasado, cuando Gillian y Jason eran "solo amigos". En ella se ve un primer plano de Jason con un elegante esmoquin negro, y de Gillian, realmente preciosa, con un vestido de corte romántico color rosa viejo. Comparten, sentados relajadamente, un banco en el jardín de la casa. Ella, con los ojos cerrados y la cabeza recostada contra el hombro de él, sonríe mientras le cuenta algo. Él, con una expresión indescriptible, la mira mientras ella habla.

¿Saben que pienso? ¿Francamente?

Creo que alguien debería escribir esta historia de amor.

Diane Lilly

Durante los minutos que a Gillian le tomó llegar al final del artículo, Jason no dejó de mirarla. Vio su cara de niña pasar de picardía a ternura, de esta a alegría, y, finalmente. a emoción.

—¿Almas gemelas, *eh*? —preguntó ella, con la voz quebrada.

Cuando sus miradas se encontraron, los ojos de Gillian mostraban una profunda emoción. Lo vio asentir e inclinarse hacia ella, y besarle la frente con suavidad.

—Sí... Nunca había pensado en esto —Jason le quitó el artículo de las manos y lo dejó a un lado. Hizo que le pasara los brazos alrededor de la cintura y volvió a abrazarla, esta vez más fuerte—, pero cuando lo vi escrito... No sé, fue como si esa mujer que solamente vi diez minutos hace tres meses, hubiera abierto el telón de mi propia vida... Tiene tanto sentido —buscó su mirada—, ¿no?

Gillian lo miró con ternura. Asintió.

—Sí —repitió él como si hablara consigo mismo—. No sé cómo fui capaz de tirarme diez años lejos de ti... Te echaba tanto de menos que por momentos se hacía insoportable... Entonces, me decía que hacía semanas que no veía a mis padres, que estaba siendo un mal hijo... —soltó el aire en un suspiro largo—. Y compraba el pasaje de avión.

Ella le besó el pecho con dulzura.

—¿Te acuerdas el día que mi padre me acompañó a que me quitaran la férula? —preguntó Jason, mirándola con los ojos brillantes. Ella desplazó su cabeza un poco hacia afuera para poder mirarlo—. Me dijo... —tragó saliva— que ya era hora de que dejara de jugar a las escondidas. Que todos tenían claro desde hacía años que tú y yo estábamos locos el uno por el otro... Que lo habían tenido así de claro siempre. Por eso cuando tu madre perdió tu custodia, mis padres... —hizo una pausa— no te adoptaron.

Gillian se incorporó de golpe y lo miró conmocionada. Jason asintió.

—Yo reaccioné por el estilo... Dijo que cuando quisiéramos darnos cuenta, tendríamos cincuenta años y una vida vacía. Sin pareja, sin hijos, sin saber cómo era una caricia cuando había amor...

Gillian pudo reconocer en el fondo de aquellos ojos *claritos* que adoraba una profunda emoción. A Jason le sucedió lo mismo.

—Soy una bala en el campo de juego, pero tal como dice esa periodista, en lo nuestro estuve *cortísimo* de reflejos...

Él la estrechó fuerte, como resarciéndose de la eternidad que habían estado lejos uno del otro.

—Nos hemos perdido esto durante muchos años, Gill. Ni uno más —buscó su mirada—. Hoy me quedé en la ciudad porque tenía una cita en el servicio de adopciones...

—¿En serio? —dijo Gillian, su sonrisa ensanchándose por segundos.

Él asintió.

—Tengo todos los papeles que necesitamos presentar. Cumplimos los requisitos, así que... ¿Qué te parece?

La mirada de Gillian se llenó de estrellas.

—¿No decías que no necesitabas hijos?

Lo había dicho, sí.

Habría dicho cualquier cosa que disolviera los miedos de Gillian. Habría hecho cualquier cosa, lo que fuera, para mantenerla a su lado.

Y ahora que era suya, continuaría haciéndolo. Porque ahora, después de quince días amaneciendo a su lado, tenía quince millones de razones nuevas para querer seguir amaneciendo a su lado siempre.

Vivir sin ella no sería vivir, se lo había dicho aquella noche.

Pero es que desde que estaban juntos, desde que eran marido y mujer, Jason había descubierto que la vida con Gillian era tantas cosas más, aparte de vivir...

—Tú lo necesitas. Necesitas convertirte en madre y tener media docena de pollitos piando a tu alrededor. Y yo necesito lo que tú necesites.

Gillian tomó la cara de él entre sus manos, besó sus labios.

—Y yo, —susurró emocionada y agradecida— lo que necesites tú. No te creí aquella tarde, el día que nació Dean. ¿Cómo iba a hacerlo? Eres un Brady, lo llevas en los genes, Jay... Pero saber que mentías no consiguió evitar que tu cotización atravesara las nubes, imparable...

—¿Cómo de alto? —preguntó él tirando de su archiconocida vanidad en un intento de esconder su propia emoción.

Pero Gillian no sonrió. Habló con el corazón en la mano, y su mirada reflejó exactamente lo que sus palabras dijeron.

—Más allá del infinito. Hiciste que sintiera, por primera vez, que conservar lo que tenemos es más importante que tu renuncia a tener hijos biológicos o mi frustración por no poder dártelos. Mi corazón siempre te ha pertenecido, pero hasta ese día no me dí cuenta de que el tuyo también llevaba mi nombre.

Ambos se pertenecían. De la forma en que se pertenecen dos seres que una vez fueron uno, por designio divino. Inexorablemente destinados a reunirse.

Así de simple.

De increíble.

De profundamente plena, la certeza de haber regresado a casa después de un largo y solitario viaje.

Jason la meció entre sus brazos y permanecieron así, un buen rato, en silencio. Entonces, Gillian volvió a hablar con tono pícaro.

—Y digo yo... ¿no deberíamos pensar primero en la luna de miel antes que en los hijos?

Él sonrió divertido.

—Sabía que dirías eso. ¿Cuántos besos me vas a dar si te cuento que ya he arreglado una mini luna de miel?

La cara de Gillian se transformó en un sol.

—¿Sí? ¿Y dónde me vas a llevar?

—Montañas Rocosas. Vistas espectaculares. *Cabañita* romántica. Ni un alma en kilómetros... —dijo moviendo las cejas sensualmente—. ¿Cuántos besos?

—Los que quieras —respondió ella feliz—. ¿Cuándo?

—Nos vamos el viernes, volvemos el lunes por la noche.

—¡¿Este viernes?! —exclamó Gillian casi dando botes como una niña. Jason asintió—. ¡Dios! ¡Eres el mejor!

—Besos —insitió él, travieso—. Tú empieza. Ya te diré cuando puedes parar...

—¿Solo besos? —respondió ella, insinuante.

Y a continuación, reptó con movimientos deliberadamente lentos sobre él.

—*Guau*, nena... Me parece que voy a necesitar comer algo antes...

Gillian se detuvo a milímetros de su boca. Lo miró con fuego en los ojos.

—Y dime... ¿ese "algo"... no puedo ser yo? —murmuró, y le recorrió los labios con la punta de la lengua.

Jason, apasionado, tiró de la manta por encima de su cabeza con la mano libre, hasta que ambos quedaron completamente cubiertos.

Entonces, su boca se adueñó del cuerpo de Gillian, voraz, con una pasión arrebatadora.

—Voy a hacer volar tu dinamita, princesa.

Fue lo último que Gillian le escuchó decir, apenas en un murmullo lejano.

Y algunos besos ardientes después, la dinamita voló.

Estruendosamente.

SOBRE LA AUTORA

Aunque escribió su primer libro con apenas doce años y se pasó otros veinte cargando cajas llenas de novelas escritas en cuadernos de espiral cada vez que cambiaba de casa, no fue hasta 2006 que se planteó publicar. Fruto de esa decisión es Jera Romance, web que actualmente alberga y da nombre a su colección romántica.

Su estreno "oficial" en el mundo romántico español tuvo lugar en abril de 2011, de la mano de "Princesa", una novela que aborda el controvertido asunto de la diferencia de edad en la pareja, y que ha enamorado a las lectoras. Han sido sus apasionadas recomendaciones y su permanente apoyo, las que han convertido a "Princesa" en un éxito, y a Dakota, su protagonista, en el primer héroe romántico creado por una autora española que cuenta con su propio Club de Fans en Facebook.

También es autora de la serie romántica *Sintonías*, compuesta por "Bombón" (2007), "Primer amor" (2007) y "Amigos del alma" (2008), de la que se hizo una edición formal, con ISBN, en septiembre de 2012. Sus libros también están disponibles en versión impresa y versión Kindle, a través de Amazon.

Patricia Sutherland nació en Buenos Aires, Argentina, pero está radicada en España desde 1982.

Página oficial:
Jera Romance
www.jeraromance.com

Blog:
Sutherland
patricia-sutherland.com